Otto Welden

Historische Tragödien

Otto Welden

Historische Tragödien

ISBN/EAN: 9783743318335

Hergestellt in Europa, USA, Kanada, Australien, Japan

Cover: Foto ©Andreas Hilbeck / pixelio.de

Manufactured and distributed by brebook publishing software
(www.brebook.com)

Otto Welden

Historische Tragödien

Tragödien

von

Otto Welden.

Den Bühnen gegenüber als Manuscript gedruckt.

(Eigenthum des Verfassers.)

Aachen, 1871.

Druck von J. Stercken.

Johannes Gischala.

Urtheil der Presse. (Stadt Baltimore.)

Deutsches Theater. — In der „Concordia" wurde gestern Abend zum Benefiz für Herrn Th. von Hozar „Johannes Gischala" oder die „Zerstörung Jerusalem's" gegeben, ein historisches Drama eines hiesigen Literaten, der unter dem nom de plume „Otto Welden" schreibt. Das Stück verräth ein nicht gewöhnliches dramatisches Talent, ist meistens gewandt scenirt und in einer schönen, poetischen, zum Theil erhabenen Sprache geschrieben, welche die Gedankenfülle des Verfassers in glücklicher Weise zum Ausdrucke bringt. Die einzelnen Charaktere sind naturwahr angelegt und treu und richtig durchgeführt. Zu tadeln dagegen ist der Gebrauch trivialer Worte oder Wendungen, der bisweilen höchst unangenehm berührt. Die Aufführung war im Allgemeinen befriedigend, obschon einzelne Darsteller für mehr als mangelhaftes Memoriren, das den Eindruck ganzer Scenen verdarb, den härtesten Tadel verdienen. Letzteres trifft den Benefizianten nicht, der sich überhaupt redliche Mühe gegeben hatte, das Stück gut zur Darstellung zu bringen. Er spielte und declamirte vortrefflich und erntete mehrfachen Beifall. Auch Frau Mojean, Esther, führte, wie gewöhnlich, ihre Rolle, die vom Verfasser in einzelnen Scenen (z. B. im 4. Acte) etwas stiefmütterlich bedacht ist, mit Geist und Verständniß durch, und ihr Spiel ließ nichts zu wünschen übrig. Besonderes Lob verdient Hr. Schwan, der als „Titus" in jedem Worte die Bühnengewandtheit bewies, die er sich durch eine so lange Künstlerlaufbahn in so reichem Maaße erworben. Die übrigen Rollen „Lucius" (Hr. Mojean), „Eleazar" (Hr. v. Bassen), „Berenice" (Frau Winkel), „Abigail" (Frau Reichert) waren passend besetzt. Tadelnswerth war ein theilweise ganz falsches und sinnloses Stellen der Decorationen, z. B. ein Kerker statt eines Gartens u. dgl. Das Haus war mäßig besucht, die Anwesenden applaudirten jedoch fleißig und riefen zum Schluß die Haupt-Darsteller, sowie den Dichter heraus. Vielfach wurde der Wunsch laut, das Stück nochmals, und zwar besser, aufgeführt zu sehen.

Bemerkungen des Verfassers.

NB. Der Recensent, Dr. Höpfner, ein Red. des Torrespondenten, des größten deutschen Blattes hierselbst, wußte nicht, daß viele Schauspieler (wie sie selbst jammernd klagten) die gebundene Sprache nur sehr schwer erlernen und behalten können, deßhalb die besten Stellen (oft) zerrissen und eine Prosa hineinwarfen, die ich nicht geschrieben. Sodann spielte Mde. Mojean, die durch die „Verhunzung" der Gartenscene ganz „perplex" geworden, — „aus dem Häuschen" war, (wie sie selbst mir sagte) — ihre Rolle schlechter, als ich sie jemals eine spielen sah; sie hatte den Kopf so verloren, daß sie aus der ernsten Abschiedsscene (4. Act) eine „verliebte Liebesscene eines Lustspiels" machte, indem sie dem Lucius nicht weniger als 4 mal um den Hals fiel und daran hing, als wollte sie da wachsen, blühen, — Früchte tragen und vergehen, oder — die Rolle des Epheu — (an einem alten Baume) — spielen, — und Nichts der Art war ihr vorgeschrieben — außer beim Hinwegeilen des Lucius, wo ihr Menschenherz endlich den starren Fanatismus (der Religion) brechen muß. Sie vermochte ihre Pause durchaus nicht durch eine gute Mimik auszufüllen. Um sie zu schonen, — (der Recensent ist ihr gar sehr gewogen) — soll die Rolle (Esther) schwach sein. Sie ist im Gegentheile fast zu stark für eine zweite Rolle; denn sie tritt fast ebensoviel auf, als ihr Vater, Johannes Gischala, selbst. Allein — die Mojean hatte so sehr den Kopf verloren, daß sie sogar die schönen Worte der Sterberolle sehr armselig sprach, — sogar andere Worte hineinwarf, die den Reim aufhoben. So sprach sie z. B.: „Und wie die Blumen ihre Kelche schließen", statt: „Und wie die Blume ihre Blüthe schließt

„Und ihre zarten Blätter schmachtend sinken,

„Wenn sie der Hauch des Todes hat geküßt, —

„So fühl' auch ich ein überirdisch Winken! (u. s. w.)

Sogar Schwan, (der alte Hahn) vergaß sich zuletzt und warf das abscheuliche Wort „verpestet" hinein, wo es doch heißt: — — „... er entweiht die Luft,

„Die eine reine Seele sterbend heiligt!" —

(Bei den Proben sprach er nie eine Sylbe falsch.) Und so ging es mit den „Mataboren." Jetzt denke man sich die „dii minorum gentium"!!! (Eine schöne Stelle gleich anfangs: Simon zu Eleazar: „In deiner Katzengurgel mag's verschwinden!" [statt Keyergurgel]!!!) — Dabei hatte der Souffleur einen Rausch, der nicht „ohne" war. **Der Verfasser.**

Johannes Gischala,

ober

Die Zerstörung Jerusalem's

~~~~~~~

Historische Tragödie

in fünf Acten

von

Otto Welden.

———◆———

(Den Bühnen gegenüber als Manuscript gedruckt.)

Druck von J. Stercken in Aachen.

Perfonen:

1. **Titus**, Kaiser Vespasian's Sohn, Feldherr des Römischen Heeres vor Jerusalem.
2. **Berenice**, Tochter Herodes Agrippa's, Gattin des Titus.
3. **Johannes Gischala**, Feldherr der Juden.
4. **Esther**, dessen Tochter.
5. **Lucius Ahenobarbus**, Unterfeldherr des Titus.
6. **Lucius**, dessen Sohn, Centurio (Hauptmann).
7. **Judas Ben Sereph**, ein Aeltester.
8. **Abigail**, Esther's Milchschwester und Freundin.
9. **Eleazar**, ein jüdischer Hauptmann des Heeres.
10. **Simon**, Anführer der Schaarwache (Stadtsoldaten).
11. **Enoch**, ein Soldat des galiläischen Heeres.
12. **Der Vorsitzende des Rathes.**
13. **Marcus**, ein römischer Centurio.
14. **Der Lictor (Henker) des Titus.**
15. **Ein Gerichtsschreiber.**
16. **Ein Kerkermeister.**
17. **Ein Sklave.**
18. **Ein Diener des Johannes.**
19. **Ein Weib aus dem Volke** nebst einem Kinde, Aelteste der Juden, Pharisäer, Sadducäer, Römische Gesandte, Räthe, Officiere, Soldaten, Volk.

Ort: Jerusalem und Umgebung der Stadt, sowie das römische Lager davor.

Zeit: Im Jahre 70 unserer Zeitrechnung.

Erster Act.

Jerusalem und die Vorposten.

Erste Scene.

Eine Straße in den äußeren Ringmauern (Thor von Emaus).

Eleazar mit Bewaffneten von der einen,
Simon mit einem Trupp der Stadtwache von der andern Seite.

Simon: Zurück und Platz der Wache uns'res Rath's!

Eleazar: Seit wann doch weicht ein Hauptmann
                uns'res Heeres
Vor einem Stadtsoldaten!? Maulheld, geh'
Und reize nicht zur Unthat Deine Freunde!
Ich bin im Dienst des Landes!

    Simon: Freunde, sagst Du?
Ich habe keine Freunde unter Euch;
Ich diene dem Synedrium, — doch Du
Hängst einer falschen Secte an, die uns
Und dieses arme Land in's Unglück stürzt!
D'rum Platz! Sonst möchtet Ihr es All' bereu'n,
Daß Ihr dem heil'gen Rathe Trotz geboten!
Geh't, — oder muß ich Euch als Feind behandeln?!

   Eleazar (spöttisch): Hast Du schon einen Feind geseh'n?
Du bist mir auch der rechten Sorte Einer!
Wir kennen Eu'r Geschlecht! Doch sind wir nicht
Wehrlose Kinder, wie sie Eu're Ahnen
Einst abgeschlachtet auf Herodes' Wunsch!
Geh', Bethlemite, — prüf' Dein Opfermesser

Im Vorhof uns'res Tempels, den Ihr schändet
Durch Eu'ren niederträcht'gen Sectengeist!
Ihr Pharisäer, deren zweites Wort
Das Heil'ge ist, das Ihr mit Füßen tretet,—
Wär' Galiläa's Held und seine Schaaren
Nicht hier, der Tempel stände längst nicht mehr,
Und Juda müßte trauern über ihn
Und Zion's Burg bedeckten Schutt und Trümmer!
Lernt erst gehorchen, eh' Ihr commandirt.   (Tritt vor.)
Hinweg!
    Simon (tritt auf ihn zu):   Hah! Diesen Hohn verwischt
                    nur Blut!
    Eleazar (zieht sein Schwert):   Du Schaf im Wolfspelz,
                  trink's, wenn's Dich gelüstet!
Doch fürcht' ich, Deine Gattin hat Dein Schwert
Dir festgenäht in seiner sammt'nen Scheide.
    Simon (fällt ihn an):   Verfluchter, sieh', ob's nicht zu
                  lösen ist!
In Deiner Ketzergurgel mag's verschwinden!
      (Sie fechten; beide Parteien stoßen auf einander.)

Zweite Scene.

Vorige, Johannes (in voller Rüstung) nebst Gefolge.

    Johannes (steht erstaunt):   Weh' Dir, Judäa, dessen
                    Söhne sich
Wie grimme Tiger selbst zerfleischen! Weh!
      (Die Streitenden fahren auseinander.)
    Johannes (zu Beiden; vortretend):   Ist das die Zucht in
                  dem geweihten Heere?!
Ist das der Schwur, den Ihr dem Ew'gen schwurt?!
Wer hat's gewagt, den Frieden heut' zu brechen,
Den so viel Mühe endlich durchgesetzt?!
Habt Ihr vergessen, was den Ruhestörer
Erwartet, wenn er auf der That ertappt?!
Ich seh' es wohl, der Kerker ist zu schwach,
Um Brudermörder an der That zu hindern;

Von heute ~~ist~~ der T o d auf Friedensbruch
Und bei Jehova's heil'gem Namen schwör' ich,
Daß er den Schuld'gen trifft, und wär's mein Sohn,
Damit sich endlich der Parteigeist lege,
Der unser Volk zum Spott der Feinde macht.
Bin ich berufen, um ein Heer von Räubern
Hier zu befehligen? Glaubt Ihr etwa,
Ich fürchte der Parteien Wuth und Macht?!
Verblendete! Warum beginnt Ihr Krieg,
Wenn Ihr in Eu'rem eig'nen Blute wüthet!? (Sieht sich um.)
Wie? — Seh' ich recht?! Noch blitzen Waffen hier?

(Tritt zu E l e a z a r, der schnell sein Schwert einsteckt.)

Verräther Israel's, Du zückst Dein Schwert,
Wo doch kein Feind zu seh'n! Was ist's mit Euch?
  E l e a z a r (gibt sein Schwert ab): Ich zog's aus Nothwehr.
      Dieser fiel mich an,
Und bin ich schuldig, Herr, so strafe mich!
  S i m o n (steckt sein Schwert ein): Er trat mir in den Weg
        voll Hohn's!
  J o h a n n e s (zu Simon):   Hast Du
Das Pflaster von Jerusalem gepachtet?
Du also abermals? Jetzt hüte Dich,
Daß nicht des Henkers Hand Dich unrein mache!
  S i m o n: Ich war im Dienste.
  E l e a z a r: So wie ich, mein Feldherr!
  J o h a n n e s (zu Simon): Hat Simon heut' die Römer
       hier erwartet?
  S i m o n: Ich bin beauftragt, diesen Theil der Stadt
Zu überwachen! -
  E l e a z a r: Ich wollt' an das Thor
Von Emaus, um die Wache zu bezieh'n!
  J o h a n n e s: Und das ist Alles, was Euch hat veranlaßt,
Des Feldherrn Willen zu verachten? Wie?...
Gebt Eu're Schwerter, und das Kriegsgericht
Mag über Euch entscheiden! Eleazar, —

(Nimmt Beider Schwerter.)

Auch Du haſt das gekonnt, — Du, — ſonſt ſo ruhig?
Und weißt doch, welch' ein jammervolles Loos
Uns All' erwartet, wenn wir unterliegen!
Kann Juda ſiegen, wenn der Feind im Innern,
Gleichwie ein Wurm, die edle Kraft zernagt?

 E l e a z a r: O Herr, ich hab' gefehlt, ich weiß es wohl;
Doch reizte mich ſein Wort, — ich bin kein Ketzer!

 J o h a n n e s (gibt die Schwerter zurück): Ich will nichts hören!
      Nehmt Eu'r Schwert für jetzt,
Damit der Dienſt nicht leide. — Morgen früh
Erwart' ich Euch vor dem Gerichte. — Geht! (Er tritt vor.)

 S i m o n (zu Eleazar leiſe): Ich treff' Dich wieder, muß ich
       jetzt auch ſchweigen!

 E l e a z a r (ebenſo): Ich laß' mich finden, wenn man
       finden will!

  (Beide mit ihren Leuten nach verſchiedenen Seiten ab.)

Dritte Scene.

Vorige, ohne die Hauptleute und ihre Truppen.

 J o h a n n e s (ſchaut zum Himmel empor mit gehobenen Armen):
Und kannſt Du's leiden, Ewiger, Gerechter,
Daß ſich Dein Volk im innern Kampf zerfleiſcht?
Iſt es Dein Wille, daß wir All' verderben,
So laß uns rein, laß uns im Kampfe ſterben!
Doch haſt Du noch die Huld für Jacob's Kinder,
Die Du den Vätern einſtens haſt geſchenkt,
So eine die Verirrten Deiner Heerde,
Daß es e i n Geiſt in e i n e m Volke werde!

  (Kleine Pauſe. Halb zu der Umgebung.)

Ich war ein Kind in jenen ſtillen Thälern,
Durch die ſo ſanft des Kiſchon Wellen zieh'n.
Die Jugend ſchwand, ein leichtes, lichtes Wölkchen,
So harmlos mir vorüber. — Meine Heerde,
Die mir der Vater anvertraut, war Alles,
Was ich gewünſcht, was mich beglückt.

Da kamen diese Würger aus dem Westen,
Und nahmen uns're Heerden, Hütt' und Land.
Da trieb der Geist des tiefempörten Jünglings
Mich fort aus der geliebten Heimatflur.
Nach Waffen sehnte sich der Schäfer = Arm,
Nach blut'gen Thaten die sonst stille Brust,
Nach Rache der zertret'ne Sklavengeist,
Und rachedürstend trat ich in den Tempel,
Worin Jehova unsichtbar verweilt.
Dort schwur ich ihm mein ganzes Leben zu;
Ich will nicht rasten, bis ich es gelöst
Und diese heil'gen Stätten den Profanen
Entrissen, die Jehova nie gekannt! —
Doch fand ich hier des Unglück's schwarze Träger;
Denn in Jerusalem's geweihten Mauern
Wohnt nicht Jehova mehr, uns zu beschützen.
Ein finst'rer Geist durchzieht wie ein Gespenst
Die Herzen Derer, die sich lieben sollten
Wie Brüder. — Zorn und feile Zwietracht sind's,
Die uns're Burgen werden fallen lassen, —
Der ew'ge Streit und der Parteien Hassen.
(Laut zu Allen.)
Hört mich, Ebräer! Wollt Ihr Rom besiegen,
So müßt Ihr Euch nicht selbst so schnöd' betrügen!
    Judas Ben Sereph: Wer trägt die Schuld,
                Johannes! — Sind es wir,
Die wir an den Gesetzen treulich halten?
Wie? — Oder siehst Du nicht, wie dieser Geist
Der Neuerer das Heil'ge unterwühlt?!
Was fehlt denn noch zum alten Götzendienst'?
Schon glaubt ja Keiner mehr fast an Jehova,
Wie die Propheten ihn gelehrt!
Von Galiläa kam der erste Stoß,
Der lebensstörend Moses' Bau erschüttert.
Dort ist der Geist des Widerspruch's zu Haus;
Doch hier, in Juda's Stamm, verweilt der Glaube.

Johannes: Ihr All' seid schuldig, die Ihr mächtig seid
Und Führer dieses blinden, trunk'nen Volkes;
Ich nehme Keinen aus, wo Alle fehlen!
Nicht Galiläa ist's, wo das Verderben
Von Juda wohnt, — die Hauptstadt ist der Sitz
Des Fanatismus und des Aberglaubens.
Was nennst Du Glaube? — Eine todte Form,
Den Ausspruch eines menschlich Irrenden.
Wer irrt am meisten? — Wer am meisten glaubt!
Im Geiste, — nicht in einer todten Form, —
Könnt Ihr den Ewigen allein verehren;
Denn ist nicht Er der Ursprung jedes Geistes
Und Ausfluß alles Lichtes Eurer Weisheit?
Sprach Er nicht: Liebt und ehret Eure Mutter!?
Wer ist uns Mutter? — Diese heil'ge Erde,
Die heil'ge Sache, der wir uns gewidmet;
Und diese tretet Ihr, gleich Gassenbuben,
Tief in den Koth, wie ein chaldäisch Weib! —
Doch ferne sei's, daß ich Euch will bekehren. —
Ich will mit Thaten, nicht mit Worten fechten;
Käm' selbst ein Gott, — Ihr würdet mit ihm rechten!

(Er geht stolz ab.)

Vierte Scene.

Vorige, ohne Johannes.

Judas (sieht ihm nach): So?! Ist es das!? Hast Du
gehört, Judäa?
Wem haben wir die Völker anvertraut?
Dem Geist des Hochmuth's und der falschen Ehre,
Dem falschen Geiste einer falschen Lehre.
Weh' uns, wenn dieser Geist im Volke zündet, —
Wir haben einem Teufel uns verbündet!

(Ab; Alle folgen ihm murrend.)

Fünfte Scene.

Ebendaselbst.

Eleazar, in's Thor tretend; **Enoch,** ein zerlumpter Soldat, will paſſiren.

Eleazar: Halt! Steh! Wohin so schnell?

Enoch: Zur Stadt, mein Hauptmann.

Eleazar: Sehr vorschnell, bei dem Gotte meiner Väter!
Als könnte Jeder nur so durchpaſſiren.
Woher des Wegs, wenn Deine Herrlichkeit
Die Frag' erlaubt!?

Enoch: Ich komm' von Jotapat'.

Eleazar: Von Jotapat'? Ausreißer also, Freund?
Dann bleibe hier! — Was hat Dich denn bewogen,
Zu deſertiren, Du Verräther?! — Sprich!

Enoch: Weil dort ich kein Quartier mehr finden kann.

Eleazar: Was sagst Du da?! Bist Du von Sinnen,
                            Mensch?!

Enoch: Von Sinnen? — Nein! Doch find'st Du noch
                            ein Haus
In Jotapat', so magst Du mich erwürgen!

Eleazar: Was ist es denn?

Enoch: Ein Trümmerhaufen!

Eleazar: Geh! —
Wahnwitziger, — vielleicht auch nur Berauschter, —
Du willst ein Mährchen mir erzählen!

Enoch: Herr!

Eleazar: Ich weiß ja schon. Du hast den Sonnenstich;
's ist heuer warm! Ein Trümmerhaufen, sagst Du?
Und vierzigtausend Krieger lagen d'rin!
Das möcht' ich seh'n!

Enoch: Nun wohl, — so geh' und sieh'!
Die vierzigtausend sind jetzt alle Leichen,
Und Galiläa huldigte dem Purpur.

Eleazar (erschrocken): Weh' Dir, wenn Du Dich irrst!
                            — Ich nähme nicht
Ganz Galiläa für die falsche Botschaft;
Der Kern des Heeres lag in Jotapat'!

Enoch: So wirf die Schale fort, — sie nutzt Dir nichts, —
Und stirb, wie es dem Juden ziemt und ich
Es werde. — Hah! Du zweifelst immer noch?!
Mein Hauptmann! Spaßt ein gläub'ger Jude denn
Mit seinem Heiligsten? Bist Du ein Narr,
Daß Du mir solche Dinge sagst? ... Der Feind
Folgt auf dem Fuße mir! —

Eleazar (zaust sich die Haare): Weh' Dir, Judäa!
Die vierzigtausend todt! Der Kern des Landes!
Und Jotapat' in Trümmern?! Wehe! Wehe!
          (Bedeckt sein Gesicht mit den Händen.)
Enoch: So ist es, Hauptmann! Alles ist verloren!

Eleazar (auffahrend): Du lügst! Ich kann's nicht glauben!

Enoch (trauernd):   Tödte mich!
's ist eine Wohlthat für die arme Seele.
O Rachel! Rachel! Deine Kinder weinen!
          (Birgt sein Gesicht in den Händen.)
Eleazar (faßt seine Hand): Ich that Dir Unrecht, Freund!
                    Verzeihe mir!
Es war zuviel für eines Juden Seele;
Denn vierzigtausend..! — Doch der Feldherr? — Sag!

Enoch: Er fiel mit ihnen in der letzten Schlacht,
Und Keiner fand noch einen schönern Tod!

Eleazar (für sich): Beneidenswerther Mann! Er
                    zahlte nur
Die heil'ge Schuld, die er dem Lande schuldet.

Enoch: So ist's!

Eleazar: Und unser Feind — litt er nicht auch?

Enoch: Fast mehr, als wir! Deshalb mach' Dir nicht
                    Kummer!
Das halbe Römerheer vermodert dort.

Eleazar: So fielen sie nicht ungerächt!

Enoch: Gewiß nicht!
          (Judas und einige seiner Partei treten im Hintergrunde auf.)
Eleazar (für sich, murmelnd): Das Heer vernichtet, —
                    Jotapat' in Trümmern?!
Unmöglich! — Ist's denn wirklich so?

Sechste Scene.

Vorige, Judas und sein Anhang.

Judas: (tritt vor):   Weshalb nicht?!
Die Römer schlugen and're Heere schon,
Und Galiläer sind nicht unbesiegbar.
Eleazar: Schweigt! Schweigt! — Bei diesem furcht=
            bar'n Schlage noch
An unf'rer Secten Meinung jetzt zu denken,
Wo wir doch Alle Juda's Kinder sind, —
Es ist nicht recht von Dir, o Herr!
Judas: Ich denke,
An was ich denken muß, — an unf'ren Glauben,
Wofür hat sich das Volk mit Macht erhoben,
Wenn nicht für ihn?! Und ständ' der Glaube fest,
Vielleicht wär' Jotapat' noch nicht gefallen;
Denn nur der gottbeseelte Glaubensheld
Steht fest in jeder Fahr und wanket nimmer,
Doch so, — man weiß ja, wie es ist.
Enoch: Nichts weißt Du;
Denn unser Heer schlug mit Verzweiflung sich
Und Keinen sah man seinen Platz verlassen,
Bis ihn der Todesengel rief! — Nicht Du —
Und Deinesgleichen, — wer Du immer sei'st, —
Vermag ein Urtheil hier zu fällen; — nur
Der Römer kann's, — er lernte Juda kennen.
Sein halbes Heer, — die besten Legionen, —
Ließ er entsetzt auf jenen Trümmerhaufen;
Die and're Hälfte folgt mir auf dem Fuß'.
        (Die Pharisäer stehen entsetzt.)
Einer derselben: Gott Israel's, ist's möglich! —
               Vierzigtausend
Der besten Krieger.... Wehe Dir, Judäa!
Und keine Nachricht kam zu uns!
Enoch: Wer sollt' sie bringen? — Bin ich doch der Letzte,
Der Einzige vielleicht, der dort entrann.

Eleazar (zu ihm): Komm' mit zum Feldherrn! Bring'
ihm selbst die Nachricht;
Ich kann es nicht! — Was wird Johannes sagen?!...
Sein schönes Heer! (Er stürzt mit Jenem fort.)

Siebente Scene.
Die Pharisäer.

Judas: Sein schönes Heer! Sein's! Sein's!
Hört Ihr's, Hebräer? Sein Heer, sagt der Mensch;
Als ob Johannes König wär' in Juda!
Sein Heer! Vertrauet, wem Ihr immer wollt,
Nur Galiläern trauet nicht, Ihr Juden!
Geberdet er sich nicht, als hing das Heil
Des Judenthum's an seines Schwertes Spitze?
Was hat er denn so Mächtiges gethan?
Das Volk zum heißen Kampfe aufgestachelt,
Zum Kampfe der Verzweifelung. Ich fürchte,
Daß er nicht endet, was er frech begonnen.
Soll Juda endlich siegend aus dem Kampf'
Hervorgeh'n, kann's auch ohne ihn gescheh'n.
Ein Pharisäer: Doch that Johannes, was sein
Amt gebot.
Unmögliches hat keiner noch geleistet; —
Er ist nicht frei, gebunden seine Hände.
Wer weiß, wie's stände, wenn er handeln könnte,
Wie's seinem Feldherrngeiste ziemlich scheint;
Jedoch der hohe Rath steht über ihm.
Judas: Wohl mag es sein, daß gern er König wäre, —
— Gleich dem Herodes, — mit der Römer Hilfe.
Doch wahrlich, dahin kommt es nie!
Seit jenem blutigen Herodes steht's,
Ihr wißt es wohl, um unsern Glauben schlecht.
Wer durch die Feinde nur sich halten kann,
Der ist kein Freund des eig'nen Volkes mehr,
Der huldigt fremdem Einfluß, und die Sache

Des eig'nen Reiches gilt ihm weniger,
Als sein geflickter Purpur!
    Ein Pharisäer: ✓ Wahrlich, Judas,
Du geh'st zu weit, — Johannes denkt nicht d'ran!
    Judas: Er denkt nicht d'ran? Liest Du in seiner Seele?
Weißt Du, was eines Menschen Hirn erfüllt?
Vertraut er Dir? Vertraut er irgend Jemand?
Wer Niemand traut, dem mißtrau' Jedermann.
Deshalb ist's gut, daß man ihn überwache;
Ein jeder kämpft jetzt für die eig'ne Sache.
Auf, suchen wir ihn, um zu seh'n, wie er,
Der starke Geist, des Galiläer's Botschaft
Empfängt. — Es ist ein fürchterlicher Schlag,
Und wenn er den parirt, — mög't Ihr ihn krönen,
Ich huld'ge ihm und will mich ihm versöhnen! —
(Alle wollen gehen.)

Achte Scene.

Vorige. Eleazar und seine Gefährte zurück.

    Eleazar: Bei meinem Schwert! Vergessen hätt' ich bald
Um diesen ungeheuern Schmerz mein Thor
Und meine Pflicht. He, Wache! Schließt die Thore!
(Soldaten von beiden Seiten.)
    Eleazar (zu den Pharisäern): Und Ihr, — Ihr scheert
                   Euch fort! Was wollt Ihr hier?
Was schnüffelt Ihr noch hier herum?
Geht in den Tempel, — dort ist Euer Platz!
    Judas: Dir könnt' es auch nicht schaden, wenn Du gingst,
Wohin Du uns schickst. (Ab mit den Seinen.)
    Eleazar (ihm nachsehend): Miserabler Heuchler!
Das ist auch Einer, der es selbst nicht weiß,
Ob er in einem Schlangennest gezeugt,
Ob in der giftgeschwoll'nen Kröte Bauch.
Beim Teufel! — Wenn der Schlingel sauber ist,
So will ich ewig unrein sein! (Spuckt aus.)
(Die Thore werden geschlossen. Ab mit Jenem.)
(Verwandlung.)

Neunte Scene.

Ein Garten am Fuße des Oelbergs am Bache Kidron.

Johannes führt **Esther** an der Hand zu einer Bank.

Johannes: So ist es, Kind. Glaub' mir, — so war
es immer!
Nie täuschte uns das Gottvertrau'n, d'rum hoffe!
Was Deine Seele Dir, die hoffende,
Gezeigt, das halte fest in Deinem Herzen
Mit aller Macht, bis sich der Traum erfüllt.
Du wirst den Bruder wiederseh'n, die Schwester;
Denn unbezwungen sind noch uns're Festen,
Und stark ist Israel im Kampf' für Gott!
Wir kämpfen ja für ird'sche Güter nicht,
Nur um der Väter heiligstes Vermächtniß,
Das uns durch sie Jehova hinterließ.
Laß' Dich nicht schrecken durch den fernen Lärm;
Geh' harmlos Deinen Jugendfreuden nach,
Die Sorgen aber überlaß dem Vater,
Dem sie geziemen; — doch Dir ziemt es nicht,
Dich abzuhärmen in den Rosentagen,
Die uns nur einmal dieses Leben beut.

(Sie schüttelt den Kopf.)

(Johannes:) D'rum lächle, Kind! Dein unschuldvolles
Lächeln
Ist wie der Thau auf Hermon's lichten Höh'n,
Der süßerquickend von dem Himmel fällt,
Die durst'gen Blüthenkelche kühlend, — ist,
Was jener sanfte West von Sidon's Ufern,
Der in den heißen Sommernächten uns
So frische Labung aus der Ferne trägt.
Hier ist's so schön — an diesem stillen Plätzchen;
Was trauerst Du?
Esther (faßt seine Hand): Kann Juda's Tochter lächeln,
Wo Israel in Noth und Jammer liegt?

Das ganze Volk, — Du selbst nicht ausgenommen, —
Geh't her in Sack und Asche. — Ich allein
Soll mich erfreu'n? Ziemt das Johannes' Tochter?
Um sich zu freu'n, muß Glück die Seele füllen,
Im Sonnenschein' des Lebens Alles strahlen.
So ist's nicht mehr!

Johannes: Was kümmert's Dich, mein Kind?
Was nicht mehr ist, kann immer wieder werden;
Denn Wechsel ist der Wahlspruch dieser Welt.
Im Wechsel liegt der Zauber dieses Lebens,
Und Alles wechselt, — nur der Ew'ge nicht.

Esther: Sowie der Tod — und was er hat verschlungen,
Das kommt nicht wieder.

Johannes: Was willst Du damit?

Esther: Glaubst Du an Träume, Vater?

Johannes: Wohl, mein Kind!
Sind's gute Träume, kommen sie von Gott,
Sind's böse, dann hat sie ein schwarzer Geist
Der Finsterniß uns zugeweht — 's ist gut,
Sie zu vergessen dann, nicht d'ran zu denken,
Sonst nisten sie sich in der Seele fest,
Und führen sie in's ewige Verderben.
So träumten die gefall'nen Engel einst — — —

Esther (schnell): ~~So~~ mein' ich nicht!

Johannes: So sprich!

Esther: Mir träumte jüngst,
Ich ständ' am Ufer uns'res lieben Kischon,
Wo Du so oft die frommen Lämmer tränktest,
Und Bruder Eli und die kleine Dina
Ergötzten sich am Kräuseln seiner Wellen
Und an dem Treiben kleiner, gold'ner Fische,
Die lustig schnellten in die Luft empor, —
Und keines dachte eines nahen Unfall's. —
Da plötzlich schwoll der kleine Bach herauf
Und ward ein mächt'ger Strom, und als wir flohen,
War zürnend eine wilde See umher

Und ferne schwamm die heimatliche Hütte;
Ganz Galiläa schien ein Meer zu sein.
Du strebtest durch den wilden Wogenschlag
Nach uns herüber, breitend Deine Arme
Nach dem, was Dir am liebsten, theuersten,
Doch eh' Du kamst, versanken beide Kinder
Und mich riß brausend eine Woge fort,
In ihrem Strudel gierig mich begrabend,
Und über mir schlug's donnernd sich zusammen. —
Da wacht' ich auf, doch tief beklommen war
Mein armes Herz, gleichwie von einer Ahnung;
Denn dieses Graus steht ewig mir vor Augen
Und immer hör' ich noch der Kinder Schrei.
Wie, — wenn es eine Ahnung wär' der Zukunft?!
    Johannes: Es kann auch die Vergangenheit bedeuten,
Sind wir nicht fortgerissen aus der Heimat, —
Ein Spielzeug dieses wilden Erdenlebens,
Das wahrlich grausig unser Volk umtost?
Drum tröste Dich! Was Dir die Zukunft schien,
War sicher nur Das, was wir schon erlebt,
Und somit ist die Sorge ohne Grund. —
Doch sieh', ist das nicht Abigail, mein Kind?
Was will sie hier wohl?

Zehnte Scene.
Vorige. Abigail.

Abigail: Herr, verzeih' mein Kommen,
Der Hauptmann Eleazar wartet Dein
Mit einem Galiläer, einem Flüchtling!
    Johannes: Führ' sie heraus, ich harre ihrer.
Abigail: Wohl. (ab.)
Johannes (steht auf): Was mag's wohl sein, daß
                     Eleazar wagt,
Den Posten zu verlassen?
Esther (zur Seite):   Das scheint mir
Kein Traum zu sein, — doch bitt're Wirklichkeit.

Elfte Scene.

Johannes, Esther, Eleazar und der Flüchtling **(Enoch).**

Johannes: Was trieb Dich aus den Mauern, Eleazar?
Und welch' ein Antlitz, finster, wie die Nacht
Der Ewigkeit!... Nur Wichtiges kann Dich
Der Pflicht entzieh'n.

Eleazar: So ist es, Herr; ein Unglück,
Ein schreckliches, erdrückt mir meine Seele! (Senkt den Kopf.)

Johannes (gespannt): Du spannst mich auf die Folter.
... Sprich!

Eleazar (auf Enoch deutend): Der Flüchtling
Drang eben durch das Thor von Emaus ein,
Und namenloser Schrecken folgt ihm nach!

Johannes: Ein Flüchtling?!.... Und woher?

Eleazar: Von Jotapat'!

Johannes (tritt erschrocken einen Schritt zurück; zu Enoch):
Von Jo—ta—pat'?... Und flüchtig?... Also ist's?...

Enoch: Ein Trümmerhaufen — leider, — Staub und
Asche! — (Senkt den Kopf.)

Johannes: Weh! Und das Heer, das schöne Heer?!

Enoch: Ist todt,
Und mir ist Rom gefolgt in raschen Zügen.

Esther (schreit auf): Weh' uns! (für sich): Mein Traum! (ab.)

Johannes (starrt den Flüchtling an): Todt, sagst Du? —
Alle todt?

Enoch: Vielleicht hat Mancher sich gerettet noch,
Doch weiß ich nichts davon.

Johannes (bedeckt sein Gesicht): Weh', Israel!
Dein Gott verläßt Dich, wie Du Dich verläßt.

(Erschüttert; tritt vor. — Zum Himmel):

Jehova! Dein ist jedes Werk, — Dein auch
Der Sieg, die Niederlagen, Dein der Wille!
Du wolltest Juda züchtigen, o Herr,
Ohnstreitig, — oder Deine Macht beweisen;

Denn Du bedurfteft nie der Taufende,
Wenn Du dem Haufe Jacob's wohl gewollt.
Und wie mit Wenigen Knecht Gideon
Die Feinde fchlug und Dich verherrlichte,
So kannft Du jetzt auch ohne diefe Arme
Den Feind vernichten, der Dein Heiligthum
Mit den profanen Blicken einft verletzte.
Was war Dir Jotapat'? Ein Hauch! Ein Nichts!
Ein Hauch von Dir, und Roma ift nicht mehr!

(Auf und ab; für fich):

Sei feft, mein Herz! — Denn zitterft Du, Johannes,
So wird das ganze Volk in Angft vergeh'n. (zu Enoch):
Sag' mir, Du hätteft Dich geirrt, mein Freund,
Und ich will Dich zum reichften Manne machen.

    Enoch: O könnt' ich es, ich ftürbe gern dafür!

    Johannes: Und Du, — Du konnteft flieh'n, wo
Alle fielen?

Ich fäh' Dich lieber unter Deinen Brüdern,
Die jetzt die Raben mäften. (fchüttelt den Kopf.)

    Enoch: Dorten läg' ich,
Hätt' nicht der Wunfch, dem Lande noch zu dienen,
Mir Kraft verlieh'n, auch Diefes noch zu tragen,
Daß Du für feig mich hältft! Wer warnte Dich,
Wenn ich nicht kam? Zum Sterben ift's noch Zeit
Zu jeder Stunde.

    Johannes: Wohl! An Euren Platz!
Tritt in die Truppe Eliefer's. — Geht!
Ich komm' gleich nach zur Stadt. (Beide ab.)

Zwölfte Scene.

Johannes (allein):

             So ift's denn wahr?!
Der Feind ftürmt gegen unf're letzte Fefte!
Doch wehe ihm! — Am Heiligthum' Jehova's
Zertrümmert er der falfchen Götter Macht. (kniet nieder.)

Gott meiner Väter! Nimm mein Opfer hin,
Ich gebe freudig mich zur heil'gen Sühne,
Wenn dies mein Volk erretten kann.
Mir galt ja niemals dieses Leben viel,
Das so erbärmlich ist, wie diese Zeiten
Der tiefsten Schmach, und das nur werthvoll ist,
Weil Juda's Volk vertrauend auf mich schaut.
Im Sacke trau're Juda und bestreu'
Sein Haupt mit Asche! — Wenn Du Reue sieh'st,
Dann wirst Du nicht mehr zürnen, Ewiger. (springt auf.)
Jedoch genug der Trauer! — Thränen ziemen
Den Weichlichen und Frauen, — doch der Mann
Hat noch die Hoffnung seiner That für sich.
Es sollen bald den Römern meine Thaten
Den Gottbeseelten und den Mann verrathen.

Dreizehnte Scene.

Voriger. **Esther,** ein Schwert in der Hand, mit fliegendem Haare,
gefolgt von **Abigail.**

Esther: Entfliehe, Vater! Schon stürzt eine Bande
Vom Oelberg' her nach uns'rem Hause. — Fort!
Johannes: Nicht möglich! — Das wär' allzuschnell!
Mein Kind,
Dich hat der Flüchtling mir in Furcht gesetzt.
Esther und Abigail: Entflieh'! es ist so! Dein so
theu'res Haupt . . . .
Johannes: Wer kann's berühren, wenn's Jehova
schützt?
Doch kommt! Ich muß zur Stadt!
(Es erscheinen Römische Marodeurs.)
Johannes: Bei Gott, sie sind's!
(Er zieht rasch sein kurzes Schwert.)

Vierzehnte Scene.

Vorige. Römische Soldaten.

Johannes (zu Esther; lächelnd): Und Du, was willst Du
mit dem Schwerte, Mädchen?

Esther: Dich schützen helfen, oder mit Dir fallen
Als eine ächte Tochter Israel's.

Johannes: Du — schützen — Deinen Hort? Mein
armes Kind,
Du machst mich lächeln trotz der herben Zeiten.

Ein Römer: Ergib Dich, Jude!

Johannes: Faß' mich, wenn Du kannst.
's ist wohl 'ne Heldenthat, der Römer würdig,
Sich auf ein Weib und einen Einzelnen
Zu werfen — und in solcher Zahl. — Doch irrst Du.
Ich geb' mich nicht gefangen.

(Abigail flieht hinter Esther.)

Esther: Ruhig, Kind!
Wozu die Furcht bei ihm?

Johannes (schwingt das Schwert): Platz, feile Knechte!

(Die Römer dringen auf ihn ein; Lucius, einen Jagdspieß in der Hand,
erscheint, sieht und springt schnell unter die Römer.)

Lucius: Zurück, Ihr Memmen! (Alle fahren auseinander.)
Kämpft Ihr so, — mit Frauen
Und Unbewaffneten? (Er starrt überrascht Esther an.)

(Esther tritt einen Schritt zurück, ihn erstaunt betrachtend.)

Ein Römer: Er trägt ein Schwert!

Lucius (lächelnd zu Johannes): Und welch' ein Schwert!
Wohl, steck' es ein; 's ist besser,
Du gehst zur Stadt und sagst, was Du geseh'n.
Mein Wort darauf, es soll Euch Niemand stören.
Doch warum seid Ihr hier? Es schwärmt ja schon
Der Vortrab uns'res Heer's um Eure Thore.

Johannes: Ich wußt' es nicht; denn keine Kund=
schaft kam,
Doch will ich geh'n und meine Pflicht erfüllen.

Leb' wohl, Du Stolzer, der Du besser denkst,
Als Viele Deines=gleichen. — Danken möcht' ich
Mit Thaten einst für Deinen guten Willen.
Doch glaubst Du, ich bedürfe dessen, Jüngling,
Dann irrst Du sehr. — Mein armes Leben steht
In Seiner Hand, der jedes Haar des Hauptes
Gezählt und überwacht. — Und ständest Du
Mit Deinem ganzen Heere um mich her,
Und Gott gefiel' es, mich hindurch zu führen,
Du hielt'st mich nicht und nicht Dein größtes Heer!

Lucius (in Esther's Anblick versunken, für sich): O welch ein
Mädchen!

Esther (tritt zu ihm): Dank Dir, edler Römer!

Johannes (mit Hoheit unter sie tretend): D'rum Platz dem
Streiter Gottes; denn noch ist
Johannes' Stunde nicht gekommen!

(Er geht rasch durch sie hin; Esther und Abigail folgen.)

Lucius und die Andern: Ha!
Johannes Gischala!

(Lucius senkt das Haupt in die Hand.)

Johannes: Ich bin es, Römer!...
Und mich hält keine Erdenmacht zurück!

(Er bringt durch die Soldaten, welche ihn aufhalten wollen; zugleich wirft
Lucius sich denselben entgegen und deckt Johannes' Abgang, indem er
ihnen den Jagdspieß vorhält und ihnen zudonnert):

Zurück!

(Johannes verläßt stolz den Garten; die Römer schauen ihm verblüfft nach.)

(Der Vorhang fällt.)

Zweiter Act.

In Johannes' Haus.

Erste Scene.

Johannes und **Esther** kommen herein.

Johannes: Nun, Tochter meines Herzens, bist Du
Willens,
Ein ernstes Wort zu hören?

Esther (seufzend): Ja, mein Vater!

Johannes: Doch ernst, sehr ernst ist es!

Esther: Ich bin bereit!
Dein Wille war ja immer mir Gesetz;
So sprich, mein Vater, was geschehen muß.. —

Johannes: Du kennst die schwere Stellung, die ich habe,
Und die unhaltbar fast für mich geworden,
Da der Parteien fürchterlicher Geist,
Der nied're Egoismus grausig herrscht.
Es gilt, das Vaterland zu retten, Esther,
Es gilt jedoch ein Opfer, schwerer mir,
Als Jephta brachte, der unsel'ge Vater.

Esther (erschrickt): Was denn, mein Vater? Soll ich
sterbend lösen
Mit meinem Blute der Parteien Zwist?
Was that ich denn, daß man mich auserwählte
Zum Opfer dieses Landes? Wem bin ich
Im Wege? — Doch, es sei! Wenn's denn sein muß,
So kann auch ich dem Vaterland' mich opfern.

Johannes: O wär's nur dies!

Esther (schreit): Nun denn, so sag', was ist's?
Du füllest mit Entsetzen meine Seele.

Johannes: Die meinige ist schon erfüllt davon.

Esther: Nun, Vater?!

Johannes: Kind, ich möchte gerne reden
Und doch Dich auch verletzen nicht; denn sieh'!
Es blutet mir das Herz, gedenk' ich dessen,
Was ich versprach für meinen Theil.

Esther: Ich zitt're,
Wenn Du, der Du mich kennst, davor erbebst;
Sprich's aus und wär's der Tod!

Johannes: 's ist mehr als das.
Ich sprach schon einmal mit Dir d'rüber, Kind.
Der mächtigste der Pharisäer = Bande,
Deff' Gold im Rathe und im Pöbel herrscht, —
Du weißt, der Pöbel ist sich üb'rall gleich, —
Judas Ben Sereph — warb um Dich! (bedeckt sein Gesicht.)

Esther (schreit auf, springt auf ihn zu): Unmöglich, Vater!
(faßt seine Hände) Und Dein einzig Kind,
Das Dir noch bleibt, hast Du geopfert, Vater?

Johannes: Ach, sähest Du die Thränen, meine Esther,
Die ich geweint in schlummerlosen Nächten,
Seit er den Antrag stellte, — würdest Du
Den Vater nicht, den armen Mann, verdammen!
Wies ich ihn ab, so hatt' ich gegen mich
Den ganzen Anhang des Synedriums, —
Und das ist ja bekanntlich die Regierung, —
Ich habe Nichts versprochen, hab' an Dich
Ihn hingewiesen. — Gib ihm selbst Dein Wort,
Wenn Du es willst, — ich kann's ihm nimmer geben.
Du wünschtest einst, für's Vaterland zu sterben;
Wohl! nimm Ben Sereph, — das ist mehr, beim Himmel!

Esther (birgt ihr Gesicht in den Händen): Unmöglich, Vater,
kannst Du dieses wollen.
Nimm, wenn es nützt, mein Leben; — Jephta's Tochter
Sei meines Looses Vorbild, und der Tod

Soll mich entzücken, leib' ich ihn für's Land,
Für's Volk Jehova's, wär' es selbst am Kreuze.
Du weißt es, Vater, — nicht wahr, — kennst mein Herz?
Doch dieser Antrag, — war's Dir wirklich Ernst?
Ich kann's nicht glauben, o ich kann es nicht;
Und doch für einen Scherz wär's fürchterlich!

(Sie wendet sich von ihm.)

Johannes: Weh' mir, könnt' ich mit solchem Unglück'
scherzen! (zum Himmel sehend):
Mein Gott! Warum mir doppelt schwere Pflichten?
Die Last ist schier zu groß, die meinen Schultern
Du aufgelegt! — Warum bin ich jetzt Vater,
Wo mir das Eine, dieses Landes Obhut,
Schon fast zu schwer die Menschenseele drückt!?
Weh' mir, daß ich nicht wählen kann als Vater;
Ich wählte wahrlich lieber meinen Tod,
Als diesen Eidam, den ich tödtlich hasse! —
Mein Kind! O meine Esther! Höre mich!

Esther: Nichts mehr von ihm! Nimm dieses Schwert
und tödte!
Im Sterberöcheln segnet Dich mein Mund!

Johannes: Jawohl, es wäre besser, wahrlich, Kind!

Esther: So tödte mich, Du tödtetest so Viele,
Die lieber lebten, warum schon'st Du mein?

Johannes: So kennst Du ihn?

Esther: Genug — vom Hörensagen.

Johannes (sinnend; rafft sich auf): Nein, Esther, nein!
Noch lebt Jehova — und
Noch ist Dein Vater Mann, Dich zu beschützen.
Nun komme, was da will, und wär's das Unglück.

Zweite Scene.

Vorige. Abigail führt **Judas Ben Sereph** herein.

Johannes (für sich, — rechts der Bühne): Es ist's!...
Schon jetzt!...

Abigail: Der Aelteste wünscht Dich
Zu sprechen, Herr!

Judas (verbeugt sich): Ich komm' doch recht?

Johannes: Schon heut'?

Judas (in der Mitte der Bühne; nicht): Sprachst Du mit ihr?

Esther (neben Judas, zu Johannes): Wer ist der Mann?

Johannes (zu ihr): Er ist's.

Esther: Wer, — Er?

Johannes: Ben Sereph ist's.

Esther (zurücktaumelnd): O Himmel!

Judas (schaut Beide verblüfft an): Die holde Braut begrüßt
mich wahrlich günstig;
Ein lieblicher Empfang, beim Stabe Mosis'!

Abigail (für sich; links der Bühne): So wie der Mann,
so ist der Honigfladen!

Judas (zu Johannes): Du weißt, was Du versprachst. —
Wirst Du es halten?

Johannes: Versprochen hab' ich nur für mich; doch nicht
Für Esther konnt' ich ein Versprechen geben.
Ich sprach mit ihr just über diese Sache.
Du störst mich, ganz willkommen, d'ran!

Judas: Nun denn?

Johannes: Auf, frag' sie selbst! Und ist sie
heirathslustig,
So hab' ich nichts dawider!

Abigail (für sich): Heirathslustig?!
Das sind wir stets, — nur muß der Rechte kommen.
Der ist es nicht. Ich schwör's beim Eselsbacken,
Mit welchem Simson die Philister schlug!

Judas (zu Johannes): Wie steht es? Kurz und bündig:
komm' ich recht,
So sag' es mir, wo nicht, so sag' es wieder!
Ein Mann, gleich mir, kann werben überall.
Ich biete meiner Gattin Güter an,
Die einer Fürstin Juda's würdig wären.

Mit Edelsteinen schmück' ich sie vom Haupte
Bis zu den Sohlen ihrer sammt'nen Schuhe.
Was wünsch'st Du mehr, o Jungfrau, — sprich!
Esther (abgewandt): Soll ich die Thränen armer Waisen=
kinder,
Die Deine schweren Truhen Dir gefüllt,
Als Schmuck auf meinem Menschenherzen tragen?
Judas (zu Johannes): Du weißt es wohl, wen Du in
mir beleidigst,
Ist Dir die Wohlfahrt uns'res Landes lieb,
So sprich mit ihr und sprich für mich! (er will gehen.)
Johannes: Nein, bleib!
Sprich selbst mit ihr, wie's einem Manne ziemt.
Ich that, was ich zu thun versprochen. Nun
Ist's Deine Sache! Doch — ein solches Weib
Läßt sich erbitten nur, befehlen nie.
Leb' wohl! Und mög' Jehova Eurem Geiste
Die Weisheit Salomo's verleih'n. Ich gehe. (leise zu ihm):
Ein rechter Freier führt sein eig'nes Wort! (ab.)
Judas: Nun, Esther, höre mich! Ein ruhig Wort
Vermag vielleicht die Ruhe uns zu geben,
Die Allen fehlte! — Laß mich ohne Hoffnung
Nicht fort von hier! — Du weißt es nicht, o Mädchen,
Was des Verzweifelnden Gehirn erfüllt,
Und liebst Du Deinen Vater, wohl, so hörst Du! . . .
Ich sah Dich jüngst am Paschafeste. — Früher,
Ich muß gesteh'n, hat nie ein Weib vermocht,
Mein Herz zu rühren. — Du hast es gethan.
Zum ersten Male fühl' ich, wie ein Mann;
Zum ersten Male scheint der Tag mir goldig,
Dies Leben werth zu sein, daß man es lebt,
Und eine wunderbare Regung, Esther,
Hat dieses Herz von Stein zu Wachs gemacht.
Willst Du zerstören mit liebloser Hand
Das Bild, das Deine Augen wachgerufen?
Soll ich, ein Ausgestoß'ner meines Volks,

Allein am Glück verzweifeln? — Denn ich werd' es,
Wenn Du zurück mich stößt. Ich könnt' ein Engel
An Liebe und an Wehmuth sein, — ich kann (mit Pathos):
Ein Teufel werden, zwingt man mich dazu.
Du weißt es nicht, zu was ein Teufel fähig,
Esther! Beim Ewigen, Du ahnst es nicht,
Was Deine Weigerung aus mir wird machen! —
Du kannst dem Himmel, wie der Hölle, mich
Heut' überliefern, je nachdem Du sprichst!
    E st h e r (abgewandt): Ich kann es nicht.
    A b i g a i l: Ich könnt' es auch nicht, Esther!
    J u d a s (sie zornig ansehend; dann): Heb' mich zu Dir! Viel=
                  leicht verlohnt sich's doch,
Den unbekannten Mann nicht zu verkennen.
Ich kann entsetzlich, kann auch dankbar sein,
So unaussprechlich dankbar, holde Esther,
Daß Du entzückt wär'st, könntest Du es seh'n!
D'rum — sprich Dich aus!
    E st h e r: Ich that's.
    J u d a s: Du that'st?!
    A b i g a i l: Schon zweimal.
    E st h e r: Geh', Abigail! Laß' mich allein mit ihm!
Ich will ihn prüfen, ob er wirklich ist,
Was er zu sein sich rühmt, — ein Mann von Herz.
                 (Abigail geht ab.)
    J u d a s: Ich höre Dich.
    E st h e r: Du sagst, Du könntest groß
Von Herzen sein, wenn die Gelegenheit
Sich böte; wohl, hier ist sie. Sei mein Bruder
Und helfe mir das herbe Leid ertragen,
Das dieses Herz bedrückt, — das ohne Schuld
Dem Schicksal unterliegt. — Entsage mir,
Dann acht' ich Dich; denn nur ein starker Zwang
Könnt' mich in Deine Arme führen.
    J u d a s: Nein!
Warum entsagen?

Esther: Weil ich — liebe.

Judas: Du? —

O meine Ahnung! D'rum verstößt man mich?!
Weh' Dir! — Entsagen?! — Nein, beim Teufel, nein!
Eh'r will ich in der Ewigkeit entsagen
Den höchsten Seligkeiten, — eh'r, als Dir.
Und müßt' ich Dich an Deinem langen Haare
Zum Altar schleppen! — Ich entsage nicht.

Esther (aufspringend): Du Heuchler! Hab' ich Dich?!
                            Das ist das Herz,
Das meine Augen schmolzen? Lügengeist!
Ich sagt' es ja, ich wollte Dich nur prüfen,
Du Thor! Wen sollt' ich lieben?! Wen?
In ganz Jerusalem ist jetzt kein Mann,
Der sich mir in das Herz zu stehlen wußte . . . . . .
Und eher will ich mich dem Henker beugen
Zum Todesstreich, als Sereph's Bett besteigen! . . .
                  (rasch und stolz ab.)

Dritte Scene.

Judas Ben Sereph allein.

(Sieht ihr zähnefletschend nach):

Ah! Steht es so? — Nun, wohl bekomm's Euch Allen!
Jetzt kommt hervor, Ihr meine Teufelchen,
Die sich verkrochen hinter diese Maske
Und ungeduldig längst schon pochten! . . . Kommt
Und helfet mir, Ihr unterird'schen Mächte;
Ich bin der Eure, — seid jetzt meine Knechte! (ab.)

Vierte Scene.

Abigail kommt und ruft in das Zimmer, wohinein **Esther** ging.

Komm, Esther, komm! Dein Freier ist verschwunden
Mit allen seinen Edelsteinen!

Esther (kommt):   Schweig!
Du bist ein unnütz' Ding und weißt es nicht,
Was uns bedroht.

Abigail (kopfschüttelnd): Sei mir nicht ängstlich, Esther!
Die Freiheit hast Du wieder Dir errungen. — — —
Was quälet Dich? Du trauerst lange schon,
Seit jenem Tage, wo Jerusalem
Die ersten Römer vor den Thoren sah!
Esther: Sei stille, Mädchen! Still! Mein Gram ist doppelt.
Abigail: So sag' ihn mir; ich helfe doppelt tragen.
Esther (schüttelt den Kopf): Nein! Nein! Was mir die
arme Seele füllt,
Das darf ich mir ja selbst nicht eingestehen.
Weh' mir, wenn ich's mir eingestehen wollte!
Jehova sähe zürnend in mein Herz
Und würde racheglühend es vernichten.
Abigail (lächelnd): Das also ist's?! Der holde Römer=
jüngling,
Der uns gerettet?!
Esther: (abgewandt): Schweig', Vermess'ne, schweig'!
Und rufe dessen Donner nicht herab,
Der Alles hört! Erzitt're, Abigail,
Ob meines Frevels!
Abigail: Daß Du seiner denkst?
Esther: Wohl hab' ich ihn noch nicht vergessen. Ach!
Ich hasse den, den ich zugleich verehre!
Abigail: War Esther, jene Gattin Ahasver's,
Des Perserkönigs, nicht Jehova's Kind
So gut, als Du? Und war's nicht Juda's Rettung,
Daß sie den Heiden zum Gemahle nahm?
Esther: Verlockerin! O schweig'! Du lullst vergebens
Mein Herz in süßes Selbstvergessen ein;
Denn Rom und Juda stehen nie zusammen.
Die Racheengel würden mich erreichen,
Ließ' ich mich durch des Feindes Herz erweichen. —
Hinaus, laß' uns im Garten uns erholen.
Abigail: Und Judas mag sich Bräute sonstwo holen!
(Arm in Arm ab.)
(Verwandlung.)

Fünfte Scene.

Rathsversammlung (im Tempel oder in Johannes' Hause.)

Kriegsoberste, Räthe, Pharisäer, Volk.

Ein Oberster: Ist es Johannes hinterbracht, daß Rom
Uns einen Friedensboten zugesandt?!

Einer der Räthe: Wohl ist ihm Nachricht zugegan=
gen; aber
Er läßt uns lang' auf Antwort warten, Herr!

Der Oberste (ihn düster ansehend): Dann hat er seine
Gründe, und es kommt
Nicht Euch zu, diese Gründe zu bezweifeln.

Der Rath: Nicht uns? — Wem sonst, wenn's Dir
beliebt?

Der Oberste: Dem Feldherrn! Er ist Herr im Krieg'.
Mit der Bedingung hat er's übernommen,
Judäa zu befrei'n!

Der Rath: Wo ist die Freiheit?
In's fünfte Jahr schon wälzt sich dieser Krieg
Vernichtend über Israel's Gefilde.

Der Oberste: Das trifft ihn nimmer! Warum
bindet Ihr
Ihm seine Hände, wenn er wirken will?
Ein rechter Kriegsherr muß vor Allem frei,
Gleich einem König, handeln, soll er nützen!

Judas Ben Sereph (kommt dazu): Ja, wie ein König!
Darauf geht's hinaus;
Doch David's Zeiten sind vorüber!

Sechste Scene.

Vorige. Johannes (rasch dazu, in voller Rüstung, mit dem Schuppen-
panzer, Helm zc. zc.)

Johannes (zu Judas): Mensch!
Wer spricht von „König" hier? Das Volk wird herrschen,
Wie zu der Väter Zeit, doch nimmer Rom!

Das Volk: Heil unserm Helden! Heil, Johannes, Dir!

Johannes (verbeugt sich): Was war das — mit dem
König'?

Judas: Weiß ich es?
Ich kam dazu, als man vom König' sprach.

Johannes (drohend): Und Du bezogst es? . . . .

Judas (mit Ironie): Nicht auf Dich, Johannes!
Ich weiß ja, daß Du nicht nach Hohem strebst.

Johannes: Gleichviel! (zu dem Obersten): Was war es?

Der Oberste: Frei, gleich einem König,
Sollt' stets ein Feldherr sein in seinem Handeln,
So sagt' ich.

Johannes: Wohl wär's besser so! Man bindet
Mir stets die Hände. — Doch was bringt der Römer?
Führt ihn herein!

(Der römische Gesandte kommt.)

(**Johannes**): Was bringst Du uns von Rom?

Der Römer: Krieg oder Frieden!.. Kaiser Vespasian
Läßt Euch durch Titus, seinen großen Sohn,
Begnadigung für Alles widerfahren,
Wenn Ihr Euch unterwerft und diesen Krieg
Mit einem Schlage endet! Doch wo nicht, —
So soll kein Stein hier auf dem andern bleiben
Und wüst die Stätte liegen, wo die Kunst
So mancher Herrscher Pracht uns heute zeigt.

Johannes (erstaunt): Wie sagst Du, Kaiser Vespasian?!
Und Nero,
Der Bluthund?

Der Römer: Der ist todt, — Vespasian
In Rom, und eine Aera wird beginnen,
Wie sie das Kaiserreich noch nicht geseh'n.

Johannes: Das ist ein And'res. Doch tritt ab! —
Der Rath
Hat zu entscheiden. (Der Römer wird abgeführt.)

Siebente Scene.

Johannes: Wohl, — was ist Eu'r Wille?
In Euren Händen ruht Judäa's Zukunft!

Judas: Krieg oder Freiheit! Das ist meine Meinung.
Was hat der Römer in dem Land' zu thun?

Alle: Krieg! Krieg! Wie er gesagt! Johannes spreche!

Johannes: Wohl, Brüder, möcht' auch ich mit Ruhm
nur enden
Und gänzlich frei uns seh'n. — Doch zweifle ich,
Ob wir uns halten können, bis von Außen
Ein neues Heer zu Hilfe eilen kann!

Judas: Die Mauern sind sehr fest!

Johannes: Noch mehr — auch hoch!
Dies mein' ich nicht. Wird unser Vorrath reichen,
Bis diese Römer weichen? Nicht vier Monde,
So fürcht' ich, werden uns're Mittel dauern,
Und was dann folgt, — ist ein Entsetzliches.
Ich sagt' es immer: seh't Euch besser vor;
Doch Euch lag mehr an Eurem schnöden Gold',
Als an der Zukunft. Bald wird sich es zeigen,
Was Eu'r Benehmen uns'rer Sache fruchtet.
Vielleicht ist jetzt ein guter Friede möglich.

(Leute bearbeiten das Volk.)

Bedenket dies und mögt Ihr dann entscheiden!

Judas (und einige seiner Partei): Krieg, Freiheit oder Tod!

Das Volk: Es sei denn, — Krieg!

Johannes: Wie Ihr es wollt! Ich wasche meine Hände
Des Blutes wegen, das von heute fließt!
Proconsul Gessius Florus ist nicht mehr,
Der uns zum Aufstand', zur Verzweiflung reizte,
Und eine and're Hand regiert die Welt.
Vielleicht wär's besser — anders; doch Ihr wollt's.
Ruft mir den Römer! Soll's geendet sein,
So sei es schnell! Entschiedenheit nur hilft uns!

Achte Scene.
Vorige. Der Gesandte.

Johannes: Judäa's Rath und Volk hat Krieg
beschlossen,
So lang' Ihr nicht dies Land verlaßt. D'rum geh'
Und sage Titus, Deinem jetz'gen Feldherrn,
Er mag sich rüsten auf den Todeskampf!
Er weiß es nicht, was unser Volk beseelet;
Sag' ihm, er hab' den schlechten Theil erwählet!
Sag' ihm, Judäa's Volk wird fechtend sterben
Und Roma's Heere stürzen in's Verderben.
Die beiden können nicht zugleich besteh'n.
Ein's muß hier weichen oder untergeh'n!
    Der Gesandte: Jedoch — bedenkt! Gebrochen sind
die Festen,
Gebrochen längst Eu'r Königthum, — hofft nicht,
Rom abzusiegen. Asien ist zu klein,
Um Rom zu trotzen, dem die Welt gehört.
Die macedon'sche Phalanx war zu schwach,
Der rief'ge Punier Hannibal zu klein,
Den Siegeslauf der Weltherr'n aufzuhalten,
Und Ihr versucht es? Denket an Corinth,
Gedenkt Carthago's, uns'rer stärksten Feinde!
Was ward aus ihnen? Schutt und Trümmerhaufen
Erzählen Euch von ihrer Herrlichkeit,
Wie vom zermalmenden Verhängnisse,
Das über ihre stolzen Zinnen schritt,
In Staub zertretend, was ihm widerstand. —
    Johannes: Das schreckt uns nicht, womit Du uns
bedroh'st,
Und keine Rücksicht kann uns überreden,
Uns Rom zu unterwerfen. — Hältst Du uns
Für Kinder, die Gefahr erzittern läßt,
Die vor der Wucht des blut'gen Schwert's erbleichen?
Dann irrtest Du. — Was kann es Schlimm'res geben,
Als Unterwerfung unter fremdes Joch?!

Der Gesandte: Ihr werdet enden, wie Carthago fiel!
Johannes: Vielleicht! Und mag's gescheh'n, wenn
                           Gott es will!
Doch sind wir keine Griechen, keine Punier,
Und zweifelhaft ist immer eine That,
So lang' sie nicht geschehen ist. — Zieh' hin
Und sage Deinem Caesar, daß Judäa
Ein and'rer Geist beseelt, als jene Punier.
Wir kämpfen nicht, wie sie, um Erdengüter,
Mit eines Krämers feilem Schachergeist'
Um unsern Handel, uns'rer Kunst Producte, —
Nein! Was uns kämpfen heißt, ist unser Glaube,
Die Liebe zu der Väter heil'gen Stätten,
Der großen Vorzeit unvergeßliche
Erinnerungen und Vermächtnisse,
Die Gott uns selbst durch uns're Väter gab.
Carthago kämpfte nur um seine Waaren, (im Kreise herumdeutend):
Doch diese schlagen sich für ihren Gott! . . . .
Und eher will ich dieses reine Haupt
Durch Henkers Hand entweiht seh'n, — eher selbst
Mein Haus, mein ganzes Volk dem Tode weih'n,
Jerusalem in Flammen aufgeh'n lassen,
Entsetzt, als ein Verdammter, auf den Trümmern
Der heil'gen Stadt Jahrtausend' lang beweinen
In Höllenqualen der Erhab'nen Fall, —
Verflucht von allen kommenden Geschlechtern, —
Als nur e i n Recht von Palästina opfern.
    Der Gesandte (zerreißt das Ende seiner Toga): So sei's
               bei allen Göttern denn geschworen,
Daß keinen Frieden dieses Land soll schau'n,
Bis daß die Stadt in Asch' und Trümmern liegt!
    Das Volk: Krieg! Krieg! Und nieder mit dem frechen
                   Römer!
Er lästert Gott! (sie wollen sich auf ihn stürzen.)
    Johannes (tritt ihnen entgegen): Zurück! Weh' dem, der nur
Mit einem Finger dieses Hauptes Haar

Wagt, zu berühren! Unter Henkers Beil
Fällt jede Hand, die den Gesandten mir
Verletzt! (er winkt; der Gesandte wird abgeführt.)
   Jetzt, Männer, geh't und rüstet Euch;
Denn morgen führ' ich Euch zur heißen Schlacht. —
Wer nicht für seinen Glauben weiß zu sterben,
Der mag als Sclav' in Römerhand verderben!
    (Rasch ab. Alle folgen.)
    (Verwandlung.)

Neunte Scene.

Im Garten des Johannes.

Esther und Abigail.

Abigail: Sieh', wie so herrlich Alles blühet, Esther!
So frisch, wie Du, fast!
Esther: Lose Spötterin!
Willst Du mein Herz mit Irdischem berauschen?
Abigail: Vergiß das Himmlische! Das kommt von selbst;
Jetzt sind wir auf der Erde. — Bleib' hübsch da!
Sieh', welch ein frischer Wind von Ascalon
Herüberweht; er kühle Deine Wangen!
Die Blumen schaukeln sich in seinem Strome,
Und glücklich sind sie, wenn auch gleich die Nacht
Sie welk mag finden in der rauhen Hand,
Die sie gepflückt. — So freu' Dich heute auch;
Was nützt der Gram? — Der macht uns doch nur Falten,
Und die sind häßlich. — Und Du bist so schön,
Wie diese Rosen!
Esther (schmollt): Du bist häßlich heute,
Hast Deine lose Laune wieder! Laß' mich!
Abigail: Du denkst an ihn?
Esther: Verweg'ne! — Dürft' ich es!
Und sollt' ich nicht, wenn ich es dürfte?!

Abigail: Freilich!
Er hat uns ja gerettet. Und so mußt Du. —
Ach, käm' er doch! die Zeit wird mir so lang'.
Sehr kühn ist er; — so wär' es nicht unmöglich.
Esther: Verweg'nes Kind. Weh' Dir für diesen Wunsch!
Er ist ein Heide!
Abigail: Doch ein schöner Heide!
Bekehre ihn!
Esther (seufzend): Vermöcht' ich das!
Abigail: Versuch' es!
Esther: Schweig, Lästerzunge! — Und Jehova?!...
Schweig!
Abigail (achselzuckend): Jehova schuf in seiner Weis=
heit sie, —
Willst Du verdammen uns'res Gottes Werke? ...
Ich kann es nicht, — und wenn es Heiden wären, —
Und so verwerf' ich sie nicht ganz, die Heiden.
Esther: Sophistin!
Abigail: Besser, eines Heiden Weib,
Als eines Juden, der Nichts glaubt, wie Judas!
Esther (lauscht): Was ist das? Hör' ich recht? Dort
rauscht es, — dort!
An jener Mauer! (Lucius tritt aus einem Busche.)
Wie, ein Mann?!
Abigail: Nun wohl!
Wenn's nur kein Teufel ist!
Esther (schreit auf): Weh' mir! Er ist's. (Sie will fliehen.)

Zehnte Scene.

Vorige. Lucius, in der Tracht eines Soldaten.

Lucius (umfaßt sie): Esther, bleib' hier!
Esther (reißt sich los): Zurück, Verwegener!
Was suchst Du hier? — Wie kamst Du in den Garten?
Lucius: Mit einem Sprunge über jene Mauer. —
Ich kam in dem Gefolge des Gesandten.

Esther (für sich): Jehova, schütze mich! (laut): Was willst
Du hier?

Lucius: Dich seh'n!

Esther (schüttelt den Kopf): O nimmer!

Lucius: Warum nimmer, Mädchen?
Ach, wüßtest Du, was meine Seele litt,
Seit ich Dich sah und Dir nicht folgen konnte!

Esther: Schweig, Unglücksel'ger! — Wünsche Dir
den Tod,
Doch Esther wünsch' Dir nicht. — Es ist vergebens.

Lucius: Warum vergebens, holde Esther? Sprich!

Esther: Uns trennt auf ewig eine weite Kluft,
Die Niemand überspringt. Mein Gott verwirft Dich,
Der Du den Götzen huldigst, und gebietet
Daß ich Dich hasse!

Lucius: Welch ein Gott ist das,
Der Haß befiehlt, wo Liebe walten sollte?!
Fürwahr — ein schlimmer Gott!

Esther: Du lästerst ihn?
Weh' mir!

Lucius: Ich läst're nicht! Nur faß' ich nicht,
Was mit der Lieb' Dein Gott zu schaffen hat.
O Mädchen! Wüßtest Du, wie ich Dich liebe,
Du würdest mir nicht zürnen. — Sieh', ich bin
Kein nied'rer Sklave, bin der Freund des Titus,
Und wahrlich! ein Geschick erwartet Dich,
Ganz Deiner würdig. Einer Fürstin gleich
Sollst Du Dein holdes Dasein fristen. — Nicht
Um einer süßen Schäferstunde willen,
Drang ich hierher, das sagt Dir wohl Dein Herz.
Wer würde wagen, was ich heut' gewagt,
Wenn's nicht den ganzen Ernst des Lebens gälte?!
Seit ich Dich sah, schwebt mir Dein Bild nur vor;
Denn jeder Blume süße Düfte hauchen
Den Namen Esther! — Zephyr's Säuseln flötet
Mir leise athmend Esther, Esther zu!

Im Murmeln jeder Quelle ruft Najade
Den süßen Namen Esther! — Und Du zürnst?!
(faßt ihre Hand und schaut in ihre Augen.)
Esther (zur Seite, ihm die Hand entziehend): O Gott! (laut):
Hinweg! Was soll die Jüdin Dir,
Dem stolzen Römer?! Denkst Du mich als Sklavin
In dem Triumphe aufzuführen? Nie!
Auch Juda's Töchter sind so stolze Frauen,
Als Roma jemals sah! —
Lucius: Du täuschest Dich!
Du willst mich nicht versteh'n. — Als meine Gattin
Führ' ich Dich heim, — bei allen Göttern schwör' ich's!
Beim Haupte meiner theu'ren Mutter schwör' ich's,
Die mir bis jetzt das Höchste war!
Esther (für sich):   Weh' mir!
Mein Herz verdammt ihn nicht. — Ich bin verloren!
Lucius (kniet): O folge mir! Du kannst Dich meiner Ehre
Vertrau'n; denn Titus duldet nie die Schande.
Die Zeiten der Neronen sind vorüber.
Esther (fest): Entfliehe, Römer! Nie, so schwör' ich Dir,
Wird Juda's Tochter einem Feinde folgen,
Und wär' der Feind der stolze Kaiser selbst!
Lucius: Du bist kein Weib, sonst könntest Du nicht zürnen,
Daß Dich mein Herz gesucht, — Du hast kein Herz!
Esther: Entfliehe! (für sich): Himmel! Ich — kein Herz?
Ich muß ihn tödten, oder untergeh'n. (laut):
Ich tödte Dich, Feind meiner Seligkeit,
Wenn Du nicht flieh'st! (sie zieht einen Dolch.)
Lucius: So tödte mich! (beugt den Nacken.)
Von Deiner Hand zu fallen — süßer Tod!
(Esther hebt den Dolch zum Stoße, läßt ihn aber wieder sinken.)
Abigail (ihren Arm fassend): Du Rasende? Du willst?!
Esther (wendet sich ab):   Nein, nein; laß' ab!
Ich bin verwirrt. — Mein Herz weiß nichts davon.
Weh' mir!. Ich kann nicht. — Gott verzeihe mir!
(Sie schleudert den Dolch fort und bedeckt ihr Gesicht mit den Händen.)

Lucius (erhebt den Kopf): Du zögerst?.. Ha! — Wa-
rum verschonst Du mich?
Weib ohne Herz, kennst Du denn auch Erbarmen?!
(Er steht auf.)
Esther (murmelnd): Ich kann es nicht, mein Gott, ich
kann es nicht! (laut):
Feind meines Gottes, meines Vaterlandes,
Wie dürft' ich wagen, Dich in's Herz zu schließen,
Dich — neben ihm, der mich erschuf!? — Leb' wohl!
Das Schicksal, denke, trenne uns're Wege.
Vielleicht ist es nicht recht so, wie ich handle,
Wer weiß es denn?! — Auf jeden Fall ist's schmerzlich!
(rasch): Leb' wohl, Du Edler! Nie darf ich Dich lieben,
Doch beten will ich stets für unsern Retter.
Leb' wohl! Ich bitte Dich, zu geh'n. Wir sind
Verloren, wenn man hier Dich finden wird!
Lucius: So muß ich geh'n? — Leb' wohl denn, wohl
auf ewig,
Du Marmorherz! (will gehen.)
Esther (geht ebenfalls, kehrt plötzlich um und faßt seine Hand):
Mein Lucius, leb' wohl!
Wär'st Du ein Jude! — — Ach, ich darf ja nicht!
Leb' wohl! (sie stürzt weinend fort.)
Lucius: Ihr Götter! — Esther, bleib'! (für sich): Sie liebt!
Sie liebt! (laut): Gerechte Götter, welch ein Glück!
(Indem kommen Judas Ben Sereph [in großer Aufregung], Johannes und
Andere, Alle bewaffnet; Esther springt zurück.)

Elfte Scene.
Vorige, Johannes, Judas, Bewaffnete.

Judas (zu Johannes): Du glaubtest nicht? — So über-
zeuge Dich!
Ich sah ihn längst um diesen Garten schleichen.
Bist Du der Mann, den All' in Dir verehren,
So wirst Du thun, was das Gesetz befiehlt.
(Zu den Bewaffneten):
Auf! Fesselt ihn und schleppt ihn in's Gefängniß!
(Zu Johannes, der erschrocken dasteht):

Im Namen Israel's will ich sein Blut. (Zu Esther, hämisch):
Das ist der Grund des Abscheu's gegen mich)? (Esther steht entsetzt.)

Johannes (für sich): O Gott, mein Retter! Weh', er
ist verloren! (steht rathlos.)

Lucius (zieht sein Schwert): Hoho! Könnt Ihr auch fech=
ten, Asiaten?
Kennt Ihr das Schwert der Römer, Lucius, nicht?
Zurück, Ihr Memmen, die zu Zwölfen gehen,
Um einen Römer lebend einzufangen!
Ich schenk' Euch Euer Leben. Aber geh't
Und reizt nicht eines Römers Zorn auf's Höchste.

Judas (stürzt auf Lucius): Dein Schwert, Spion!

Lucius (haut nach ihm): Hier — schling' das nieder, Schurke,
Wenn Du vermagst! — Ich — ein Spion?! O niemals!
(Judas springt zurück; Alle umringen Lucius.)

Judas (zu Johannes): Johannes, thue Deine Pflicht!
Wo nicht,
So wird ein böser Leumund Dich betreffen.

Johannes (zu Lucius): Ergib Dich, Jüngling. — Gib
Dein Schwert!

Lucius: Kommt, holet es! (Fechtpositur): Doch wer sein
Leben liebt,
Der troll' sich heim zu seines Hausgott's Schutz,
So lang' er kann!

Judas (lachend): Ich dacht', Du sei'st Spion,
Doch bist Du mehr ein Narr! — Auf, fesselt ihn!

Johannes: Ergib Dich, junger Mann! Wozu des Blut's,
Das ohne Zweck hier fließen wird?! — Was suchst Du
In diesem Garten? — Bist Du ein Spion,
So wirst Du wissen, was Dich heut' erwartet.

Lucius: Ich bin es nicht! (auf Esther deutend): Nur sie
zu sehen, kam ich;
Und Niemand ahnte, daß ich kommen würde.
Doch — was kann's Euch bekümmern?!

Judas: Ha! das ist's!?
Ich dacht' es wohl.

Lucius (zu ihm): Und krümmt Ihr mir ein Haar,
So stehen draußen sechszigtausend Mann,
Euch schrecklich für Gesandtenmord zu strafen!

Johannes: Beweise das, dann kannst Du Recht erhalten,
Doch jetzt ergib Dich! (er geht auf Lucius zu.)

Lucius: Laßt mich frei; — ich gehe,
Doch Fesseln trag' ich nicht, bei meinen Göttern!

Esther (zwischen sie): Mein Vater, halte ein! Soll Blut
hier fließen! (zu Lucius):
Willst Du ihn tödten? — Gib Dich ihm gefangen;
Er wird Dir Recht verschaffen!

Lucius: Wohl! Es sei!
Du willst es so!
(gibt Johannes sein Schwert und geht ab; Judas umringt ihn mit Bewaffneten.)

Judas: Bringt ihn in David's Thurm,
Und wacht, — bei Eurem Leben, — über ihm!

Johannes (tritt zwischen sie): Halt, Wachen! Wer befiehlt
hier, wenn nicht ich?! (sie halten an.)
Führt ihn zu Eleazar. Er ist fest
Und treu, wie Keiner. — Er soll ihn bewachen.
(Sie gehen mit Lucius ab.)

Judas: Du stehst dafür! Er hat die Stadt geseh'n.
Trifft uns ein Unglück, fällt's auf Deine Seele! —
Ich aber will's dem hohen Rathe melden;
Der wird entscheiden, ob er dort verbleibe.
(Bleibt vor Esther stehen, sie wüthend anblickend; dann rasch ab.)

Johannes (sieht ihm finster nach; murmelnd, für sich): Er ist
verloren, fürcht' ich, schwer zu retten;
Doch will ich seh'n! . . . Wofür hab' ich die Macht,
Des Schwertes Wucht in meiner Fäuste Sehnen,
Sollt' mich ein Mensch, wie dieser Sereph, höhnen?!
Frei soll der Römer, — mag daraus entsteh'n,
Was will, — frei, wie die Luft, von hinnen geh'n! (rasch ab.)

Esther (aufathmend, Abigail's Hand fassend): Komm', Abigail,
Die Liebe wird ihn retten!

Abigail (laut): Und diesen Sereph im Verderben betten!
(Beide rasch ab.) — (Der Vorhang fällt.)

Dritter Act.

Erste Scene.

Im Hause des Johannes.

Johannes und Eleazar.

Johannes (auf einem Divan): Sei mir willkommen!

Eleazar: Dank, mein Feldherr! Dank!
Ich harre Deines Wort's. Du haft befohlen.

Johannes: Ich gehe rasch auf's Ziel, wie Dir bekannt.
So höre denn! — Ich möchte Deine Ansicht,
Mein Elieser, über eine Sache,
Die meine Seele drückt.

Eleazar: Du, Feldherr? Du?
Bedarfst Du dessen?! (schüttelt den Kopf.)

Johannes: Doch, mein Elieser!
Es ist Gewissenssache. Und Du bist
Verschmitzt, wie alle Galiläer.

Eleazar: Herr,
Ich höre.

Johannes: Sage, wie Du handeln würdest,
Wenn einen Mann, der einst Dich rettete,
Sein feindlich' Schicksal Dir gefangen gäbe?!

Eleazar: Ich würd' ihn retten, wenn es möglich wäre!

Johannes: Um jeden Preis? — Auch wenn's ein
Heide wäre?

Eleazar: Um jeden Preis! Und später würd' ich seh'n.
Du sprichst vom Römer, den ich überwache?!

Johannes: So ist's! — Ein schreckliches Dilemma!

Eleazar (seufzend): Ja!
Und keine Rettung gibt's aus dieser Klemme!
Er darf jedoch nicht sterben, — er, — Dein Retter!

Johannes: Ich habe einen Plan, doch ist's gefährlich,
Wer würde wagen, was zu wagen ist?!...
Wenn Alles fehlschlägt, könnte das ihn retten.
Eleazar: Ich wag's — für Dich!
Johannes: Nicht zehn der Römer nähm' ich,
Wenn Du getödtet würdest!
Eleazar: Doch — Dein Plan?...
Ich werd' mich hüten.
Johannes: Eine Möglichkeit,
Die einzige, den edlen Feind zu retten,
Ist, daß Du Dich beim Ausfall' fangen läßt,
Um Euch dann auszutauschen. Fehlt der Plan,
So ist der Römer ein verlor'ner Mann!
Und gerne, gerne rettet' ich den Jüngling;
Du weißt, mein Kind und mich und Abigail
Hat er befreit.
Eleazar: Ich weiß; das ist genug.
Ich gehe, mich zum Ausfall' zu bereiten.
Johannes: Doch wenn Du fällst, ist dennoch er
verloren.
D'rum kämpfe nicht zu lang'. Sag' Titus das,
Und er wird gern' sich fügen in den Tausch. —
Der Römer ist sein Liebling.
Eleazar: Fürchte Nichts!
Heut' Mittag schon sollst Du befriedigt sein.
Führst Du das Ganze?
Johannes: Ja, ich führe Euch.
Eleazar: Um soviel besser!
Johannes (seine Hand auf dessen Schulter): Wenn es
uns gelingt,
Mein Elieser, dankbar will ich sein, —
Und wär's mit Esther's Hand. Sie ist Dir gut, —
Als Landsmann.— Wenn Du sie gewinnen kannst,
Mein Segen soll Dir folgen.
Eleazar: Nichts davon!
Was ich jetzt thue, das geschieht für Dich!

Johannes (nicht lächelnd): Ich weiß, Du bist ein edles
Herz; d'rum wählt' ich
Just Dich. — Was treibt der Uebermüthige
In seinem Thurm?

Eleazar: Der Stolze hofft das Beste.
Und seinen Quäler Judas hat er schon
Nach dem Verhör' zur Thür' hinausgeworfen.

Johannes: Der Muthige! Er rückt sein schwarzes Loos
Sich selber näher!

Zweite Scene.

Vorige. Esther in Trauer.

Esther: Vater, darf ich kommen? (sie grüßt Eleazar.)
Johannes: Ja, Kind! Wir sind zu Ende. — Hoffe jetzt.
Er wird gerettet werden! Dieser will's.
Wir haben einen Plan.

Esther: Freund Elieser,
Wenn Du ihn rettest, — forb're was Du willst, —
Und wär' es diese Hand. Wenn sie genügt, — (für sich):
Ein Herz hab' ich nicht zu vergeben.

Eleazar: Jungfrau!
Bedarf es dessen? (zu Beiden): Bin ich nicht Eu'r Diener?
Verkennt mich nicht! Ich forb're keinen Lohn; (zu Esther):
Doch will ich für Dich sterben, wenn es sein muß!
(Sie gibt ihm die Hand, die er inbrünstig küßt; ab.)

Johannes: Auch ich will zu dem blut'gen Kampf'
mich rüsten,
Und wär's der letzte. — Einmal kommt der Tag,
Wo diese kleine Flamme matt verglüht,
Wie auf des Zephyr's Schwingen Blumenduft
In einem Hauche still mit ihm verzieht.
Und ging es selbst zu einer langen Nacht, —
Süß ist der Tod in einer heil'gen Schlacht! (ab.)

Dritte Scene.

Esther allein (an einem Fenster).

Da geh'n sie hin, mein Vater und Eleazar,
Die festen Herzen, — lassen mich zurück,
Verzehrt von Zweifeln. — Ob sie ihn wohl retten?!
Soll ich denn warten, bis der Haß ihn tödtet,
Bis blinde Feindeswuth sein Blut verspritzt?!...
Nein! Nein! Auch ich will handeln. — Abigail.
(Sie will gehen.)
Abigail (aus einem Hinterzimmer sprechend): Was willst Du
wieder? — Laß' mich erst vollenden.
Ich mach' sein Morgenbrod zurecht. Gleich komm' ich.
Esther: Der Arme! Kaum des Himmels Licht bringt
zu ihm —
In seinen Kerker, und 's ist jetzt so schön! (Es klopft):
Herein! — Ha! Er! — Der Unausstehliche!
[Sie geht auf die Seite.]

Vierte Scene.

Vorige. Judas Ben Sereph.

Judas: Wo ist Dein Vater?
Abigail [zur Thüre herein]:   Fort, in voller Rüstung!
Judas: Ah, bist Du auch da?
Abigail [durch die offene Thür]: Freilich bin ich da!
Bin immer da und werde immer da sein!
Ist's Dir nicht lieb?
Judas: Vollkommen gleich ist's mir,
Ob Du hier weilst, ob nicht!
Esther: Was willst Du hier?
Judas: Ich wollte Deinen Vater nur ersuchen,
Die Mannschaft zu bezeichnen, die den Zug
Verurtheilter begleitet. — Morgen soll
Der junge Römer hingerichtet werden.
Esther [fährt auf]: Du lügst!

Judas: Er stirbt! — Er ist Spion!

Esther: Du lügst!

Abigail [heraus]: Abscheulicher! Das kommst Du, zu
erzählen?!

Judas [höhnisch]: Was lieben Frauen mehr, als Neuig=
keiten?!

Esther [murmelnd]: Nicht möglich! — Nein!

Judas: Er stirbt!

Abigail (zu ihm): Ich wollt', Du wärst es!

Judas: Verdammter Wunsch! Doch, das Gesetz will's so,
Hier ist das Urtheil.

Esther: Gib mir dieses Urtheil
Und forb're mein Vermögen! 's ist genug,
Um eine Seele, wie die Deinige,
Zu zahlen!

Judas: Gib mir Deine Hand dazu,
Dann mag's gescheh'n.

Esther (mit Ekel): Nicht um ein Königreich!

Abigail (zu ihr): Nicht um die Welt, sag' lieber: (zu ihm)
Wärst Du Kaiser, —
Der Herr der Erde, — ich verwürfe Dich
Und bin ein armes Mädchen nur vom Kischon.

Esther: O Gott!

Judas (hämisch): In einer Stunde ist's zu spät;
Von hier geh' ich direkt zum Henker Miros;
Er wartet mein. Willst Du die Meine sein?

Esther: Auch nicht um ihn! Er mag es mir verzeih'n!
Eh'r sterb' ich mit ihm durch dasselbe Schwert,
Eh' ich in Deinen Arm mich stürze. Wehe!
Wenn man mit Menschenherzen teuflisch spielt! (drohend)
Wünsch' Dir mich nicht, o Judas, Sohn des Sereph;
Denn am Altare würd' ich Dich erdolchen,
Um andern Tages an dem Kreuz' zu sterben! (rasch ab.)

Abigail: Und ich nähm' lieber einen Salamander
Und lebt' mit ihm im Mittelpunkt' der Erde. (ab.)

Johannes Gischala.   4

Judas: Satan'sche Weiber! — Doch, — man könnt'
es wagen. (sich besinnend):
Nein, nein! Ich wag' es lieber nicht. — Ihr Schlangen!
(Eine Faust nach dem Cabinette machend; wüthend ab.)
(Verwandlung.)

Fünfte Scene.

(Ein großes Gewölbe mit einem Gitterfenster; Kerker.)

Lucius: Welch' wechselnd Loos! Von des Olympos
Höh'n
Zur Unterwelt versetzt, und bin ich doch
Kein Schatten noch, dem holden Licht' entzogen,
Das nur das Auge des Verdammten scheut. —
Und Esther! Wie mag sie's bedrücken, ach!
Das arme Kind! Wär' ich doch fort gegangen,
Eh' dieser gift'ge Pharisäer kam. (Geräusch.)
Zum Henker, wer ist wieder da?

Sechste Scene.

Lucius. Judas Ben Sereph. Ein **Gerichtsschreiber,**
(der an dem Tisch sitzt.)

Lucius: Du wieder?
Was willst Du?
Judas: Dich verhören.
Lucius (lachend): Spar' die Mühe!
(Geht auf und ab, ohne jene zu beachten; dann sieht er durch's Gitter):
Judas: Du wirst schon sprechen! Was hat Dich bewogen,
In uns're Stadt zu dringen?
Lucius (der sinnend in die Höhe sah): Einfaltspinsel,
Siehst Du denn nicht, daß ich beschäftigt bin?
Judas: Beschäftigt? Du? Womit?
Lucius: Ich denke, Mensch!
Judas: An was?
Lucius (lachend): Gehört das auch zum Protokoll'?

Judas: Wir warten d'rauf!

Lucius (schelmisch): Ich möchte Hochzeit halten.

Judas (hämisch): Mit Deinem Henker?

Lucius: Nein, mit meiner Esther!

Judas (wüthend): Sei still, Du bist ein Narr!

Lucius (umherschauend): Ist hier ein Spiegel,
Worin Du Dich geseh'n?

Judas: Denk' an den Tod!
Er naht sich Dir.

Lucius (kommt vor; nachdenkend an den Fingern zählend p [skandirend]): Zwei Verse hab' ich fertig.
„Was ist der Hain, was das Gefild,
„Wirft nicht Dein Aug' zurück dies Bild?!
„Was ist der Nachtigallen Schlag,
„Weilst Du nicht in dem grünen Hag'?!" (auf und ab)
Das ist die dritte Strophe; jetzt den Schluß.
Den find ich nicht so schnell. — Verliebte sind
Doch schlechte Dichter.

Judas: Bursche, wirst Du sprechen?!
Denk' an Dein Ende jetzt!

Lucius: Du machst mich lachen!
Ich muß erst freien!

Judas (wüthend): Ha, den Teufel!

Lucius (kopfschüttelnd): Esther!
Denk' an den Caesar und das Römerheer!

Judas: Was hilft Dein Caesar Dir? Du bist gefangen.

Lucius: Seit wann ermordet man Gesandte, Jude?
Und ungestraft! Warum denn leb' ich noch?
Ich werde leben!

Judas: Sehr viel Zuversicht!
Hat Dir vielleicht Elieser was vertraut?

Lucius: Elieser hab' ich heut' noch nicht geseh'n!
Was ist's mit ihm?

Judas (für sich): Sollt's wirklich Wahrheit sein,
Was er da spricht?

Lucius: Entferne Dich, Hallunke!
Jetzt bin ich müde Deiner Narrenstreiche.
Du langweilst mich entsetzlich. Geh' zum Henker!
Judas: Da wollen wir ja hin von hier. Doch sprich erst!
Lucius (nähert sich ihm): Ich würde Dir 'was sagen;
doch Du bist
Ein großer Schurke und hast hier ein Schwert,
Das Du mißbrauchen könntest. Ich bin wehrlos
Und Du zu Allem fähig! (Er will Jenem das Schwert entreißen;
Judas springt schnell zurück und zieht einen Dolch.)
Judas: Warte, Römer,
Das sollst Du mir bereu'n! Sprich, oder stirb!
(Er stürzt auf ihn zu und bedroht ihn mit dem Dolche.)
Lucius (erwartet ihn ruhig): Du wärest fähig, einen Waffen-
losen
So anzufallen, Elender?! Versuch' es!
Judas: Wer will mich hindern? — D'rum bekenne,
Mensch,
Wo nicht, so stirb! ... Wer lud Dich in den Garten?
Lucius: — Hinweg mit Dir! —
Judas: Entschließe Dich, wenn Du ....
Lucius (schnell): Verrückter, geh'!
Judas (wüthend): So stirb, Spion!
(stürzt sich auf Jenen; sie ringen. Eine Thüre fliegt auf und Esther, vermummt,
tritt mit Abigail, die einen Korb trägt, ein.)
Esther (springt dazwischen; zu Judas): Halt' ein!
Wagst Du den Richter hier zu spielen?! (sie drückt Lucius einen
Dolch in die Hand. Judas springt zurück.)
Judas: Ha!
Du schlechtes Weib wagst mich zu hindern?! Flieh'!
(Er geht auf sie zu.)
Lucius (stürzt sich mit dem Dolche auf ihn; Judas flieht; Lucius
packt ihn im Nacken und wirft ihn zur Thüre hinaus): Komm' nie zurück!
(Er weist dem Schreiber die Thüre, durch welche dieser sofort entflieht; Lucius
sieht die Frauen an): Beim Pluto! Wer ist Das?
Gibt's Geister hier? Mit Geistern fecht' ich nicht;
Da nützt kein Schwert! (wirft den Dolch weg.)

Siebente Scene.

Lucius. Esther. Abigail.

Abigail (wirft die Kapuze zurück): Ein lieblicher Empfang!
Lucius (freudig): Du, Mädchen?! Und woher?! (sinnend)
Wie heißt Du doch?
Abigail: Hast Du mich schon vergessen, stolzer Römer?
Lucius: Gewiß nicht, Kind! — Jedoch — verzeihe mir,
Ich sah Dich ja nur zweimal!
Abigail: So, wie Esther!
Lucius: Ja freilich, Mädchen! Doch das ist ein And'res!
So schön Du bist, so bist Du doch nicht sie!
Der schönste Stern verbleicht vor seiner Sonne.
(Esther wendet sich ab) (Lucius):
Darum verzeih! — Du kommst? . . . .
Abigail: Von ihr, ja, ja!
Ich soll Dir Etwas bringen. — Hier! (setzt den Korb hin)
Lucius: Sie denkt an mich? — O Himmel! Doch wer ist
Dies Weib?
Abigail: Vertraute meiner Esther! — Iß! —
Lucius: Mich hungert nicht: — Sprich mir von Esther,
Mädchen!
Abigail: Dich hungert nicht? — Ist Deine Kost
so gut? . . . .
Sie hat es selbst bereitet.
Lucius: Selbst? — So gib!
(Sie hält ihm den Korb hin; Er nimmt ein Stück Brod)
Ach wüßt' ich doch, wo ihre zarten Finger
Dies Brod berührt; (er beißt hinein) Ambrosia sollte nicht
So herrlich munden! . . . Mädchen, sprich, wie lebt sie?
Abigail: Sie trauert.
Lucius: Trauert — und um mich?! Ihr Götter,
Jetzt bin ich lustig! Also denkt sie mein?!
Esther (für sich): Weh' mir! Ein jedes Wort trifft mich
in's Herz!
Abigail: Du — lustig, wo der Tod vor Deiner Thüre?!

Lucius (geht nach der Thüre): Wo ist er? Laß' ihn seh'n!
— Ich seh' ihn nicht! —
Gleichviel! — Ich lachte oft ihm in's Gesicht,
Wenn er mir, wie ein Wolf die Zähne fletschend,
Entgegentrat. — Was kümmerte mich Das?!
Ich bin gewohnt, mit ihm zu spielen, — (seufzend): doch...
Abigail: Jetzt fletscht er ernstlich, nicht wahr? Und
das macht
Dich ernst? Du möchtest jetzt nicht sterben?
Lucius: Nein!
Denn seit ich Esther kenne, ist's so schön
Auf dieser Erde! (Esther seufzt und birgt ihr Gesicht in den Händen.) (Er):
Was ist's doch mit ihr?
Dies Weib?!....
Abigail: Sie leidet an dem stillen Wahnsinn'
Und möchte laut doch werden!
Esther (für sich):   Lose Dirne!
Lucius: O wär' ich doch ein Arzt! — Wie gerne hülf' ich!
Abigail: Du könntest wohl, jedoch Du kannst nicht!
Lucius: Wie?!
Ich könnte und kann nicht?! Wie faß' ich das?
Gleichviel! Gib mir noch mehr des Brob's. (er nimmt):
Es theilt fürwahr das herrliche Aroma,
Das sie umgibt. — Du süßes, süßes Manna, —
Ambrosia, wie wir in Rom es nennen.
Dürft' ich den Nektar ihrer Lippen trinken,
Ich neidete die Götter nicht dort oben
In ihrem himmlischen Olymp! (er ißt.) (Esther ist bewegt.)
Abigail (leise zu Esther, schelmisch): Gib ihm zu trinken, er
verburstet sonst!
Esther (leise): Schweig', lose Dirne! — Diese ernste Stunde!
O Gott, mein Herz! — Wohlan, — es ist die letzte!
(sie schlägt die Kapuze zurück)
Lucius (springt zu ihr): Wie, — meine Esther?! Götter!
Träum' ich denn?!
(stürzt auf die Kniee, die ihrigen umfassend):
Du hier — in meinem Kerker?!

Esther (beugt sich über ihn, ihre Hand auf seinen Kopf legend):
Wie Du siehst.

Lucius (sieht auf): Du hast's gewagt?

Esther: Ich hab's.

Lucius: Trotz Deinem Gotte?

Esther: Trotz meinem Gotte! Konnt' ich anders handeln?
Wohl kostet's viel mich, — meine Seelenruhe, —
Und büßen muß ich das durch frühen Tod,
Damit der Ewige nicht ganz verdamme!
(Er springt auf und will ihre Hand fassen; sie tritt zurück):
Berühr' mich nicht! Zuviel schon sündigt' ich,
Und liebst Du mich, so bleibe fern' von mir,
Damit ich rein vor ihn einst treten kann,
Getreu dem Schwure, den ich heut' geschworen.

Lucius: Du schwurst?

Esther: Dich nie zu lieben, ja!

Lucius: Wie grausam!
Ist's möglich, daß ein solches großes Herz
In diesem düstern Wahn' befangen ist? . . .
Ich soll entsagen!? Und Du konntest das?

Esther (traurig lächelnd): Ich habe nicht geschworen, Dich
zu hassen!
Das And're mußt' ich thun.

Lucius (trauernd): Fahr' wohl, mein Glück!

Esther: Nicht um zu plaudern, eilte ich hierher;
Ich wollte Trost in Deine Seele gießen . . .

Lucius: Und bringst mir Schmerz! . . . .

Esther: Ach! kann ich es denn ändern?!
Du hörst mich nicht! Dir Rettung zu verkünden,
Wagt' ich den Schritt.

Lucius: Ich werd' gerettet sein, —
Ich weiß es wohl! — Doch was hast Du beschlossen?

Esther: Wenn Alles fehl schlägt, rettet Dich mein Herz;
Dann magst Du seh'n, was ich für Dich gefühlt.

Lucius: Dein Herz?! — Was brütest Du? . . . .

Esther: Es ist entsetzlich! .

Doch — schuld' ich Dir mein Leben nicht?
Sollt' ich's nicht freudig geben unserm Retter?
D'rum sei getrost, — Du wirst, Du sollst nicht sterben!
Leb' wohl! (Gibt ihm die Hand, die er mit Küssen bedeckt)
                    Nicht so, mein Freund! Nicht Das! —
Ich schwor's bei meinen Gott', ich will Dich retten,
Und müßt' ich mich — in Sereph's Hause betten! ...
          (sie stürzt schluchzend fort, er hält sie.)
        Lucius: Nie! Nie! — Ich tödte mich, wenn ich dies höre!
Ich will Dein Opfer nicht! — Es ist nicht nöthig!
Auch ich beschwör' es, daß ich sterben werde,
Wenn Du Dich opferst!
        Esther: Weh! Es grinzt sein Tod
Mir überall entgegen! Was ich thu', —
Es ist umsonst! So lehre Du mich sterben,
O Liebe, im gemeinsamen Verderben!
(Rasch ab mit Abigail, die den Korb nimmt; er folgt bis zur Thüre, wo
sie, ihm abgewandt, nochmals die Hand gibt.)

        Lucius (allein, einen Ring in der Hand): Welch' hohes Glück!
                    — Verlor sie diesen Ring?
Wie? — Oder soll's ein Angedenken sein?! (legt sich auf seine Bank):
Ihr Ring! — Der bindet uns're beiden Seelen
Für ewig. — Er ist das Symbol, das Pfand
Der Ewigkeit. — O Esther! — Ewig Dein! — — —
Jetzt komme, was da will, — ich will nicht trauern;
Doch träumen will ich jetzt in süßen Schauern.

Achte Scene.
Vorige. Der Kerkermeister.

Der Kerkermeister: Komm', Römer! Rasch! —
                    Johannes will Dich seh'n!
Lucius: Ich bin bereit.
Der Kerkermeister: Wohlan! So laß' uns geh'n!
(Indem Beide abgehen wollen, stürmt Judas mit seinem Anhange herein.
Lucius nimmt seinen Dolch auf.)

Ein Pharisäer: Wo sind die Frauen?
(Der Kerkermeister verschwindet.)

Judas: Ha! Verschwunden wieder!
Weshalb auch zögert Ihr so sehr? *(zu Lucius)*: Wo ist
Das Weib und Abigail, die Magd Johannes'?
(Lucius zuckt die Achseln und betrachtet sie kaltblütig.)

Judas: Du wirst wohl sprechen, Bursche; denn es ist
Ja doch vergebens, hier mir zu entrinnen.
Wo sind die Weiber, und wer war die And're?

Lucius *(stichelt mit dem Dolche in den Zähnen herum und betrachtet
Jenen, höhnisch lächelnd; dann)*: So bist Du immer noch verrückt?

Judas: Du bist's!
Sonst wär' Dein Uebermuth nicht so vermessen.
Doch sprich jetzt! Keine Macht kann Dich mehr retten,
Und morgen stirbst Du den Verbrechertod!

Johannes *(stürmt mit Gefolge herein, der Schließer darunter)*:
Ein Mord ward hier begangen?!... Wehe dem,
Der ihn beging! — Und wär's ein Fürst des Landes,
Ich rächte diese That am frechen Mörder. *(sieht Lucius; zu ihm)*:
Jedoch — Du lebst?! *(zu Allen)*: Was ging hier vor?...
Erzählet!

Lucius *(auf Judas deutend)*: Der Schurke drohte mir mit
seinen Waffen,
Obwohl ich wehrlos war. — Da kam mir Hülfe
Und, einen Dolch erwischend, warf ich ihn *(auf Judas deutend)*:
Zur Thür' hinaus; — doch just kehrt er zurück,
Das alte Spiel mit mir zu treiben. — Wahrlich!
Ihr Juden handelt schlecht an Euren Gästen!

Johannes *(zu den Pharisäern)*: Das also muß ich hören?!
Diesen Jüngling, —
Den Leichtsinn nur auf falsche Bahn geführt, —
Den Abgesandten Caesars, wolltet Ihr
Im Kerker tödten?! Unerhörte Schmach,
Die noch kein Volk betroffen!... Denkt Ihr so
Der Väter Ruhm zu mehren? — Elende,
Die Fanatismus oder blinder Haß
Zu Mördern stempelt!

Ein Pharisäer: Ist er kein Spion?
Was schütz'st Du ihn, den Schänder Deiner Schwelle?
Johannes: Er ist es nicht, und schützen werd' ich ihn,
So lange die geringste Macht mir bleibt!
Judas: Das ist Verrath!
Johannes: Ein Schurke sagt mir das;
Denn hat Johannes jemals nur geträumt
Von Dem, was man Verrath nennt?!
Der Pharisäer (auf Lucius deutend): Richte ihn!
Johannes: Er ist gerichtet und ist — freigesprochen!
Der Pharisäer: Du wagst es?!
Johannes: Soll ein Römer mich beschämen?! —
Er war's, der vor den Mauern unsrer Stadt
Mich einst beschützte vor der Römer Schwertern,
Die schon umschwärmten unsre festen Thore;
Obwohl nicht nöthig, — doch erkenn' ich's an!...
Ihn sollt' ich fallen seh'n, — der Eifersucht
Und Bosheit dieses Menschen hingegeben?!...
Wollt Ihr das Werkzeug seiner Rache sein?!...
(Judas bearbeitet im Hintergrunde die Pharisäer.)
Der Pharisäer: Er ist ein Feind des Landes!
Johannes: Immerhin!
Er ist mein Gast und somit heilig mir.
Und eher laß' ich mich in Stücke reißen,
Als daß ein Haar von seinem Haupte falle!
Judas (im Hintergrunde): Er sterbe hier!
Die Pharisäer: Ja, nieder mit dem Heiden!
(Sie bringen gegen Lucius vor.)
Johannes (zieht sein Schwert): Weh' Dem, der sich er=
frecht, ihn zu berühren!
Verflucht sei jede Hand, die es versucht,
Und meinem eignen Schwert' verfalle sie!...
Zurück, Ihr Schurken, die Gesandtenmord
Als etwas Gottgefälliges betrachten!
Zurück, wem noch sein Schädel lieber ist,
Als dieses Mannes Blut, nach dem Ihr lechzt,

Wie wilde Hunde nach dem Fleisch' des Lammes,
Das sich in dunkler Waldesnacht verirrt!...
Wer hat hier zu befehlen? Wer ist Herr
Der Kriegsgefang'nen?... Nur der Feldherr ist's!
Und wahrend meine Rechte, sag' ich Euch:
Frei wird der Römer aus dem Kerker geh'n
Und glücklich seine Zelte wiederseh'n!...
(Er faßt mit der Linken die Hand des Lucius.)
Komm, Jüngling, laß uns geh'n! (zu Enoch): Du, eil' zum
Thore,
Besetz' es wohl und stoße Jeden nieder,
Der hemmend Deine Handlungen durchkreuzt;
Dann kehre mit der Wache schnell zurück! (Enoch ab. Zu Allen:)
Fünf Jahre hab' ich fast ganz Palästina
Vertheidigt, und ich sollt' nicht fähig sein,
Ein einzeln Menschenleben zu beschützen?!

(Er geht mit Lucius stolz durch die sich theilende Menge, die ihm trotzig nachsieht; sein Gefolge schließt sich ihm an und deckt ihm so den Rücken. An der Thüre entläßt er Lucius, der von Enoch's Wachen umgeben wird.)

Johannes (zu Enoch): Geleit' ihn vor das Thor! (zu
Lucius): Wir sind jetzt quitt;
Doch komme nie mehr nach Jerusalem,
Wenn Du das Leben liebst!...

Lucius: Dank Dir, Johannes!
(Giebt ihm die Hand; dann zu Judas, im Abgehen):
Dich treff' ich wieder, feige Judenseele!
Und dann sei Dir ein Gott im Himmel gnädig,
Ein irdischer vermöcht's nicht mehr! (ab.)

Judas: Geh', Schurke! (zu Johannes):
Du wirst dem hohen Rathe Rede steh'n
Für diese Kühnheit!

Johannes (laut, stolz): Rede stehen will ich
Vor jeder Schranke, wo Du Kläger bist
Und mein Gewissen mein Vertheidiger! (stolz ab.)

Der Vorhang fällt.

Vierter Act.

Erste Scene.

Ein Zelt. — Titus und sein Hof.

Titus (im Thronsessel): Ich ließ Euch rufen, tapf're Kampf=
genossen,
Euch den Befehl des Kaisers zu verkünden;
Euch trifft's, wie mich, — d'rum mögt Ihr's Alle hören.
Der Kaiser zürnt, daß wir die Zeit verlieren
Um eine einz'ge Stadt. — Fünf Monde seien
Im raschen Flug' der Zeit dahin geschwunden
Und wo wir standen, stänten wir noch heut'!
Entscheidung will er, — sei es Unterwerfung,
Sei's blut'ger Untergang des ganzen Volk's.
Den Frieden möcht' er gern der Erde geben,
Der ihr so lang' zu ihrem Glück' gefehlt.
Wir seien keine Römer. — Welche Schmach!
Er wäre längst in Roma's stolze Thore
Als Triumphator eingezogen. — Ha!
Soll ich's zum zweiten Male hören müssen?! (springt auf)
Führt meine besten Legionen vor!
Ich selbst will sie zum letzten Sturm' geleiten
Und enden, wenn ich nicht zu siegen weiß.
Soll uns dies kleine Volk die Schmach bereiten,
Daß Vespasian uns aus dem Kampfe zieht,
Um and're Legionen herzusenden?
Ich trüg' es nimmer!
    Ahenobarbus: Ebenso auch wir.
Geduld, o Caesar! — Diese Stadt ist fest,
(Dein Vater weiß es); — doch sind zwei der Mauern
In unsern Händen, — auch die dritte fällt.
Carthago war wohl stärker und es fiel;

Doch sieben Monde schlug sich's mit Verzweiflung.
Sag' Du dem Kaiser, wenn er's nehmen wollte,
So soll er kommen, doch den Ohrenbläsern
Sein Ohr nicht leih'n. — Wir thaten uns're Pflicht,
Du weißt es, Caesar, so wie Du sie thatst. —
Und keine Römer sind wir?! Sagt er Das?
Wer könnte sich mit diesen Juden schlagen,
Wenn nicht die Römer?! Sind sie nicht die stärksten
Der Asiaten, die wir je bekriegt?
Verzweiflung macht sie riesenstark.
Verzweiflung ist beinah des Sieges Schwester, —
Und mit Verzweifelnden ist es kein Spiel!

T i t u s (setzt sich): Wohl, Du hast recht, Ahenobarbus! Ja!
Ich weiß es; doch der Kaiser weiß es nicht.

A h e n o b a r b u s: So sag's ihm. Und er soll geduldig sein;
Wir sind es auch, — besonders Du, mein Feldherr!
Du schonst zu sehr das lumpige Gesindel.
Laß' Feuer in die Häuser schleudern!

T i t u s: Nein!
Ich kämpf' mit Schwertern, nicht mit Vulkan's Macht.
Mann gegen Mann, so wollen wir sie schlagen;
Das ist des Römer's würdiger, mein Freund! (schüttelt den Kopf):
Zerstören ist so leicht, — doch auferbau'n,
Ist schwer und frißt der Länder bestes Mark;
Ich will erhalten, doch zerstören nicht,
Wenn ich nicht muß. — Soll ich einst auf Ruinen
Mich meiner schlechten Thaten freu'n? — Und wen
Soll ich beherrschen, wenn ich Kaiser werde?
Den Strand des Meeres und den Sand der Steppen, —
Ein Wüstenkönig in der öden Wüste?
Dein Rath ist schlecht!

A h e n o b a r b u s: Es sind Rebellen, Caesar!

T i t u s: Auch Du warst das einst gegen Nero's Macht!
Und diese Juden sind auf's Aeußerste
Durch Gessius Florus' Tyrannei gebracht.

A h e n o b a r b u s: Doch . . . . .

Titus: Freilich! Eine mild're Hand herrscht jetzt;
Sie sollten Das bedenken. Dennoch möcht' ich
Soviel erhalten, als mir möglich wäre.
O goldner Friede! Dreimal köstlicher,
Als selbst der größte, stolze Sieg mir werth! (zu Ahenobarbus)
Der Krieg verzehrt, der Friede nur ernährt!

Zweite Scene.

Vorige.   **Lucius** dazu, in voller, gold'ner Rüstung.

Titus: Du bist zurück?
Lucius: Ja, Caesar!
Titus: Und was bringst Du?
Lucius: Nichts Gutes, Feldherr! Man vertraut uns nicht;
Denn niemals hielt man früher diesem Volke,
Was man versprach.
Titus: Unsinnig=starres Volk!
Es rennt in sein Verderben. Tod den Schurken,
Die es so weit gebracht!
Lucius: Das waren Römer!
Titus (geht auf und ab): Ja, leider! — Aus der Schule
                    eines Nero.
Ahenobarbus (zu Lucius, ihn an der Schulter packend):
                    He, Knabe, was willst Du im Rathe? — Geh',
Bis man Dich ruft, — und harre mein im Zelte!
Lucius: Ich bin zum Caesar herbeschieden.
Ahenobarbus (zornig):   Geh'!
Titus: Bleib', Lucius! Du hast ein Menschenherz,
Und solche Männer lieb' ich. Bleib', mein Freund!
            (Ahenobarbus winkt ihm zu gehen.)
Titus: Du hast mir mehr zu sagen. (zu Ahenobarbus):
                    Alter, schweig'!
Du hast genug gesprochen! — Lucius, — nun?
Lucius: Wohl hätt' ich Vieles zu berichten, doch, —
Ich weiß, — es fällt auf einen harten Boden.
            (besinnt sich einen Augenblick):

O laſſe nicht mehr ſtürmen! — Säheſt Du
Das unnennbare Elend dieſer Stadt,
Dein großes Herz erweichte ſich zu Thränen!
Um Gnade fleht dort Alles, was Du ſiehſt,
Die leeren Mauern, wo einſt hohes Glück
Den Tempel ſtiller Häuslichkeit gebaut,
Wie der Paläſte ſchreckliche Ruinen!
Es grinzt der Tod in gräßlichen Geſtalten
Und widrig Dir entgegen, wo Du gehſt;
Denn Hunger, Peſt und der Parteien Wuth, —
Sie machten aus der Königin der Städte
Nur einen Todtenhof! — In Straßen liegen
Die Hungernden und ſchon Verhungerten;
(Denn überfüllt iſt Hieroſolyma,) —
Und Keiner kümmert mehr ſich um den Andern,
Wenn nicht in Feindſchaft! — Mütter aßen ſchon,
— (Entſetzlich iſt es, aber ſchrecklich wahr,) —
Sie aßen ihre eig'nen Kinder auf!
                    (Titus wendet ſich ab; Lucius fährt fort):
Und Kinder ſah ich, kleine Säuglinge,
Die an den todten Mutterbrüſten lagen,
Und Leben ſuchten, wo Verweſung weilt!
Dabei noch fließt in täglich neuen Kämpfen
Das Bruderblut, das der Parteigeiſt opfert
Dem leeren Wahne eines eitlen Nichts!
O Titus, ſtürme nicht mehr; denn ſie fallen
Von ſelbſt Dir zu in wenig' Tagen. — Herr!
Es ſind zwar Juden, — doch auch Menſchen ſind's,
D'rum Gnade für ſie! (zu ihm tretend):
                    Titus, kaunſt Du weinen?
Ich hab' geweint — und bin ein Römer, — Caeſar!
    T i t u s (ſpringt auf und tritt vor): Gerechte Götter! Welch'
                    ein traurig' Amt
Habt Ihr auf meine Schultern mir gebürdet,
Wär' doch ein And'rer dieſer Auserwählte!
                    (ſenkt trauernd den Kopf.)

Ahenobarbus (zu Lucius): Hinweg, Du Schwächling!
Willst Du Männern rathen?
Geh' in die Kinderstub' und heule dort!
Bist Du mein Sohn?!
Lucius (trotzig): Wenn Du's nicht besser weißt,
Als ich, so muß ich Dich bedauern, Vater!
Ahenobarbus: Du bist kein Römer! — Fort!
Titus (erwacht aus seinem Brüten): Mein Lucius!
Du hast ein weiches Herz, — d'rum sollst auch Du
Noch einmal seh'n, ob Jene guten Rath
Und meine Gnad' empfangen wollen. — Bleib'!
(Zu Ahenobarbus):
Du starrer Römerkopf! Glaubst Du,
Daß Barbarismus nur den Römer macht?
Auch Claudius und Nero dachten so;
Deshalb verachtet sie die ganze Welt. (zu Lucius):
Dies Leid muß enden, wie des Krieges Noth;
Denn 's ist so schrecklich, daß die Weltgeschichte
In aller Ewigkeit es nicht vergißt.
Noch darf ich Gnade walten lassen, wo
Das Recht entscheiden sollte. Auf, zu Pferd'!
Und eile nochmals zu dem starren Volke,
Sag' ihnen, mich erbarme ihre Noth,
Ich wollt' vergessen und verzeih'n, was sie
Gethan. Jetzt kann ich's noch, da kein Befehl
Unmöglich mir es macht. — Doch sollen sie
Mein Heer nicht reizen bis zur höchsten Wuth.
Sag' ihnen, daß sie jede Bürgschaft fordern
Und sie erhalten sollen, wenn mein Wort
Noch nicht genügt. Und bringst Du Frieden mit,
Mein Lucius, — so hast Du mehr gethan,
Als eine Schlacht gewonnen. — Sag' dem Rathe,
Wenn er sich nicht ergibt, so harret Aller
Der Tod! Auch gehe zu Johannes selbst, —
Biet' ihm die Krone von Judäa an, —
Ganz Palästina sei ihm unterthan, —

Biet' Alles, was die Billigkeit erlaubt,
Ich werd' es unterzeichnen und gewähren, —
Nur end' er diesen schauderhaften Krieg,
Damit der gold'ne Friede wiederkehre
Dem armen, blutig-tiefgebeugten Land'.
Jetzt geh', mein Lucius! (umarmt ihn.)
  Lucius: Leb' wohl, Du Edler!
Die Götter sei'n Dir gnädig, großes Herz!
   (Will zu seinem Vater; dieser kehrt ihm den Rücken; Lucius ab.)

Dritte Scene.
Vorige. Ohne Lucius.

Titus (tritt vor): Wenn uns die Stunden Unglück
         bringen sollen,
So eilen sie daher auf Sturmesflügeln,
Und dann hält sie kein Gott zurück.
Doch sehnen wir des Lebens Glück herbei,
Dann haben sie an ihren Füßen Blei. (zu den Offizieren):
Euch Unterfeldherr'n leg' ich es an's Herz:
Sollt' es zum Sturme kommen, dann seht wohl,
Daß Ihr das Prachtwerk dieses Landes schont,
Den stolzen Tempel, welchen Salomo
Der größte Fürst, entwarf, und den Herodes
So prachtvoll hergestellt. Ihr wißt es wohl,
Daß ich Ruinen nie so schön gefunden,
Als Monumente einer würd'gen Größe!
Jetzt geht und rüstet Euch auf alle Fälle! (Alle ab, bis auf Titus.)

Vierte Scene.
Titus. Ein Sklave.

Der Sklave: Ein Mann harrt draußen — aus der
         Judenstadt —
Und bittet um die Ehre, Dich zu sprechen.
  Titus (setzt sich): Was sucht er hier?
  Der Sklave: Das will er Dir nur künden!
  Titus: So führ' ihn ein! (für sich): Was mag der Jude
       wollen? (Der Sklave schnell ab.)

Fünfte Scene.

Titus. Judas Ben Sereph.

Judas (kriechend): Der Friede sei mit Deiner Seele, Caesar!

Titus (schaut ihn an; dann dreht er ihm den Rücken zu): Was
willst Du, Jude?

Judas: Diesen Krieg beenden.

Titus (ohne ihn anzusehen): Du willst's? Das ist doch
drollig, — bei den Göttern!
Ich liege hier mit sechzigtausend Mann
Und konnt' es nicht! — Bist Du vielleicht betrunken?

Judas: Wie kannst Du scherzen, Herr? Ich war es nie;
Denn das Gesetz verbietet's.

Titus: Nun, so sprich!

Judas: Die Noth, die schrecklich in den Mauern wüthet,
Treibt mich, so hart es meinem Herzen ist,
Den Schritt zu thun, den alle Welt verdammt;
Doch kann ich's nimmer anseh'n. Die Parteien
Zerfleischen sich in nie geseh'ner Wuth
Und Bürgerblut fließt fast in allen Straßen
Der angsterfüllten Stadt. — Es sei genug,
Und müßt' Verrath die Thore Dir eröffnen!
Ich kenne Pforten zu dem Tempelhof',
Die Wenigen bekannt sind. — Dorten laß' ich
Beim nächsten Kampfe Deine Krieger ein,
Wenn Du es willst.

Titus (sieht sich verächtlich um): Verräther also bist Du?

Judas (düster): So nenn' ich's nicht.

Titus: Jedoch die Welt nennt's so.

Judas: Die Welt thut vieles, was nicht recht ist, Herr!

Titus: Jedoch das ist nicht Deine Schuld! — Was
Du thust,
Nur das trifft Dich. Gleichviel! — Was forderst Du
Für diese That? — Du thust's doch nicht umsonst?

Judas: Ich thu's, um Frieden meinem Land' zu geben.

Titus: (lauernd): Und keinen Wunsch hast Du für Dich?!

Judas: Doch, Caesar! —
Ich bitte Dich, mein Eigenthum zu schützen;
Denn ein'ge Güter hab' ich in dem Land', —
Die möchten sonst der Krieger Beute werden!
Titus: Haha! Das dacht' ich mir. — Du bist ein Jude?
Judas: Ja, Caesar!
Titus: Hast Du auch Familie, Jude?
Judas: Nur eine Mutter.
Titus: Und sie schämt sich nicht,
Daß sie der Welt ein solch' Geschenk gemacht?!
    (Judas fährt zurück.) (Titus mit unendlicher Verachtung):
Mensch, wenn ich Deine alte Mutter wäre,
Ich würde nie von meinem Sohne sprechen! (sinnend.)
Judas (für sich): O Tod und Hölle! — Hätt' ich
                     einen Dolch,
Ich würde Deinen Hohn bezahlen, Römer!
Titus: Wohl! Wenn der Rath nicht nachgibt, sei es denn!
Wenn dieser Kampf durch Dich beendet wird,
Will ich Dir zahlen, was Du fordern magst,
Und mehr! In Gold will ich Dich hüllen, Mensch,
In soviel Gold, daß Deine Schande sich
Darin verkriechen kann vor dieser Welt,
Denn Gold bedeckt ja Alles. — Willst Du mehr?
Judas: Nein, Caesar!
Titus: Gut, so halte Dich bereit;
Denn morgen stürmen wir.
Judas: Nicht morgen, Caesar!
Titus: Weßhalb nicht morgen?
Judas: Warte bis zum Sabbath',
Da kämpft kein Jude, — 's ist der heil'ge Tag.
So sparst Du viele Leben.
Titus (sinnend):   Gut! Es sei!
Doch täusch'st Du mich, so tödtest Du Dich selbst!
Judas: Was hälf' es mir, wenn ich Dich täuschen wollte?!
Titus (mit Ekel): Nun denn — hinweg mit Dir!
Judas: So lebe wohl! (ab.)

Titus (aufstehend): Dies Scheusal! — Ein Verräther
ist mir doch
Das ekelste Gewürm des Erdenschlammes!
Und wär' es nicht, um diesen Krieg zu enden,
Der soviel Jammer diesem Land' gebracht,
Ich ließ' die Feinde nicht in seinen Händen! (Rasch ab.)
(Verwandlung.)

Sechste Scene.

In des Johannes' Hause.

Johannes und **Esther,** letztere im Brautstaate, jedoch trauernd, blaß.

Johannes: Du trauerst, Kind, und keine Freude mehr
Macht dieses junge, liebe Auge lächeln?!
Weßhalb mir Das, mein Mädchen? Kann ich denn
Nichts, gar Nichts thun, was Dich beglücken könnte,
Mein armes Kind!?

Esther: Nichts mehr, mein guter Vater!
Das Glück weilt nicht mehr in Jerusalem.
In dieser Zeit des Schreckens — und ein Fest! —
Ich kann nicht anders, Vater, kann nur trauern;
Denn Jacob's Hause droht der letzte Fall! —

Johannes: Wohl wahr! Doch um Dich vor Dir selbst
zu retten
Und meine Pflicht Jehova gegenüber
Zu thun, vermocht' ich, Dich um das zu bitten,
Was Du mit schmerzerfülltem Herzen thust.

Esther (faßt seine Hände): Nicht doch, mein Vater! — Ist
es nur Dein Glück,
Was liegt denn noch an meinem armen Herzen?
Es ist ja längst des Unglück's Heimathstätte
Und nicht der holden Freude mehr gewohnt.
Laß' Dich's nicht kümmern. — Eleazar ist
Ein braver Mann, und ist ihm meine Hand
Genug, so nehm' er sie dahin; — ein Herz
Hab' ich nicht mehr zu geben, — es ist todt! (Wendet sich ab.)

Johannes (murmelnd): Todt! Todt! — Weh' mir!
Ich mußt' es tödten, ich,
Um's vor dem schlimmsten Untergang' zu retten.

Esther: Das war nicht nöthig; denn es gab noch Wege,
Die uns vor diesem Untergang' bewahren;
Der Tod ist süß für ein gebroch'nes Herz!

Johannes: Der Tod, mein Kind?! Du darfst nicht
an ihn denken,
Denn leben mußt Du, Deiner Ehre wegen.

Esther: Stirbt man aus Freude nicht? Warum nicht auch
Dem Schmerz' erliegen? Hat er gleiches Recht
Nicht mit der Freude? — Selbstgewählter Tod —
Ist's etwas And'res, als dem Schmerz' erliegen?!

Johannes (sehr ernst): Wohl ist er Das! Jedoch ein
gutes Herz
Erträgt mit Größe seines Schicksals Wucht.
Du glaubst, Du könntest durch die böse That
Des Ewigen Gebot umschleichen? Esther!
Das Sterben ist so leicht, — doch Aufersteh'n,
Wie's der Gerechten wartet, ist ein And'res!
Du könntest's nicht mehr, fürcht' ich, armes Kind! (tritt zu ihr):
Bedenke Dies! Was ist das Erdenleben?
Ein kurzer Schritt nur durch die Ewigkeit.
Willst Du um diese kleine Spanne Zeit
Der Ewigkeit und ihrer Wonn' entsagen? (schmerzlich):
Und was sollt' ich dem Ewigen erwidern,
Wenn nach erfüllter Pflicht ich vor ihn trete,
Und er fragt mich: Wo ist das edle Pfand,
Das meine Güte Dir vertraut, Johannes?
Hast Du's bewahrt, wie mein Gesetz befahl?!
Und ich — ich such' vergebens in den Himmeln
Nach meiner Esther! (sie wendet sich ab.) (Er): Alle find' ich wieder
In jenen sel'gen Schaaren, die ihn preisen, —
Die Mutter, Deine Schwester, Deinen Bruder, —
Ach, Alle schweben selig mir entgegen, —
Nur meine Esther find' ich nicht! (birgt sein Gesicht in den Händen.)

Esther (für sich): Mein Gott!
Nicht leben und nicht sterben können! Wehe! (faßt sich):
Doch — er hat Recht. — Für diesen kurzen Traum —
Die Ewigkeit!? — Ich darf nicht länger wählen!
(sie stürzt zu seinen Füßen, dieselben umfassend):
Mein Vater! Theurer Vater, hab' ich nicht
Geschworen, Deiner werth zu sein?! — Wohl denn
Ich schwör's beim Ewigen, ich will nicht sterben, (sie erhebt sich):
Für Nichts und Niemand, als für Dich allein, —
Für dieses theure, liebe, gute Haupt!
(Sie faßt seinen Kopf mit beiden Händen und küßt ihn.)
Johannes (umarmt sie): Mein gutes Kind, Du gibst das
Glück mir wieder,
Wenn auch ringsum das Unglück schrecklich droht.
Welch' süßer Friede für mein Herz! Warum
Kann man in solchem Augenblick' nicht sterben?
Das ganze Leben schien' ein holder Traum
Und längst vergessen wären alle Leiden,
Könnt' man in solchem Traum' des Glückes scheiden! (Zu ihr:
Nun bin ich ruhig. Dank Dir, meine Esther!
Und jetzt erfülle bald sich das Geschick!
(Die Thüren werden aufgerissen u. Lucius eilt herein; bleibt an der Thüre stehen.)

Siebente Scene.

Vorige. Lucius.

Lucius: Johannes! Esther! [Beide stehen erstaunt.]
Esther [flieht zur Seite]: Gott! Auch das noch! — Er!
Weh' mir! — Mein Vater, schütze mich vor ihm!
Ich bin ja nur ein irdisch-schwaches Weib! [flieht zu ihm.]
Johannes [nimmt sie an seine Brust]: Komm', birg Dein
Herz und Deine Augen hier,
So hat er keine Macht mehr über Dich! [zu Lucius]:
Was willst Du hier?
Lucius [erstaunt]: Der Caesar sendet mich. —
Mir scheint, ich bin hier nicht bekannt! —

Johannes [für fich]: Ach, nur zu sehr! [laut]: Du
solltest nicht mehr kommen!

Lucius: Ich war im Rathe! — Sie berathen sich,
Ob sie sich unterwerfen sollen, ob
Sie weiter kämpfen und sich tödten wollen.
Auch Dir sollt' ich es künden. — O Johannes,
Noch ist es Zeit. Ergebt Euch! Diese Noth —
Kannst Du sie länger seh'n?

Johannes: 's ist nicht mein Recht,
Hier zu entscheiden. — Ich bin nur ihr Führer,
Doch nicht ihr König. Und der Führer steht
Und fällt mit seinem Volke. Gehe, Römer,
Und folt're nicht noch länger uns're Herzen.

[Läßt Efther und führt Jenen an ein Fenster]:

Sieh' jene Mau'r, — sie theilt jetzt meine Macht,
Und jenseits commandirt ein Anderer;
Denn die Zeloten und die Pharisäer
Bekämpfen sich mit nie geahnter Wuth.
Ich hab' nur noch den Tempel unter mir
Und Morja, kaum die Hälfte uns'rer Stadt.
So könnt' ich nur Verrath am Volke spielen
Und das vermag ich nicht. — D'rum lebe wohl!

Lucius: Dies Alles kannst Du ändern, wenn Du willst.

[Johannes sieht ihn fragend an; Lucius]:

Ich biete Dir die Krone, nimm sie an —
Ganz Palästina sei Dir unterworfen;
So will es Titus, — und ich bürge Dir,
Daß Dies ihm Ernst ist. Ende diesen Krieg,
Den schauderhaften Brudermörderkrieg,
Und gib dem Lande seine Ruhe wieder.
Du kannst's!

Johannes: Ich — König durch der Römer Willen,
Wie's jener blutige Herodes war?!
O nimmer! Und Das glaubte Caesar Titus?!
Er glaubt's von mir?

Lucius: Er glaubt es nicht, er hofft nur,
Daß Du es in Erwägung ziehen mögest —
Dem Land' zum Heile!

Johannes: Nimmer, Römer! Nimmer!
Verrath soll niemals meine Locken schmücken,
Und wär' es selbst mit einem Diadem'!
Will Juda einen König sich erwählen,
Braucht's keines Caesar's! — Melde Dies dem Titus —
Und daß er schlecht von mir gedacht. Leb' wohl!
(Gibt ihm die Hand.)

Lucius (seufzend): Ich werde geh'n. Doch eine Frag'
erlaube,
Dies Haus ist festlich aufgeputzt, Dein Kind
Im Hochzeitskleide! — Was bedeutet das?

Esther (leise zu Johannes): Ach, sag's ihm nicht!
(sie tritt zur Seite.)

Johannes: Weshalb nicht, meine Tochter?!
Er muß es wissen. Es ist besser so. (zu Lucius; erschüttert):
Wir feiern Esther's Hochzeit! (Lucius tritt erstaunt zurück.)

Esther (für sich): Wehe mir!
Daß wir sie feiern!

Johannes: Ein sehr braver Mann,
Der Hauptmann Elieser, warb um sie.

Lucius (auffahrend): Kann Elieser sich ein Herz erschleichen,
Das ihn nicht liebt? (zu ihr): Wie, — oder liebst Du ihn?
Sprich, Esther, sprich das inhaltschwere Wort, —
Du bist's mir schuldig. — Sollt' es möglich sein,
Daß ich mich so getäuscht? (sanft): O Esther, sprich!
Dann mag's geschieden sein!

Johannes (leise): Sei fest, mein Kind!

Esther (mit sich kämpfend; leise zu ihm): Ich kann es nicht.
Soll ich mit einer Lüge
In's Leben schreiten, wo die Wahrheit herrschen
Und Lug und Trug verworfen werden sollte!?
Ich kann es nicht, mein Vater!

Lucius (ihre Hand fassend): Esther, sprich!

Esther: Er ist mein Freund.

Lucius: Man eh'licht keinen Freund.
Soll ich an Dir verzweifeln, meine Esther?!

Johannes (dazwischen): Mein Wille war's und sie ge=
                 horcht dem Vater.
Nicht theurer ist er mir, als Du's gewesen,
Wär'st Du von meinem Stamm'. Du bist ein Feind
Von meinem Land' und Gotte. — Römer, geh'!

Lucius: Und das ist's nur, weshalb Du sie geopfert?
Johannes! Weißt Du auch, was Du gethan?
Wer bürgt dafür, daß jenes hohe Wesen,
Das Du „Jehova" nennst, das „Zeus" ich nenne,
Nicht ganz dasselbe ist, das wir verehren?

      (Johannes schüttelt den Kopf, Lucius fährt fort):
Vielleicht sind's auch zwei Brüder nur,
Die sich in diese Welt getheilt, und sicher
Wird nicht der Eine zürnen, daß ein Volk
Dem Anderen Altäre baut und opfert.

Johannes (schüttelt den Kopf): Ein Aberglaube voll Ver=
                messenheit!
Ein Wesen gibt es nur, das ewig herrscht, —
„Jehova" ist sein Name. — Deine Götter
Sind Spiel und Tand der ird'schen Phantasie.

Lucius: Der Name ist nicht Gott! Ein jedes Volk
Hat seine eig'ne Sprache und bezeichnet
Deshalb mit andern Worten dieses Wesen.
Und wenn es sich den Unnennbaren denkt,
Wie's seinem Geiste passend ist, wenn es
Den Himmlischen mit menschlich=süßen Schwächen
Sich ausmalt, seinen Wünschen angepaßt,
Ist's ein Verbrechen, wo der Geist zu schwach,
Den Ew'gen zu begreifen?! — Weißt Du es,
Ob Er ein ewig zürnender Jehova,
Ob Er kein freundlich strahlender, kein Gott
Der Liebe und der Freude ist!? Gib mir
Beweise für den Gott, wie Du ihn denkst,

Und ich bekenne ihn, wie Du ihn glaubst!
Doch kannst Du's nicht und bist Du gar im Irrthum',
Was dann, Johannes? — Schrecklich wär's für Dich,
Wenn einst der Schleier, der ihn Dir verhüllt,
Von Deinen Augen fällt „und Er wär' anders!"
Du sahst ihn nicht, wie kannst Du ihn behaupten?
Esther (für sich): Jehova! Stärke mich, daß ich nicht zweifle.
Johannes (erschüttert): In seinen Donnern offenbart
er sich! . . . .
Lucius: Auch Zeus kann donnern.
Johannes (kopfschüttelnd): In des Windes-Säuseln
Spricht seine Stimme mahnend zu dem Herzen.
Im Sturme droht er und im Erdenbeben.
Zieh' hin nach Osten. Dorten ist ein See, —
Da weht kein Lüftchen mehr Dir Kühlung zu,
Da breiten keine Vögel ihre Schwingen,
Kein Thier belebt das Wasser, und kein Baum
Verbreitet Schatten an dem todten Ufer;
Tod und Vernichtung über ihm und um ihn!
Und zieht ein Vogel über ihn dahin,
So stürzt er nieder in die bitt're Fluth,
Mit seinem Tod' den falschen Weg bezahlend . . . .
Dort standen einst in ihrer Ueppigkeit
Sechs große Städte, blühend, herrlich, reich,
Jedoch vergessend, wer sie reich gemacht.
Sie ließen von Jehova und der Gott
Ließ sie versinken. — Wo die besten Waiden
Die fetten Heerden nährten, ist ein Grab, —
Und Sodom und Gomorrha liegen d'rin!
Lucius: Ich kenn' den Schwefelsee. — Naturerscheinung!
So straft kein Gott ein menschlich-schwaches Irren;
Das wär' entsetzlich!
Johannes: Ja, es ist so, Jüngling!
Natur sagst Du? Du läugnest also Gott?
Weh' Dir!
Lucius: Ich läugne nicht, doch glaub' ich ihn

Als einen Gott der Lieb' und des Erbarmens,
Der, weil so schwach das Menschenherz er schuf,
Mit seinen Schwächen auch Erbarmen hat.
Johannes! Gib dem Menschenherzen nach;
Das geht den Weg, den ihm die Gottheit zeigte.
Dein Gott stammt aus der finstern Zeit der Nacht,
Wo noch die Völker in des Lebens Wiege
Nicht wußten, wie sie ihn verehren sollten;
Die Finsterniß schuf einen finstern Gott!
    Esther (für sich): O Herz sei stark, nur heute bleibe fest!
    Johannes: Schweig', Jüngling! Unsre Väter kannten ihn;
Er führte sie durch manche schlimme Fahr
Und den Propheten hat er sich gezeigt.
Glaubst Du, daß eines fremden Jünglings Hauch,
In einer falschen Lehre ausgebildet,
Den Ewigen vernichten könnte!? — Nein! —
Dein griechisch Wesen hat nichts Göttliches.
Doch wir sind keine Schriftgelehrten, Jüngling;
Uns kommt's nicht zu, den Ew'gen zu erklären,
Und die Sophismen schaffen keinen Gott!
Doch bleib' ich treu den alten Satzungen.
Glaubst Du, o Römer, daß ein heilig Wesen,
Für das Jahrhunderte mein Haus gekämpft,
Das meines Lebens Ideal gewesen,
Ich von mir schleud're, wie ein altes Schwert,
Das nichts mehr taugt?! — Ich bin der Führer nur
Für diesen Krieg, und was mein Volk beschließt,
Das werd' ich treu vollführen, wenn ich's kann.
Ein guter Hirt verläßt nicht seine Heerde;
Treu bin ich meinem Volk', wie meinem Schwerte.
    Lucius: Du hoff'st umsonst.
    Johannes: Geh', Römer!
    Lucius: Laß' mich denn
Den letzten Abschied von der Tochter nehmen.
    Johannes: Wohl, Lucius! — Doch sei kurz. — Ihr
                 Herz ist krank

Und keine Stürme könnt' es mehr ertragen.
Sei edel!

Lucius: Fürchte Nichts. — Was will ich denn,
Als Abschied von dem Lebensglücke nehmen.

[Zu ihr]: [Johannes tritt zur Seite.]

Esther!

Esther: O geh'!

Lucius: Du warst mir theuer, Esther,
Du weißt es wohl. — Und Dich zu retten kam ich —
Sammt Deinem Vater. — Hast Du mich vergessen,
Daß Du Dein Herz dem Ungeliebten gibst?

Esther: Niemals mein Herz, — nur diese arme Hand!
Und dieses mußt' ich!

Lucius: Esther! Liebe kennt
Kein Müssen. — Mädchen! Darf mein Herz nicht lieben,
So kann es brechen oder sterben, — doch,
Verrathen wird es nie ein and'res Herz.

Esther [bittend]: Verkenn' mich nicht! Wie gerne wollt'
ich sterben,
Doch darf ich nicht. — Das Leben ist Nichts werth,
Und dennoch muß ich leben. — O sei still! [auf Johannes deutend]:
Ich lebe Ihm! [faßt seine Hände]: Sag', würdest Du nicht leben,
Wenn Deine liebe, gute, süße Mutter
Um Leben flehte, wo Du sterben wolltest?! [leise]:
Und heute wollt' ich sterben! [bedeckt ihr Gesicht mit den Händen]

Lucius: Wolltest Du?
Weshalb? Wofür?

Esther [voll Liebe]: Für wen denn könnt' ich sterben,
Wenn nicht für Dich?

Lucius [freudig ihre Hand fassend]: Lebt nicht die Hoff-
nung noch?!
O Esther! Soll ich denn von Allem scheiden,
Was uns die Hoffnung lächelnd einst gezeigt?

Esther: Die Hoffnung? — Sie ist todt! Leb' wohl
denn, Jüngling!
Ich habe keine Hoffnung mehr!

Lucius: Weh' mir!
Ist das Dein letztes Wort?
Esther: Es ist's. Leb' wohl!
Vergiß mich!
Lucius: Ha! Wie könnt' ich, süßes Mädchen?!...
(schmeichelnd):
Und wirst Du jetzt ihm angehören?
Esther (leise): Nie!
(sie schauen sich trunken und trauernd an.)
Johannes (für sich): Mein Gott, verzeihe einem Vater-
herzen,
Wenn es in bange Menschenzweifel fällt.
Es ist mein einzig Kind!... Doch will ich's retten!
(laut, zwischen sie):
Auf, trennt Euch; 's ist genug!
Esther (für sich): Schon jetzt? O Himmel!
Johannes: Dein Herz kann ich nicht mehr bewahren,
Esther,
Doch Deine Seele sei mir unbefleckt!
Geh', Kind! (Zu Lucius): Auch Du verlaß' uns, Römer!
Du siehst, es kann nicht sein; Du bist ein Heide!
Lucius: Ist Berenice keine Tochter Juda's
Und Titus, ihr Gemahl, kein Heide?
Johannes: Leider!
Doch — Das beweist nichts!
Lucius: Als Dein starres Herz.
(Esther im innern Kampfe befangen)
Johannes: Du kennst es nicht, — deßhalb verdamm'
es nicht.
Leb' wohl, Du edler Jüngling! Könnt' ich Dich,
Der Meinen Einen, in die Arme schließen,
Wie glücklich würd' ich sein! Doch trennet uns
Ein Gott für dieses ganze Erdenleben,
Ein Gott für eine ganze Ewigkeit. (legt seine Hände auf dessen Haupt):
Mein Segen Dir, wenn er Dir nützen kann,
Vielleicht läßt es Jehova zu;

Denn Dir gab die Natur ein edles Herz.
Leb' wohl! — Du siehst, Dein Weilen bringt nur Kummer.

Lucius: Ja, Du hast Recht. — Soll es geschieden sein,
So sei es schnell. Du sollst nicht schwach mich schauen;
Ich geh'. Und was sag' ich dem Caesar heut'?

Johannes: Was unser Rath beschließt. Er ist von Gott
Uns eingesetzt.

Lucius: So sei es denn, Johannes!
Leb' wohl! (gibt ihm die Hand und geht; an der Thüre bleibt er stehen
und schaut Esther an):

O Esther! Lebe wohl — auf ewig!
(er breitet seine Arme nach ihr aus.)

Esther (zitternd, bebend, mit sich kämpfend): Ich kann nicht mehr!
(stürzt in seine Arme, umarmt ihn glühend):

Leb' wohl! — Mein Lucius!
Dich anzubeten hab' ich nicht verschworen,
Doch lieben darf ich niemals Dich!

Johannes (macht einen Schritt nach Jenen; dann): Jehova!
Das Menschenherz hat hier gesprochen. — Weh',
Wenn es nicht Recht hat. — O verzeihe ihr!
(Er wendet sich ab und bedeckt sein Gesicht mit den Händen; dann für sich):
Ich könnt' mich retten, nähm' ich Dieses an, —
Mich und mein Haus — und eine Königskrone! . . .
Ich könnt' mich retten! — (sinnend): Doch ich will es nicht!
Kein Königreich verwischte den Verrath,
Und seine Schmach deckt mir kein Diadem!

Ein Diener: Die Abgeordneten des Rathes warten!
(Esther und Lucius trennen sich beim Erscheinen des Dieners.)

Johannes: Führ' sie herein! (Diener ab.)

Achte Scene.

Vorige. Rathsherren. Eleazar, Judas, Enoch.

Ein Rathsherr (zu Lucius): Der hohe Rath beschloß,
Daß niemals Friede sei, bis Rom's Legionen
Dies Land geräumt. — Der Tod ist lieber uns,
Als Knechtschaft unter einem fremden Scepter.

Lucius: So sei es denn! — Ihr wählet das Entsetzen!
Der Rathsherr: Wir haben's schon. Doch bleibt
                              sich's gleich. — Das Volk
Ist halb verhungert und die and're Hälfte
Lebt jetzt von Dem, was unrein ist. — Gleichviel,
Wann wollt Ihr stürmen?
Lucius: Uebermüthiger!
Du fragst sehr kühn dem Tode nach. Wohl! Morgen!
Der Rathsherr: Gut, morgen denn! Wir sind ge=
                              faßt darauf
Und scheuen Nichts, als Eure Sklavenketten.
Lucius (drohend): Und Euch vermag kein Gott mehr zu
                              erretten!
(stolz ab. — Alle folgen, bis auf Esther, Johannes und Judas, der im
                    Hintergrunde bleibt.)

Neunte Scene.

Johannes. Esther. Judas (im Hintergrunde.)

Esther (stürzt in Johannes' Arme): Weh' uns! Wir sind
                              verloren! (Judas nicht hämisch lächelnd.)
Johannes: Ja, mein Kind!
Doch besser todt, als ein Verräther werden
An unserm Gott' und theuren Vaterland'!....
                    (Judas fährt zusammen und stürzt fort.)
Auch uns're Feinde sollen's schrecklich büßen,
Daß sie auf's Aeußerste mein Volk gebracht.
Zu Dem, was die Verzweiflung, die schon wacht,
Zu thun gebeut, wird man sich keck entschließen,
Und Rom's Legionen mögen bald sich schicken,
Dem Tod' aus unsrer Hand in's Aug' zu blicken. —
Und bleibt uns Nichts, mein Kind, als Schutt und Flammen,
Dann fürchte Nichts, — wir sterben ja zusammen!
(Esther legt ihr Haupt an seine Brust; er küßt sie auf die Stirne, indem
                    er sie umschlungen hält.)

Der Vorhang fällt.

———

Fünfter Act.

Erste Scene.

Im Römischen Lager.   Vor dem Zelte des Titus.

Titus auf einem Divan, verstimmt; **Berenice** neben ihm sitzend, in
Trauerkleidern.

Berenice: Was ist Dir, Titus? — Lebensmüde bist Du!?
So jung, so groß, so reich an stolzer Hoffnung —
Was trauerst Du? — Sprich, sollen Flötenspieler
Und Tänzerinnen Deinen Geist erfrischen?
Soll unser Schauspiel oder Sängerchor
Dein Herz erheitern? — Sag', mein großer Titus,
Der einstens Herr der Welt wird sein!

(Er schüttelt den Kopf; sie fährt fort):

Du arme Berenice! Nicht mehr kannst Du
Des stolzen Caesars Herz erfreu'n. — Fahr' wohl,
Du schöner Traum beständ'ger Liebeszeit!
So liebten meine ersten Gatten nicht,
Herodes und der Fürst von Chalcis.

    Titus (lächelnd):   Weib,
Das waren keine Männer. Tändeln ist
Der Memmen Hauptbeschäftigung, — ich bin
Ein Römer! — Doch was kümmert's Dich?!
Was mich erfreuen könnte, macht Dir Schmerz.

    Berenice (trauernd): Wohl ist es so! — Doch kann ich
                 Das nicht ändern.
Es ist mein Vaterland! — Es ist die Stadt,
Wo ich den holden Traum der Jugend träumte.
Verzeihe mir, wenn ich mit Wehmuth sehe,
Daß diese schöne Stadt in Trümmern liegt.
Welch' mächtige Geschlechter lebten dort
Und bauten sich ein Denkmal ihrer Größe!

Und dieses Alles ist dahin, mein Titus.
Ich kann mich nicht erfreuen!

Titus: Berenice,
Ich kann es auch nicht! Das ist just mein Leid,
Daß ich bestimmt bin, zu zerstören. — Ach!
Ich möcht' erhalten, doch ich kann es nicht.

Berenice: Warum nicht, Titus? — Ist's des Kaisers Wille,
Daß Alles sinkt in Asche?

Titus: Leider ist's.
Der letzte Bote brachte die Vernichtung.
Ich bin kein Gott; so kann ich's nicht verhüten.

Berenice: Der Imperator ist sehr hart!

Titus: Er ist
Der Herr und Kaiser! Mein Loos ist — Gehorchen!

Berenice: Wohl mußt Du Das, — als Römer und
                         als Sohn.
Ich kann Dich nicht verdammen; denn Du bist
Doch nur der Arm des Schicksals. Aber, Titus,
Verschone, was Du kannst; so viele Leben
Fraß schon das Schwert. — Dies Land wird öde sein,
Wie eine Wüste. — Wo einst frohe Menschen
In heit'rem Glücke ihren Gott gelobt,
Da wird kein Segenswunsch mehr zu ihm steigen,
Da wird die Oede tiefste Trauer zeigen.
O schone uns'rer Schwachen!

Titus: Was ich kann,
Werd' ich erhalten; denn nicht gänzlich soll
Dein Volk verschwinden. Schwächen will ich's nur,
Damit's den Frieden nicht mehr brechen kann.
Mög' sie ein Gott erleuchten, Berenice!
Das ist mein Wunsch.

Berenice: Wohl thöricht ist mein Volk,
Mit Roma's Weltmacht sich zu messen.

Titus: Ja!
Wahnsinnig ist's; denn niemals wird es siegen,
Und Rom's Bestimmung ist die Weltherrschaft.

Zweite Scene.

Vorige. Ein Offizier.

Titus: Was gibt's?

Der Offizier: Dein Unterfeldherr siegt.
Schon stürmt man ihre letzte Wehr, den Tempel.
Die dritte Mauer ist der ersten gleich;
Jerusalem ist nur ein Trümmerhaufen.

(Berenice verhüllt ihr Haupt mit dem Schleier.)

Titus (düster): Und dennoch muß ich kämpfen? Schlechte
Botschaft!
Wenn Du nichts Bess'res weißt, so magst Du schweigen!

(Der Offizier ab.)

Dritte Scene.

Vorige. Ahenobarbus.

Ahenobarbus (in Haft): Sei fröhlich, Caesar! Endlich
geht's zu Ende.
Schon kämpft man um den Vorhof ihres Tempels.
Bald wird von der Rebellenstadt man Nichts,
Als Trümmer seh'n. — Ich rief mein Heer zusammen,
Um Nachmittags die Streiter abzulösen.
Die zehnte Legion entbrennt in Kampflust,
Und bitter werden's diese Juden büßen,
Zieh' ich zum Sturme.

Berenice: Schweig', Unmenschlicher!
Behalte Das für Dich!

Ahenobarbus: Es sind Rebellen!

Berenice (erhebt sich): Was bist denn Du? Ein Wort
von Deinem Herrn,
Und Du bist weniger, als uns'rer Sklaven
Geringster! Und Rebellen nennst Du sie?!
Ein Heldenvolk ist es von je gewesen
Und wird es immer sein! — Rom's stärkste Heere
Erzitterten schon oft vor Juda's Macht,

Und nur die Uebermacht kann es besiegen.
Ihr könnt Euch brüsten! — Hat nicht dieses Volk
Wie nie ein anderes in Asien,
Rom's sieggewohnte Heere aufgehalten
Und schon fünf Jahre ihm den Sieg entrissen?
D'rum rühm' Dich nicht auf Kosten meines Volkes;
Du kannst es nicht!

    Ahenobarbus: Vergiß Dich nicht, o Fürstin!
Wenn auch ein Diener, bin ich doch ein Römer.

    Berenice (pickirt): Und ich die Jüdin?! — Freilich,
                       Römer sein,
Welch' große Ehre, — so, wie Du es bist!
Ich lache Deines Römerstolzes. — Thor!
Ich möchte nicht ein Römer sein, wie Du,
Ein Römer aus der Schule eines Nero!

    Ahenobarbus (bissig): Und ich kein Weib, wie Berenice ist!

    Berenice (auffahrend): Und Das sagst Du dem Weibe
                       Deines Herrn? (zu Titus):
Wie lange noch, mein Titus, soll ich dulden,
    (mit Verachtung auf Jenen deutend):
Von solchem Menschen achtungslosen Hohn?
Ist es Dein Wille? Sag' es, Caesar, mir!
Dann weiß ich, was mir ziemt.

    Titus (springt auf):   Ich bin erstaunt,
Sodaß ich kaum zur Sprache kommen kann.
He, Lucius, bist Du reif für's Narrenhaus,
Daß Du solch' Rede hier gewagt? Nimm Dich
In Acht, daß ich Dir nicht den Caesar zeige.
Nun gehe, bis ich Dein begehren werde.
Du bist verrückt!

    Ahenobarbus: Doch nicht verliebt und blind!
Ich scheere mich den Henker um ein Weib,
Und ebenso um diese Juden!

    Titus (fährt auf und faßt an's Schwert): Mensch!
Vergiß Dich noch mit einem einz'gen Wort',
Und man wird seh'n, wie leicht ein Römerkopf

In eines Caesar's Hand wiegt. Alter Thor,
Zwing' mich nicht, daß ich den Tyrannen zeige.
Kann ich es gegen Die, (nach Jerusalem deutend,) so kann ich's auch
Wohl gegen Römer sein. — Hinaus, Geselle!

A h e n o b a r b u s: Ich steh' in Kaiser's Dienst, o Caesar!

T i t u s: Ha!
Du wagst zu widersprechen, Elender,
Den meine Gnade groß gemacht? Kein Wort mehr!

(Trabanten erscheinen.)

A h e n o b a r b u s (trotzig): Bin ich ein Sklave?!

T i t u s (zieht sein Schwert):   Ja, Du bist es mir,
Und wehe Dir, daß Du mich d'ran erinnerst!
Hinweg mit ihm, Trabanten. Fesselt ihn!

A h e n o b a r b u s: Mich?! — Nie!

T i t u s (stürzt auf ihn zu):   Verruchter, stirb!

(Er will ihn durchbohren. Berenice fällt ihm in den Arm.)

Vierte Scene.

Vorige. Lucius stürzt herein, staubbedeckt, aufgeregt, fällt ihm in den
andern Arm, bittend.)

L u c i u s: Er ist mein Vater!

T i t u s (hält ein): Jaso! (steckt sein Schwert ein): Ich bin ein
                      Thor, mich zu ereifern.
Noch fällt's mir schwer, mich gänzlich zu beherrschen.

(auf's Herz fassend):
Du heißes Blut, zurück! (zu Ahenobarbus): Ahenobarbus,
Ist das die Kriegszucht, wie?

L u c i u s (sanft):   Verzeih' ihm, Caesar!
Er ist ein Hitzkopf. — Doch — was wollte er?

A h e n o b a r b u s (zu Lucius): Schweig', Junge! Braucht'
                      ich einen Advokaten,
Du wärst es nicht! — Bitt' einst für Dich, wenn Titus
Aus Freundschaft Dich in Fesseln schlagen läßt;
Denn eines Caesar's Gunst ist wankelmüthig. —

T i t u s (zu Lucius): Sei ruhig, Lucius. — Verzeihung sei

Die Strafe seines losen Mundes. — Sprich,
Woher des Wegs? — Ahenobarbus, bleib',
Doch schweige! — Man bedarf nicht Deiner Weisheit!

(Ahenobarbus tritt mürrisch in den Hintergrund.)

Lucius: Ich komme von der Stadt der Trümmer.

Titus: Nun?

Lucius: Es ist geschehen um Jerusalem;
Der Tempel nur ist noch in ihren Händen.
Doch schrecklich war das Morden in den Höfen,
Da Keiner Gnade nahm und Gnade gab.
Noch hofften sie auf ihres Gottes Hülfe;
Doch kam sie nicht und schaudernd sah ich es,
Wie sich die Massen gegenseitig würgten.
Es liegen Tausende um ihren Tempel,
Getreu dem Glauben, der zum Kampf' sie trieb,
Und Wen'ge nur vermochten wir zu fangen;
So hört' ich. — (Berenice setzt sich trauernd und verhüllt an die Seite.)

Titus: Endlich! — Danken wir den Göttern,
Daß dieser schlimme Krieg zum End' sich neigt.
Auf jetzt — zur Stadt, das blut'ge Spiel zu enden,
Da es kein Gott vermochte abzuwenden! (Ab mit Allen.)

(Verwandlung.)

Fünfte Scene.

(Im Vorhofe des Tempels.)

(Gräuliche Verwüstung überall umher. — Todte und sterbende Männer, Frauen
und Kinder in verschiedenen Ecken. Ein Trupp [jüdischer] Soldaten zieht
über den Platz in den Tempel. — **Judas Ben Sereph** folgt ihnen.)

Ein verhungerndes Weib (ein Kind neben sich, erhebt
sich auf einen Arm): Gebt mir zu trinken und ein wenig Brob's
Für dieses Kind; — ich kann's nicht länger seh'n,
Wie es verschmachtend langsam sterben muß! —
O! Gräßlich sind des Hungers Qualen! — Gräßlich,
Den Blick des fast Verschmachteten zu schau'n! —
Warum verschonte uns das Schwert? (sie sieht Judas) Gib Brob,
Der Du dem Volk' so oft von Rettung sprachst!

Judas: Brod?! — Haben wir's denn noch, Du tolles
Weib? (auf die Soldaten deutend):
Selbst diese Kämpfer wissen längst nicht mehr,
Wie's schmeckt, — und hilft kein Wunder dieser Stadt,
So geht sie unter, da die Arme fehlen,
Sie zu vertheidigen. — Stirb, wie wir Alle
Es müssen; — stirb für Deinen heil'gen Herd!
Das Weib: Fluch Dir und Deiner Bande, die den Krieg
Herauf beschworen, diesen gräßlichen!
Fluch Euch, Ihr Heuchler! Fluch! Gott wird Euch richten
Für diese namenlose Qual! Fluch Dir,
Du Mörder unsres Landes! (Sie wankt mit ihrem Kinde ab.)
    Judas: Dummes Weib!
Was kümmert mich Dein Fluch?! Er trifft nicht mich;
Denn schrecklicher, als wir es sah'n, kann's nimmer
Jerusalem und seinem Volk' ergeh'n.
Warum beginnt Ihr Krieg mit dem Kolosse,
Der Euch zermalmen muß?! (stützt sich auf sein Schwert): Das
Einzige,
Was man noch thun kann, ist: aus diesen Trümmern
So viel zu retten, daß die Zukunft uns
Nicht allzu schwarz entgegen dräut, und damit
Sich unter Rom's Gewaltherrschaft zu flüchten.
Und dieses will ich! — Ja, Jerusalem,
Du Königsstadt, Dein Schicksal ist besiegelt.
Denn heute schlägst Du Deine letzte Schlacht! —
Bald wird der Römer auf Dein letztes Bollwerk
Sich wüthend stürzen, es in Trümmer legend.
Wo ist die Macht, die es verhindern kann?
Wird es Jehova, wie Ihr es gehofft?!...
Ich zweifle d'ran!... Das ist Judäa's Ende!
(Im Hintergrunde erscheinen Johannes, Eleazar, Enoch und Soldaten, durch
welche Johannes verschiedene Posten besetzen läßt.) — (Judas):
Ha! Der Verhaßte!... Glaubt sich noch zu halten!
(hämisch lächelnd)
Erkennen wirst Du bald, daß all Dein Witz

Zu schwach ist, einen Tag Dir noch zu retten! —
D'rum — jetzt an's Werk und meinen Platz! — Schon wartet
Der Römer auf mein Zeichen zu dem Sturm'.
Jerusalem! Ich kann Dich nicht erretten; —
D'rum falle, — so zerreißt Du Deine Ketten! —

(rasch ab zur Seite.)

Sechste Scene.

Johannes und Eleazar kommen vor.

Johannes: Sind alle Pforten gut besetzt?

Eleazar: Sie sind's,
Und jeden Winkel habe ich durchsucht.
Doch — hoffst Du noch, mein Feldherr?

Johannes: Sollt' ich nicht?!
Hat nicht ein wahrer Muth und Gottvertrau'n
Schon Größeres vollbracht? An diesen Mauern,
Die — unser Heiligstes — das Volk begeistern
Und in den Tod mit höchstem Gleichmuth' treiben,
Kann, wenn es Gott will, heut' der Feinde Macht
Zerschellen; denn die Krieger sind entflammt, —
Begeistert durch Jehova's Heiligthum, —
Und zu dem Aeußersten, zum Schrecklichsten
Entschlossen. — Dies wird unsre Siegesstatt' —
Wonicht, so wird es unser Scheiterhaufen. —
Zuweit sind wir gegangen, als daß wir
Noch Gnade hoffen könnten, oder Milde.
Und möchtest Du der Römer Gnad' erfleh'n?

Eleazar: Nein, eher sterben!

Johannes: Das hab' ich erwartet
Vom besten Hauptmann meines tapfern Heeres. —
Was nutzt das Leben, wenn die stolze Sonne
Auf meine Ketten scheint, sie zu vergolden?!
Denn unser harrt nur noch die tiefe Schmach,
Zu Rom in dem Triumphzug Vespasian's
Des Caesar's Wagen durch die Stadt zu zieh'n,

Um d'rauf in der Arena mit den Bestien
Der lyb'schen Wüste um das nackte Leben
Zu kämpfen, bis durch Tiger's Zahn und Klaue
Es plötzlich in dem Sande leis zerrinnt. —
Was bleibt Dir anders, guter Eleazar,
Als ehrenvoll zu enden? Wenn Du nicht
Dem Henker etwa gar verfallen willst?

 Eleazar: Eins wär' so schrecklich als das Andre, Herr!
Drum — sterben wir, wenn wir nicht siegen können! —

 Johannes: Wir können uns noch halten. — Alle Thore
Sind fest verrammelt, jede Pforte sicher
Und treu bewacht von unsern besten Männern.
Vielleicht, daß sich im Rücken der Barbaren
Das Volk erhebt und diese Stadt entsetzt.
Ein neuer Krieg brächt' uns Verbündete;
Denn alle Völker Asiens hassen Rom
Und schütteln längst erzürnt die Sklavenketten.
Drum haltet aus!... Und sag's den andern Führern,
Sowie, daß ich noch hoffe, und so lang'
Johannes hofft, sind wir noch nicht verloren.

 Eleazar (umarmt ihn): So lebe wohl, — sollt' mich ein
        plötzlich' Loos
Von Deiner Seite reißen!

 Johannes: Lebe wohl!
Jehova schütze Dich, so lange Dir
Das Erdenleben keine Last geworden. (Eleazar ab.)
Endlich ein Augenblick, um zu verschnaufen! —
  (stützt sich auf sein Schwert und schaut Eleazar nach):
Er geht und nimmt noch Hoffnung mit sich fort,
Um sie den Herzen Andrer einzuflößen.
Die Hoffnung, welche Dich erfüllt, Eleazar,
Ich hege sie in meiner Seele nicht! —
Und dennoch muß ich ihren Muth beleben,
Das Aeußerste erwartend. — Sollt' ich zagend
Die Sehnen Euch entstricken, daß das Schwert
Der schlaffen Hand entfällt und Ihr sie willig

Der Fessel bietet, die zur schrecklichsten
Gefangenschaft Euch schmachvoll schleifen wird?!
Eh' ich Dies thue, mag das ganze Volk
Zu Grunde geh'n, Judäa wüste werden
Und d'rin mein bleichendes Gebein vermodern,
Ein Spiel der Lüfte und der Sandeswellen! . . .
      (Man hört fernes Geräusch; er lauscht):
Es naht der Kampf; — schon stürmen die Legionen,
An unserm letzten Bollwerk' ihre Kraft
Versuchend. — Wohl, so kommt heran, Ihr Stolzen!
Auf Eurem Wege sollt Ihr Männer finden,
Die sich den Lorbeer um die Schläfen winden!
  (Er zieht sein Schwert und eilt zum Thore des Tempels; Enoch nebst
     Andern stürzen ihm entgegen.)

Enoch: Johannes, flieh'! Schon stürmen uns're Feinde
Im Tempel nach dem Allerheiligsten!

Johannes: Bist Du von Sinnen? . . . Sind nicht
                   alle Pforten
Besetzt gewesen?

Enoch: Gibt es nicht vielleicht
Geheime Pforten, die uns nicht bekannt?!

Johannes: Dann ist's Verrath!
(Eleazar und Andere werden aus dem Tempel getrieben, an dessen Thüren
und Fenstern überall Römer erscheinen und die Juden heraustreiben.)

Eleazar: Wir sind verrathen, Feldherr!
Der Feind ist allenthalben!

Johannes (zu ihm):   Also — sterben!
(Sie stürzen sich unter die Römer und treiben sie in das Thor und den
Tempel zurück. — Indem erscheint Judas Ben Sereph mit Römern von der
Seite und besetzt das Thor des Tempels. — Juden fliehen kämpfend über
die Bühne, verfolgt von Römern. — Die Juden stellen sich nochmals zu einem
letzten Kampfe und werden schließlich nach allen Seiten vertrieben.)

———

Siebente Scene.

Titus, Berenice, Ahenobarbus und **Lucius** von der einen Seite, **Esther, Abigail,** gefesselt, von der andern; bald darauf **Johannes, Eleazar, Enoch** und **Andere,** — alle in Ketten —, und **Judas Ben Sereph** — treten aus dem Tempel. — **Ein Centurio. — Soldaten.**

Lucius (springt zur Seite): Weh' mir! Sie sind's!

Titus: Wer ist Das?

Der Centurio: Die Gefang'nen!

Lucius (zu Titus): Ha! Scheußlich ist's, ein Weib zu
fesseln! — Titus,
Soll diese Schmach den schönen Sieg beflecken? (zu Esther):
O meine Esther!

(tritt zu ihr; sie schüttelt schmerzlich und traurig lächelnd den Kopf.)

Titus: Lucius, wer sind sie? (zum Centurio):
Nimm ihr die Fesseln ab, Centurio!

(Esther und Abigail werden entfesselt.)

Lucius (zu Johannes): O daß ich Dieses nicht geseh'n! —
Johannes,
Du lebst?! (birgt sein Gesicht in den Händen.)

Titus (zurücktretend): Johannes?!.... Du?!

Johannes (ruhig): Ich bin es, Caesar.

Titus (verwirrt): Du — lebend? Mann, warum bist
Du nicht todt?!
Du hättest mir 'was Schreckliches erspart!... (sich abwendend.)

Johannes: Nicht meine Schuld ist's, daß ich nicht
gefallen.
Den schnellen Sieg verdankst Du dem Verrath'.
Nicht denke, Caesar, daß die Todesfurcht
Johannes heut' dem Leben hat erhalten.
Ich wollte fallen, wie's dem Führer ziemt, —
Es ist so schön, für's Vaterland zu sterben, —
Und kämpfend in der Feinde dichten Massen
Ging ich dem Heldentod' entgegen, — doch —
Es sollt' nicht sein; — denn eh' ich's mir versah,

Riß eine Schlinge, um den Fuß geworfen,
Mich nieder. — Eh' ich mich erheben konnte,
Trat eines ries'gen Galliers großer Fuß
Mir auf das Schwert und schnell war ich gefesselt!
(auf Judas zeigend):
Dort sieh' den Falschen, dessen Haß mich stürzt
In einen Tod, wie ich ihn nicht verdient.
Du hast gesiegt, jedoch nur durch Verrath;
Wohl mag es römisch sein, — groß ist es nicht,
Und ich, der Jude, hätte nimmer so
Gehandelt!

    Titus (zu Ben Sereph): Wie? Du hier? — Was willst
                    Du, Mensch?

    Judas: Ich diente Dir, — ich warte meines Lohnes.

    Titus: Wohl dientest Du mir — und nur allzugut!
O hättest Du mir weniger gedient,
Ich würde königlich Dich lohnen!

    Judas: Herr!.....

    Titus: Schweig', bis man Dich befragen wird, Verräther!
Das war es nicht, was ich von Dir verlangt.

    Judas: Jedoch dem Kaiser wird~~ es nicht sein dankbar~~.

    Titus: Was kümmert Dich der Kaiser, Du Verräther?
Man liebt wohl den Verrath, doch den Verräther
Verachtet man. D'rum schweige! — Deines Lohn's
Bist Du gewiß. (auf und abgehend, dann zu Johannes):
           Johannes! Wärst Du doch
Gefallen, wie's dem Helden ziemt. — Du bist's, —
Und ungern nur verkünd' ich Dir Dein Loos.
Auch in dem Feinde acht' ich stets den Helden.
Weh' Dir! Du hast das Schlimmere gewählt,
Wenn Du das Leben wähltest ....

    Johannes: Hab' ich's denn?!
Sag's immerhin, was meiner harret, Caesar;
Ich bin gefaßt darauf. — Jehova will
Das Opfer ganz, — ich will mich nicht entzieh'n.

Und hören kann ich, was ein And'rer hört;
Ich bebe nicht. — Sag's denn, was Du beschlossen.

Titus: O dürfte ich beschließen! — Berenice, —
Nimm diese Mädchen mit Dir in Dein Zelt;
Die Botschaft, die ich Dem zu künden habe,
Ist nicht für eines Kindes Herz.

Berenice (zu Esther):   So kommt!

Esther (bittend, die Hände erhebend): Nein, laßt mich hier!
— Sei gnädig, Caesar Titus! (kniet nieder):
Sag' mir, was seiner harrt, und laß' mich bei ihm.
Und ist's der Tod, so muß ich bei ihm sein,
Um seine letzten Wünsche zu empfangen.

Titus: Geh', Kind! 's ist besser doch!

Johannes: Es ist nicht nöthig! ....
Was meiner harrt, das ahnt wohl jedes Herz;
Denn Vespasian war stets der Juden Feind. —
Ich bin gefaßt! (Esther steht auf und lehnt sich an ihn.)

Titus: Wohl Dir, wenn Du es bist!
Recht oder nicht, — ich will Das nicht entscheiden, —
Doch schlimm, Johannes, war's, sehr schlimm von Dir,
Daß über eine Million der Deinen
Das Römerschwert erschlug — um Deine Schuld!
Wohl ist es recht, für ein Prinzip zu streiten;
Doch einem unhaltbaren Wahn' ein Volk,
Ein ganzes Volk zu opfern, — ist Verbrechen,
Und dieses fordert Sühne.

Johannes: Wohl, mein Sieger!
Doch wer beschuldigt mich der schlechten That?
Ich habe oft, — seit Nero's blut'ge Hand
Nicht mehr die Erde mit Entsetzen füllt, —
Im hohen Rath' zum Frieden mich geneigt. (auf Judas zeigend):
Doch Sereph's Rath und seine Eiferer —
Sie reizten unser Volk zur höchsten Wuth.

Titus: Er sprach das Gegentheil und schrieb's nach Rom;
Das richtet Dich.

Johannes: Kannst Du Verräthern trau'n?

Sein ganzes Leben war nur e i n e Lüge. —
Gleichviel, mein Schicksal habe seinen Lauf.
Nur eine Bitte — einem Sterbenden.

    T i t u s : Was ist's, Johannes?

    J o h a n n e s (auf Eleazar, Enoch und Abigail zeigend) : Schone
                    dieser hier.

Sie waren ohne Schuld und dienten nur
Dem Herrn, der sie geworben.

    T i t u s :   Wohl, es sei!
Sie mögen zieh'n, wohin sie wollen.

    J o h a n n e s :   Dank!

    T i t u s (zum Centurio) : Entfessle sie; sie seien frei für immer.

    J o h a n n e s (zu Esther) : Und Du, mein Kind, erfleh' Dein
                Loos von ihm ; (auf Titus zeigend)

Er ist so gütig!

    T i t u s :   Sie ist frei, wie Jene.
Mit Weibern hab' ich keinen Krieg geführt.
Sie ziehe hin und ihres Vaters Erbe
Behalte sie!

    E s t h e r (zu Johannes, das Haupt schüttelnd) : Nicht nöthig!
             Sorge nicht!

Ich geh' mit Dir, mein Schicksal ist besiegelt,
Dein armes Herz beende sein Pein ;
Dein Kind wird seines Vaters würdig sein!

    J o h a n n e s : O lebe, Kind! Vielleicht wird Dir Jehova
Gewähren, was wir nicht verdient.

    E s t h e r :   Zu spät.
Der Tod läßt seine Beute nicht.

    J o h a n n e s :   Der Tod?!

    E s t h e r (nickend): Schon fühl' ich ihn; er schleichet leis heran,
Doch sich'ren Schrittes. — Was Du mir befohlen, —
Ich hab's gethan — für Dich und meinen Gott!
Rein geh' ich Dir voran, Du guter Vater ;
Laß' Deine Esther nicht zu lange warten.

    (Sie zieht ein Fläschchen hervor; Alle sind erstaunt und erwartungsvoll):
Nicht Schmach und Knechtschaft soll die Tochter treffen,

Die einem Helden angehört! — so sprachst Du
Durch ihn, der mir's gebracht. — Du wärst gefangen,
Vielleicht schon todt, d'rum nahm ich es. Doch wollt' ich
Dir folgen, um mit **D i r** zu enden. [Berenice springt auf.]
    J o h a n n e s [entsetzt]:   **Wie?!**
Dies Fläschchen hätt' ich Dir gesandt!? O niemals!
Wohl bangt' ich um Dein Loos, doch hätt' ich nie
Den Selbstmord meinem Kinde angerathen.
Weh' mir! Wer gab es Dir?
    E s t h e r [auf Judas deutend]:   **Er bracht' es mir.**
[Aller Blicke sind auf Judas gerichtet. Lucius steht entsetzt, versteinert.
Titus fährt an's Schwert; Berenice hält ihn.]
    J u d a s [entsetzt für sich]: **Die Dirne plaudert noch, —**
                     ich bin verloren!
Soll denn der letzte Schlag mich selbst zermalmen?
O Teufelei der Hölle!
    J o h a n n e s: **Fluch dem Mörder!**
         [birgt sein Gesicht in den Händen.]
    T i t u s: Hat denn die Schande all ihr schrecklich' Gift
In. dieses **e i n e** Scheusal ausgegossen?!
Trabanten, fesselt ihn, — dann holt den Lictor!
         [Judas wird gefesselt.]
    E s t h e r [zu Judas]: Dein Gift war gut.
       [Grade aus, mit leiserer Stimme.]
               Schon lösen sich die Bande,
Die an die Erde mich gefesselt hielten.
Und wie die Blume ihre Blüthen schließt
Und ihre zarten Blätter schmachtend sinken,
Wenn sie der Hauch des Todes hat geküßt,
So fühl' auch ich ein überirdisch Winken.
Ein süß' Erschlaffen ist mein ganz Empfinden,
Die holden Bilder vor dem Blick' verschwimmen,
Das Irdische beginnt mir zu entschwinden,
Wie Morgenstrahlen in dem Tag' verglimmen.
Die Seele zieht's, gelöst, hinauf zum Lichte; [schon wankend]
Die Erdenwünsche — gehen all' — zu Nichte.
       [sie sinkt in des Johannes' Arme.]

Johannes: Mein Kind! Mein armes Kind!....
Auch dieses noch?! (zum Himmel schauend):
Das Opfer ist gebracht, — es ist vollkommen!
(Er läßt sie nieder und kniet neben sie, das Haupt gebeugt; ebenso Abigail.
Eleazar wendet sich trauernd ab.)
Lucius (aus seiner Betäubung erwachend; neben sie knieend): O
meine Esther! Ewig also ist
Das süße Glück der reinsten Hoffnung hin!
Esther (rafft ihre letzte Kraft zusammen und gibt ihm ihre Hand,
nach Oben deutend): Dort — Lucius! — Vielleicht verzeiht er
Dir, —
Was Deine edle Seele nicht verschuldet, —
Daß Du — ihn nicht — gekannt! (sie stirbt.)
Lucius: Fahr' wohl, mein Glück!
(Er küßt ihre Hand; dann springt er auf, reißt sein Schwert heraus und
stürzt auf Judas Ben Sereph):
Verruchter Mörder! Hundertfacher Schurke!
Dein Lohn sei Dir gewiß! (Will ihn durchbohren; Judas springt
entsetzt zurück.)
Ahenobarbus (faßt Lucius' Arm): Halt' ein, Verrückter!
Titus: Du bist kein Henker, Lucius. — Zurück!
Laß' Jedem, was ihm zukommt. — Lictor!
Der Lictor [tritt vor]: Herr?!
Titus [auf Judas deutend]: Bring' diesen Auswurf seiner
Nation
Zum Goldschmied' Pollidor und lasse ihn
Vom Scheitel bis zur Zeh' mit Gold umhüllen; —
Doch morgen schlägst Du ihn an's Kreuz, wie üblich!
Judas [verzweifelnd]: O Caesar, Gnade! 's war ein
Judenkind
Und durfte keinem Heiden angehören.
Titus [zum Lictor]: Fort mit dem Schurken! Er entweiht
die Luft,
Die eine reine Seele sterbend heiligt. — — —
Sein Gold bringt seiner Mutter; wenn sie kann,
Mag sie's genießen. [Judas wird abgeführt.]

Achte Scene.

Vorige, ohne Judas, den Lictor und einige Soldaten.

Lucius [in Schmerz zerflossen]: Lebe wohl jetzt, Welt!

[Ahenobarbus dreht ihm entrüstet den Rücken zu.]

Titus [zu Lucius]: Sei Mann, wie Du es immer warst!

Lucius [plötzlich zu ihm, seine Hand fassend, auf Johannes deutend]:

O rett' ihn!

Titus [abgewandt]: Ich kann es nicht!

Berenice [von der rechten Seite, ihre Hand und Kopf auf Titus'
rechter Schulter]: Du mußt ihn retten, Titus!

Titus: Ihr Götter! Könnt' ich es! Es ist zu spät!

Johannes [betend]: Rein nimm sie auf in Deinen
Vaterschooß,
Allmächtiger! Du hast sie Dir erhalten!
Wohl war ihr Herz an Irdisches gekettet,
Doch ihre edle Seele ist gerettet! [er steht auf; zu Titus]:
Ich bin bereit, Bezwinger meines Landes,
Ein Engel bahnt mir meine lichten Wege.

(Titus wendet sich ab; Johannes zu Eleazar):

Elieser, ziehe heim mit Abigail,
Damit nicht schutzlos die Verlass'ne sei.
Bewahr' sie wohl! Sie ist m i r fast ein Kind.
Dieselbe Milch, die sie genährt, mein Freund,
Gab meiner Esther einstens süße Labe;
D'rum halte sie, als wär's mein eigen Kind.
Willst Du?

Eleazar: Beim Ew'gen schwör' ich es, Johannes!
Sie sei mir Schwester. (Er senkt den Kopf.)

Abigail: Und ich soll noch leben,
Wo meine Esther nicht mehr ist, — die Schwester?! —
Was soll dies Leben mir, die todte Wüste?

Johannes: Du sollst es, Abigail! Nicht immer zürnt
Jehova.

Abigail: Herr! Wo ist Jehova?

Johannes: Kind,

Er ist der Ewige! Vergiß Das nicht.
Wenn Du auch nicht ihn siehst in seinen Werken,
Doch ist er da; d'rum zweifle nicht an ihm.
Auch diese Schrecken der Zerstörung sind
Jehova's Werk. — Hätt' er es nicht gewollt,
Wir würden ruhig uns're Lämmer weiden,
Und niemals hätt' ein Römer hier gehaust. —
Ihn zu ergründen, ist uns nicht gegeben;
Wer weiß, was er mit seinem Zorn' gewollt!
Vielleicht hat unser Volk zu schwer gesündigt
Und soll jetzt büßen durch ein zeitlich' Weh'.
D'rum glaube; denn e r ist, der e w i g war
Und e w i g sein wird! Und er sei gepriesen!
Lebt wohl! (gibt ihr und Eliefer die Hände.)
   B e i d e (weinend): Leb' wohl!
   E l e a z a r: O dürft' ich mit Dir sterben!
   J o h a n n e s (schüttelt das Haupt): Nicht doch! — Jetzt geht.
       Ihr macht das Scheiden schwer. (fie treten zurück.)
   J o h a n n e s (zu Lucius gehend und feine Hand auf deffen Schulter
legend): Du theu'rer Jüngling, den ich sehr geliebt,
Trotzdem er mich bekriegt, — leb' wohl!
   L u c i u s (abgewandt):   Fahr' wohl!
   J o h a n n e s (leise): Noch einen Dienst erweis' mir, edler
                      Jüngling;
Gib mir den Dolch, — Dir nützt er nichts.
   L u c i u s (fieht ihn schmerzlich an):   Du willst?!..!
   J o h a n n e s (zieht leise, schnell den Dolch aus der Scheide und
birgt ihn unter seinem Vorderarme): Soll mich der Henker schänden!?
       (drückt Lucius die Hand, dann zu Titus): Caesar Titus!
Hätt' ich Dich früher so gekannt, wie heut',
Vielleicht wär' Manches anders hier geworden;
Jetzt ist's zu spät. — Nur bitten kann ich noch,
Daß Du den Völkern Deines einst'gen Reiches
Das werden mög'st, was Deine Stellung Dir
Gebeut. Du wirst einst groß sein! Wie ein Gott
Kann Deine Hand einst Segen und Verderben

Der Welt bescheiden, je nachdem Du fühlst.
S e i   m e n s c h l i c h , Titus! Dann wird Dir's nicht schwer,
Ein Gott zu scheinen Deinen armen Völkern;
Denn Menschen sind's, demselben Stoff' entnommen,
Von dem ein Caesar und Augustus kommt . . . .
Und stehst D u noch so hoch, — die Weltgeschichte
Steht über Dir mit ihrem Richterschwert'!

(Man sieht den hintern Theil des Tempels in Flammen.)

J o h a n n e s (sieht es; halb für sich): Weh' uns! Jehova
                     hat uns ganz verlassen;
Sein Heiligthum — es ist nicht mehr!

(Alle Juden schauen entsetzt dahin, auf die Kniee fallend.)

J o h a n n e s (zu Titus): D a s   ist der Römer Werk. —
                     Weh' Deinem Volke!
So groß es ist, so klein wird's einstens sein!
Es trägt den Keim zum eigenen Verderben
In seinem Innern. — Die jetzt schwach erscheinen,
Erwählt das Schicksal sich zu seinen Rächern. —
Die hingewürgte Menschheit wird ersteh'n,
Die oft beleidigte, und furchtbar strafen,
Was Rom in seinem Uebermuth' verbrach.
Es wird vergeh'n, wie Babylon verging,
Wie heut' Jerusalem in Asche liegt, —
Und seine Kinder werden auf den Trümmern
Die Größe ihrer ew'gen Stadt beweinen! (mit erhobener Stimme.)
Mit Fluch wird die zertret'ne Welt Dein Rom
Beladen, und das Schicksal wird es hören! (mit Pathos):
Fluch der Tyrannin dieses Erdenball's!
Fluch Rom, dem stolzen! Es wird untergeh'n, — —
Doch Jacob's Haus wird glänzend aufersteh'n! . . . . . .
Und nun lebt wohl und lernt, wie Männer sterben!

(Er durchsticht sich und schwankt; Elieser fängt ihn auf. Man will hinzu=
springen und ihn hindern.)

T i t u s (winkt sie zurück): Du stirbst?!

(Berenice flieht an die Seite, ihr Antlitz in den Händen bergend.)

Johannes (zu Titus): Der Tod ist unf're schönste Zuflucht.
Er schützt vor Schande. Fluch Dir, stolzes Rom!
Heil Dir, Judäa! . . . .

(Er stirbt. — Eleazar läßt ihn sanft nieder. — Abigail kniet neben
Johannes, das Haupt auf der Erde. — Alle Juden sind in Schmerz aufge=
löst. — Der Tempel bricht unter Flammen zusammen.)

Der Vorhang fällt.

Ende.

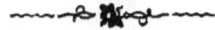

Arria.

Großherzogl. Sächsische General-Intendanz
des Hoftheaters und der Hofkapelle.

Weimar, den 21. Juni 1865.

Geehrter Herr Landsmann!

Ihre Zuschrift und Sendung von Ende Februar d. J. ist mir erst Ende März zugegangen, und bin ich, mit laufenden Geschäften gerade während dieser Zeit ungewöhnlich überhäuft, nicht eher als vor einigen Tagen zur Lesung Ihres Dramas: „Arria" gelangt. Ich habe in demselben mit Vergnügen ein tüchtiges Stück historischer Dichtung, geschichtlich treu, poetisch lebendig und kräftig, kennen gelernt. Auch die Charakteristik der Personen ist treffend und wirksam, vielleicht nur hie und da zu realistisch, wie denn Kaiser Claudius in einzelnen Zügen stark an das Komische streift und für jeden Darsteller eine sehr schwierige Aufgabe bieten wird. — Dagegen sind „Arria" und „Messalina" glänzende Charaktere und dankbare Rollen; die Begegnung Beider im 4. Aufzug ist so effektvoll, daß sie an die Scene zwischen Maria Stuart und Elisabeth erinnert. Auch die folgende Scene, Messalina's Hochzeitsfeier, ist äußerst wirksam; wogegen denn der 5. Act einigermaßen wieder abfällt.*)

Alles zusammengenommen halte ich Ihr Drama für bühnenfähig und aufführungswerth. Und dennoch bin ich nicht im Stande, wie ich Ihnen und jedem wahren Talente so gern thue, die Bahn zu brechen. Die Darstellung Ihres Stückes verlangt 20 Herren**), 8 Damen ohne die Nebenrollen, ein Anspruch, den das historische Drama großen Styls motivirt, dem aber die weimarische Bühne nicht genügen kann. — So muß ich in diesem Falle, wie in so manchem andern, Resignation üben und Sie an die größten Bühnen Deutschlands verweisen, die mittelreicher sind, als die unsrige. — Meiner Seits es an Wien, Berlin, Dresden, München zu fördern, geht nicht an: Die Bühnenvorstände pflegen sich einander Dergleichen nicht zuzuweisen.

Melden Sie mir gelegentlich, wohin ich Ihr Manuscript schicken soll, das ich nicht ohne Weiteres die kostspielige und unsichere Reise über das Weltmeer antreten lassen mag.

Mit besten Grüßen und Wünschen, welche Sie gelegentlich mit meinen beiden lieben Brüdern theilen wollen, verbleibe ich Ihr ergebener (gez.) **Fr. Dingelstedt.**

---

*) Dies beruht auf einem Irrthume, welchen der Copist — wegen Undeutlichkeit des, sehr eng geschriebenen, Manuscripts — beging, da er den Anfang des 5. Acts (die Hochzeit Messalina's mit Silius) dem 4. Acte anhing, — was diesen zu sehr verstärkte und den 5. Act schwächte. Die Correctur wurde wegen schneller Abreise — (ich war auf Urlaub und mußte plötzlich zu meinem Regimente [in Virginien] stoßen) — vergessen. **Der Verfasser.**

) Die 20 Herren und 8 Damen sind — (durch die Umarbeitung) — auf 14 Herren und 6 Damen, die vielen Verwandlungen des 2. Acts auf ... reducirt, die realistischen Stellen ausgemerzt. **Der Verfasser.

NB. Fiele der Schluß (Messalina's Tod) weg (der vielleicht unnöthig ist), so blieben nur noch 5 Damen (Lepida fiele noch aus).

Arria,

Historische Tragödie

in fünf Acten

und einem Vorspiele:

Caesar Claudius,

von

Otto Welden.

————

Den Bühnen gegenüber als Manuscript gedruckt.

————

Druck von J. Stercken in Aachen.

Personen.

Claudius (I), Caesar (Herrscher) der Römer.

Valeria Messalina, dessen Frau.

Lepida, deren Mutter.

Arria, eine edle Römerin, Gattin des Caecina Paetus.

Aemilia, Gattin des F. Camillus, später als „Calpurnia" auftretend.

Spuria, eine Römerin aus dem Volke, später als „Cleopatra" auftretend.

Arria, die Jüngere, Arria's Tochter und Gattin des Paetus Thrasea.

Cajus Saulus, ältester Tribun der Prätorianer (Leibgarde).

Caecina Paetus (Consular);   ⎫

Valerius Asiaticus, „   ⎬ edle Römer.

Appius Silanus (Stiefvater Messalina's, Lepida's Gatte); ⎪

Paetus Thrasea, ein junger Römer; ⎭

Furius Camillus Scribonianus, Legat (Feldherr und Militärgouverneur) in Dalmatien.

Annius Vinicianus, Oberst einer dalmatischen Legion.

Cajus Silius, ein vornehmer Römer, Messalina's letzter Favorite.

Spurius, Sohn der Spuria; später als **Lucius Geta,** (Praefectus Praetorio, Oberst der Prätorianer [Leibgarde]), auftretend.

Sosibius, Hofmeister des Britannicus, (des Sohnes Messalina's).

Narcissus, Secretär;   ⎫ Freigelassene

Evodus, der Zeit Schatzmeister; ⎭ des Claudius.

Xeno, ein Arzt.

Ein Tribun (Oberer) einer dalmatischen Legion.

Ein Soldat der Prätorianer.

Ein „ der dalmatischen Armee;   ⎫

Ein dalmatischer Legionär;   ⎬ (derselbe.)

Ein Bote Camill's an Claudius; ⎭

Eine Sclavin Arria's.

Ein dalmatischer Schiffer.

Ein anderer dalmatischer Schiffer.

Zwei Frauen, Zeugen Spuria's und des Spurius.

Verres, Freigelassener des Furius Camillus.

Ein Henker und seine Gesellen.

Ein armes Mädchen (stumm).

Senatoren, römische Ritter, Soldaten, Richter, zwei Advokaten, Schiffer. — Satyre, (Faune,) Bacchantinnen, Nymphen, Sclaven, Sclavinnen im Hochzeitszuge Messalina's und des Silius. —

Ort der Handlung:

Rom, die Gärten des Lucullus und Dalmatien.

Zeit:

Regierungszeit des Claudius (im sechsten Jahrzehnte des ersten Jahrhunderts der christlichen Zeitrechnung).

Caesar Claudius,

Vorspiel.

Erste Scene.

Im Salon des Claudius.

Sosibius und die Freigelassenen **Narcissus** und **Evodus**
liegen um ein Spielbrett und würfeln.

Evodus (wirft): Ihr Schelme, wollt Ihr immer mich
betrügen?
Gibt's in ganz Rom nicht einen Ehrenmann,
Mit welchem man sein Glück versuchen könnte?!
's ist zum Erbarmen!   (Narcissus wirft).
Evodus: Wirft der Bursche sechzehn!
Sosibius (nimmt die Würfel): Bei allen Göttern! Bist
du ehrlich etwa,
Mein edler Römer?... Wärst du nicht in Rom,
Ich würd' es glauben. — Sieh' da, welch' ein Wurf!
Evodus: Zwei sechs und fünf! — Beim Zeus, das
geht mir hier
Doch nicht mit rechten Dingen zu! Laßt sehen,
Ob's ächte Würfel sind!   (betrachtet sie).
Narcissus: Sie sind des Caesar's!
Evodus: Das ist mir kein Beweis!
Narcissus (lachend):   Er spielt damit.
Ich lieh sie mir!

Evodus: Das heißt, du stahlst sie ihm!
Trotz alledem mißtrau' ich diesen Würfeln;
Wer weiß, ob's nicht gewisse Griffe gibt,
Die einer kund'gen Hand Fortuna sichern!

Sosibius (wirft): Du bist von Sinnen! Sieh' nur,
wie sie rollen!
Kann das Berechnung sein, mein Evodus, —
Dem Caesar's Schätze zur Verfügung steh'n?
Ha! Fünfzehn! — Evodus bezahlt die Zeche!

Evodus: So scheint mir, da ich zwölf geworfen habe.
Zwölf! Welch' ein Omen! Zwölf Denare just!
Ihr Schelme, das ist doch der Satz, nicht wahr?

Narcissus (nicht lachend): Du wirfst ja immer, was du
zahlen mußt.

Evodus: Nicht ich! Mein Herr muß zahlen; ist er nicht
Herr über Alles?

Sosibius! Pah! Nicht über uns!
Bist du sein Sclave? Wessen Herr ist er?
Nicht einmal Herr in seinem eig'nen Hause;
Denn herrschen w i r nicht über ihn, mein Freund,
Durch deinen und Narcissen's Einfluß, — wir
Und Messalina? Er ist nur der Mann
Im Hause!

Narcissus (lachend): Und vielleicht d a s nicht einmal.

Evodus: D'rum zahle er und freu' sich seiner Freunde!
Die Götter segnen den, der Freunde hat,
So heißt es. Also ist er sehr gesegnet!

Sosibius (spöttisch lächelnd): Ja sehr! Fahrt fort! (wirft):
Lang' lebe unser Freund!

Zweite Scene.

Vorige. Cajus Saulus dazu.

Saulus sieht sie finster an; dann vortretend: Dies scheußliche
Gezücht! schon wieder spielend;

Als ob die Zeit geschaffen zum Verschwenden
Und keiner Würdigungen werth mehr sei.
O schauderhafte Zeit, in der die Menschen
In zwanzig Jahren selbst sich überlebt
Und an des Lebens Ueberdruß erwürgen,
Zersetzt durch Langweil' und Erbärmlichkeit,
In welche täglich sich die Blicke tauchen,
Wie eine Möve in das dunk'le Meer!
Elende Zeit, dem niedrigsten Geschicke
Ein jammervoll Geschlecht entgegenführend,
Das nur in Blut noch oder faden Spielen
Zerstreuung findet und sich selbst noch freut,
Trotzdem es keinen Grund zur Freude hat!
Wie war das Leben früher anders doch!

(achselzuckend):

Allein — dies kennen wir ja nur durch Sagen.

    E v o d u s : Tribun, du scheinst sehr bös gelaunt, beim
                            Zeus!
Daß dich die Freude Anderer betrübt.
Was ist's mit dir? Komm', such' dein Glück im Wurfe;
Vielleicht erhasch'st du es.

    S a u l u s :   Du Schwätzer, still!
Wo ist der Caesar?

    N a r c i s s u s :   Da, wo du nicht bist!
Komm', spiel' mit uns; sei fröhlich unter Frohen!

    S a u l u s : Woran erfreust du dich? An einem Spiele?!
Fürwahr, sehr traurig, Bursche. — Lasset mich!

    E v o d u s : 's ist Caesar's Lieblingsspiel, du dummer
                        Römer!

    S a u l u s : Sei stille, Mensch!

    E v o d u s :   Geh', laß' dich hängen also,
Wenn du kein froh' Gesicht erblicken kannst;
Nimm einen Strick und Stein und häng' ihn dir
Um deinen Hals, dann stürze dich in's Meer,
Wenn dich das Leben drückt! — Was meinst du dazu,
Du großer Philosoph aus Plato's Schule?

Saulus: Es wäre schade um den guten Strick,
Wenn du daran hingst, frecher Evodus!
Doch schweig'! ich fragte dich ja nicht, du Schlingel!

(Zu den Anderen):

Wo ist der Caesar? Schläft er, wie gewöhnlich,
Wenn er bei Tafel lang verweilt?
Evodus: So ist's!
Er hat den Magen so sehr überfüllt,
Daß alles Blut zum Kopf' hinaufgestiegen
Und ihn betäubend in den Schlaf gewiegt!
Narcissus: Nein, Cajus, glaub' ihm nicht.   Der
                         Caesar wacht,
Und Arbeit ist's, (wie wenigstens er sagt),
Die Roma's Herrscher munter hält.
Saulus: Was macht er?
Narcissus: Das kann Sosibius dir am besten sagen,
Er ist sein Helfer in gelehrten Dingen!
Saulus (zu Sosibius): Was ist's?
Sosibius: Er schreibt carthagische Geschichte,
Wie früher die tyrrhenische er schrieb,
Sowie die römische — in vierzig Bänden.
Und gegenwärtig ist sein liebstes Werk
Sein eig'nes Leben, das er uns beschreibt.
Evodus (lachend): An welchem Bande ist er, Freund?
Sosibius (lächelnd):   Am achten!
Saulus (kopfschüttelnd): Erschreckliche Gelehrsamkeit!
Sosibius: O Cajus!
Das ist noch lang' nicht Alles!
Saulus: Schweige, Mensch!
Ich weiß genug!
Sosibius: (lächelnd): Und mit drei Buchstaben
Vermehrte er das Alphabet bekanntlich!
Saulus: Zum Henker, weiß ich's nicht?! Ich hab'
                         genug,
So sehr genug an seiner Weisheit Massen,

Als hätt' ich aus etrur'schen Krügen sie
Getrunken und mit Elephanten-Zügen!
Wo ist er?

    Evodus: Was soll dir der Caesar?

    Saulus (ungeduldig):   Hund,
Vorwitz'ger, schweig! Ich will die Losung holen,
Da ich die Wache im Palatium habe.

    Evodus: Tribun, du bist sehr übermüthig!

    Saulus: Wahrlich,
Nicht so, wie du es bist, Gesell! Ich kann's sein,
Denn mir verdankt der Caesar, was er ist.
Vergiß das nicht!

    Evodus (höhnisch): Ich weiß! Und dennoch bist
Du nicht unsterblicher, als And're waren!
D'rum nicht so hitzig, Mann! Wir kennen dich
Und auch den Caesar!

    Saulus: Gut, daß du mich mahnst,
Was hier geschehen könnt'! Ich werde handeln,
So lange mir noch Zeit zum Handeln bleibt.   (drohend):
Doch fürcht' ich dich nicht, freigelass'ner Sclave!
Bei allen Göttern! schämen müßt' ich mich,
Wär' ich so schwach, es nur zu denken. — Ha!
Du kennst mich nicht, du nied're Knechtesseele!
Sprich niemals mehr in solchem Ton zu mir!
Du magst des Caesar's Günstling sein, — das ist
Mir gleichbedeutend mit 'nem Lieblingshunde,
Und solchem opfert man nicht einen Obern
Der Prätorianer, — ganz besonders, Bursche,
Wenn dieser der Vermittler ist, das Band,
Das zwischen Caesar und den Prätorianern
Das Schicksal wob!.... Ich bin des Claudius Schicksal;
Denn sollt' ich fallen durch des Undanks Tücke,
So fällt der Undankbare mit, das schwör' ich!
Geh', frag' die Prätorianer, wenn du zweifelst. (mehr für sich:)
Doch ich verliere Worte hier umsonst, —
O ganz umsonst! Was kümmern mich d i e Burschen?

(zu der Gesellschaft:)

Wenn Caesar sichtbar ist, laßt mich es wissen,
Hört Ihr?! Die Losung....

Evodus: Geh zum Henker, Mensch!
Ich bin dein Sklave nicht! Doch weiß ich sie,
So wahr ich lebe, schon voraus!

Saulus: Wie so?

Evodus: Es ist der oft gebrauchte Vers Homer's,
Den meistens er als Losung gibt, wenn er
'nen Feind vernichtet, der gefährlich schien.

Saulus (fragend): Daß ich den Mann abwehrte, sobald
er zuerst mich beleidigt!?

Evodus (nickt): Just der; ja, ja!

Saulus: Wer ist ihm denn gefallen?

Evodus: Du weißt es nicht?

Saulus: Beim Styx, ich ahn' es nicht!

Evodus: Marcellus starb.

Saulus: Und kein Gericht gehalten?!

Evodus: Wie man erzählt, hat er sich selbst vergiftet
Und starb im Kerker! (Sie würfeln wieder.)

Saulus (geht von ihnen; für sich, sinnend): Oder ward ver=
giftet;
Das kommt auf Eins heraus. Beim Jupiter,
Der neue Caesar macht sich wahrlich gut!
Er hat es eilig, wie mich dünkt, sehr eilig,
Tiberius gleich zu werden. Aufgepaßt!
Des Schwächlings Launen und Gelüste könnten
Selbst uns gefährlich werden. Jedes Lüftchen
Bewegt ihn, wie das schwanke Schilf die Welle.
Gut, daß ich weiß, woran ich bin, Geselle! (will gehen.)

Dritte Scene.

Vorige. Claudius (kommt schlotternden Ganges dazu.)
Die Freigelassenen spielen ruhig weiter.

Saulus: Ha! Endlich, Caesar, bin ich doch so glücklich,
Dich noch zu sehen.

Claudius: Sag', was wünschest du,
Mein treuer Saulus? (sieht die Spieler.)
                    Seht die Schurken da!
Sie spielen ruhig weiter.

Narcissus: Noch ein Wurf,
O Caesar Claudius, ich habe sonst
Die ganze Zeche auf dem Hals. — Verzeihe!
Du weißt, ich lieb' das Spiel so leidenschaftlich,
Als du es je geliebt, mein edler Herr! (wirft.)
Uff! Achtzehn!

Claudius (tritt zu ihnen): Wie? Laß sehen! Wahrlich,
                    Bursche!
Mehr Glück stets, als Verstand! Laß mich, mein Sohn!
                    (Er wirft.)
Beim Genius des Augustus, es ist Nichts, —
Nichts gegen dieses Burschen blindes Glück!

Saulus (tritt zu ihm): Will Caesar mir die heut'ge Lo=
                    sung geben?

Claudius: Ja so, du bist noch da! Verzeihe, Freund;
Ich hatte dich vergessen. Komm', mein Sohn,
Und sage, was du willst.

Saulus: Die Losung, Caesar. (auf die Spieler deutend.):
Doch — in der That, das ist 'ne schöne Bande!

Claudius (kommt mit ihm vor): Ja, sie sind schöne
                    Jungen, braver Saulus;
Ich habe meine liebe Noth mit ihnen.
Doch — wer kann's ändern? Sie sind einmal so!
Du wünschest also, guter Cajus? Sprich!

Saulus: Die Losung, Caesar.

Claudius: Ah! Ja so! Ja so! (besinnt sich.)
Daß ich den Mann abwehrte, sobald er zuerst mich beleidigt!

Saulus: Ha! also doch?!

Evodus: Hab' ich's dir nicht gesagt?!

Claudius (sieht sich um): Was will der Schlingel?

Evodus: Ich, o Caesar?! Nichts!
Ich sprach nur zu Sosibius, dem Gelehrten!

Saulus: Laß' Alle fortgeh'n, Caesar; denn ich hab'
Mit dir zu reden! Gibst du mir Gehör?

Claudius (zu Jenen): Geht fort, Ihr Schlingel! (sie zögern)
Sieh' doch, wie sie zögern!

Saulus: Bist du nicht Herr in deinem Hause, Caesar?

Claudius (achselzuckend): Die halten mich grad nicht
dafür,
Wie du bemerkst.

Saulus (halblaut): Gebrauch' dein Ansehn, Caesar,
Sonst droht dir Unheil.

Claudius (erschrocken): Wie? Was sagst du da?!
(zu den Spielern)
Laßt uns allein!... Habt Ihr mich nicht verstanden?

Saulus (streng): Ja, hörtet Ihr nicht Eures Herrn
Befehl?! (Die drei Spieler eilen fort).

Claudius: Jetzt, Cajus, sag', was weißt du? Willst
du Etwas?
Willst du Präfekt der Prätorianer werden?
Sprich's aus, was es auch sei, ich will's gewähren!!

Saulus: Du schwörst es mir?

Claudius: Beim Genius des Augustus!
Du weißt, das ist mein heiligster der Schwüre,
Und niemals brach ich ihn. Doch, Mann, jetzt sprich!

Saulus: Wohl, Caesar, ich will nichts, als Sicherheit
Und Bürgschaft, daß du einst es nicht vergißt,
Was du uns schuldest; denn was wir bis jetzt
Erlebt, macht uns besorgt, o Claudius,
Du könntest einstens uns dasselbe thun,
Was dem Marcell und Andern widerfahren.
Wer bürgt dafür, daß keines Schmeichlers Zunge
Dein Ohr vergifte und du unbewußt
Das Blut der besten Freunde fließen läßt?!
In Rom ist Alles möglich, wie wir wissen;
Deßhalb — erinn're dich, wie du vor mir
Einst auf den Knieen lagst, im Wahn', ich habe
Dich hinter'm Vorhang nur hervorgezogen,

Um dich zu morden, — wie Caligula,
Dein Neffe, in dem nächsten Zimmer starb.
Ich hob dich auf und führte dich hinüber
In's Lager deiner prätorian'schen Garde
Und hab als „Caesar" dort dich ausgerufen!
Claudius: Ich weiß, ich weiß! Warum doch mahnst
        du mich
An jene Schreckenstage? Glaube nicht,
Daß ich es jemals dir vergessen werde!
 Saulus: Das ist es g'rad, wovon ich sprechen wollte;
Du bist vergessen und zerstreut, mein Lieber.
Doch glaub' nicht, Caesar, daß mit meinem Leben
Du Alles abgethan; denn wisse, Herr,
Läßt du, gehetzt von meinen Feinden, dich
Etwa verleiten, mich selbst abzuthun,
So wärst du ein verlorner Mann, beim Styx!
Die Prätorianer schwuren Mann für Mann,
Daß Einer für das Wohl des Andern bürge,
Und die Gefahr des Einen — Allen gelte.
Drum hüte dich und deine Ohren, Caesar,
Vor Schmeichlern und Verläumdern; denn der Tag,
An welchem ich nicht mehr zum Lager kehrte,
Wär' sicherlich dein letzter!
 Claudius (ängstlich): Mensch, was willst du?
 Saulus: Das ist es ungefähr! Ich trau' den Schlangen
Da drinnen nicht!
 Claudius: Sei unbesorgt, sie sollen
Umsonst sich abmüh'n, Saulus zu verderben;
Ich weiß, was Ihr mir seid, Prätorianer!
 Saulus: So schwöre mir, daß ungehört du nie
Dein Urtheil über Einen fällen willst,
Sei ich es oder selbst der ärmste Bursche
Von deinen Prätorianern!
 Claudius: Wohl! Es sei!
Ich schwöre dir's beim Genius des Augustus!
 Saulus: Droht dir Gefahr, so kennst du unser Lager;

Selbst im Olymp wärst du nicht sicherer!
Du weißt es.

C l a u d i u s : Ja, ich weiß es, Cajus Saulus!
Bist du zufrieden?

S a u l u s : Ja, ich bin's! Leb' wohl! (Will gehen.)

C l a u d i u s : Wart' noch, Tribun; ich soll allhier als
Richter
Gleich einen Rechtsfall schlichten. Wenn du willst,
Kannst du dabei sein. — Im Gericht' zu sitzen,
Hab' heut' ich keine Lust.

S a u l u s : Ist's int'ressant?

C l a u d i u s : Gewiß; denn eine Mutter will den Sohn
Nicht anerkennen, trotzdem er behauptet,
Daß er ihr Kind sei!

S a u l u s : Wohl, ich bleibe hier.
's ist Spuria's Fall?!

C l a u d i u s : Der eben ist es, Cajus!

Vierte Scene.

Vorige. Narcissus.

N a r c i s s u s : Das Weib ist draußen, welches du er=
wartest!

C l a u d i u s : Auch Spurius, der Sohn und Nichtsohn?

N a r c i s s u s : Ja!

C l a u d i u s : So führe sie herein, die ganze Bande; —
Wer was von der Geschichte weiß, soll kommen
Und Zeugniß geben! (Narcissus ab.)
Sonderbarer Fall!
Er ist ein schöner Bursch', der Mutterlose,
Und dennoch will sie ihn nicht anerkennen.

M e s s a l i n a (kommt und tritt zu ihm): Heil, Claudius,
dir! Die Götter sei'n dir gnädig!

C l a u d i u s : Wir haben's nöthig! Unsre ganze Weisheit
Wird's kosten, diesen bösen Fall zu schlichten.

Messalina: Wie kommt's, daß ich dich nicht mehr bei
mir sehe,
O Caesar?

Claudius: Meine Zeit erlaubt es nicht.
Du weißt es, Liebe, daß ich fleißig schreibe —
An meiner eigenen Geschichte; Claudius
Schreibt über Claudius!

Messalina (lächelnd): Glücklicher! Das muß
Sehr int'ressant sein!

Claudius: Ja, so ist es, Liebe.
Jedoch was wollten wir denn eigentlich
Noch hier? (Reibt sich die Stirne.)

Messalina: Der Fall von Spurius gegen Spuria!
Ich bin begierig, Caesar, dich als Richter
Zu sehen. Als Gelehrten kenn' ich dich
Hinreichend. Ah! Da kommt der Mutterlose!

Fünfte Scene.

**Vorige, Spurius, Spuria, zwei Advokaten,
zwei Frauen,** nebst **Narcissus** und den anderen Freigelassenen dazu.

Messalina (für sich, Spurius betrachtend): Ein hübscher
Junge, reizend wie Adonis!
~~Ich möcht' ihn kennen lernen, bei den Göttern!~~
(sie setzt sich neben Claudius.)

Claudius: Sind Alle da?

Narcissus (hinter ihm stehend): Ja! Selbst die Rechts-
verdreher!
(Die beiden Advokaten verbeugen sich lächelnd.)

Claudius (schaut sich um; dann zu Spurius): Wohlan denn,
Jüngling, sprich! Bleibst du dabei,
Daß dieses Weib das Leben dir gegeben,
Ihr Busen dich genährt und großgezogen?

Spurius: Ich bleibe fest dabei und will's beschwören!

Spuria: Du kannst es nicht! (zu Claudius) O Caesar,
höre mich!

Claudius: Eins nach dem Andern! Spurius, sage an,
Warum du's glaubst und gib uns die Beweise.

Spurius: Erhab'ner Caesar! Meiner Kindheit Träume,
Die süßen, führen mich zurück nach Tibur,
In dessen Nähe ich den Tag zuerst
Erblickte, wie ich glaube. Wenigstens
Erinner' ich nicht and'rer Orte mich
Aus meiner Kindheit holden Freudetagen. (Spuria ansehend)
Dort wuchs ich auf an ihrer Mutterhand,
Die liebend mich in's Leben eingeführt,
Um dann mich, unbegreiflich, zu verstoßen.
Warum sie's thut, das kann ich nicht ergründen;
Denn niemals war ich ihr ein schlechter Sohn.
Wie oft, — ach! frag' sie selbst, ob's nicht so ist, —
Hat sie mich an das Herz gedrückt, „mein Kind,
Mein theurer Knabe", mich genannt — und jetzt
Hat sich ihr fühllos Herz mir ganz verschlossen, —
Obwohl ich nichts von ihr gewollt, als Liebe,
Die Liebe eines treuen Mutterherzens,
Nach welchem der Verlassene sich sehnt,
Seit mehr als dreizehn Jahren; denn so lang'
Hat sie mich schon gemieden, nur zuweilen
Mich eine Stunde kaum geseh'n, als ob
Sie Gründe habe, mich zu flieh'n. — Doch, Caesar,
Auch dieser kurzen Stunden karges Glück
War bis in's zehnte Jahr mir nur beschieden;
Seitdem sah ich sie nicht mehr. — Frage die,
                (auf eine der Zeuginnen deutend):
Ob's nicht so ist, — sie hat mich großgezogen.
                (auf Spuria deutend):
Acht Jahre sind's, seit ich sie nicht geseh'n;
Doch unauslöschlich in des Herzens Grunde
Hat Spuria's Bild geruht. Ich sah sie wieder
Und kannte sie sofort, doch sie verstieß mich!

Spuria: Ich kenn' ihn nicht!

Claudius (Zu ihr):   Hat er sich so verändert?
Betrachte ihn!

Arria.   2

Spuria: Ich habe keinen Sohn!

Claudius (zur ersten Zeugin): Sprich, Zeugin, ist er's
oder ist er's nicht?

Erste Zeugin: Er ist's, sie brachte ihn als Kind
zu mir,
Und nannte ihren Sohn ihn.

Spuria: Angenommen,
Daß ich ihn so genannt, beweist es dir,
O Caesar, daß ich ihn geboren?

Claudius: Nein!
Man kann auch fremde Kinder auferzieh'n.

Spuria: So frage sie, ob sie's beschwören wolle,
Daß ich ihn unter meinem Herzen trug.

Erste Zeugin: Das kann ich nicht! Sie brachte ihn
zu mir,
Als er fünf Jahre zählte.

Claudius (zu Spuria): Und du sagst,
Du kennest ihn nicht?!

Spuria: Nicht als meinen Sohn!
Ich zog ihn groß, doch ist er nicht mein Blut.

Claudius: Wie willst du das beweisen?

Spuria (auf die zweite Zeugin deutend):   Frage sie,
Ob jemals einen Gatten ich gehabt!

Claudius (lächelnd): Das ist nicht immer nöthig; denn
in Rom
Gibt's viele Kinder, deren Väter schwer
Zu finden wären.

Spuria: O so muß ich denn
Auch diese Schmach noch dulden — und für ihn,
Der mich verfolgt mit seinem tollen Wahne!

Spurius: O Mutter! Ende mein' und deine Qual,
Indem du mir dein Herz erschließest!

Spuria: Nie!
Mein Herz verwirft dich, undankbarer Mensch!

Spurius: Ich undankbar?! O Weib, du hast kein Herz!

Was will ich mehr, als nur ein wenig Liebe?!
Ach! Grausam ist's, den süßen Namen Mutter
Nie sprechen dürfen, nie das Wesen nennen,
Das immer unser Theuerstes gewesen, —
Das wie ein glänzendes Gestirn des Himmels,
Die ersten Lebenspfade uns erhellend,
In süßen Banden uns gefangen hält
Und, ist's entschwunden, droben unser Stern
Der Sehnsucht und der Hoffnung ewig strahlet.
Ich ford're keinen Vater, — kenn' ihn nicht, —
Ob du ihn nennen willst, sei deine Sache, —
Nur raube mir nicht auch die Mutter noch!

S p u r i a (schüttelt den Kopf.)

C l a u d i u s (Zu einem Advokaten, der vortritt und sprechen will):
Laß' ab, du Mann der Kniffe! Beide Theile
Vermögen nicht, hinreichenden Beweis
Zu liefern. Suchen wir auf and're Art
Die Wahrheit zu erfahren; denn Ihr liebt,
Processe zu verlängern, nicht zu.kürzen, —
Ich zieh' es vor, die Sachen schnell zu scheiden!
(zu Spuria): Du hassest ihn?

S p u r i a :   Warum sollt' ich ihn hassen?

C l a u d i u s : Das sage du mir!

S p u r i a :   Nein, ich haß' ihn nicht;
Er aber zielt nach meinem kleinen Erbe!

S p u r i u s : O Mutter! Mutter! . . . hab' ich's je
                    verlangt?!

C l a u d i u s : Ah so! Da handelt sich's um ein Besitzthum!

S p u r i u s : Ich dachte nie daran! Sie mag's behalten!
Entsagen will ich Allem, — seid mir Zeugen,
Ihr Alle, — doch verstoße sie mich nicht
Aus ihrem Herzen; denn ich liebe sie
Mit eines Kindes ganzer, frommer Liebe.

C l a u d i u s (reibt sich die Stirne).

M e s s a l i n a (leise zu ihm): Vermähle sie, — dann wirst
                    du seh'n!

Claudius (erhebt rasch den Kopf und nickt; leise): Ja, ja!
(zu Spuria): Du hassest diesen Burschen also nicht?

Spuria: Nein, Caesar!

Claudius: Und er ist auch nicht dein Sohn?

Spuria: Nein, Caesar!

Claudius: Doch er liebt dich wahrlich sehr,
Und diese Liebe sollte man belohnen;
Deshalb sei er dein Gatte! (zum Gefolge): Führet sie
Sofort zum Tempel; dort mag sie der Priester
Vereinigen zum heil'gen Ehebund!

Spurius (tritt entsetzt zurück).

Spuria (schreit auf): Weh' mir, ich lieb' ihn nicht!

Claudius: Die Liebe kommt
Oft nach der Heirath. — Fort zum Tempel, Weib!

Spuria (fällt ihm zu Füßen): O, Gnade! Caesar!.....
, Er mein Gatte?!

Claudius: Ja!
Ich will's!

Spuria: Ihr Götter!

Claudius: Ruf' sie an im Tempel!

Spuria: Unmöglich, Caesar!

Claudius: Wie? — Unmöglich sagst du?
So willst du sterben?!

Spurius (tritt vor): Ja, unmöglich, Herr!
's ist meine Mutter! (bedeckt sein Gesicht mit den Händen).

Claudius: Dieses sagst du mir
Seit einer halben Stunde, — doch nicht sie!

Spuria (mit sich kämpfend): Ich bin es, Herr und Caesar!
(birgt ihr Gesicht in den Händen; Spurius sieht freudig auf).

Claudius (erhebt sich): Wehe dir,
Du unnatürlich' Weib! Ich mußt' es wohl!
Doch gehe jetzt — und nie mehr gib ihm Grund,
Sich zu beklagen! — Hast du mich verstanden? (sie nickt).
Ziehst du das Laster Erdenschwächen vor,
Daß du dein eig'nes Blut verstoßen konntest?

Dann wähltest du das Schlimmere! Jetzt geht!

(er winkt ihnen, zu gehen; zu Spurius):

Du, Jüngling, hast dein Recht; bewahr' es wohl!

Spurius: Die Götter mögen dich beschützen, Caesar!

Claudius: Das wünsch' ich auch, mein Junge!

Spurius: Lebe wohl! (die Parteien ab).

Claudius (nachrufend): Du gleichfalls! (er geht sinnend ab)

(Alle folgen, bis auf Messalina und Narcissus.)

Messalina (winkt Narcissus zur Seite): Gehe ihnen nach
                      und sieh',

Wo Spurius wohnt.

Narcissus: Ich weiß es schon, — sei ruhig!

Du sollst ihn sehen!

Messalina: Wohl, — ich zähle d'rauf!

Narcissus (lächelnd): Wie auf mich selbst!

Messalina: Sei stille doch, du Schuft! (ab).

Narcissus (lachend): O Roma, du bist groß, selbst im
                      Verbrechen! (ab).

(Der Vorhang fällt.)

(Ende des Vorspiels.)

Arria.

Erster Act.

Erste Scene.

Claudius (ſitzt in einem Armſtuhle, eine Landkarte auf den Knieen und mit einer Hand haltend, eingeſchlafen, ſein Hof hinter ihm).

Soſibius (dazu; leiſe zu Narciſſus): Was macht der Caeſar?

Narciſſus: Er ſtudirt.

Soſibius: Studirt? Was?

Narciſſus: Völkerkunde! (Soſibius ſieht ihn fragend an.)

(Narciſſus): Oder Staatenkunde! (auf Claudius deutend.)

Soſibius: Er ſchläft ja, wie mir ſcheint.

Narciſſus (achſelzuckend): Das iſt daſſelbe.

Meſſalina (dazu; ſie ſieht ſich um, dann befehlend): Verlaſſet uns! (Alle ab.)

Claudius (fährt auf und ſieht ſich ängſtlich um, die Karte in der Hand haltend): Was geht denn wieder vor?

Meſſalina (die jenen nachſah, tritt zu ihm, ihre Hand auf ſeine Schulter legend): Hier — Nichts! Doch muß ich mit dir reden, Caeſar!

Claudius: Was gibt es wieder, Weib?

Meſſalina: So klug du biſt,
So ſiehſt du deine Feinde doch nicht alle.
Wie oft muß ich dich noch daran erinnern,

Daß reiche Männer von Geschlecht und Anseh'n
Dir stets gefährlich sind, so lang' sie leben;
Denn ihre Macht ist in dem Volke groß,
Weil's noch an kriegerischen Namen hängt,
So tief es selber steht!

Claudius: Schon wieder das?!
Was willst du mir? Sprich deutlich, sprich dich aus;
Denn Hieroglyphen kann ich nicht entziffern.

Messalina: Denk' an Valerius Asiaticus,
Den stolzen Mann und seinen Anhang!

Claudius (gespannt):   Wohl!
Was ist's mit ihnen?

Messalina: Sie versammeln sich
Sehr oft geheim.

Claudius (erschrocken): Du willst mich bange machen!

Messalina: Denk' an Caligula! Sprach nicht Valer:
Ich wollt', ich hätte ihn getödtet, den
Tyrannen!

Claudius: Hat er das?

Messalina: Ganz Rom beklatscht' es!
Er ist voll Ruhmes; — zweimal war er Consul,
Sein Name, wie sein fürstliches Vermögen
Und die Beliebtheit bei dem nieder'n Volk',
Macht zum gefährlichsten der Römer ihn.
Warum ist er so milde zu dem Pöbel,
Ihm seine Gärten zum Vergnügen öffnend,
Die herrlichen, Lucullus' Göttersitz?!
Man schmeichelt nicht umsonst den rohen Massen,
Die jeder Ritter sonst verachtet, nicht
Vergebens streut er Gold mit vollen Händen;
Das hat 'was zu bedeuten! — Nun, wie wär's,
Wenn sich Valer entschlösse, dich zu stürzen,
Um deinen Thron zum Schemel seiner Größe
Zu machen?! Braucht es mehr, als eines Hauch's,
Um Rom in Flammen zu versetzen?

Claudius: Ha?
Du zeigtest mir Entsetzen! Ist es möglich?!
Messalina: Ah! — möglich ist hier Alles! Starb
                    nicht Cajus,
Dein Neffe, so wie Julius Caesar selbst,
An einem Stücke kalten Stahl's?
Claudius (angstvoll):   Ja! Ja!
Messalina: Bist du unsterblich?
Claudius: Nein! Wahrhaftig, nein!
Doch hörtest du so Etwas?
Messalina: Nur zuviel!
Sie halten heimliche Zusammenkünfte;
Mein Freigelass'ner Niger überwacht sie!
Claudius: Vielleicht sind's Andachtsstunden!?
Messalina (lachend):   Um für dich
Zu beten?! Das ist köstlich, bei den Göttern!
Wo denkst du hin?
Claudius: Wie viele sind es ihrer?
Messalina: Caecina Paetus, Appius Silanus, —
(Mein edler Stiefpapa Silan,) —
Valerius, des Paetus Weib und And're,
Die niemals du an deinem Hofe siehst;
Noch kenn' ich sie nicht alle.
Claudius (seufzend): Wehe mir!
Soll Caesar's Haus denn niemals ruhig werden? (jammernd)
Man ist ja seines Lebens nicht mehr sicher!
Messalina: Ja, sicher nicht! Deßhalb — noch
                    einmal — wache!
Die Zeit ist unheilschwanger.
Claudius: Große Götter!
Was hab' ich denn gethan, daß Ihr mir zürnt?
Messalina: Was hilft dein Jammern, schwacher
                    Römerkopf?!
Ein Mann soll handeln da, wo Weiber heulen,
Und nicht wie Schnee vor einem Hauch' zergeh'n!
Claudius (seufzend): Ja, handeln!

Messalina: Wohl, so wart' es ab, bis du
Mit deinem Throne unter blut'gen Trümmern
Der Republik begraben, oder bis
Du einem Glücklicher'n erliegen wirst!

Claudius: Ich werde mich berathen.

Messalina: Thue das,
Und bald!

Claudius: So komme! (ab.)

Messalina: Geh', ich folge dir! (sieht hinaus.)
Ist nicht Sosibius da? .... Er komme gleich! (allein.)
Jetzt, finst're Mächte, helft, ihn zu bestrafen
Den stolzen Römer, der selbst mich verschmäht
In seinem lächerlichen Tugenddünkel.
Was ist mir Claudius, winkt mir ein Valer?!
Er mußte das, und doch verwarf er mich .....
Valer! Du weißt es nicht, was du verschmäht!
Beim Zeus, du ahnst es nicht! Die Römerwelt
Läg' heute dir zu Füßen, hättest du
Dies eine Wort nur deiner Brust entrungen:
„Ich liebe dich, Valeria!" So heiß
Ein Frauenherz in Lieb' entbrennen kann,
So heiß kocht Rachewuth in dem verschmähten;
Denn alle Furien ruft es drohend wach ....
Nimm dich in Acht, Valer! Ich bin ein Weib, —
Und daß ich's bin, das sollst du bald empfinden.
Ich bin ein Weib nur, doch ein rasend Weib,
Wenn meine glühenden Gefühle man
Wie eines Bettlers Morgengruß verachtet!
Die Leidenschaft, die meine Brust erfüllt,
Sie gleicht des Aetna's glüh'nden Lavaströmen,
Die brausend, sengend und vernichtend zieh'n,
Wohin ihr wilder Ungestüm sie treibt.
Vernichtung schleudern sie in die Gefilde; —
Vernichtung auch — dem schönsten Männerbilde!

.   (setzt sich. Sosibius erscheint.)

Zweite Scene.
Meſſalina, Soſibius.

Soſibius: Du haſt befohlen, Herrin!

Meſſalina (ſteht auf):   Ja! — So höre!
Doch erſt — was macht mein Sohn Britannicus?

Soſibius: Das liebe Kind iſt wohl und übermüthig,
Wie immer.

Meſſalina (lächelnd): 's iſt Caeſarenblut!

Soſibius: Ich fühl's!

Meſſalina: Wohl! Höre! — Daß du deine Stellung
    mir, —
Nur mir, — verdankſt, — es iſt dir wohl bekannt?
    (Soſibius nickt.)
Ich forb're jetzt den Dank dafür!.... Du haſt
Das Ohr des Caeſar's, — nutze es für mich!
Du weißt, was ich ſchon oft gewünſcht und nicht
Erhielt!

Soſibius: Die Gärten des Valerius!

Meſſalina: So iſt's! Beſitzen will ich ſie jedoch,
Und koſte mich's, ich weiß nicht, wie viel Blut!

Soſibius: Warum erkaufſt du ſie dir nicht?

Meſſalina: Sie ſind
Nicht feil.

Soſibius: Um keinen Preis?

Meſſalina: Ich ſagte ſo!
Auch iſt er uns gefährlich.

Soſibius: Wie, er ſollte?

Meſſalina: Gefährlich durch ſein ganzes Ich. Was
    kann
Ein Mann, wie er, bei dieſen Römern nicht?
Bedenke?

Soſibius: Das iſt wahr; ich glaub' es ſelbſt.
Er iſt von hohem Anſeh'n und beliebt!

Meſſalina: D'rum handle! Schaffſt du mir, was ich
    mir wünſche,
So forb're, was du willſt!

Sosibius (erstaunt):   Wie .... was ich will?!
Das sagt sehr viel!.... Ich könnte deine Gunst.....
Messalina (schnell): Ich sagte: „Was du willst"! Ist
                              das genug,
So handle! (rasch ab.)
    Sosibius: Ja, ich werd' es, stolzes Weib.
Ich schwör's beim Zeus, du sollst zufrieden sein! (ab.)
                    (Verwandlung.)

Dritte Scene.

Im Hause des Caecina Paetus.

Arria, Valerius Afiaticus, Silanus, Paetus.

Arria (gibt Valerius und Silanus die Hände): Ich dank' Euch,
                    Freunde, daß Ihr heut' erschienen,
Im Namen einer unterdrückten Welt ....
Jetzt Muth! Verzweifelt nicht an dem Erfolge.
Wer steht uns gegenüber? Eine Macht,
Die hinzustürzen in ihr altes Nichts
Uns eine Nacht nur kostet. — O Valer!
Wir müssen helfen, da die Götter sich
Um diese Welt nicht mehr zu kümmern scheinen! (Valer nickt.)
    Silanus: Ach, Arria, die Götter fliehen uns.
D'rum freilich müssen wir uns selber helfen;
Denn dieses Joch — ich kann's nicht länger tragen!
Es ist zu schauderhaft, was ich erlebt,
Von meiner Tochter —, von Valeria, —
Und mir nicht möglich, Jemand es zu sagen.
Die Welt kann so nicht mehr bestehen!
    Valerius Afiaticus: Ja!
Die Menschheit ist so tief im Werth gesunken,
Daß sie sich nimmer selbst erheben wird!
Der Gute soll das edle Beispiel geben,
Damit das Volk den Glauben nicht verliert,

Daß Höh'res noch in seinen Wogen schlummert.
In seiner Niedrigkeit muß es verzweifeln
An seiner Zukunft schreckenvoller Nacht
Und von Verbrechen zu Verbrechen stürzen,
Da seinen Göttern es nicht mehr vertraut,
Weil sie so lange schon zu Thaten schweigen,
Die namenlos sind, wie des Orkus Qualen,
Für die die Sprache keine Worte hat. —
Ja, zweifeln muß es an dem Heiligsten,
Wenn wir nicht furchtlos es daran erinnern,
Daß es noch Römer gibt voll alter Tugend
Und voll der Thatkraft, die Tyrannen stürzte.
    Caecina Paetus (kopfschüttelnd): Es ist zu spät! —
                    Gib ihnen Brod und Spiele,
Und Rom ist glücklich!... Was ist heut' ein Römer?!...
Blut kann er seh'n, — doch seines zu verspritzen,
Für eine große Sache nur zu wagen,
Ist er zu feig! — Tiberius ertrug er,
Sowie Caligula, den tollen Würger,
Er wird noch Schändlicheres später dulden!....
Zu tief schon sank die Welt; vergebens ist
In diesem Schlamme der Verworfenheit
Das Ringen eines edlen Menschenherzens.
Sie sind zu weit herunter! — Diese Menschheit
Ist Nichts mehr, als ein Haufen Schlamm und Koth,
Der ruhig seine Fäulniß übersteht
Und der Verwesung still entgegenschlummert!
    Arria: Wirf einen Strahl des Licht's in diesen Sumpf,
Und dir wird Neues, Schöneres erblüh'n!
In der Verwesung keimt ein höh'res Leben
Zu der Vollendung unbemerkt heran.
Wirf einen Strahl der Wahrheit in den Sumpf,
Den du geschildert, und du wirst es seh'n,
Daß er nicht unbenutzt der Welt geleuchtet.
Gedanken edler Art sind Blitzesstrahlen,
Die schnell die Nacht durchzucken und erhellen,

Um so viel greller flammend, als die Nacht
In tiefste Schwärze feindlich sich getaucht, —
Und unvergeßlich bleibt ein solches Leuchten!
Gib nicht die Hoffnung für der Menschheit Zukunft
So leichten Kaufes hin! — Daß Roma leidet,
Ist freilich seine eigene Schuld allein;
Doch Rom ist nicht die Welt, mein theurer Paetus!
Jetzt mag es sie bedeuten, doch dereinst
Wird's anders sein mit diesem tollen Wahne,
Als müßte sich die Welt nach Roma richten,
Und dann ist's auch mit ihrem Einfluß' aus.
D'rum zweifle nicht! Die Welt ist größer, Paetus,
Als Roma jemals hätte werden können.

Caecina Paetus: Ich will es hoffen, — glauben
                          kann ich's nicht;
Denn wo die Götter ihre Macht verloren,
Die Tugend betteln geht nach Männerherzen,
Wie sollten Menschen da noch ändern können,
Was die Unsterblichen, wie uns, beleidigt!

Vierte Scene.

Vorige. Cajus Saulus dazu. (Alle sind betroffen und überrascht;
            sie greifen an die Schwerter).

Saulus (macht eine abwehrende Handbewegung): Ihr wundert
            Euch, mich hier zu seh'n?! Fahrt fort!
      (dann kreuzt er die Arme über der Brust.)
Valerius Asiaticus: Du hier?!
Saulus: Ihr staunt?!
Valerius: Du bist ein Diener Caesar's
Und seines Hauses!
Saulus (kopfschüttelnd): Seines Hauses? Nein!
Was geht mich Caesar's Haus an?
Valerius: Wohl, was bist du?!
Saulus: Spion!
Valerius (tritt erschrocken zurück; Alle ziehen die Schwerter):
           So hab' ich Recht!

Saulus (abwehrend): Und doch auch nicht!

Valerius: Du treibst dein Handwerk offen, Cajus
Saulus!

Saulus: Für Caesar bin ich's nicht, jedoch für Euch!

(sie schauen sich ungläubig an.)

Liegt diese Möglichkeit so ferne, Paetus!
Weil du des Cajus Saulus Glück entführt?!
Hört mich und zweifelt nicht mehr! Höret mich!
Ich komm' als Freund, um Euch zu warnen.

Valerius: Wie?
Du könntest glauben....?!

Saulus (rasch): Hüte dich, Valer,
Vor deinem eig'nen Mißtrau'n und vor — Caesar!

Valerius: Ich thu' es, wie du siehst!

Saulus: Das ist es nicht!
Vor Messalina's Ränken hüte dich!

Valerius: Was will das Weib von mir?

Saulus: Lucull's Besitzung,
Die du so herrlich wieder hergestellt;
Sie liegt dem Caesar täglich darum an,
Und dein Verderben ist der Phryne Streben!

Valerius: Wie weißt du das?

Saulus: Wer sollt' es besser wissen,
Als ich, der im Palatium des Caesar
Die Wache hält?!

Valerius: Grad' deßhalb trau' ich nicht.
Dein ganzes Handeln ist vielleicht ein Spiel,
Das mich, wie Alle hier, verderben könnte.

Saulus: Du zweifelst noch?..... O hätt' ich das
gewollt,
Wie lange wärst du schon dem Tod' verfallen!
Ich weiß, wo Ihr Euch stets versammelt habt,
Um im Geheimen für das Werk zu wirken,
Das Ihr betreibt. Im Tempel Jupiters,
Wie an der obern Tiber wildem Strande,

Auf deinem Landgut, — überall, wo Ihr
Bis jetzt euch traft, hat man Euch spionirt;
Nur weiß man noch nicht, was Ihr dort verhandelt.
Ich wußt' es längst! Konnt' ich Euch nicht verrathen,
Wenn dies in meinen Wünschen lag?! Valer!
Du mißtrau'st Einem, dem Du trauen solltest!

V a l e r i u s (kopfschüttelnd): Du steh'st in hohem Anseh'n
bei dem Caesar!

S a u l u s: Um Euch zu nützen, muß ich dort 'was gelten!

V a l e r i u s (nachdenkend): Dürft' ich dir glauben, Cajus!
Dürft' ich es!

Du bist ein Mann, ich weiß es, — bist ein Römer!
O warum bist du nicht auch unser Mann?!
(Er steckt sein Schwert ein; die Andern folgen.)

S a u l u s: Ich bin es! Glaube nicht, daß Eifersucht
(auf Paetus deutend):

Auf ihn mein besseres Gefühl erstickte.
Wohl kam er mir zuvor!... Ist's eine Schuld,
Daß er, der Edlere, dies Weib gewonnen?!
Ich sollt' ihn hassen, doch verehr' ich ihn
Als Gegenstand der reinsten Frauenliebe,
Die reiner ist, als Helios' Morgenstrahl,
Wenn er vom keuschen Lager sich erhebt.
Befürchtet nichts! Wohl diene ich dem Caesar,
Weil ich es muß, — doch Euch, weil ich Euch liebe!
Jedoch dem Weib' des Claudius dien' ich nicht;
Denn sein Int'resse ist nicht das des Caesar's.
D'rum trauet mir! So schlecht ich Euch erscheine,
So bin ich doch nicht schlechter, als ich bin,
Und wie ich bin, das sollt Ihr bald erfahren! (zu Arria):
Sprich du für mich, o Arria! Sprich, ich bitte.
(Alle stehen unschlüssig.)

A r r i a (tritt zu ihm, seine Hand fassend; zu den Andern): Ja,
zweifelt nicht mehr, Freunde! Glaubet ihm!
Ich glaube ihm. Es gibt noch Römerseelen,
Und etwas Heiliges hat jeder Mensch! (zu Saulus):
Nun wohl, was ist dein Theuerstes auf Erden?

Saulus: Des Herzens erste, keusche Regung ist's,
Und unbefleckt noch schlummert sie im Busen.
Was hätt' ich sonst auch noch?!

Arria: So schwöre hier
Bei allen jenen seligen Gefühlen,
Die uns der erste Blick des großen Gottes
Im jungen Herzen auferweckt, daß du,
Was du auch hörst, niemals besprechen wirst,
Als nur mit uns, — mag's deiner Ansicht sein,
Mag eine and're Meinung dich erfüllen.
Schwör's bei dem Haupte deines Theuersten,
Sei's Vater, Mutter oder sonst ein Wesen,
Das deinem Herzen nah'steht, wie die Götter!

Cajus Saulus (hebt die Hand): Ich schwör's! Bei
                   deinem edlen Haupte schwör' ich's!
Du weißt, daß dieser Schwur von Herzen kommt.
So mögen mich die Furien ereilen
Mit allen Schrecken ihrer Rachewuth,
Wenn meine Zunge zum Verräther wird.

Arria: Ich glaube dir. Wohlan, so sei der Uns're,
Wenn nicht dein Arm mit deinem Muth' erlahmt.
Du weißt es, was wir wollen!

Saulus: Ja, ich weiß.
Doch ist es tollkühn und nicht auszuführen!

Silanus: Was willst du dann hier, Cajus?

Saulus: Euch bewahren,
Wenn's nicht zu spät ist. — O Ihr opfert Euch!
Was nützt es, einen Tiger zu entfernen,
Um der Hyäne Platz zu machen?

Silanus: Cajus,
Das ist es nicht! .... Hyän' und Tiger! Beide!
Du mißverstehst uns. Die betrog'ne Welt
Verlangt, daß wir sie selbst ihr wiedergeben.
Rom hat man Rom gestohlen und der Menschheit
Die Menschenwürde! Was ist dieses Reich?

Der Spielball eines buhlerischen Weibes,
Das frech und schamlos allen Göttern trotzt!
Kann auch die Welt es länger noch ertragen,
Die tiefgesunkene, — ich kann es nicht.

    S a u l u s : Was hälf' es dir, den Caesar zu verdrängen?
Ein And'rer folgt ihm, wohl ein schlecht'rer noch;
Denn wo e i n Caesar fällt, erheben sich
Zehn and're gleich und zehnmal schlimmere.
Gedenk' des ersten! Lebend war er nicht
Der Welt zum Unheil', doch der Todte ward's.
Ein solcher Mann.läßt Spuren hinter sich,
Die durch Jahrhunderte hindurch sich zieh'n,
Und keine Menschenhand kann sie verwischen;
Denn seine Thaten, — blutig oder groß, —
Sie fußen im Character seiner Zeit. —
Könnt Ihr die Folgen dieser Thaten brechen,
Das leicht genomm'ne Joch zertrümmern? Nein!
Ihr müßtet Zaub'rer oder Götter sein!....
Die Folgen aber von des Caesars Thaten
Sind ein Tiber, Caligula und Claudius;
Und diesen werden, müssen And're folgen,
Die ihnen gleichen. Sagt nichts mehr von Rom!
Ach! das ist todt und nie erhebt sich's wieder,
Weil die Hyäne keine Löwen zeugt.

    V a l e r i u s : Ein Caesar wird es freilich nimmer heben;
Das ist auch uns're Meinung nicht, o Cajus!
Der Geist der großen Väter muß ersteh'n,
Das Volk zu rütteln aus dem Zauberschlummer,
Der Aller Brust bedrückt, ein gift'ger Alp,
Daß Roma wieder sei der Freien Hort!

    S a u l u s (kopfschüttelnd): Die Zeit der Republiken ist vorbei;
Brach eine nach der andern nicht zusammen,
Wie ein Phantom, das unser'm Aug' entflieht?
Ich glaube nicht, daß Ihr's vollenden werdet;
Es gibt ja keine wahren Römer mehr!
Der Geist des Brutus und der Scipionen

Arria.   3

Ist schlafen gangen oder gar gestorben,
Und zweifeln muß ich, daß dem Claudius
Ein beß'rer folgen wird aus diesem Volke.
D'rum wär's ein Raub am ganzen Römerstaat',
Wenn wir vielleicht den Schwachkopf mordeten,
Daß ein Tiber sein Erbe stehlen könne!

Valerius: Du zweifelst an der Menschheit, armer
Cajus!

Saulus: Wirf diesen Zweifel mit Beweisen nieder,
Und ich bin Eu'r für Alles, was Ihr wagt;
Jedoch Beweise müssen's sein, nicht nur
Des edlen Schwärmers wundervolle Träume!

Arria: So hast du kein Erbarmen mit dem Volke?
Bedenke, — eine Laune des Tyrannen
Und du bist Staub, — die Welt ein Aschenhaufen!

Saulus: Was sie erduldet, duldet sie mit Recht.
Warum erträgt sie es? Bei allen Göttern!
Wenn's nicht so sollte sein, so wär' es nicht;
Man leidet nur, was man verschuldet!

Valerius: Saulus,
Du zweifelst an dir selbst, d'rum an der Welt!

Saulus: Und du siehst sie mit edlen Augen an,
D'rum hältst du sie für besser, als sie ist!

Valerius: Und dennoch gibt's noch Römer außer uns!

Caecina Paetus: Ich zweifle d'ran und theil' des
Cajus Ansicht.
Es ist zu spät! (er senkt den Kopf.)

Saulus: Wohl sagst du, wie es ist.
Es scheint, wir sind in Allem gleicher Meinung. (zu Allen):
Ihr dürft nur noch an Eure Wohlfahrt denken,
Die auf dem Spiele steht. Es ist zu spät, —
Vielleicht auch noch zu früh, — um Das zu thun,
Was eine edle Mannesbrust erfüllet!
Des Volkes Selbstgefühl weicht seinem Nutzen.
Was liegt ihm d'ran, wem es gehorchen muß,
Ob dem Senate seiner eig'nen Wahl,

Ob den Genossen einer wilden Phryne,
Wenn es nur schlemmen kann und sich ergötzt;
Denn sein Character liegt im Schooß der Zeiten
So lange schon begraben! Wär's nicht so,
Dann hätte Caesar nie das Reich gestürzt
Und kein Tiberius hätt' ihm folgen können.
D'rum ist's umsonst!

    Arria: Nicht doch, mein Cajus! Nicht doch!
Du täusch'st dein Herz, (das noch am Guten hängt),
Weil du so viel des Schlechten um dich siehst.
Gib nicht die Menschheit auf in ihrer Zukunft,
Indem du ihre Gegenwart erdrückst
Mit dieser Zweifel unglücksel'gem Wahn'!

    Saulus (kopfschüttelnd): Wir haben keine Zukunft, edles
                      Weib!
Es ist Verhängniß, — wer kann diesem trotzen?!
Doch — gehet Euern Weg, — ich will den meinen,
Euch unbeschadet, wandeln. Kann ich Euch
Von Nutzen sein, so könnt Ihr auf mich zählen.
Lebt wohl! (gibt Arria die Hand).

    Arria: So muß ich dich verlieren, Cajus?

    Saulus: Wie lange schon, ach! hab' ich dich verloren,
O Arria?!

    Arria (lächelnd und kopfschüttelnd): So leb' denn wohl, mein
                    Freund!
Ein Jeder gehe seinen Weg, so folgt
Er jenem Drange, der uns Alle führt,
Sei's zu der Freude herrlichen Gefilden,
Sei's in des Orkus dunkles Schattenreich. —
Ich aber will das mir gesteckte Ziel, —
Die Rettung Rom's aus dieser Tiger Klauen,
Verfolgen — und kann ich es nicht besteh'n, —
Nun denn, so will ich untergeh'n! —

       (Gibt Saulus die Hand; dieser geht rasch ab, während

der Vorhang fällt.)

Zweiter Act.

Erste Scene.

Im Palatium des Claudius.

Claudius, Narcissus und **Sosibius** treten nacheinander ein.

Claudius: Was habt Ihr wieder, daß Ihr so die Köpfe
Zusammensteckt? Herein und sprecht, Gesellen!

Narcissus (rechts von ihm): Dein Wohl beschäftigt uns,
o Caesar!

Claudius: Was?
Des Caesars Wohl sollt' Euch beschäftigen?!

Narcissus: Frag' nur Sosibius!

Claudius: Was gibt's denn wieder?
Soll Caesar nicht einmal in seinem Hause
Der Ruhe sich erfreu'n?!

Narcissus: Auf daß er's könne
Berauben wir des Schlafes uns sogar
Und wachen über ihm!

Claudius (ängstlich): Wo ist Gefahr?

Narcissus: Wo?! Ueberall, wo's Römer gibt, die
Macht
Und Anseh'n haben! In der Luft, im Wasser,
In allen Elementen lauern Feinde
Für einen Caesar. Wer denn weiß es, Herr,
Wo sie versteckt des Augenblickes harren,
Der ihnen günstig scheint zu einer That?

Claudius (furchtsam): Ihr wißt Etwas?

Sosibius (links von ihm): Wir denken Etwas, Herr!

Claudius: Was ist's?

Sosibius: Sei auf der Hut vor deinen Feinden!
Mir bangt vor deiner Zukunft, Claudius;
Denn allzuleicht nimmst du gewisse Römer.

Du weißt es, daß in Rom ein großer Name.
Und Geld die Allmacht selbst sind, die Caesaren
Aus unsers Volkes Mitte auf den Thron
Zu rufen fähig ist, und solch' Geschlechter
Gibt's nur zu viele. Uebermäß'ger Wohlstand
In eines Römers Hand ist voll Gefahr
Für einen Caesar!

Claudius: Kenn' ich Keinen doch,
Der hierin mit dem julischen Geschlechte
Wetteifern könnte!

Sosibius: Als dein Neffe fiel —
Durch Cassius Chaerêa, den Verruchten, —
War es Asiaticus, der Rädelsführer,
Der sich bekannte zu der blut'gen That
Und öffentlich derselben sich gerühmt; —
Auch nahm er Cajus' ganzen Ruhm in Anspruch.

Narcissus: So ist es! Auf dem Forum! Alle Welt
Beklatschte ihn ob dieser frechen That,
Und weithin schallte des Verräthers Ruhm.

Sosibius: Beliebt, wie er jetzt ist, gedenkt der Freche
Die Heere in Germanien zu besuchen. —
Geboren zu Vienna, hat der Mensch
Familien-Einfluß und Verbindungen
In Gallien, die allzu mächtig sind.
Ein Mann von solchen Mitteln wäre fähig,
Die Grenzen leicht zum Aufstand' anzureizen.
Wer will's ihm wehren, ist er einmal dort?!

Claudius: Hat man Beweise, daß er Ränke schmiedet?

Sosibius (achselzuckend): Wozu die Reise, wenn sie nichts
bezweckt?!
Denn zum Vergnügen geht man nicht dorthin;
Bedenke doch! — Bei deinen Wissenschaften
Vergißt du, daß die Herrschaft einer Welt
Verweg'ne lockt, wie Sommerluft die Schmeißen.
Dank's deinen Göttern, daß du Männer hast,
Die für dich denken, wachen, sorgen, handeln! —

Britannicus'.Erziehung füllt mir nicht
All' meine Stunden aus, d'rum denk' ich stets
An das, was i h n und d i ch betreffen könnte.

Claudius: Ja, über meiner großen Weltgeschichte
Vergeß' ich schier die Welt. — Ja, Ihr habt Recht!

(er geht unruhig auf und ab.)

Narcissus (leise zu Sosibius): Ich glaube, er beißt an!

Sosibius (ebenso): Der Köder ist
Auch zu verlockend für den alten Hecht.

Claudius (fährt plötzlich auf): Ich glaube, Ihr habt
Recht! — Es ist gefährlich,
Zu warten, bis er Etwas unternimmt.
D'rum — handeln wir! — Wer hat die Wache hier?

Narcissus: Marcell, der Jüngere.

Claudius: Er hole mir
Den Prätorianer-Obersten Crispinus,
Nebst einer auserles'nen Schaar der Garde.
Wo hält Valer sich auf?

Sosibius: Er ist in Bajä,
Wo er die Bäder braucht.

Claudius: Er bade sich
In seinem schuft'gen Blute! Geht und handelt,
Damit ich endlich ruhig schlafen kann.
Ich bin der ew'gen Unruh' müde. — Fort!
Und handelt schnell! (wackelt ab.)

Narcissus: Ich eile, daß er nicht
Die Sache wieder fallen läßt, der Schwache,
Indem er sie vergißt.

Sosibius: (lächelnd, tückisch): Ich mahn' ihn d'ran,
Wenn er's vergessen sollte! (Narcissus ab.)

Sosibius: Jetzt zu ihr,
Der es am meisten nutzt, — zu Messalina!

(sowie er fort will, erscheint diese.)

Zweite Scene.
Sosibius, Messalina.

Messalina (schnell): Wie steh'n die Sachen?

Sosibius: Alles in der Ordnung!
Schon holt man den Crispin und eine Wache,
Um den Valerius aufzuheben.

Messalina: Wo?

Sosibius (spöttisch): In Bajä, wo er Bäder nimmt —
zur Stärkung
Auf seinen letzten Weg' — zum Acheron.
Du kannst zufrieden sein!

Messalina: Ha! Endlich! — Mann,
Für diese Nachricht meinen Dank. — Jetzt geh!!

(Sosibius verbeugt sich; ab.)

Messalina (allein): Ihr trotzt mir, Römer?! Wirklich!?
Eure Herrin
Wird Euch zerschmettern in den Staub der Erde! —
Und sollt' ich über Leichenhaufen schreiten
Und Städtetrümmer, — Göttertempel schleifen,
Gebirge stürzen aus der Wolken Höh'n,
Um Thal und Fluth mit ihnen zu begraben, —
Aus Paradiesen öde Wüsten schaffen,
Daß stummes Grausen jede Seele füllt
Und sie erstarren mache vor Entsetzen! — (kleine Pause):
Was ist mir Herrschaft ohne Macht?! Was ist
Die Herrin einer Welt, wenn ihr ein Bube
Zu trotzen wagt?! Ich will die Herrin sein
Mit allen ihren Rechten oder — Nichts!
Nicht sein ist besser, als bedeutungslos! —
Valer! Silan! Mein Herz habt Ihr verworfen, —
So fühlt die Rache der verschmähten Brust!
Valer! Popäa ist dir theuer, — wohl, —
Sie sterbe, um dir immer zu gehören!
Süß ist die Rache der verhöhnten Liebe,
Süß, glühend, sättigend, wie höchste Lust,
Der schönste Sinnentaumel nächst der Liebe!

Betäuben soll sie mich! O Rache! Rache! —
Valer! Silan! Ihr stolzen Römerschatten, —
Verschmäht Ihr Venus, — wohl, so soll Medusen's
Umarmung Euer Herz in Stein verwandeln! — (rasch ab.)
(Verwandlung.)

Dritte Scene.
In Caecina's Haus.

Arria (blaß, leidend aussehend, eine Pergamentrolle in der Hand):
Bis hierher hab' ich's denn gebracht, — sie sind
Entschlossen zu dem Aeußersten. Die Enkel
Der Helden Roms erkennen ihre Pflicht
Und wollen ihrer edlen Väter werth sein.
Noch wenig' Tage — und es wär' gescheh'n
Um's julische Geschlecht, das Caesar's spottet,
(Dem es die Stellung dankt), sowie der Welt,
Die es bedrückt gleich einer Sclavenhorde, —
Und jetzt bin ich gebannt an's Krankenbett
Des Mannes, dessen Namens wir bedürfen!
Camillus ist bereit, mit den Legionen
Dalmatien zu verlassen, um in Rom
Rom wieder herzustellen, wenn er hier
Auf Freunde zählen kann. — Gerechte Götter!
Bezähmt den Ekel, den die Welt erregt,
Und werft Euch jetzt nicht unser'm Lauf' entgegen! (kleine Pause):
O Paetus! Warum j e t z t g r a b' unterliegen
Dem Leben, dem du oft getrotzt, — das jetzt
Den höchsten Werth gewinnen könnte, der
Ein Menschenleben je geadelt?! — Weh' uns
Und dieser Welt, entfliehst du zu den Schatten;
Denn ohne dich bin ich nur Arria halb! —

Vierte Scene.
Arria. Ein dalmatischer Legionär.

D e r L e g i o n ä r: Du bist bereit?
A r r i a (seufzend):   Ja, ja! Doch muß ich zögern,

Bis Paetus wieder wohl ist oder — todt!
Mein Gatte und mein Sohn sind tödtlich krank.
Bring' diese Rolle deinem Feldherrn; — sag' ihm,
Er möge rüsten, aber kurze Zeit
Noch warten. — Ist der Consular nur fähig,
Sein Lager zu verlassen, eilen wir
Sofort zu Scribonian. — Viel' Senatoren
Und Ritter harren seines Freiheitsruf's.
Jetzt eile; denn in Rom bist du nicht sicher,
Und mögen dich die Götter heimgeleiten!

Der Legionär: Deß bin ich sicher, bange nicht dafür!
Doch — im Verzuge liegt Gefahr.

Arria:　　　　Ich weiß es,
Und schrecklich martert's meine Römerseele,
Daß Alles könnte deshalb niederbrechen. —
Doch — kann ich's ändern? — Ohne meinen Gatten,
Der bei der Welt in hoher Achtung steht,
Will Keiner geh'n. — Es schmerzt die Seele immer,
Sieht man ein großes Werk zu Grunde geh'n
An der Erbärmlichkeit des Erdenlebens.
Mahn' mich nicht da ran; denn ich fühl' es mehr,
Als tausend And're, denen's näher geht,
Als mir!... Warum uns foltern?!... Jüngling!
Gib mir Kronion's Macht — und zittern soll,
Was diese Welt mit schlechten Thaten füllt;
Und wär's mein eigen Blut, ich könnt's verspritzen,
Wie das des Opferthieres, am Altare
Der Göttin der Gerechtigkeit!... Du zweifelst?!
O Mensch, du kennst mich nicht! — Doch hier ist mehr,
Als Menschenwerk zu überwinden. — Geh'
Und denk' von Arria nicht klein, bis du
Sie so erfunden!

Der Legionär: O — du mißverstehst mich,
Du Römerherz!... Würd' Scribonian dir trau'n,
Wärst du nicht seines Geistes?!... Wohl, ich gehe,

Der Herold deiner Wünsche. — Lebe wohl!
Laß' meinen Schritten bald die Hoffnung folgen.
Arria: Wir bringen sie Euch selbst mit kühner That.

(Der Soldat ab.)

Arria (allein): Ihr Schützer Roma's, eine Bitte nur
Hat Arria, — laßt Paetus mir genesen,
Damit der Werke schönstes dem Jahrhundert'
In der Geburt nicht mög' vernichtet werden
Und diese Menschheit wieder an Euch glaube! (will hinaus.)

Fünfte Scene.

Vorige. Saulus dazu.

Arria: Du, Cajus?! ... Was führt dich zu mir?
Saulus: Du selbst!
Wer sollt' es sonst?! .. Jedoch — was ist dir, Weib?
Ein tiefes Leiden macht dein Aug' erbeben.
Arria: So weißt du nicht, daß Paetus tödtlich krank,
Sowie mein Sohn, des Vaters Augenweide?
Saulus: Wie sollt' ich's wissen, komm' ich doch von
Tibur,
Wo mich ein Auftrag Caesar's festgebannt
Seit mehren Tagen!
Arria: Ach! Und grade jetzt,
Wo mir sein Leben über Alles theuer
Und unersetzbar, wenn verloren, wäre!
Saulus (achselzuckend): Du träumst noch immer von der
Größe Rom's?!
O spare dich und deine edlen Kräfte!
Rom ist gefallen und kein Gott vermag
Es wieder zu erheben. — Armes Weib,
Du siehst nicht, wo die Krankheit Rom's geborgen.
Rom fiel nicht durch die Allmacht eines Feindes,
O Arria, — es hat sich selbst vernichtet
Durch die Verworfenheit, der es gehuldigt,
Seit es die Welt beherrscht. D'rum ist's verworfen! —

Arria: Das ist die Logik der Verzagtheit, Cajus;
Ich aber glaube an der Menschheit Zukunft!
Saulus: (lächelnd): Verzagt?! --- Ich war es nie, —
bei allen Göttern! —
Ich sah wohl mehr, als meine Kinderspiele;
So lang' ich denke, sah ich Schreckliches
Und bebte nicht. — Den blutigen Tiber,
Der grausam mordete, gleich einem Tiger,
Mit Wollust sich in Strömen Blutes badend
Und nie befriedigt durch die vollste Rache,
Wie ein Sejan sie nur zu bieten mußte,
Sah ich mit Grausen und Entsetzen spielen;
Den tollen Würger Cajus, den wir selbst
Caligula genannt und den Chaerêa
Zum Orkus sandte, — diesen tollen Schlächter,
Der in des Wahnsinn's Nacht so Freund wie Feind
Den blut'gen Launen seines kranken Hirnes
Zu opfern pflegte, — hab' ich sie gefürchtet?
Ich wüßte nicht. — O Weib, du glaubst das nicht! —
Und endlich dieser Claudius! .. Fürcht' ich ihn
Und seine Schergen etwa?! Wahrlich, nein!
Ich sehe der Thrannen Streichen zu,
Wie einer Katze, welche maust; nicht mehr
Erregt mich dieses Spiel und auch nicht minder! ...
Hab' ich ihn doch zum Mann' gemacht, den Schwachkopf! ..
Das ganze Treiben dieser schuft'gen Welt —
Es ekelt mich wie Moder an! Ich sollte
Ihr helfen?! Mag sie dulden, untergeh'n;
Sie ist nicht werth, daß ich den Finger hebe!
Arria: Das ist ein traurig Denken, armer Cajus!
So weißt du nicht, daß Tugend sich belohnt
Schon durch sich selbst, wird sie umsonst geübt?!
Sie wartet keines Lohnes und Erfolges.
Saulus (kopfschüttelnd): Was ist die Tugend? Frage
einen Römer,
Ob er es weiß. — Doch lassen wir's! Wir werden

Uns nie bekehren, theure Arria!
Auch kam ich nicht deshalb. — Wo ist dein Gatte?
Erwartet wirklich ihn der letzte Fährmann,
Der über Lethe's stille Fluth uns setzt?
Arria (seufzend): Fast muß ich fürchten, dem Befreier Zeus
Zu opfern! Es steht schlecht um Paetus.
    Saulus: -   Nicht doch!
Die Götter sind dir gnädig und genesen
Wird Paetus. — Eine Ahnung sagt es mir.
Mög' er es bald. — Zu deinem Glücke muß er's.
    Arria: Du wünschest es?
    Saulus: Weshalb denn sollt' ich nicht?!
Ist's nicht dein Glück, dein höchster Seelenwunsch?
Und dieses heiße Flehen sollte ich
Nicht theilen, denn dein Wohl, sowie dein Wehe,
Das Einzige noch ist, was ihn bewegt?!
Was könnt' es nützen, wenn er sterben würde?
Du stirbst ihm nach!...
    Arria (nickend):   So möchte wohl es kommen,
Du hast ganz recht!
    Saulus: Wir sind ja doch geschieden
Für ewig! Du gehörst ihm hier, wie sonst wo.
Er lebe denn und sind' in deinem Glücke
Das seine!
    Arria: Dank' dir, Cajus! Edler Freund,
Du zeigtest mir, daß du mich wirklich kennst!
    Saulus: Ich kenn' dich besser, als mich selbst, drum
                eben
Entsagt' ich ruhig einem reinen Glücke,
Das nicht für mich bestimmt war. Zogst du doch
Mit Recht Caecina vor. Er ward ein Mann,
Wie Arria's Gemahl es mußte sein, —
Ich blieb ein wilder Bursche, der das Leben
Mit ander'n Augen angeseh'n; — so mußte
Das Leben mich zu einem Andern machen.
Der Zeitgeist, dem wir huldigen, drückt stets

Die mark'gen Spuren dem Charakter auf,
Und keiner noch vermocht' sie zu verwischen!
Arria (mit Betonung.) : Du könntest's, wenn du wolltest!
Saulus (kopfschüttelnd): Gehen wir
Zu Paetus? (gibt ihr die Hand) :
      Was ich zwanzig Jahr' geglaubt,
Vermag kein Augenblick mir zu verwischen!
Arria: So komme denn, du Unerbittlicher.
Mög' doch ein guter Geist dein Herze wenden!
Saulus (sich umschauend, dann leiser) : Und du Valerius
                sagen, sich zu hüten
Vor seiner Feinde räuberischen Händen! —
      (sie nickt schweigend; beide ab.)

Sechste Scene.

Zeno, der Arzt, (sieht sich um) :
Wo ist die Arme? ... Sie verlangt die Wahrheit! ...
      (er schüttelt den Kopf.)
Arria (rasch dazu): Wohl, Zeno, sage mir ganz unge=
      scheut,
Ob Aesculap uns schützt; ich muß es wissen!
Zeno: Was Paetus anbetrifft, so zweifle nicht,
Daß er genesen kann!
Arria.   Wie? Kann?! Nur — kann?!
So sagst du mir?!
Zeno (achselzuckend): Wer kann die Zukunft schauen
Und ist kein Gott?! ... Die Kunst hat ihre Grenzen.
Kann ich der Parzen Hand in Fesseln schlagen?
Bestechen läßt die Unerbittliche
Sich nicht!
Arria: Mein Sohn jedoch? — Vollende, Zeno!
Zeno: Kannst du es hören? — Arria, ich zweifle!
Arria: Bin ich nicht Römerin? — Es ist mein Kind;
Jedoch, was ist das, selbst das herrlichste,
Dem Vaterlande gegenüber?! — Zeno,
Du weißt nicht, was das heißt; denn deine Wiege

Stand in der Fremde freudelosen Grenzen.
Doch sprich! Gib mir das Gift nicht tropfenweis
Und ende diese Qual mit e i n e m Schlage.
Ich will ihm stehen!

Zeno: Armes Mutterherz!
Die Wahrheit ist nicht immer uns erfreulich.
Du willst's! — Bestelle denn den Aschenkrug,
Des Knaben theure Reste zu verwahren.
Geöffnet schon bedroht der Parze Scheere
Den zarten Faden seines jungen Lebens
Wohl heute noch.

Arria (fährt zusammen und birgt ihr Gesicht in den Händen.)
                    Ihr Götter!

Zeno: Dacht' ich's doch!
Ich sollte schweigen.

Arria: Nein, vollende, Zeno!
Stoß' mir den Dolch mit einem Mal' in's Herz!
Und Paetus?! Paetus, dessen Wonne stirbt?!
            (legt ihre Hand auf seine Schulter):
Auch er?! Auch er?! Jetzt sprich, — ich kann es hören;
Das weiche Mutterherz hat überwunden, —
Es kann wohl jetzt das Schrecklichere tragen!
Sprich, Mann!... Und Paetus?!... Ich beschwöre dich!
. Zeno: Er wird genesen!

Arria: Ach! ein Tropfen Trostes
Im Meere meiner Qual! Ich danke dir!
Du gibst mir mehr, als ich erwarten sollte,
Wo alle Welt im Unglück' fast ertrinkt!

Zeno: So opf're dem Asklepios einen Hahn;
Denn Paetus, hoff' ich, hat es überwunden.
Jedoch — ersparet ihm Erschütterungen,
Sonst stehe ich für Nichts! — Ein einz'ger Schlag
Kann ihn vernichten.

Arria: Sicher! Fürchte Nichts!
Und sollte mir das Herz den Busen sprengen,
Ich werde sterben, eh' ich mich verrathe!

Zeno: So wache! (ab.)

Arria (allein): Du haſt Recht! — Ja, wachen will ich
So über Andʼre, als mich ſelbſt, daß auch
Nicht ein Gedanke durch des Auges Zucken
Ihm ſagen ſoll, welch harter Schlag ihn traf.
Jetzt, Römerin, ſei deiner Ahnen werth,
Wenn die Verſuchung dir dein Frauenherz
Beſchleichen ſollte. — Nieder mit dem Schmerze!
Der Kampf iſt für Caecinaʼs theures Leben;
Er darf nicht ahnen, was mein Herz zerfleiſcht.
Und ſollʼ ich ſchon am Todesbecher nippen, —
Des Glückes Lächeln ſchwebʼ auf meinen Lippen!
(ſie will fort; eine Sclavin kommt.)

Die Sclavin: Kommʼ, Herrin, kommʼ geſchwind!
Dein Knabe . . .

Arria (ſchnell; zurückfahrend): Schon?!
Ihr Götter! .. Ach! Es iſt doch faſt zu viel,
Was ich mir zugetraut! (faßt ſich) Jedoch — was will ich?!
Habʼ ichʼs denn nicht gewußt?! (zur Sclavin) Und weiß ſein
Vater?—

Sclavin: Wer ſolltʼ es wagen, ihn damit zu ſchrecken?

Arria: Ja, wagt es nicht! Beim Haupte meines Kindes,
Es wärʼ ein Schlag fürʼs ganze Römerreich!
Todt alſo? Todt?!

Sclavin: Er ſtirbt zum wenigſten,
Wenn uns nicht Alles täuſcht.

Arria (erſchüttert): Der holde Knabe! —
Auf! Seine letzten Blicke zu empfangen.
Ein ſterbend Auge fallʼ auf theure Weſen,
Damit es leichter breche und das Leben
Jenſeits des Wiſſens freudiger beginne.
Denn Sterben iſt ja nur zum zweiten Malʼ
Geboren werden! (zur Sclavin): Gehʼ zu deinem Herrn;
Jedoch beherrſche dich und brich mir nicht
Das Herz des Mannes. Eher wollte ich,
Du brächſt das meine! (ab; die Sclavin folgt.)

Siebente Scene.

Caecina kommt wankend herein und setzt sich auf einen Divan; Silanus
von der andern Seite dazu.

Silanus: Heil dir, Mann der Schmerzen!
Bist du dem Schattenreich entwischt?

Paetus (matt): Ich glaube,
Die Hoffnung naht auf matten Schwingen mir.

Silanus: Dir bleibt auch keine Zeit zum Niederliegen;
Denn Allem droht Verderben, wenn wir zögern.
Dein letzter Hauch besiegelt Rom's Geschick!

Paetus (erhebt sich auf den Arm): Was drohet uns?

Silanus: — Sie fahnden auf Valer!
Schon sandte Claudius seine Häscher aus,
Um ihn zu Bajä aufzuheben.

Paetus (seufzend): Himmel!
Und ich bin an das Krankenbett gefesselt . . . .
Das ist ein trauriges Geschick! (sinkt zurück.)

Silanus: So ist's;
Denn wir, o Paetus, harren deiner nur!

Paetus (ächzend): Geduld! Ich werd' genesen.

Silanus: Eile dich!
Nimm deinen ganzen Mannesmuth zusammen,
Die Allgewalt der festen Willenskraft,
Sonst wird's zu spät. — Ich sollte dir Nichts sagen;
Doch besser hörst du's jetzt, als wenn's zu spät ist.
Auf, Paetus, lebe! — Wir erwarten dich! — —
Sag' Arria Nichts, bis ich das Nähere
Erfahren habe. Möge Aesculap
Ein Wunder an dir thun — 's ist Zeit, — beim Pluto!
Leb' wohl und halt' dich brav, mein edler Römer!
Ich gehe, Näheres vom Hof' zu hören. — (Paetus stöhnt schwach.)

Silanus: Schlaf', Paetus, schlaf', damit du bald er=
wachest,
Um deine Feinde in den Schlaf zu lullen,
Aus welchem man im Schattenreich' erwacht. (rasch ab.)

Achte Scene.

Arria (blaß, ergriffen aussehend, aber gefaßt, tritt zum Lager des Paetus und betrachtet ihn; leise): O diese Bläffe!... Täuschte
Zeno mich?!...
Ist er gestorben oder schläft er nur?!... (lauscht; dann tritt sie vor):
Ich glaube, daß er schläft; denn eine Ohnmacht
Zeigt keinen Athem. (schmerzlich): Ach! mein armes Kind —
Es schläft ja auch.... Jetzt gib mir Kraft, du hehre,
Erhab'ne Liebe für das Vaterland,
Daß ich das Härt'ste überstehen mag!...
Der Scheiterhaufen, der das Theuerste
Des Mutterherzens schon empfangen hat,
Ist jetzt entzündet; seine Flammen brennen
Mir Male in das Herz mit Folterqual.
Und ich muß lächeln mit der Brust voll Thränen!...
Bald ist mein ganzer Reichthum eine Urne
Mit einer Handvoll Asche! (die Hand auf's Herz legend): Wie
das brennt!...
Zerspringe, Herz, jedoch verrath' mich nicht! —
(Caecina stöhnt; sie tritt zu ihm):
Was ist das? Weh' mir! Er hat nicht geschlafen,
War nur betäubt! — Was ging hier vor?!
(ruft, indem sie ihn rüttelt):
Caecina,
Ermunt're dich!
Paetus: (öffnet die Augen): Silan, bist du noch hier?
Arria: Silan?! Ich bin es, theurer Gatte!
Paetus (ganz zu sich gekommen): Ah!...
Du kommst von ihm?
Arria: (fährt zusammen; mit sich kämpfend): Du schlummerst
nicht, mein Paetus?
Paetus (kopfschüttelnd): Du kommst von ihm?
Arria: O rege dich nicht auf!
Dein Leben hängt an einem Spinnenfaden,
An einen Strohhalm angewoben.

Arria.　　　　　　4

Paetus: Weh!
Du weichst mir aus.... Was macht mein theurer Knabe?
Arria (mit Gewalt sich beruhigend): Er leidet nicht mehr. —
D'rum beruhig' dich;
Er hat geschlafen und gegessen. — Mann,
Du wirst dich tödten und mich nutzlos opfern!
Paetus: Laß' mich ihn seh'n, — ich bitte dich!
Arria: Unmöglich!
Paetus: Weshalb unmöglich?
Arria: Soll ich alles denn,
Das Theuerste, verlieren?!
Paetus: Alles?! Wie?!
Was meinst du, Arria?
Arria: Du bist zu schwach.
Erschütt'rung des Gemüthes kann dich tödten.
Du kannst ihn jetzt nicht seh'n!
Paetus: Doch bin ich stärker.
Bring' ihn zu mir denn, soll ich selbst nicht geh'n.
Arria: Nicht möglich; denn der Arzt verbot auch Dies!
Der Knabe ist zu schwach und leicht erregbar;
Wenn er dich sehen würde, möcht' er sterben!
Willst du ihn tödten? — Diesen zarten Körper
Vermag die leichteste Erschütterung
Dem Hades zuzuschleudern. Soll ich so
Eins durch das Andere verlieren? Weh'!
Daß du mich drängst, zu thun, was ich nicht kann!
Paetus: Was ist das aber? Sprich dich endlich aus!
Verbirg mir Nichts.
Arria: Du mißtrau'st deinem Weibe?
Geliebter! Hab' ich dieses auch verdient? ...
Ich schwöre dir, daß er jetzt wohler ist, —
Daß er genesen! — Warum zweifelst du
An meinem Worte? Jetzt sei Mann und ruhig,
Bis dir die Zeit und deine Kraft erlaubt,
Dein Zimmer zu verlassen. — Ich will geh'n
Und nach ihm seh'n. (für sich) O Qual des Tartarus!

Paetus: So kehre bald zurück, Trost meiner Seele!
Arria: Gewiß, mein Freund, ich kehre bald zurück.
Für wen denn lebe ich? (rasch ab.)
Paetus (allein): Für mich, ich weiß es,
Du edle Seele, Perle des Jahrhunderts! —
Ich werde dir gehorchen, ohne Zweifel, —
Doch kann ich wohl versuchen, aufzusteh'n;
Denn kräftiger schon fühl' ich mich seit Tagen. —
Silan's Erzählung freilich warf mich hin,
Daß mir die Sinne schwanden. — Auf, es sei!
(erhebt sich langsam.)
Es geht ja besser, als ich es gehofft.
Die Liebe ist die beste Medicin;
Sie kräftigt mehr, als selbst Falerner Weine . . .
Und dann — hab' ich denn Zeit, hier fest zu liegen?
Wie mag es mit der Unternehmung steh'n,
Die Arria's ganze Seele füllt? . . . . Auf! Muth!
Die Kräfte kehren schnell zurück, sieht man
Erst wieder in das heit're Blau des Aethers.
D'rum — ein Spaziergang in der Säulenhalle
Sei meines neuen Lebens Erstlingswerk! (geht langsam ab.)

Neunte Scene.

Arria's Gemach.

Arria (kommt langsam, schmerzzerissen, eine verschleierte Urne in der Hand; sie stellt die Urne auf einen Seitentisch): Ihr Geister Rom's,
das ist zu viel für mich!
Die Qualen des zerriss'nen Menschenherzens,
Das jeder Pulsschlag zu zersprengen drohte, —
Dies unnennbare Weh der matten Seele,
Die sich im Thränenstrom' erleichtern möchte,
Und es nicht wagt, erstickend fast im Schmerz', —
Es ist zu viel für eine Menschenbrust!
(an der Urne, die sie entschleiert, weinend):
Hier darf ich weinen! Das gepreßte Herz,

Das immer auf die Zunge treten will,
Kann der Natur den heiligen Tribut
Entrichten und in Strömen sich ergießen
Der ungeheure, namenlose Schmerz,
Um meiner Seele Qualen mild zu lösen.

(lehnt ihren Kopf an die Urne):

Dies also sind die Reste meines Glück's,
Des stolzen Baues jammervolle Trümmer, —
Mein Hoffen — eine Handvoll Staub und Asche!?

(kleine Pause; erhebt sich):

Den Thränenbecher hab' ich dir gefüllt,
Mein süßer Knabe! Weichen muß der Schmerz
Zuletzt den Thaten, die des Menschen werther,
Als Thränen sind. Was können Thränen ändern
Am Schicksal' Sterblicher?!... Auf, Arria!
Dir bleibt noch mehr zu thun, als deinen Schmerz
In Thränenbächen lösend hinzugießen;
Die Welt, die jammervolle, wartet dein. —
Wohl denn, kann diese Menschheit noch gesunden, —
Ich weih' mich ihr, — ich habe überwunden!

(will hinaus; ihre Sclavin kommt.)

Die Sclavin: Ein Ritter harret dein!
Arria: Führ' ihn herein! — (die Sclavin ab.)
Wer kann mich suchen, eine Trauernde,
Vom Unglück' tief gebeugt?! (Vinician erscheint.)
                    Du, Vinician!?

Zehnte Scene.

Arria, Annius Vinicianus.

Annius: Verzeihung, Arria, daß grade jetzt,
Wo du so leidend bist — durch solche Schmerzen ...
Arria (schnell): Tritt ein! Tritt ein! Das kümm're
                    keinen Mann!...
Was ist der Schmerz um ein verlor'nes Wesen,
Wenn man um eine Welt geweint?! D'rum sprich!

Annius: Du willst's! Wohlan! Mich sendet Scribonian;
Die Zeit ist um, — Gefahr bringt jede Stunde,
Die wir zu den verlor'nen zählen müssen. —
Kommt Ihr nicht bald, so wird die Sache scheitern.
D'rum eilt' ich selbst hierher. — Seid Ihr bereit?
Arria: Wir Alle sind's, — bis auf den kranken Paetus;
Und dieser, hoff' ich, wird bald fähig sein,
Den Pflichten eines Bürgers zu entsprechen.
Geduld, o Vinician!
Annius: Wir haben sie.
Doch darf's nicht allzulange währen!
Arria: Wohl!
Ich will noch heute meinen theuren Gatten
D'rauf vorbereiten. Wenig Tage noch
Und er mag fähig sein zu dieser Reise.
Annius: So handle, edle Römerin. — Doch ich
Will mich so lang' verbergen, daß die Späher
Des Claudius mich nicht wittern — hier in Rom.
Du mußt jetzt eilen! (ab.)
Arria: Sicher werd' ich es!
(sie will zur Seitenthüre hinaus.)

Elfte Scene.

Arria. Paetus (kommt langsam herein.)

Arria: Du — hier?! (sie bedeckt schnell die Urne.)
Paetus: Ich bin es, ja, mein theures Weib.
Es geht bedeutend besser; unser Wille
Ist unser bester Arzt!
Arria: Ach, wär' es so!
Du täuschest dich und mich vielleicht, mein Paetus?
Paetus: Wie sollt' ich dieses, Arria?! Wär's nicht
Ein Unrecht, das ich nie begehen möchte?!
Doch bin ich stärker.
Arria: Um so besser, Freund;
's ist Zeit!

Paetus (nickend):   Jawohl! Und völlig heilen wird
Mein Körper, wenn die Seele mir genesen.
Du sagst mir Nichts?
Arria: Doch! Vinician ist da
Mit einer Botschaft des Camillus.
Paetus: Ah!
Das meint' ich nicht! Ich dachte meines Sohnes.
Arria (kopfschüttelnd): Noch nicht!
Paetus (erstaunt): Wie so? Gefährlich muß es steh'n,
Sonst sprächest du von ihm. Vertrau' es mir, —
Sei's, was es sei; — erfahren muß ich es!
Arria (seufzend): Schon wieder das? Du weißt nicht,
          was du willst!
Paetus: Beginne! Dieses Schweigen foltert mich.
Darf ich ihn seh'n?
Arria: Noch nicht, mein theurer Gatte!
Ihr Männer trauet Eurer Seelenstärke
Oft Höh'res zu, als sie zu tragen weiß.
Ich fürchte noch für dich! — Ist die Gefahr
Euch unsichtbar, da spielet Ihr mit ihr,
Um zu erschrecken, wenn sie droht.
Paetus: Wie so?
Was drohet mir? — Jedoch du irrst!
Arria: Ich zweifle.
Doch — prüfen wir dein Herz! — Gedenkst du noch
Des Gleichmuth's jener alten Priesterin,
Die am Altare ihrer Göttin flehte,
Sie möge ihren Söhnen das gewähren,
Was für ein Erdenkind das Beste sei? —
Die Jünglinge, (die ihrer Mutter Wagen
Zum Tempel zogen, da die Rinder fehlten,)
Entschliefen sanft vor jenem Heiligthum',
Um nie mehr zu erwachen. — Ihre Göttin
Gewährte, was das Beste für sie war.
Und dies geschah in jenen gold'nen Tagen,
Da noch die Welt, vom Unschuldstraum' gewiegt,

Ein Paradies den Sterblichen gewesen.
Um wie viel mehr doch sollten w i r das fleh'n
Für uns're Kinder, die ein Loos bedroht,
Das diese Erde unbewohnbar macht!
Bald möcht' ich wünschen, daß wir Alle todt,
Um länger nicht zu leiden. — Du, Caecina, —
Vermöchtest du das Gleiche zu erfleh'n?

    P a e t u s : Die Sage ist sehr schön! — Was soll sie
                                mir? . . .
Todt also? Todt!? . . . Vermag ich das zu tragen?
Weh'!

    A r r i a ! Fasse dich!

    P a e t u s :   Das ist zu viel! — Vollende!

    A r r i a : Ich bin ein Weib und hab's getragen! . . . .
                       Muth! —
Was ist hienieden Glück? Was Erdenfreude?! —
Italien's Himmel ist ein Hohn für uns;
Wer mag ihn länger dulden?!

    P a e t u s :   Also — todt!?
        (Bedeckt sein Gesicht mit den Händen.)

    A r r i a (legt ihre Hand auf seine Schulter): O Paetus! Es
                    gibt mehr als Tod und Leben;
Denn über beiden steht die Bürgerpflicht!
Die Welt erwartet, daß du sie erkennst,
Und deine großen Ahnen hoffen es,
Die fragend blicken auf den Sohn und Römer.
Sei standhaft! — Sollten Weiber dich beschämen?!
Muth, Edler! (zu der Urne schreitend, sie enthüllend):
             Hier empfange deines Glück's
Bejammernswerthe Reste! Meine Thränen —
Sie sind versiecht, — mir bleiben nur noch Thaten!

    P a e t u s (neigt seinen Kopf auf die Urne, dieselbe umfassend):
Ihr theuren Reste meines kurzen Glück's,
Laßt meine Thränen sich dem Staub' vermischen,
Der meine stolze Hoffnung war. — D a s also
Ist Alles, was uns von der Zukunft bleibt?! (erhebt sich)

O Roma, du verlierst so viel, als ich;
Denn deiner Rache hätt' ich ihn erzogen! ... (tritt zu Arria.)
Auf denn — zu Thaten! Dieser Boden brennt
Verzehrend unter meinen Sohlen. — Komm'! ...
Betäuben muß ich mich, damit der Schmerz
Mich nicht zu Schanden macht, gleich einem Buben!
Arria: Du bist ein Römer, — sei ein Mann zugleich; —
Der Schmerz ist für die Weiber — der Barbaren! —
Was ist der Tod? Was Leben? Sind wir mehr,
Als Schatten eines Traumes? ... Sollt' ein Traum
Nicht enden, weil er manchmal heiter war?! ...
Paetus: Wohlan denn, Weib mit einer Männerseele,
Ich bin bereit zum Kampf', sobald du willst.
Mög' diese Welt in Trümmer geh'n, wenn wir
Sie nicht zu retten wissen aus dem Chaos
Der schrecklichsten Verworfenheit! 's ist besser,
Sie wird zu Staub, als daß ein blut'ger Bube
Der Schöpfung Herrlichkeit im Schmutz'ertränkt
Und so die Götter selbst zu Schanden macht! (gibt ihr die Hand)
Auf — nach Dalmatien! — Sollen wir verderben,
So ist es besser, durch das Schwert zu sterben!
(Langsam mit ihr abgehend, während

der Vorhang fällt.)

Dritter Act.

Erste Scene.

Claudius in einem Armstuhle sitzend; **Sosibius** und der Frei=
gelassene **Evodus** um ihn.

Claudius: Wann werden diese Unglücksstunden enden,
Die meinem Leben jeden Reiz entzieh'n?
Penaten, schützt mich! Also ist es wahr?
Sie Alle sind entfloh'n?

Sosibius: Sie sind es, Caesar!

Claudius: Wohin? Wozu? Was geht denn wieder vor?

Sosibius: Wer weiß?! Wir werden es ja hören!

Claudius (zu Evodus): Sprich,
Mein Evodus, wer sagte dir's?

Evodus: Die Späher!
Seit des Afiaticus Verhaftung sind
An dreißig Senatoren, fünfzig Ritter
Und anderes Gesindel fort von Rom!

Claudius: Wohin?

Sosibius: Das ahnt noch keine Menschenseele!

Evodus: Der Consular Caecina, seine Frau
Und Vinicianus, der versteckt hier lebte,
Erscheinen als die Führer dieser Leute.
Afiaticus und Appius Silanus,
Nebst Andern, sollten folgen.

Messalina (dazu; zu Claudius): Und du zauderst?!
So willst du warten, bis sie dir dein Haus
In Flammen setzen, Rom in Trümmer legen,
Den Staat ein Bürgerkrieg in Fetzen reißt
Und Buben deinen Scepter dir entwinden,
Dein stolz Geschlecht dem Henker überliefernd?!
Auf! Sei ein Mann! Wer eine That bezweifelt,
Der zweifelt an sich selbst und seinem Recht',
Sie zu verüben. Was mit vollem Glauben
Ein Mensch begeht, hat er mit Recht gethan,
Und niemals wird man Dies in Frage stellen! —
Wer sollte an dich glauben, wenn du selbst
Nicht an dich glauben kannst?!

Claudius (stupid): Was soll gescheh'n?

Messalina: Laß' schleunigst, wer verdächtig ist, er=
greifen,
Und Schuldige erreiche ihr Geschick
Sofort!

Claudius: Wer ist denn schuldig?

Messalina: Alle, die
Verdächtig sind!

Claudius: Ja, aber . . . .

Messalina: Nun, so warte,
Bis dieses Reich in Trümmer geht und du
Die Kniee eines Sclaven wirst umfassen,
Um Gnade fleh'nd für dein erbärmlich Leben!
Ich aber will indessen meine Kinder
Zu retten suchen oder tödten!

Claudius: Weh!
Ist's schon so weit gekommen?

Messalina: Ja, es ist.
Gedenke Alexander's! Welch' ein Reich
Zerfiel, da keine feste Hand es hielt!
Und manche Perle, die verlockend glänzt,
Umfassen deines Weltreichs weite Grenzen!

Zweite Scene.

Vorige. Narciffus (stürzt mit einem Soldaten herein; haftig.)

Narciffus: Wo ist der Caesar?

Messalina: Hier. Was gibt es, Bursche?
Und welche Hast?!

Narciffus: Ein fürchterlicher Traum
Entriß dem Schlummer mich. Ich sah Silan,
Wie er des Caesars Haupt vom Rumpfe trennte,
Der blutend und verstümmelt vor ihm lag! —
Dadurch erwacht, eilt' ich auf des Entsetzens
Gewalt'gen Flügeln her, um ihn zu warnen.

Messalina (für sich, aber laut): Wie sonderbar, dies
                    träum' ich dreimal schon!

Narciffus: Zugleich kam dieser Bote an.

Claudius (steht entsetzt, dann zu dem Boten): Wer bist du?
Woher?

Der Bote (gibt ihm eine Pergamentrolle): Camillus sendet
                    mich!

Claudius: Was gibt's?

Der Bote: Ich weiß es nicht, o Caesar! Doch zu eilen,
Ward mir befohlen und so eilte ich. —
Dein Genius möge dich beschützen!

Claudius: Wohl!
Ich hab' es nöthig! (erbricht und liest die Rolle.)

Messalina (Narcissus bei Seite führend; leise): Und Silan?

Narcissus (ebenso):   Er kommt;
Bald wird gewaffnet er erscheinen.

Messalina (nicht):   Ah!
Das kostet ihm den stolzen Römerkopf!
Du spieltest dein Entsetzen trefflich, Bursche;
Ich bin zufrieden. — Und Valer?!

Narcissus: Wird sterben!

Claudius (springt entsetzt auf, und rennt hin und her): Ich
                          bin verloren! Es ist Alles wahr,
Was Ihr befürchtet! Wehe den Besiegten!

Messalina: Was ist dir, Caesar?

Claudius: Mein Legat Camillus
Hat sich empört! . . . . Ich soll der Macht entsagen
Und als Privatmann mich von den Geschäften
Zurückzieh'n! Sind ihm die Legionen treu,
So ist er Herr von Rom in wenig Tagen.
Ich bin verloren!

Der Bote: Der Verräther! Ha!
Deßwegen wählt' er mich. Er traute mir
Um keines Haares Breite!

Messalina: Wie, du mußtest
Von der Geschichte nichts?

Der Bote: Ich ahnte Nichts;
Denn alle Lager waren ruhig, als
Ich sie verließ.

Messalina: So ist er noch nicht weit.

Claudius (für sich; laut): Was soll ich thun? Soll ich
                          ihn hier erwarten,
Um wie Caligula zu enden? — Nein!

Ich unterwerfe mich, — es ist das Beste, —
Gehorche dem Befehl' und rett' mein Leben;
Denn besser ist es, wie Achilles sagte,
Ein Bettler auf der Erde lebend sein,
Als in dem Schattenreich' ein König!
  Messalina (ihn verächtlich ansehend): Mensch, —
Bist du von Sinnen? Hat er schon gesiegt?
Ruf' deine stolzen Heere zu Waffen;
Wozu denn hast du sie? Die Prätorianer
Sind immer dir gewiß, verzagter Herrscher!
Was fürchtest du? Es sind der Führer viel,
Die, wie Camill, ein schönes Heer besitzen
Und ihm nicht gönnen werden, was sie selbst
Nicht haben können. Fürchte darum Nichts,
Bis du Camill vor Roma's Thoren siehst.
  Claudius: Was soll ich thun? Was soll ich thun?
                 Ruft mir
Die Räthe und die prätorian'schen Führer.
Sie sollen rathen, was das Beste sei. (Evodus ab.)
  Messalina (hat den Brief gelesen): Das ist ein prächt'ger
                 Brief, bei allen Scherzen,
Die wir bis jetzt geübt! Welch kühner Styl!
Und welche Sprache! — Nun, er ist ein Mann,
Der dieses schrieb, und fähig es zu halten!
  Evodus (stürzt herein): Soeben kommt Silan in vollem
                 Laufe
Und schwertumgürtet!
  Messalina: Ha! der Traum, der Traum!
Es scheinet die Erfüllung schon zu nah'n!
  Claudius (entsetzt, zitternd): Silan, der mich im Traume
                 tödtete?
    (Er flüchtet hinter Messalina; Silan tritt ein.)
  Claudius: Verruchter! Mit dem Schwerte kommst
             du her?! (zu dem Gefolge):
Ergreift ihn, den Verräther! Stoßt ihn nieder;
Denn Mordgedanken füllen seine Brust!

S i l a n (von dem Gefolge umringt): Ich bin erstaunt! War
dein Befehl nicht so?!

C l a u d i u s: Du lügst vergebens! Fort mit ihm!

S i l a n (zu Messalina): Verworf'ne,
Du wirst nicht immer triumphiren! (zu dem Gefolge):
Kommt,
Ihr Sclaven eines Ungeheu'rs! Ich bin
Zu stolz, mich zu vertheidigen für Das,
Was solche Creatur mir angedichtet!

C l a u d i u s: Hinweg mit diesem Frechen! Thuet ihm,
Wie er im Traume mir gethan. Hinweg!

S i l a n (mit unendlicher Verachtung): Du jämmerlicher Caesar!
Dein Geschick
Wird deiner würdig sein. Ein Weiberknecht
Wird dich ein Weib einst seinen Lüsten opfern!
Doch ich — veracht' dich gründlich!

(der dalmatische Bote faßt ihn im Nacken und geht rasch ab, von Wache gefolgt.)

M e s s a l i n a (zu Claudius): Welche Sprache!
Du siehst, was deiner harrt! Wo solche Rede
Geführt wird, kannst du Gutes wohl erwarten?

C l a u d i u s: Ja, es ist traurig! Einem Caesar Das! —
Ich werde mich berathen!

M e s s a l i n a: Nur berathen?
Was soll dir Das? Bewaffnen mußt du dich,
Italien nöth'genfalls entvölkern, Rom
Ertränken in dem eig'nen Blute eher,
Als einen Hauch von deinen Rechten opfern!

C l a u d i u s: Du hast gut sprechen! Furius besitzt
Die besten Legionen meiner Heere!

M e s s a l i n a: Du hast die Prätorianer! Diese sind's,
Die Roma's Herrscher wählen oder stürzen.
Das ist genug! Jetzt handle; denn 's ist Zeit! —
Ich aber will dein Loos in Ruh' erwarten;
Denn fürchten kann ich niemals ein Phantom, (höhnisch):
Und Geister sind in Rom nicht mehr gefährlich. (geht rasch ab.)

Ein Soldat: Dein Wille ist gescheh'n; der Kopf
                        Silan's
Liegt vor der Schwelle des Palastes, Caesar!
Claudius: Er mag verdammt sein, dieser Hochverräther!
                    (winkt Allen, zu gehen):
Sosibius, bleib' hier, — ich habe noch
Mit dir zu reden. (zu den Andern): Ihr könnt geh'n!
            (Alle ab, außer Sosibius.)

Dritte Scene.

Claudius, Sosibius.

Sosibius: Wohl, Caesar,
Ich harre deiner gnädigen Befehle.
Claudius: Was macht Valer?
Sosibius: Er ist ein Stoiker
Und wartet ruhig dessen, was sein Herr
Beschließen wird. In Heiterkeit verbringt
Er seine Tage, die ihm zugemessen.
Claudius: Du bist doch sicher, daß er nicht entwischt?
Die Zeiten sind bedenklich!
Sosibius: Sorge nicht!
Soll deine Gunst ich einem Freunde opfern?
(Messalina erscheint einen Augenblick im Hintergrunde, von Claudius nicht
        bemerkt, und winkt dem Sosibius; dieser nicht.)
Claudius (besinnt sich; dann): Ich wäre wohl geneigt, ihm
                        zu verzeih'n.
Er ist ein großer Mann; denn welche Rede
Er hielt, sich zu vertheidigen, wie prächtig! ...
Ich konnte fast nicht seine Schuld entdecken.
Und welche Sprache! Glaubt man wahrlich doch,
Man hört Demosthenes! O welch ein Griechisch!
Er spricht es besser fast, als sein Latein.
Welche Beredtsamkeit!
Sosibius (heuchlerisch, fast unter Thränen): Du bist gerecht,
O Caesar, und ich danke dir für ihn.

Aſiaticus iſt in der That ein Mann,
Mit deſſen Freundſchaft ich in Stolz mich brüſte!
Sein öffentlich' Verdienſt iſt wahrlich groß;
Denn zweimal war er Conſul und mit Ruhm
Trug nach Britannia deine Adler er. —
Dann ſein Character! Wie erhaben ſcheint
Er mir in ſeinem Kerker! Ich erſtaune
Ob dieſer Seelenruhe. Nur die Unſchuld,
Wenn nicht die höchſte Liſt, kann dieſe zeigen.
Für ſolchen ausgezeichneten Character, —
Der ſehr gefährlich ſein kann, wenn er will, —
Wär's eine Gunſt, wenn du erlauben wollteſt,
Die Art des Todes ſelbſt ſich auszuwählen!
Und darum bitt' ich dich, erhab'ner Caeſar!
Laß nicht den Henker dieſes Haupt entweih'n,
Das wohl gefährlich, aber edel iſt.
Er ſterbe, wie er mag!

Claudius (nickend): Wenn er nur ſtirbt, —
Da er gefährlich iſt, — wie er's vollbringt,
Sei ſeine Sache. — Ich gewähre ihm
Die Gunſt, die du erbeten.

Soſibius:　　　　Dank, o Caeſar!
(Beide zu verſchiedenen Seiten ab.)

Vierte Scene.

Meſſalina; kurz darauf Saulus.

Meſſalina (ſieht ſich um): Ich muß mich ſichern und auf
                    alle Fälle
Bereit ſein. Dieſer Claudius wäre fähig,
Die Herrſchaft einem Bettler hinzuwerfen,
Sobald er ihn d'rum bittet. Eine Drohung
Genügt alſo, ihn gänzlich zu verwirren!?
Iſt es denn möglich, mit der höchſten Macht
Ein ſolcher Feigling noch zu ſein?! Er ende,
Wenn er's nicht beſſer will, wie er gelebt, —
Ein Spott des Hofes und der röm'ſchen Jugend.

Ich aber werde einen Andern finden,
Der dem Geschlechte besser Ehre macht!
Saulus (tritt ein; für sich): Sie — hier! Was kann sie
          wollen? Hüte dich!
Messalina: Willkommen, Saulus! Kommst du wahr-
          lich doch
Mir, wie gerufen!
Saulus (sich trunkend stellend): Hast du mich gerufen?
Ich glaubte — Caesar Claudius!
Messalina: Ganz recht.
Doch kommst du mir genehm. Das Römerreich
Ist in Gefahr, wenn wir es nicht erhalten;
Denn Claudius unterliegt dem schwächsten Schlage,
Der ihn bedroht, und bist du wirklich Das,
Was du mir scheinst, so wirst du mit mir handeln.
Saulus: Was kann ihm droh'n, so lange wir ihn halten?!
Du siehst Gespenster!
Messalina: Und du bist zu sicher!
Camill hat sich empört mit den Legionen.
Saulus: Was ändert das? Camill ist nicht in Rom!
Messalina: Er wird erscheinen.
Saulus: Wohl! Er komme denn!
Wir werden ihn empfangen.
Messalina: O ich fürchte,
Ihr werdet ihn als Sieger nur empfangen;
Denn Claudius ist zum Widerstand' nicht fähig
Und zeigte Neigung, sich zu unterwerfen.
Saulus: Sich unterwerfen, sagst du?... Aber wem?
Messalina: Nun — dem Befehle Scribonian's!
Saulus: Nicht möglich!...
Wohl! wenn er närrisch ist, so mag er's thun!
Was kümmert's mich?
Messalina: Und Ihr, Prätorianer,
Wollt Ihr die letzten sein, wenn die Legionen
Des Furius nach Rom als Sieger zieh'n, —
Ihr, die bisher die ersten stets gewesen?!

Jetzt fehlt ein Mann von Thatkraft uns'rem Staate;
Entdeck' ihn mir, wenn du ihn weißt, und ich
Bin Willens, ihm die Weltherrschaft zu sichern,
Will er sie mit mir theilen. Sei er auch
Der Niedern Einer, ist er nur ein Held;
Denn dieser Schwächling wird das Reich zertrümmern.

(sieht ihn scharf an):

Du bist voll Kraft, dein Herz voll hohen Muthes,

(lächelnd): Was meinst du, Cajus, zu dem Römerreich'?!

    S a u l u s (lachend): Ich — Caesar!? Ich?! Dem bin
                       ich nicht gewachsen! —
Und wenn ich's wollte, muß ich's sein durch d i ch ?!

(kopfschüttelnd):

Ich strebe nicht nach diesen hohen Dingen;
Denn diese Welt ist mir vollkommen nichtig,
Und plagen müßt' ich mich für sie. — Nein! Nein!

    M e s s a l i n a : (erstaunt): Du überlegst? Wie, Saulus,
                     seh' ich recht?

    S a u l u s (tritt wankend auf sie zu): Du athmest Blut! Ich
                     mag dich nicht berühren!
Blut trieft von jedem deiner Finger! Blut!
Popäa hat durch deine Drohung sich
Den Tod gegeben, — draußen liegt Silan,
Den Hunden preis, — Valerius wird sterben, —
Ich mag dich nicht und würdest du mir feind!

    M e s s a l i n a : Ihr Götter! Er ist trunken, — ganz
                     berauscht!

    S a u l u s (lallend): Ich — fort mit deiner Hand, — sie
                     ist voll Blut!

    M e s s a l i n a : Geh', Thier, und schlafe deinen Rausch
                     erst aus;
Schwein von der Heerde Epikur's, geh' schlafen,
Dann will ich weiter mit dir sprechen. Geh'!
Die Nüchternheit wird dich zum Römer machen;
Denn heute bist du's nicht mehr, Bacchus=Sclave!

(geht rasch ab.)

Saulus (allein): Ich kann den Teufel, der mein Herz
bewohnt,
In einer Schweinshaut sicher nur verbergen,
Damit ihn die Megäre nicht entdeckt!
(lachend zur andern Thüre hinaus.)

(Verwandlung.)

Fünfte Scene.

Die Küste Dalmatiens.

Das Lager des Fur. Camillus Scribonianus.

(Vor dem Hause Camill's am Hafen.)

Furius Camillus von der einen Seite, **Annius Vinicianus**
von der andern; beide in der Rüstung.

Annius: Du bist schon munter, Scribonian?
Camillus: 's ist Zeit!
Ich machte nie den Tag zur Nacht. Wenn ich
Ein großes Werk vollenden will, so hab' ich
Zum Schlafen keine Zeit! Wohlan, — wie steht's?
Ist Alles vorbereitet?
Annius: Die Legionen
Sind marschbereit und harren deines Rufes.
Brich auf, eh' uns ein feindliches Geschick
Entgegentritt. Du kannst nicht mehr zurück,
So könnte dich dein Zögern nur vernichten!
Camillus: Wohl kann ich's nicht mehr! — Annius,
du hast
Zu einem kühnen Werke mich gereizt,
Das eine Macht erfordert, die vielleicht
Uns mangeln könnte. Doch es ist gescheh'n.
Jetzt heißt es siegen oder untergeh'n!
Annius: So ist es, Feldherr! Doch was liegt daran,
Ob diese Spanne Zeit, die wir verlieren,
Wenn wir geschlagen werden, etwas länger,
Ob kürzer uns gemessen wird? Der Ruhm,

Die unterdrückte Welt befreit zu haben, —
Er sichert Dir Unsterblichkeit. Was ist
Das Leben eines Sclaven? Warst du mehr?
    C a m i l l u s: Ganz recht! D'rum that ich's auch. Es
                            jammert mich
Der armen Menschheit in dem tiefen Elend,
In welchem sie ein feindliches Geschick
Dämonisch niederhält mit blut'ger Hand. —
Zum Aufbruch' laß' sofort die Hörner blasen,
Die uns're Siege nur verkündeten! —
Die Schiffe sind bereit?
    A n n i u s: Schon segelfertig!
    C a m i l l u s: So schifft Euch ein. In einer guten Stunde
Verlassen wir Dalmatien für immer,
Um Roma's Thürme zu begrüßen. Eilt!
Ich will mich rüsten zu dem kühnen Gang',
Den ich dem Weltbeherrscher zugeschworen, —
Und sieg' ich nicht, nun, dann sei ich verloren! (Annius rasch ab.)
    C a m i l l u s (allein): Der Würfel ist geworfen! Mag er
                            fallen
Nach uns'rer Götter Schluß, ich zage nicht!
Die Hand ist feig, die an des Schwertes Griff
Erbebt, nachdem sie ihn erfaßt. (Hörner tönen.)
                            Ich höre
Den süßen Ton, der eine Morgenröthe
Aus finst'rer Nacht emporruft, die mit Grausen
Dies schöne Reich bedeckt'. Weh' Euch, Caesaren,
Daß Ihr die Welt mit Uebermuth zertreten!
Fort, fort mit Euch, — Ihr habt genug gemordet.
                 (Arria erscheint.)
Du bist bereit?
    A r r i a: Ich bin es, theurer Freund.
Doch eh' wir scheiden aus dem Kreis' der Thaten,
Die deinen Namen schon so groß gemacht,
Daß ich mein höchstes Hoffen auf dich baute,
Laß' mich dich bitten, dessen zu gedenken,

Was du versprachst. — Du gehst dem Glanz' entgegen,
Der Größ're schon berauschte, Furius;
Denn eine Welt wird dir zu Füßen liegen,
Die immer Dem gehuldigt, der sie beugt. —
Ich zweifle nicht an dir, und wär's Bestimmung,
Daß einem Caesar dieses Reich gehöre,
Du wärst es, dem ich huldigte!
    Camillus (kopfschüttelnd, rasch): Nie! Nie!
Du fürchtest Etwas, das nicht möglich ist!
    Arria: Gedenke Caesar's, den sie göttlich nennen!
Wohl war er seiner Zeit Bedürfniß, und
Vielleicht war's besser, wär' er nicht gefallen.
Auch Octavian will ich nicht ganz verwerfen;
Denn menschlich war er unter Menschen noch,
Allein bedenke, wer und was ihm folgte! . . . . . .
Wer bürgt uns nun, daß nicht dasselbe Loos
Der Menschheit drohe, wärst du hingegangen,
Nachdem du sie beherrschet und beglückt?!
    Camillus: Das schmerzt mich, Arria! Du kennst mich
                    nicht!
Dies arme, menschliche Geschlecht, das man
Mit Füßen tritt, — in solcher Schmach versank es,
Daß sich mein Auge schmerzzerissen schloß
Und sich vergebens zu den Göttern wandte. —
D'rum raffte ich mich auf, damit ihm endlich
Des Menschen Recht zurückgegeben werde! —
Wie sollt' ich thun, was deine große Seele
Mit Schauder füllt und was mir selbst ein Greu'l?!
Nach diesen kurzen Erdentagen kommt
Die Zeit der Schande oder meines Ruhm's.
Wie ich gehandelt, wird die Weltgeschichte
Den Enkeln überliefern, — und der Todte
Hat Nichts, als seinen Ruf! Wie sollt ich den
Mit eig'nen Händen an den Pranger nieten?
Der Ruhm ist mehr, als der Besitz von Macht
Durch zweier Tage kurze Erdenstunden!

Arria: Heil, Furius, daß du ihn gewählt! Die Erde,
Durch deinen Geist verjüngt, — ein Paradies,
Dem Chaos der Verworfenheit entrissen, —
Wird neu erblüh'n in deiner Seelengröße
Und dankbar ihrem zweiten Schöpfer huld'gen,
Als ihrer Bürger herrlichsten. — Warum
Gilt Brutus für den größten aller Römer?
Nur, weil ihn Keiner übertraf bis jetzt
An Großmuth, wie an Lieb' zum Vaterlande.
Er opferte sich selbst und eine Größe,
Die neidenswerth den Niederen erscheint,
Der Freiheit seines Volks!

Camillus: Das ist mein Ziel!

Arria: Die tiefgebeugte Welt, nicht fähig mehr,
So Großes zu begreifen, wird erstaunen
Und göttlich ihren edlen Retter nennen;
Denn was du thun willst, o Camill, ist göttlich!

Camillus: Doch werden einen harten Stand wir
                              haben
Bei den gesunk'nen Volkesmassen, die
Zu sehr an ihre Knechtschaft sind gewöhnt
Seit mehren Menschenaltern.

Arria: Diese Müh'
Wird deines Herzens Größe dir erleichtern.
Mit gutem Beispiel' gehe kühn voran,
Entfernend alle schlechten, gift'gen Kräfte,
Die uns'res Staates Mark bis jetzt verzehrt;
Die Menschheit folgt dann freudetrunken nach,
Weiß sie zum Höheren sich hingeleitet!

Camillus: Wohlan denn, große Römerin, es sei!
Laß uns vereint das schöne Werk vollbringen.
Nach Rom! nach Rom! ... Mich dürstet nach dem Ruhm',
Der Retter meines Vaterland's zu werden!

Vinicianus (stürzt herein): Camillus, eile schleunigst
                              durch die Lager;
Die Legionen werden schwierig!

Camillus: Was?!
.Zur letzten Stunde will man sich besinnen?
Jetzt ist's zu spät! Das Rad hat seinen Lauf;
Wer will es hemmen? Wer?
          Vinicianus: Der Aberglaube!
Doch eile, oder Alles ist verloren! (Beide ab; man hört Tumult.)
          Arria: Der Aberglaube, sagt er?... Aberglaube?!
(seufzend):
Ja, das ist Roma's schwächste Seite stets!....
Was ist geschehen? Soll die Menschheit nie
Zu ihrem Rechte kommen?! Große Götter,
Es wäre einmal Zeit!

Sechste Scene.
Arria. Aemilia.

Aemilia (hastig): Was geht hier vor?!
Dies fürchterliche Rennen in dem Lager,
Der Waffen grausig Klirren, schrecklich tönt's
In meinen Ohren, die das nicht gewohnt!
          Arria: Camill bricht auf, um nach Italien
Noch heut' zu schiffen, wie du weißt.
          Aemilia: Jedoch, —
Wozu der Lärm, das Toben der Legionen?
Mir ahnt nichts Gutes!
          Arria: Das ist Kriegesbrauch;
D'rum fürchte nichts!
          Aemilia: Mir scheint, Camill hat sich
In etwas sehr Gefährliches gestürzt,
Das Allen mit Verderben droht. Weh' mir,
Sollt' meine Ahnung in Erfüllung geh'n!

Siebente Scene.
Vorige. Camillus stürzt herein, gefolgt von seinem Freigelassenen
Verres.

Camillus (zornig): Die Welt gehört der Dummheit!
          .... Fliehen wir

Zum Orkus, wo wir Männer finden werden;
Hier gibt es keine mehr! — Rom, sei verflucht
Mit deinem eklen, trägen Sclavengeiste!
Verflucht dein ganz erbärmliches Geschlecht,
Wie jede Hand, die sich zur That erhebt
Für deinen faulen, pöbelhaften Geist! (zu Verres)
Auf, Verres, töbte mich, damit die Schergen
Des Caesar ihren Spott nicht mit mir treiben!

Verres (entsetzt): Ich kann es nicht! — Du warst so
gut, o Herr!

Camillus (verächtlich): Du Memme!

Arria (zu Camillus): Was entsetzt dein Römerherz?

Camillus (zu ihr): Der Aberglaube ist es in der That,
Der sie erfaßt und festhält an den Ohren;
Sie wandten sich — und Alles ist verloren!

Arria: Wo ist Vinician, mein Gatte und
Die andern Römer all', die mit mir kamen?

Camillus: Sie schlugen sich wie nur Verzweifelnde;
Dein Gatte ist gefangen mit den Andern,
Doch Vinician ist todt. Er wollte sie
Zu ihren Pflichten bringen mit Gewalt,
Und der Gewalt erlag er. — Elend Volk,
Das jedem Hauche eines Wahn's erliegt! (zu Arria):
Du siehst, es soll nicht sein! (Man hört Tumult.)

Arria: O meine Hoffnung!

Aemilia (entsetzt): Weh' mir! Das fürchtete ich immer!

Camillus: Schweig'!
Was soll das Heulen? Sterben wir vielmehr!
Das Leben ist Nichts werth!

Aemilia (händeringend): Gerechter Himmel!·

Ein Soldat (mit entblößtem Schwert): Verräther an dem
julischen Geschlechte,
Ergib dich! Deine That verwirft ein Gott!

Camillus (tritt ihm entgegen): Zurück, Empörer! Bin
ich nicht dein Herr?
Wie? Oder bist du Claudius nur verpflichtet?

Der Soldat: Du bist's, so lang du Caesar's Diener
bleibst!

Camillus (zieht sein Schwert, das er gesenkt in der Hand hält):
Zurück, ihr Memmen, die da bebend kriechen
Vor eines hohlen Namens leerem Schall'; —
Thut Eure Pflicht dem Führer gegenüber!

Der Soldat (rasch): Du bist's nicht mehr! Ergib dich,
Hochverräther!

(Mehrere Soldaten und ein Tribun dazu; Arria wirft sich ihnen entgegen,
einem derselben das Schwert entreißend.)

Arria: Was wollt Ihr, Krieger? ... Ist das Eure
Treue,
Den einst geliebten Führer zu verrathen,
Dem Ihr zu folgen schwurt bis in den Tod?!

Der Tribun: Die Götter wollen's nicht. — Zurück
denn, Weib,
Damit . . . . .

Arria (schnell): Die Götter?! ... Ha! Wo sprach sie?

Der Tribun: Der Adlerträger meiner Legion
Erblickt' ein schrecklich Omen!

Arria: Aberglaube!
Was ist's?

Der Tribun: Du zweifelst? Hör' den Träger selbst!
Als er den Adler putzte, blieb der schwarz, —
Das edle Gold verweigerte den Glanz;
Beim Aufbruch' sucht' er dann vergebens ihn
Der Erde zu entreißen. Fest, als hätt'
Ein Gott ihn angenietet an den Felsen,
Verharrt' der Schaft, wie trotzend jeder Kraft,
Die ihn der Erde suchte zu entreißen.
Dort steckt er noch. Versuch' es, ihn zu lösen!
Ein Gott ist gegen uns und den Verrath,
D'rum sterbe der Legat! (zieht sein Schwert)

Arria: Verblendeter!
Was du ein Wunder nennst, ist sehr natürlich;
Des Adlers Schaft steckt zwischen scharfen Steinen.

Der Tribun (kopfschüttelnd): Die Schwärze aber, die
nicht weichen will?!

Arria: Vielleicht ist das Metall nicht ächt!?

Der Tribun: Nein! Nein!
Er glänzte sonst, doch warum heute nicht?
Du überredest mich vergebens. — Sieh!

(Er faßt ihre Hand, als wolle er sie bei Seite führen und ihr Etwas sagen;
dann umschließt er plötzlich ihre beiden Arme und winkt dem Soldaten, der
sich auf Camillus stürzt und ihn durchbohrt, was Camill ni ch t wehrt.)

Camillus (während er zusammenbricht): Ich bin gerettet,
aller Schmach enthoben!
Dankt dem Befreier Jupiter! (stirbt im Schooße der Aemilia; der
Tribun läßt Arria los.)

Aemilia: Weh' mir
Nicht schuldig bin ich deines Looses, Mann!
Mög' mich ein Gott beschützen!

Der Tribun: Auf, zu Schiffe! —
Der Caesar wird mir's danken! Eilt, Verräther!

(Alle nach den Booten eilend.)

Arria (allein, aus ihrer Bestürzung erwachend): Armsel'ges Rom!
die wen'gen edlen Männer,
Die dein Geschick dem elenden Jahrhundert
Geschenkt, stößt du von dir in blinder Wuth!...
Weh' dir! Im Staube der Verworfenheit
Wirst du nach einem Arm' verzweifelnd jammern,
Um dich zu retten aus der tiefen Schmach, —
Allein vergebens! Weh' dir, armes Rom,
Du tiefgesunkenes, du bist verloren!

Achte Scene.

Am Ufer selbst.

Aemilia, Caecina und andere vornehme Römer (entwaffnet) werden
eingeschifft; Wachen umgeben Alle.

Der Tribun: Beeilt Euch! Eurus bläht die Segel schon!
Wir werden schnell Italien erreichen.

Arria (rasch dazutretend): Und mich laßt Ihr zurück?!

Der Tribun: Was willst du dort?
'S ist besser, du bleibst hier! Was die erwartet,
Ist nichts Erfreuliches!

Arria: O nimm mich mit!
Ich bin die Schuldigste! — Wer sollte Paetus
Die kleinen Dienste all' erzeigen, die
Der Sclave uns erzeigt? D'rum nimm mich mit;
Ich will sie thun statt eines Sclaven!

Der Tribun (auf's Schiff steigend): Nein!
Für Weiber hab' ich keinen Platz! (zu den Schiffern): Stoßt ab!

Arria (ruft schmerzlich nach): Leb' wohl, mein Paetus!

Caecina (im Hintertheile des Schiffes): Arria, theures Herz,
Bleib' ruhig hier und laß' den finstern Mächten,
Was ihnen nicht entrissen werden kann.
Du wendest mein Geschick doch nimmermehr;
D'rum dulde still das Unvermeidliche
Und lebe deinem Kind', — ich kann's nicht mehr!
(birgt sein Gesicht in den Händen; das Schiff entschwindet.)

Arria (für sich, traurig): Du Armer kannst es nicht! . . .
(sie schaut sich um und gewahrt das halbnackte Mädchen):
Noth überall!
(sie wirft ihm ihr Oberkleid [Ueberwurf] zu);
Nimm, Kleine, nimm! Dich friert, du armes Kind!
(sie schaut sich um.)

Ein Schiffer: Du wirst das Kleid entbehren, Römerin!
Es sauset Eurus über's kalte Meer;
Nimm dich in Acht! Auch drohet Boreas
Mit seinem weißen Haupt' schon!

Arria: Kümmert's mich?!
Mein Herz ist warm, nicht fürcht' ich Boreas
Mit allem seinem Grausen! — Schiffer, komm',
Nimm dieses Boot und führe mich hinüber,
Ich zahle, was du forderst! Ein Talent,
Wenn du es willst, und mehr; d'rum forb're kühn!

Der Schiffer (kopfschüttelnd): In dieser Schale auf das
off'ne Meer?!

Arria: Das Meer ist nicht so tückisch, ~~als die~~ die Menschen;
Vertrau'n wir ihm!

Der Schiffer: Es ist Verzweiflung nur,
Die Einen dazu treibt.

Arria (springt in ein Boot): Ich b i n verzweifelnd!
D'rum habe Mitleid, guter Schiffer! Komm'!
Ein Gott belohnt's! (nach der See deutend):

      D o r t zieht mein Leben hin
Und meiner Seele heiligste Gefühle;
Soll ich es lassen? Soll es mir entflieh'n?!

    (Der Schiffer steigt ein.)

Arria: Ich eile nach — dem schrecklichsten der Ziele, —
Und wär's der Tod in meines Feindes Lande, —
Ihm muß ich folgen! — Schiffer, stoß' vom Strande!

    (sie kappt mit einem Schwerte das Tau):

Lebt wohl, Dalmatier!

Ein anderer Schiffer: Du herrlich' Weib,
Leb' wohl! Neptun beschütze deine Treue!

    (Das Boot verschwindet. Alle sehen erstaunt nach.)

    (Der Vorhang fällt.)

Vierter Act.

Erste Scene.

Des Silius Wohnung. (Salon.)

Silius (am Eingange Messalina mit ihrem Hofe empfangend): Sei
mir gegrüßt, du seltener Besuch,
Deß ich geharrt seit vielen, vielen Stunden! (umarmt sie.)

Messalina (hängt an seinem Arme): Ich komme selten? —
      Warum kommst du nicht
Zu mir?

Silius: Und Caesar?!

Messalina (achselzuckend): Schweige mir von ihm! (spöttisch)
Der denkt nicht seiner Frau; er schreibt Geschichte!

Silius: Wir sind auch ungestörter hier, seitdem
Mich meine Frau verlassen.

Messalina (freudig): Ist sie fort?

Silius: Wir sind geschieden, wie du es gewünscht!

Messalina: Wie nahm sie's?

Silius: Mit Ergebung. — Doch jetzt sende
Die Leute fort; ich hab' mit dir zu reden.

Messalina (winkt Allen): Erwartet mich im Säulen=
gang'! (Alle ab. Zu Silius.)
Geliebter!
Was drückt dein theures Herz? Eröff'ne mir's!

Silius: Ich fürchte deinen Gatten! Wird er nicht
Es eines Tag's erfahren, daß du mich
In meinem Hause aufsuchst?

Messalina: Fürchte Nichts!
Wer soll's ihm sagen? Bin ich nicht die Herrin?
Wer wird es wagen, mir zu trotzen? Freund,
Du fürchtest ganz umsonst! Und wenn er's hört, —
Hat er's in einer Stunde nicht vergessen?!...
Was kümmern mich die Römer?! Was der Caesar!?

Silius: Und dennoch wär' es besser, süßes Weib,
Könnt' ich dich sehen ohne die Gefahr,
Die immerhin mich und dich selbst bedroht.
Wir sind nicht in der Lage, mit Geduld
Des Caesar's Hingang lauernd zu erwarten,
Und werden wir entdeckt, so hilft uns nur
Ein kühnes Handeln, voller Muth und Raschheit;
Denn Caesar würde seine Henker senden!
Was hättest du davon?

Messalina: Jedoch das Mittel?.....

Silius: Er oder ich!.... Wen kannst du opfern?

Messalina (sieht ihn besorgt an): Nein!
Das geht nicht, Liebster!

Silius: Ging es doch bei mir! …
Ich habe keine Kinder, — ich bin frei, —
Frei, wie ein Jüngling, — du wirst meine Gattin,
Dein Sohn Britannicus mein Kind, und dir
Verbliebe nach wie vor die höchste Macht …
Uns droht das Schlimmste so, — kannst du noch zaudern?!

Messalina (mißtrauisch, forschend): Und wenn du Caesar
bist?! … …

Silius: Du fürchtest mich?
Mein Herz, das ist nicht nöthig. Lieb' ich dich
Nicht mehr, als alles Andere?! Wer sonst,
Als meine Liebe, trieb mich zu der Scheidung
Von meiner, einst geliebten, Junia?!
Beim Zeus! Du fürchtest ohne Grund!

Messalina (sinnend): Fürwahr!
Der Plan ist allzureizend! Diese Heirath —
Wir können sie auch so vollzieh'n, sobald
Der Caesar fortgeht.

Silius (lächelnd): Und wann geht der Caesar?

Messalina: Mit nächstem zieht er sammt dem ganzen
Hof'
Nach Ostia, zu opfern. Bis dahin
Geduldе dich, ich muß es auch, mein Süßer! (sinnend):
Und diese Scheidung wird wohl nöthig sein! …

Silius: Du wagst es wirklich?

Messalina: Warum sollt' ich nicht?!
Wer will mich hindern?! Und der Plan ist reizend!

Silius: Dein Wille mag gescheh'n; ich wage Alles,
Wenn's dich entzückt.

Messalina: So rüste dich zur Hochzeit. (lachend)
Wie werd' ich lachen, wenn ich Claudius sehe;
Denn er wird diese Scheidung unterzeichnen! …

Silius: Ja, es ist köstlich. Lachen müßt auch ich, —
Beim Genius des Augustus, seinem Gotte!

Messalina: Der doch sehr sterblich war, wie Livia
Bewiesen hat.

Silius: Wohl hast du recht, Geliebte!

Messalina: So lebe wohl! Ich eile zum Gerichte,
Das Caesar über die Gefang'nen hält,
Die uns Dalmatien sandte.

Silius: Amor schütze
Dein reizend Haupt, du herrlichste der Nymphen!

(Sie umarmt ihn und geht, von ihm begleitet.)

Zweite Scene.

Salon des Claudius.

Claudius und **Cajus Saulus** treten ein.

Claudius: Du überzeugst mich schlecht, mein lieber
Cajus.
Ist er und sie nicht mit ergriffen worden?

Saulus: Zufällig wohl! War nicht Caecina krank? —
Nun, er gebrauchte Bäder, sich zu stärken;
So wird er mit der Sache jetzt vermengt.

Claudius: Gebrauchte Bäder?!... In Dalmatien?

(kopfschüttelnd)

Saulus: Und welch' ein Weib! — In einem kleinen
Boote
Eilt sie dem heißgeliebten Gatten nach!
Das off'ne Meer, das adriatische,
Berüchtigt seiner Tücken wegen, hat
Sie nicht zurückgeschreckt, hat sie begünstigt.
Rührt dieses nicht dein Herz, o Claudius,
So hast du keines! Diese Treu' belohne! —
Willst du mit Frauenblut dich noch besudeln?
Dies hat Tiber, der blutige, verschmäht,
Und du vermögtest es?

Claudius: Was ist sie dir,
Daß deine Zunge sich für sie gespitzt,
Wie eines Advokaten schnellbewegte? —

Saulus: Ich liebte sie! — Er — war mir einst gefällig
Und rettet' mich aus einer großen Noth. —

Du siehst, ich bin ein dankbar Herz! ... Das ist
Ein Bürge für dich selbst. — So lang' ich lebe —
Und meine Legion — wird nie ein Feind
Dir schaden können. Du bist unser Herrscher
Und sollst es bleiben. Bist du auch nicht gut,
So bist du besser doch noch, als die Andern
Vom julischen Geschlecht'.

Claudius: Es sei! Es sei!

Saulus: Beim Genius des Augustus?!

Claudius: Ja, ich schwör's!

Saulus: Und Paetus?

Claudius (auffahrend): Was verlangst du Mensch?!

Saulus: Sein Leben! (rauh)
Was nützt mir eins, hab' ich das zweite nicht!?

Claudius (sich bedenkend): Das sollst du haben, ist er
ohne Schuld!
Mehr kann ich nicht versprechen.

Saulus: Das ist wenig;
In Rom ist Jeder schuldig, wenn man will!

Claudius: Wir werden seh'n!

Saulus (bestimmt):   Ich zähle auf dein Wort!
(Claudius nickt.)

Dritte Scene.

Vorige. Caecina Paetus, Arria, Aemilia und andere
Gefangene; Richter; die **Freigelassenen** des Claudius und
Wache treten ein. **Claudius** setzt sich in der Mitte auf einen Armstuhl.

Saulus (leise zu Arria, während sie an ihm vorbeigeht):
O hättest du auf mich gehört! — Doch Muth!
Du bist gerettet, Arria! — Nur — leugnet.

Arria (kopfschüttelnd: leise): Und Er?! (Auf Paetus blickend.)

Saulus: Ich hoffe!
(Arria nickt und wirft ihm einen dankbaren Blick zu.)

Der Tribun der dalmat. Legion: Hier sind
die Verräther, —
Soviel wir fangen konnten!

Claudius: Und Camill?

Der Tribun: Den stieß ich nieder.

Claudius: Wohlgethan, mein Sohn;
Doch besser, hättest du ihn mitgebracht!

Der Tribun: Nein, Caesar! Lebend war er noch ge=
fährlich;
Ein todter Feind nur ist's nicht mehr.

Claudius: Ganz recht!
Du bist ein kluger Bursche. Wohl, es sei
Auch dieses gut! —

Der Tribun (auf Aemilia zeigend): Hier ist des Todten
Gattin!

Claudius [zu ihr]: Du also bist's, die seine Thaten sah?

Aemilia: Ich mußte wohl, o Caesar!

Claudius: Sprich, was weißt du?
(auf die Gefangenen zeigend)
Sind diese dir bekannt?

Aemilia: Ich kenne sie;
Denn in Dalmatien waren's meine Gäste!

Claudius: Und deine Freunde?!

Aemilia (zurückweisend): Nein! Nicht mir! Nicht mir!
Vergebens warnte ich Camillus. Ach!
Er hörte mehr auf sie, als seine Frau!

Claudius: So warst du gegen diesen Anschlag?

Aemilia [laut]: Ja! (auf Arria deutend):
Doch sie und ihre Freunde hatten ganz
Besitz von seinem schwachen Kopf' genommen.

Claudius (betrachtet Arria aufmerksam; dann zu dieser): Das
ist ein schweres Zeugniß gegen dich;
Denn Frauen sehen tief in's Frauenherz!
Was hast du zu erwidern?

Arria [tritt vor]: Nichts, o Caesar,
Als daß ihr Zeugniß dir nicht gelten kann,
Willst du gerecht sein. — Sie bezeuget nur, —
Was kaum sie weiß, — aus jämmerlicher Furcht
Und retten will sie sich auf And'rer Kosten!

Aemilia [wüthend]: Wie, du versuchst, zu leugnen, was
wir sah'n?!
Willst mich des Truges zeih'n? So höre denn!

Arria [mit Stolz]: Dich soll ich hören, die du deinen
Gatten
In deinem Schooße hast ermorden seh'n
Und dennoch lebst? [kopfschüttelnd]:
Glaub', Caesar, dieser nicht!
Aus ihr spricht Furcht und nied're Leidenschaft!

Claudius [sieht fragend seine Räthe an.]

Saulus [zu Aemilia]: Auffallend ist es immer, daß erst
heute
Dein Mund verdammt, was schon so lang' gescheh'n;
Denn zweifellos hätt'st du es gut genannt,
Wenn Furius zum Herrn von Rom sich machte,
Und träumtest wohl schon von dem Diadem'?
Jetzt, da sein Spiel verloren, bist du froh,
Mit heiler Haut und so davonzukommen!... [zu Claudius; fest]:
Ihr Zeugniß scheint mir zweifelhaft!
[wendet sich mit Verachtung von Aemilia.]

Claudius: So ist's!
Der Staatsrath mag entscheiden. Laßt uns geh'n;
Ich hab' noch nicht gefrühstückt. — Auch muß ich
Nach Ostia noch heute! [Zu der Wache, auf die Gefangenen deutend]:
Bringt sie fort,
In sicheren Gewahrsam, doch dies Weib [auf Arria deutend]:
Laßt laufen! Mag ich doch mit Frauen Nichts
Zu schaffen haben, als in Liebessachen!
[Alle werden abgeführt, bis auf Arria; Claudius erhebt sich.]

Arria [mit Würde]: Caesar, ich danke dir für mich! Könnt' ich
Es auch für Paetus!

Claudius: Sei du nur zufrieden,
Daß du's für dich vermochtest; denn mir scheint,
[Saulus flüchtig ansehend]:
Ich habe allzuviel versprochen.

Arria: Caesar!

Claudius: Nichts mehr davon! Beweist er seine Unschuld
So ist er frei. Jetzt geht! [Ab mit Allen; Saulus legt, ehe er geht,
den Zeigefinger an die Lippen und sieht Arria bedeutungsvoll an.

Arria [allein]:   Er ist verloren!
Wird Paetus leugnen? Nein, er wird es nicht!
Verloren! Keine Rettung mehr! 's ist traurig!
Ach! und wofür? Dem Wahn' des Aberglaubens
Zum Opfer fallen, — jammervoll' Geschick! [nachdenkend]:
Ein Mittel gäb's vielleicht noch — Messalina! . . .

[besinnt sich; dann rasch]:
Nein! Eher sterben, eh' ich diesem Weib'
Des Paetus Leben oder meines danke! —
Fort, Arria, aus den entweihten Räumen,
Wo deine Seele nicht mehr frei sich fühlt.
Hier herrschet Thrannei, die Luft ist drückend,
Wie Kerkerluft, und selbst das holde Licht
Flieht diese Räume. — Fort von hier!

[Sie eilt hinaus und stößt auf Messalina; tritt zurück.]

Vierte Scene.

Arria.   Messalina.

Messalina [schaut sich erstaunt um; dann]: Sieh' da!
Welch' seltsamer Besuch! In meinem Leben
Sah'n diese Hallen solchen nicht! Du kommst
Zu mir?!

Arria [kopfschüttelnd]: Zu dir? — Was sollte ich bei dir,
Die Reine in dem Tempel . . . . . .

Messalina [auffahrend]:   Nun, vollende!
Im Tempel des Verbrechens, wie?!

Arria: Du sagst es!

Messalina (höhnisch): Sehr ungeschminkt ist deine
Offenheit!
Doch wisse, Weib, es könnte wohl zugleich
Des Todes Tempel heißen! Hüte dich,
Daß dich mein Zorn nicht niederwirft; du bist

Die tugendhafteste der Römeriunen, (spöttisch):
Mag sein, ich bin die mächtigste!

Arria: Du drohst?!
Wer goß den Wahn in deine schwache Seele,
Daß ich dich fürchte, — dich und deine Macht?!
Um dich zu fürchten, müßte ich dich achten! —

Messalina (achselzuckend): Was bist du mehr, als and're
Römerinnen?
Vielleicht verstehst du besser, zu verbergen
Was diese Welt nicht sehen soll! Die Kunst
Hab' niemals ich geübt! Fürwahr, ich gebe
Mich, wie ich bin!

Arria: Ja freilich thust du das!?
Und wenn dein Vater, dieser Ehrenmann,
Aus seinem Aschenkruge könnt' erstehen,
Um dich und deine Lasterzeit zu sehen,
Er würd' erröthend, schamvoll und entsetzt
Zum Orkus flieh'n, zu Pluto's Richterstuhl'
Und sich der Sünde zeih'n, ein solches Wesen,
Wie du es bist, der Welt erzeugt zu haben!

Messalina: Du bist im Schwunge; fahre fort, du
Reine!
Ihr seid wohl schuldlos, wie die Täubchen, — und
Der Hochverrath ist kein Verbrechen dir?!

Arria [ohne darauf zu hören]: Er hätt' geseh'n, wie sich der
junge Tag
Mit seinen reinen, keuschen Morgenstrahlen
So oft gescheut, die Erde zu betreten,
Und d'rum in finst're Wolken sich gehüllt,
Fand er dich wach zur frühen Morgenstunde,
Im Arm' der Lust des hellen Tages spottend,
Und aller Sitten, alles Anstand's bar!

[kleine Pause; sieht jene fest an:]
Sprich du nicht von Verbrechen; denn es gibt
Kein Wesen, dessen schwarze, schmutz'ge Seele
Von Lastern und Entsetzen trieft, wie deine!

Meffalina [wild auffahrend]: Das mir, der Herrſcheriu?!
— Du Freche, zittre!

Arria: Du — Herrſcherin?! Du ſchändeſtCaeſar's Thron
Und dürft' er jetzt das Schattenreich verlaſſen,
Es würd' Empörung ſeine Seele füllen,
Und niederſchmetternd in ſein altes Nichts
Das juliſche Geſchlecht, in das du dich
Mit deinem Haus gedrängt, würd' er's zermalmen!

Meſſalina [wüthend auf und ab]: O Caeſar, höre ſie, die
freche Brut,
Die deine Aſche in der Urne höhnt!

Arria [kopfſchüttelnd]: Und fluchen würd' er ſeinem kühnen
Streben,
Die Welt zu einen unter einem Haupt', —
Da du ſein Werk und ſeinen Namen ſchändeſt
Durch die Verworfenheit der wild'ſten Phryne!
Dein Name wird der Nachwelt einſt bezeichnen
Die höchſte weibliche Verworfenheit,
Und ſchaudernd wird ein keuſches Weib ihn nennen!
Sprich von Verbrechen nicht, — du kannſt es nicht!

Meſſalina [höhniſch lachend]: Was kümmert mich die
Welt, du tolle Närrin!?
Was mich des Pöbels Anſicht und Verdruß?!
Was ſeine niedrige Alltäglichkeit?
Bin ich nicht Herrin dieſer ſchlechten Welt?
Ich lebe, um zu leben, nicht zu trauern;
Ein Narr iſt, wer ſich ſcheut, das zu genießen,
Was ihm das Leben beut an irb'ſcher Luſt! — [verächtlich]
Die Tugend ſtand ja niemals hoch im Preiſe,
Und Caeſar ſelbſt hat nie daran geglaubt,
Sonſt hätt' er nie gewagt, was er gethan! [lachend]
Willſt du ſie wohl im Preiſe ſteigen machen,
Mein keuſches Püppchen?

Arria: Leider kann ich's nicht!
Wo Meſſalinen herrſchen, muß ſie weichen.
Doch nicht für ewig wird die Welt ſie miſſen,

Trotz allen Messalinen! — Du bist nur,
Wenn auch allmächtig jetzt, ein sterblich' Weib,
Doch s i e ist eine Tochter des Olymp's
Und wiederkommen wird sie auf die Erde,
Zu retten das gesunkene Geschlecht.
Die Götter leben noch!

    Messalina (lachend): Haha! Die Götter!
Sie lassen dich im Stich'! Wenn's Götter gäbe,
So hätte Messalina nie geherrscht,
Tiber, Caligula nicht so gehaust,
Wie sie gethan! Dein Glaube macht mich lachen.
Die Götter selber taugen Nichts!

    Arria: Verworf'ne
Verwerfen stets die Götter, um sie nicht
Zu fürchten! Freilich paßt das ihnen besser, —
Bis sich des Schicksals Langmuth hat erschöpft.
            (mit erhobener Stimme)
Auch Caesar fiel und unterlag den Göttern!

    Messalina: Rebellen, willst du sagen!

    Arria: Nein, den Göttern —
Und war — dir gegenüber — fast ein Gott!
Vergiß das nicht! Noch rollt in Roma's Söhnen
Das Römerblut, das die Tyrannen fürchten,
Und Brutus' Blut stirbt niemals aus, beim Zeus!

    Messalina: Wir werden uns vor ihm zu wahren wissen,
Denn wo die Macht ist, da ist das Gesetz!
Ich lache deiner Römer, stolzes Weib.
Ruf' sie herauf, die Geister deiner Römer,
Und sieh', ob sie nur d i ch zu schützen wagen,
Wenn mir's gefällt, dein Ende zu bestimmen! (höhnisch)
Ruf' deine Römer an, — ich ruf' den Henker, —
Wir wollen seh'n, wer Recht behalten wird!

    Arria: Du schreck'st mich nicht mit deinem Todesdroh'n,
Nur feige Seelen zittern, wenn ein Wesen,
Wie du es bist, mit seiner Allmacht droht.
Um dich zu fürchten, müßt' ich schuldig sein;

Doch kein Verbrechen drückt auf meine Seele.
D'rum fürcht' ich Nichts, am wenigsten den Tod!
Was ist er anders, als das Rettungsmittel,
An das ein Römerherz sich freudig klammert,
Eh' es der Schande sich ergibt, dem Leben;
Denn leben — unter dir, mit dir — ist Schande!

Messalina: Es gibt noch Qualen, — hüte dich, Ver=
weg'ne, —
Die deine Seele schwerlich ahnt!

Arria (einen mit Steinen besetzten Dolch emporhaltend): Sieh' hier!
Dies schützt vor Messalinen's Henkern mich,
Wenn's nöthig ist! (Messalina fährt zurück):
(Arria):   Du bebst?! Wo ist dein Muth?
Der bloße Anblick einer blanken Waffe
Macht dich erzittern?! Elend=schwaches Weib, —
Was ich mit Lust in meinen Händen drücke,
Macht dich erbleichen? Ha! wo ist dein Stolz,
Dein Uebermuth, Tyrannin? Und ich hab'
Ihn dir ja nur gezeigt! Befürchte Nichts!
Es ist ein Angedenken schöner Tage
Und nicht geschändet werden soll's durch dich
Und dein verruchtes Blut! Es gibt doch nichts
Erbärmlicheres, als Tyrannenblut,
Das zitternd vor dem eig'nen Opfer steht
Und nur den Muth hat unter seinen Henkern!
(drohend, stolz und rasch ab.)

Messalina (ihr nachlaufend, zähneknirschend): Ha, Tugend=
heldin, noch gibt's Möglichkeiten,
Dein Rettungsmittel dir zu rauben! — Himmel,
Leih' deine Donner mir, sie zu zerschmettern,
Sie all' zusammen — diese Römerköpfe,
Die mir getrotzt! Wozu hab' ich die Macht,
Wenn ich sie nicht benutzen soll zum Schlagen?!
Was Messalina kann, sollst du erfahren, — (höhnisch)
Und deine Götter mögen dich bewahren! (rasch ab.)

.   (Der Vorhang fällt.)

Fünfter Act.

Erste Scene.

Die Gärten des Lucullus.

Narcissus und **Evodus.**

Narcissus (sich umschauend): Die Braut bleibt lange, ob
sie sich besinnt
Und jungfräuliche Scham sie hat ergriffen?

Evodus (lachend): Das fürchte nicht, Narcissus! Messalina
Ist nicht so scrupulös! Doch Silius —
Als was erscheint er heut'?

Narcissus: Als Gott des Wein's!

Evodus: Der Weine willst du sagen!

Narcissus: Wie du willst.
Ich glaube, du hast Recht.

Evodus: Und Messalina?

Narcissus: Als Venus! Rom's bacchant'sche Jugend kann
Sich heut' in einen Götterrausch versenken;
Denn diese Hochzeit kostet Claudius mehr,
Als seine eig'ne!

Evodus: Ja, sogar sein Weib! (laut lachend):
Mein Lieber, das sind tolle Zeiten! Einst
Hätt' man geträumt nicht, was man heute thut!

Narcissus: Was kümmert's uns?! Wir leben und
genießen!
Das Leben ist so kurz, und kommt der Tod,
Dann sitzt die Langeweil' an uns'rer Urne.
Die Heiterkeit ist Silberblick des Lebens;
Wie Vielen lacht er?!.

Evodus: Wahrlich, du haft Recht!
Rom schwelgt in einem niegeahnten Taumel.

(Man hört Musik und Jauchzen):

Sie kommen! Wie die Freude jauchzt! Der Thyrsus
Bewähret seine Kraft an Jung und Alt!

(Der Zug kommt. — Voran die Senatoren und andere, nicht allegorische, Personen; dann Faune, [Satyre], Bacchantinnen; Sosibius-Silen auf einem Esel, von Bacchanten und Bacchantinnen umschwärmt; zuletzt Silius, als Gott Bacchus gekleidet, und Messalina, als Venus, sich nachlässig schmachtend auf des Silius Schulter lehnend. — Alle allegorischen Personen schwingen den Thyrsusstab, außer Silius und Messalina. Sclaven und Sclavinnen im Hintergrunde, von Zeit zu Zeit Wein credenzend. Stehen nach dem Marsche, der von den Faunen, Bacchantinnen und dergl. Personen mit bacchantischer Luft ausgeführt wird, rechts und links in einem Halbkreise um Messalina und Silius, welche in der Mitte Platz nehmen, — Messalina auf eine, von Epheu und Reben umrankte, Bank sich streckend; Silius neben ihr sitzend. Alle rufen:

Heil uns! Die Venus kehrt beim Bacchus ein!

Messalina (zu Silius): O Silius! Der holde Traum
                       ist wahr,

Ich habe dich errungen! Meine Seele
Schwelgt in dem Glück' olympischen Entzückens!
Du mein, für immer mein! Ruft Freude aus
Durch dieser Erde lachende Gefilde!
Was mangelt uns, um Göttern gleich zu sein?!

     Silius (lächelnd): Unsterblichkeit!

     Messalina: Die werden wir erringen,
Indem wir ird'sches Vorurtheil bezwingen. (zu Allen):
Macht diese schöne Erde zum Olymp'!
Ruft das Entzücken wach, daß uns die Götter
Mit neid'schen Blicken diese Welt bewundern!

     Silius (lächelnd): Und Claudius?!

     Messalina (spöttisch lächelnd):   Claudius opfert seinen
                              Göttern

In Ostia! Was ist mir Claudius?!
Du bist mein Gatte, — Claudius ist's nicht mehr.

     Narcissus: Auf, meine Freunde! Opfert er den Göttern,

(Messalina ansehend):

So opfern wir der Göttin!

Silius: Du haſt recht!
Ruft mir die Freude wach, daß unſere Todten
Im Schattenreich' erheben und die Luſt
Zum Leben neu erwacht in Pluto's Grenzen,
Elyſium ſich auf die Erde ſehnt!

Soſibius=Silen (ſteigt ab): Führt meinen Pegaſus
                            hinweg! Der Burſche
Improviſirt zuviel und ohne Versmaß. (der Eſel abgeführt.)
Ihr Nymphen und Bacchantinnen! Auf, tanzt,
Daß Euch die Luſt aus allen Poren treibt,
Was Ihr an Wonne habt in Eurer Seele!
Laßt den Falerner, Cyprier und Chier,
Den Silius Euch in Bächen ſpendete,
Umſonſt nicht Euer Herz bezaubert haben!
Es lebe Bacchus und Cythere!
             (Er hält ſeinen Hängebauch mit beiden Händen.)

Alle: Hoch!
    (Tanz der Faune, Nymphen und Bacchantinnen, an dem Silen Theil
nimmt, nachdem er eine Amphora Wein's geleert.) (Nach dem Tanze):

Silius (winkt den Narciß herbei): Wo Alles ſchwimmt in
                            ſüßem Erdvergeſſen,
Jedwede Wonne unſer Herz entzückt,
Soll da die holde Dichtkunſt leer ausgeh'n?
Narciſſus, tritt hervor und laſſe uns
In deines Geiſtes holden Träumen ſchwelgen!
            (Er führt ihn vor Meſſalina.)
Narciſſus (verbeugt ſich vor ihr; dann):

            Erdenglück!
Was iſt der Mond mit dem Silberſchein',
Was iſt die Sonne mit ihrer Glut?!
Sie kennen ja nicht die ſüße Pein,
Sie wiſſen ja nicht, wie Liebe thut!

Sie kennen ja nicht den ſüßen Traum,
Nicht irdiſcher Herzen glüh'nden Schlag;
Sie wiſſen von Seelenleben kaum
Und nicht, was ein heißes Herz vermag!

Sie wissen nicht, was die Lerche singt
In schmetternden Tönen durch Flur und Au,
Nicht, wie die Blume berauschet trinkt
Am Morgen den kosenden Silberthau.

Sie hören ja nicht den süßen Schlag,
Das Flöten der liebenden Nachtigall,
Nicht in dem duftigen, grünen Hag'
Des Bächlein's Murmeln im Widerhall.

Ich kenne nur Glück auf dem Erdenball',
Wo die Blume dem Säuseln des Zephyrs lauscht
Und von dem Flöten der Nachtigall
Wald, Blumen und Alles so süß berauscht! (Er verbeugt sich.)

Messalina (reicht ihm ihre Hand zum Kusse): Narziß, du
                    hast dich übertroffen! Dank
Für deine süßen Verse. (Narciß tritt zurück; sie zu Sosibius=Silen):
                    Freund Silen,
Belohn' Narcissus meiner würdig.

Sosibius=Silen: Pah!
Da müßte ich ein Weib sein — und so schön,
Wie du es bist!

Messalina (lächelnd): Wirkt schon der Rebensaft?
                    (Zu Silius, schwärmerisch):
O Silius, ist das kein Traum?

Silius: Es ist
Ein Göttertraum und möge lang' er währen!

Messalina (mit Silius' Locken spielend): Ein Traum ist
                    immer kurz!

Silius: Und immer schön,
Wenn Heiterkeit durch seine Bilder weht!

Narcissus (steht Silius nahe): Wohl wahr, mein Freund!
                    Ich träume immer heiter.
So heute Nacht; es war ein schnurrig Bild,
Was mir des Traumes Phantasie bescheerte!

Silius: So sprich, die Heiterkeit hier zu vermehren,
Wenn dies noch möglich ist!

Narcissus: Das könnt' es wohl;
Doch fürcht' ich mich. — Die Träume sind gefährlich
Am Hof' des Claudius!

Silius: Doch heute nicht!
(sieht Messalina lächelnd an:)
Bei meiner Liebe süßen Reizen schwör' ich's,
Ich will dich schützen mit der ganzen Macht,
Die mir die holde Venus heut' verliehen.
Sprich, Freund, was träumte dir?

Messalina: Ja, sag' es nur!
Heut' gibt es kein Gesetz an meinem Hof',
Als was die Lust und Liebe uns bestimmt.

Narcissus (lächelnd): Mir träumt', ich sähe Caesar
                    Claudius, —
Wie einst Aktäon an der Meute Spitze, —
Als Zwanzigender durch die Fluren jagen
Und Silius hinter ihm auf schnellem Roß'.
Ein Capitalhirsch war's — bei meiner Ehre!
(Allgemeines Jauchzen.)

Messalina (lachend): Abscheulicher, als Zwanzig-Ender,
                    sagst du?

Narcissus: Er schien noch jung. Wohl möglich ist's,
                    o Venus,
Daß er's auf dreißig Enden bringt!

Messalina: Du Schurke!
Willst du mich denn erröthen machen?

Narcissus: Ah!
Das wär' ein selt'nes Schauspiel für uns Römer;
Traun! Dein Erröthen muß dir herrlich steh'n!

Messalina: Du fader Schmeichler, lasse deine Witze;
Du bist mir doch zu schwach, beim Jupiter!

Narcissus: Ich weiß es, süße Göttin; du bist stärker,
Als hundert and're Frau'n. Wer wüßt' es nicht?
(Er geht auf die Seite und besteigt einen Baum.)

S i l i u s: Die Sprache unf'rer Heiterkeit ist frei,
Wie unf're Haine, welche Zephyr säuselnd
Nach seiner holden Frühlingsluft durchstreift,
Die Blumen küssend, wo nur ihre Kelche
Den Blüthenduft ihm bieten! — He, Narciß,
Was siehst du von dem lust'gen Blätterthron'?

N a r c i s s u s (komisch-ernst, übermüthig): Ich sehe einen
fürchterlichen Sturm
In Ostia's Fluren sich zusammenzieh'n!

S i l i u s (lachend): Du bist verrückt! Der Caesar ist ja blind!
Was kümmern ihn die heitern Jugendscherze?
Ich lache dieses Sturm's; laß ihn nur kommen!

N a r c i s s u s (wie vorher): Er kommt schon! Eine Wolke
hebet sich,
Als ob Orkane durch die Wüste rasten,
Die Luft in Staub verwandelnd!

S i l i u s: Steig' herab!
Du siehst zu schwarz für diese heit'ren Scherze. —
Und nun zum Mahle dort. Silen, besteige
Dein klassisch' Roß und meld' im Speisesaal,
Daß wir erscheinen! Hundert' von Amphoren
Des edelsten Falerners laß' im Garten
Zu Jedermann's Gebrauche setzen. — Eile!

S o s i b i u s = S i l e n (ist aufgestiegen) Ein Esel ist ein
widerspänstig' Vieh,
Das niemals Viel auf Anstand weiß zu geben!
Verzeiht ihm gütigst, wenn er sich vergißt;
Er war zwei Jahre nur auf unf'rer Hochschul'
Und Logik war stets seine schwächste Seite.
In „Humaniora" wollt' er promoviren;
(auf die Ohren des Esels deutend):
Doch bracht' er's bis zur Midas=Mütze nur,
Den Doctorhut verweigerten sie ihm!
Vorwärts, mein Grauchen! Auf, nach jenem Saal!
Dort winkt der Becher und ein Göttermahl!

(Reitet voraus; die Andern folgen, wie sie gekommen sind, unter Musik
und bacchantischen Tänzen; während dem winkt Narciß dem Evodus, Jenen zu
folgen, und verschwindet selbst gleich anfangs zur Seite.)

Zweite Scene.

(Daselbst.)

Narcissus eilt herein, gefolgt von **Calpurnia,** welche er an der Hand nachzieht.

Narcissus: Calpurnia, jetzt spiele deine Rolle
So gut, als möglich; denn es gilt das Leben
Sowohl des Caesars, als des ganzen Hofes!
Wir Alle sind verloren, stürzen wir
Die Schreckliche nicht bald!
Calpurnia: Und warum sagst
Du selbst es deinem Caesar nicht, wenn er's
Doch wissen soll, was besser ihm verborgen
Und unerwähnet blieb?! Das macht ihn rasend.
Narcissus: Von einem Weibe hört man so 'was besser;
Man nimmt es leichter an und glaubt es eher.
Jetzt ist die rechte Zeit, — jetzt oder nie;
Denn wer nicht mit ihr ist, ist wider sie
Und wird es büßen mit dem Henkertode!
Calpurnia: Wird er mir glauben, der gehörnte Wicht?
Narcissus: Cleopatra wird kommen, dir zu helfen!
Sodann bin ich ja in der Nähe hier,
Das erste Zeichen zu benutzen, das
Zu sprechen mir erlaubt. — Es muß gelingen!
Calpurnia: Wohlan, es sei! Laßt uns den Staar
ihm stechen!
Er ist wahrhaftig blind, stockblind, der Mensch!
Narcissus: Mach' deine Sache gut! — Ich hör' ihn
kommen. (Zur Seite ab.)

Dritte Scene.

Calpurnia. Claudius.

Claudius (sieht sie erstaunt an; für sich): Ein Weib hier
und allein!? (laut): Was willst du hier?
Calpurnia: Dich sehen, Herr!

Claudius: Wer ließ dich ein?

Calburnia: Narcissus!

Claudius (für sich): Der Schuft!.... Wenn sie be=
                    waffnet wäre! (laut): Wohl!
Was wünschest du?

Calpurnia: Ich möchte deinen Rath.
Du bist ein Kenner der Gesetze, denk' ich...   –
    Claudius: Ich auch, — beim Genius des Augustus!
— Sprich!

Calpurnia: So sitze nieder, daß du wohl mich hörest.
            (Er setzt sich; sie sitzt zu seinen Füßen):
Ein sonderbarer Fall, in der Geschichte
Bis jetzt nicht dagewesen; denn ein Weib
Nahm einen zweiten Mann, trotzdem der erste
Noch nicht gestorben.

Claudius: Wie? Bei seinem Leben?

Calpurnia (nickt): Sie wußte, daß er lebte; denn
                    er war
Nur wenig' Stunden Weges fern von ihr,
Ein Opfer seinen Göttern darzubringen.
Auch war sie nicht geschieden, wie ich glaube.

Claudius: Das ist ein Mährchen!

Calpurnia (mit kalter Ironie) : Ja, ganz Rom bekannt!
Jedoch was hat dies Weib nach deiner Meinung
Verdient?

Claudius: Es gibt kein solches Weib!

Calpurnia: Du weichst
Mir aus!

Claudius: Sie hätte ja den Tod verdient!

Calpurnia: Auch wenn es eine edle Römerin....

Claudius (rasch): Und wenn's die Frau des Caesars
                    wäre. Doch
Wozu die Schnurren?!

Calpurnia: Schnurren nennst du das,
Was Rom bespricht, belacht in allen Winkeln?

Claudius: So ist's geschehen, — wirklich?!

Calpurnia: Ja, beim Zeus!
Seit du in Ostia warst, um dort zu opfern.
Das Schlimmste aber ist, daß der Betrog'ne
In der Gefahr schwebt, Alles zu verlieren,
Da diese zweite Heirath gültig ist;
Denn vor'm Senate und dem röm'schen Volk'
Ward sie geschlossen! Droht ihm nicht noch Schlimm'res?

Claudius: Das ist zu toll!!

Calpurnia: Das ist die Ansicht Rom's
Und aller Welt!

Claudius: Wer ist das Weib?

Calpurnia: So weißt du
Kein Wort davon?

Claudius: Bei allen Göttern, nein!
Du mißbrauchst die Geduld!

Calpurnia: Gedulde dich!
Du ahnst es nicht?! Das ist doch sonderbar,
Ein jedes Kind in Rom bespricht den Fall!

Claudius (ungeduldig): Wer ist es?

Calpurnia (erhebt sich):   Messalina, deine Gattin!
Jetzt Silius' Weib!

Claudius (schnellt empor und steht entsetzt vor ihr): Du lügst!

Cleopatra (tritt ein):   Sie sagt die Wahrheit!

Claudius (erstaunt): Auch du behauptest das?!

Cleopatra: Ganz Rom thut's ja!
Sprich, Caesar, bist du blind? Zu Silius
Geh' hin und suche Messalina. Dort
Wirst du sie finden.

Claudius (perplex): Nein, das ist nicht möglich!
Es kann nicht sein, Ihr habt Euch nur verseh'n!

Cleopatra: Calpurnia, — der will ganz Rom nicht
                          glauben!
Auf! Ueberlaß' ihn seinem Schicksal'!

Claudius: Halt! (zu Calpurnia)
Wer sagte dir's?

Calpurnia: Gavronius, dein Metzger,
Der die famosen Eselswürste macht. —
Er lieferte das Fleischwerk zu dem Schmause.

Claudius (zu Cleopatra): Und dir?

Cleopatra: Petronius, ein Schiffer!

Calpurnia: Siehst du,
Gebieter Rom's, daß alle Welt es weiß?!
Denn wo verkehrt man mehr, als in den Läden
Und an der Tiber heiteren Gestaden?!
Und was die beiden wissen, weiß ganz Rom!

Cleopatra: Um's dir zu sagen, eilt' ich just hierher;
Denn dieses ist selbst uns — in Rom — zu stark!

Claudius (consternirt): Es ist unmöglich!

Cleopatra: Komm, Calpurnia!
Er ist von Sinnen!

Claudius: Bleibt! (ruft): Narciß! Narciß!

Narcissus (stürzt herein): Erhab'ner Caesar, du befiehlst?

Claudius: Du mußtest
Was hier geschah und schweigst davon?!

Narcissus (demüthig): O Herr!
Ich wagte nicht, die Augen dir zu öffnen,
Weil's gar zu schmerzlich ist, was mir die Pflicht
Zu sagen doch gebot. Verzeih' deßhalb,
Daß ich es nicht gethan. Ich fürchtete,
Du möchtest mir nicht glauben! Schwieg ich doch
Auch zu den Ränken dieses Vectius
Und Plautius, die zu bekannt sind! —
Auch jetzt ist's meine Absicht nicht,
Dein einstig' Weib des Eh'bruch's zu bezüchten;
Noch ford'r' ich Wiederherstellung des Haushalt's
Und Glanzes deines eig'nen Hauses, Herr!
Laß' Silius Alles, was er hat, behalten,
Jedoch laß' ihm des Caesar's Gattin nicht.
Er gebe auf den zweiten Eh'contract,
Um ihn für null und nichtig zu erklären.
Du bist geschieden, Caesar, bist es heut' —

In diesem Augenblick' — und weißt es nicht?!
Das Volk sah diese Trauung, der Senat
Hat beigewohnt und die Soldaten wissen's.
Jetzt hand'le, Caesar, und mit Energie;
Nimm die Entscheidung in die Hand, sonst ist
Der Ehebrecher Meister deiner Hauptstadt!

(tritt, sich verbeugend, zurück.)

Claudius (für sich, perplex, entsetzt): Bin ich noch Caesar?!
Silius nur noch Bürger?!

(auf und ab wankend):

Ruft mir den Obersten der Prätorianer,
Den Lucius Geta, und den Cajus Saulus! (Narciß ab.)
Claudius (wie oben): Bin ich noch Caesar?:...
Silius nur ein Bürger?

(starrt geistesabwesend in die Luft.)

Vierte Scene.

Voriger. L. Geta, Cajus Saulus und Narcissus.

Narcissus: Die Beiden kommen grad' aus ihrem Lager,
Um dich bei deiner Heimkehr zu begrüßen.
Claudius: So ist es wahr, das Schreckliche?!
Lucius Geta: Ja, Caesar,
Und selbst die Götter könnten's nicht mehr ändern!
Claudius: Weh' mir! Was soll ich thun?! Was
soll ich thun?!
L. Geta: Versich're dich der prätorian'schen Garden;
Denn bald vielleicht führt Silius einen Streich,
Um sich zu retten und dich zu vernichten!
Ihm bleibet keine Wahl. — D'rum hand'le, Caesar!
Claudius (starrt in die Luft): Bin ich noch Caesar?!
Silius noch ein Bürger?!
L. Geta: Durch Mnister, jenen Schauspielhelden, ward
Zwar Caesar's Haus geschändet, doch der Staat
Blieb ungefährdet, — heute ist es anders;
Bei Silius, dem Manne von Familie,
Da ist zu fürchten für das Oberhaupt!

Claudius (in stupidem Erstaunen): Und sie?! — Ist's
          möglich denn?! — Mein Weib! Mein Weib!
Die Mutter meines Sohn's!

    Cajus Saulus (zu Geta, achselzuckend): Er zweifelt noch!

Geta (zu Saulus): Ja, das ist traurig, — doch es ist so!

    Ein Prätorianer (stürzt herein):   Saulus!
Wo ist doch Cajus Saulus?!

    Saulus: Hier, mein Bursche!
Was soll er dir?!

    Der Prätorianer: Der Ehebrecher Silius
Floh in das Lager, um sich unsern Schutz
Zu sichern. — Sollen wir ihn schützen, Cajus?

    Saulus (zu Claudius): Entschließe dich, zu handeln,
          Claudius!
Wenn nicht, so kann in einer kleinen Stunde
Der Bube Herr der Stadt sein, — du sein Sclave.
Kein Augenblick ist zu verlieren. (zu Geta):
          Komm'!
Wir wollen unsers Lagers uns versichern
Und Silius festzunehmen suchen. (zu Claudius): Handle!
      (ab mit Geta und dem Prätorianer.)

    Claudius (entsetzt): Bin ich noch Caesar?! Silius
          noch ein Bürger?!

    Narcissus: Du überlegst, o Caesar?! Unterdessen
Macht Silius sich zum Herrn des Reiches!

    Claudius (erwacht aus seinem Stumpfsinne): Eilt!
Laßt ihn ergreifen, wo er stecken mag,
Und tödtet den Verruchten!

    Narcissus: Und dein Weib, —
Das heißt: des Silius Weib?!... Gedenk' des Cajus!

    Claudius: Nehmt sie gefangen und bewacht sie gut,
Bis ich die Sache reiflich hab' erwogen!
      (Narcissus mit den zwei Frauen ab.)
Bin ich noch Caesar?! Silius nur ein Bürger?!
      (Er stürzt händeringend fort.)
        (Verwandlung.)

Fünfte Scene.

Arria I., Paetus Thrasea und **Arria II.** treten ein.

Arria I.: Ihr folget mir vergebens, meine Kinder;
Warum erschwert Ihr mir die Pflicht?

Arria II.:   O Mutter,
Du willst uns täuschen!... Doch ich ahn' es wohl,
Was deinen Geist, den eisernen, erfüllt.

Paetus Thrasea (zu Arria I.): Du willst es wirklich?

Arria I.:   Paetus, zweifelst du?
Sollt' er allein zum finstern Orcus ziehen?

Arria II. (hängt an ihrem Arm, ihr in's Gesicht blickend): Ich
            klamm're mich an dieses Leben an,
Wie an mein eig'nes niemals. Mutter! Mutter!
Du könntest wirklich?!

Arria I.:   Theures Kind, sei fest! —
Was sollt' mein Weilen in der fremden Welt,
Wo mir dein Vater ewig fehlen wird,
In jedem Augenblicke mich erinnernd,
Daß ich ihn feig verließ!? — Der arme Schatten
Wird trauern, wenn er so allein sich fühlt
Im wesenlosen Reich' der Unterwelt.
Sein Weib gehört auch dort an seine Seite!

Paetus Thrasea: Du bist mehr Römerin, als Weib!

Arria I.:   Ich bin's!
Und was geschehen muß, das wird gescheh'n!

Paetus Thrasea: Vergiß die Pflicht der Mutter nicht!
            Willst du (auf die junge Arria deutend):
Dies junge Weib in seinen Blüthetagen
Den ungeheuren Schmerz erleiden lassen,
Den du uns zu bereiten fähig bist?!......
Du hast auch Pflichten gegen Andere,
Nicht gegen deinen edlen Gatten nur!

Arria I.: Die erste Pflicht der Frau gehört dem Gatten;
In seinem Wesen fußt ihr eig'nes Sein,
Das ohne ihn ganz haltlos ist, ganz werthlos!

Arria II.: O Mutter, kannst du wirklich uns verlassen?
Was hab' ich ohne dich noch?
Arria I. (auf Thrasea zeigend): Diesen Mann,
Der jetzt dein Alles, wie du ihm es bist!
Du bist kein Kind mehr und dein ganzes Leben
Geht jetzt in ihm auf; — was soll dir die Mutter?!
Es ist vergeblich, mich zurückzuhalten
Von dem, was hier die Pflicht gebeut. Ihr könnt
Mein Ende wohl erschweren, aber daß ich
Nicht sterben soll, das könnt Ihr nicht bewirken!
Ich find' nur einen schweren Weg zum Tode,
Wenn Ihr den leichtern mir verschließen werdet.
D'rum Muth! (zu Thrasea): Mein theurer Sohn, wie sehr ich dich
Geliebt, beweist dein Bund mit meinem Kinde,
Dem einzigen, das mir verblieb! Du hättest
Es nie erhalten, wärst du nicht ein Mann,
Der einer Arria werth gewesen. — Römer,
Verlange nicht von mir, was du dir selbst
Nicht zugestehen würdest, ständest du
An meinem Platz'. Unmöglich kann ich anders!
Paetus Thrasea (lebhaft): So willst du folglich auch,
                        daß Arria,
Dein Kind, wenn ich den Tod erleiden müßte,
Sich mit mir tödtete?
Arria I.:   Wenn sie mit dir
So lange und in solcher Eintracht lebte,
Wie ich mit Paetus, — ja! — dann will ich es.
Sie folge dir in's stille Reich der Schatten!
Paetus Thrasea (seufzend u. kopfschüttelnd): Du Römerseele!
Arria II. (zu ihrer Tochter): Du, mein theures Mädchen,
Versprich mir, wenn du Kinder haben wirst,
Sie zu erziehen, wie ich dich erzog. —
Das sei der Lohn für dieses Mutterherz,
Deß größte Wonnen immer Ihr gewesen.
Versprichst du es?
Arria II. (schluchzend): Bei deinem Haupte schwör' ich's!

Arria I.: So gehet! Eure Klagen machen nur
Des Paetus Herz mir schwach.

Arria II.: Wo ist mein Vater?

Arria I.: Im Porticus ergeht er sich, — dort such' ihn!
Doch mach' ihm nicht das Herz zu schwer, mein Kind;
Er ist der stärksten Keiner. — Alles and're
Müßt ihr dem Fatum überlassen. Geht!

Paetus Thrasea (zur jungen Arria): Komm', theures
Kind! Im Grunde hat sie Recht;
Ihr stolzes Römerherz kennt kein Gesetz,
Als ihren Willen, — ihrer Tugend Ausfluß.
Komm', laß' uns geh'n.

Arria II. (wirft sich an ihrer Mutter Hals): So sei's denn,
arme Mutter!
Und mögen die allmächt'gen Götter dir
Von ihrer Weisheit in die Seele gießen!
Du willst es, — wohl, — so nimm den Abschiedskuß.
(hängt an ihrem Halse.)

Arria I. (jene von sich drängend): Du machst mir Schmerzen,
Kind, — d'rum geh'!

Arria II. (küßt sie): Leb' wohl! (stürzt weinend fort.)

Arria (zu Thrasea): Auf, folge ihr und nimm sie mit dir fort,
Damit nicht Paetus ihrem Mund' erliege!

Paetus Thrasea (küßt Arria): Es sei, wie du gewünscht!
So lebe wohl! (rasch ab.)

Arria (thut ihnen einen Schritt nach, die Arme ausbreitend): O
meine Kinder! Doch, was will ich denn?!....
Jetzt hab' ich Alles, Alles überwunden! —
Das Herz reiß' aus dem Busen dir, o Weib,
Willst du des Schicksals finstern Tücken trotzen!

Sechste Scene.

Arria. Caecina Paetus dazu.

Caecina: Todt also?! Todt, die edlen Römer alle,
Die ihre Herzen diesem Volk' geweiht?!
Asiaticus, Silanus, — Alle todt?! (er geht auf und ab.)

Arria: So ist's! Du kannst nicht zaudern mehr, mein
Paetus!

Silan starb durch die Hände der Soldaten, —
Asiaticus ward's freigestellt, wie dir,
Sich selbst zu tödten, wie er wolle.

Caecina: Und?!....

Arria: Er öffnete die Adern seines Armes
Und blutete im Bade sich zu Tod'.
Ein schlechter Tod; er läßt die Reue zu,
Sich klammernd an die Nichtigkeit des Lebens.
Und doch bereut man keine große That! — — —
Die Freunde warten dein!

Caecina (murmelt):   Die edlen Todten!

Arria: Das Leben ist der größte Feind des Menschen,
Sein bester Freund: der blasse, lichte Knabe,
Der jenem uns entführt mit leichtem Schritte
In's Reich der Träume, wo die Fesseln brechen,
Die unser Herz so oft, so schwer beklemmt
Durch Leiden, die der Lebende nur kennt.
Folg' ihm! — Das letzte, größte Welteuräthsel
Hast du gelös't, — dein höchstes Ziel gefunden, —
Sobald du dieses Leben überwunden!
Mein Paetus! Sterben heißt zum zweiten Mal'
Geboren werden, und der Tod des Leibes
Ist nur der zweite Brautkuß der Natur
Zu einer neuen, inniger'n Umarmung!

Caecina: Wohl wahr! Doch du, mein and'res Ich,
du selbst,
Wirst ohne mich ein Blatt sein ohne Zweig,
Dem Hauche jedes Lüftchens preisgegeben,
Das dich entführet, gleich dem süßen Dufte,
Der ob der Rose Purpurblüthe schwebt!

Arria: O sorge nicht! Ich kenn' der Menschen Wege
Und nie war mir das Leben eine Last,
Die ich nicht tragen oder lassen könnte!

Caecina: Fürcht' ich den Tod etwa?! Bei meinem Leben,
Ich habe nie gezittert vor der Stunde,
Die uns're letzte heißt! Ich haß' den Tod,
Weil ich dich fliehen, dich verlassen soll,
Dich, meines Lebens süßeste Gewohnheit
Und meines Geistes herrlichstes Bedürfniß,
Mich selbst, mein beff're s Ich!

Arria: Du könntest hoffen,
Daß du allein den Pfad betreten sollst,
Auf dem es keinen Rückzug gibt?!

Caecina: Mein Kind,
Das ist der zweite Grund! Du willst mir folgen, —
Freiwillig, — zu den finsteren Regionen,
Wo Pluto herrscht, der Unerbittliche, —
Ich weiß es wohl!

Arria: So bist du nicht allein!
Wie gerne wandl' ich deine Straße, Paetus!
Weißt du es nicht? Sei's zu des Orkus Tiefen,
Sei's in Elysiums wonnigen Gefilden!

Caecina: Ich will es nicht!

Arria: Der Tod schützt uns vor Schmach!
Dein Urtheil ist gefällt, kannst du es ändern?

(Sie entreißt ihm schnell seinen Dolch).

Auf, theurer Paetus, Muth! Ist's denn so schlimm,
Dem Leben eines Sclaven zu entsagen?!
Was sind wir Römer mehr, als Sclaven?! Sieh'!
Der Stahl ist freundlich unsern Herzen, freundlich
Blinkt er uns an, ein treuer Freund, und lächelnd
Senkt er sich rettend in des Freundes Brust.
So! Siehst du? (stößt sich den Dolch in die Brust.)
's ist ganz leicht gescheh'n.

(zieht ihn heraus und reicht ihn Paetus, — lächelnd, erhaben):

Paetus, es schmerzt nicht! (sinkt und stirbt.)

Caecina (fährt zuerst zurück; dann fängt er sie auf und läßt sie auf
einen Divan im Hintergrunde nieder, den Dolch ergreifend):

Wahrlich, du hast Recht!

Die Welt ist keinen Athemzug mehr werth!

(vortretend, gegen das Publikum):

O Tugend, du nicht siegst hienieden, sondern
Das Schicksal! — Fahre hin, erbärmlich Leben,
Das Knechtschaft zeichnet in das Buch der Schmach!

(tritt zu ihr, durchsticht sich und sinkt neben ihr in die Knie):

So bin ich dir vereint, mein edles Weib,
Im Tode, wie ich lebend stets gewesen!
Die Bande, welche unsern Geist umschlossen,
Löst selbst kein Gott, von Allmacht lichtumflossen! (sinkt um.)

Cajus Saulus (stürzt herein, schmerzlich): Zu spät! —
Man täuschte mich! — Ich zögerte
Und wollt' Euch retten! — Sag's der flücht'gen Seele,
Wenn du am Acheron sie treffen wirst,
Ich wollt' Euch retten, — ach, und kam zu spät! —
Verheimlicht haben sie mir Euer Loos;
Ich hoffte, es zu wenden! — Weh' mir! Wehe! (kniet neben Paetus)
Doch stirb, mein Paetus! Stirb! Die Rache lebt!
Gib mir den Dolch, den Euer Blut geheiligt.

(Paetus gibt ihm die Hand und stirbt. Saulus nimmt den Dolch, springt
auf, besieht ihn und sagt):

Ein and'res Opfer harret dein, o Stahl,
Der du geschwelgt in diesem kostbar'n Blute!
Auf denn, aus meiner Hand es zu empfangen!

(Will hinaus stürzen. Die Henker des Claudius dazu.)

Einer: Du hast uns vorgegriffen!

Cajus Saulus: Nein, nicht ich!
Der Geist der Väter hat den Dolch geführt;
Ich kam zu spät, um Dieses — zu verhindern!

(rasch ab, gefolgt von jenen.)

(Verwandlung.)

Siebente Scene.

In Meſſalina's Gefängniß.

Meſſalina und **Lepida** treten aus einem Seitengemache ein.

Meſſalina: Ach Mutter! Welch ein Loos! — Und
keine Rettung?!

Lepida: Was zauderſt du? Dein Schickſal iſt beſiegelt!
So ſtirb als Römerin; beſchimpfe nicht
Mein altes, edeles Geſchlecht.

Meſſalina (abgewandt): Entſetzlich!
Iſt das dein Troſt?!

Lepida: Zu tröſten kam ich nicht;
Ich wollte nur dir Muth zum Handeln geben,
Seit du verlaſſen biſt. Was hoff'ſt du noch?
Du haſt zu ſchwer gefehlt! D'rum trage jetzt,
Was nicht zu ändern iſt.

Meſſalina: Erbarmen, Mutter!

Lepida: Du hatteſt's nicht mit mir und meinem Gatten,
Dem edelen Silan.

Meſſalina: Er war mein Feind.

Lepida (mit Nachdruck): Er war mein Gatte und dein
zweiter Vater! — —
Gleichviel, — das hielte mich nicht ab, mein Kind
Zu retten, wenn es möglich wäre, aber —
Beim Geiſt' Silan's! Das iſt hier rein unmöglich;
Denn was du that'ſt, das machte Rom ſelbſt ſchaudern.
Es war zu ſtark!

Meſſalina: Was hab' ich denn gethan?

Lepida: Du fragſt?!... Beim Zeus, das überſteigt
die That! —
Ganz Rom beſpricht es laut.

Meſſalina: Ich ſehe wohl,
Daß meine Feinde wieder wach geworden.
Doch höre mich, dein Kind! Wer ſteht dir näher,
Die Mutter deiner Enkel, oder jene?

Lepida: Ja, meiner Enkel freilich! Aber Caesar
Scheint zu bezweifeln, daß sein Blut es ist.

Messalina: Sieh deiner holden Enkel Antlitz nur,
Die edlen Römerzüge, seine Züge,
Und zweifle, wenn du kannst!
Lepida (spöttisch lachend): Ein schlechter Trost!
Ein schlecht'rer Grund, dir zu vertrauen, wahrlich;
Denn seit Tiber und Cajus diese Welt
Mit Füßen traten, gleichen sich in Rom
Die Physiognomien wunderbar, —
Familienzüge werden immer selt'ner. —
Dein letzter, frechster Streich, — es war zu stark
Selbst für des Claudius' Weib! — — — —

Achte Scene.

Vorige. Saulus und **Evodus** treten dazu.

Messalina: Weh' mir, sie kommen! (wendet sich ab.)
Evodus (zu ihr): Die Götter haben endlich dich gefunden!
Messalina: Die Götter?! — Nein, Tyrannenmacht,
nicht Götter! —
(Saulus betrachtet sie mit glühenden, finstern Blicken.)
Evodus: Es ist doch drollig, daß Tyrannen stets
So schreien über Tyrannei, wenn ihnen
Etwas Unangenehmes soll passiren! (zu Saulus):
Auf! Mach' ein Ende d'raus! Mach's kurz, Tribun!
Mich langweilt hier. — Das Fest erwartet uns;
Der Braten wird uns kalt, mein Saulus! Ende!
Messalina: O Evodus! O Cajus Saulus! Hört mich!
Evodus: Wir hörten schon zu lange dich, Verworf'ne!
Messalina: O Gnade! Schont die Mutter meiner
Kinder!
Saulus (finster): Hast du die Mütter Anderer geschont?!..
Sei nicht so feig, Tyrannin! War ja doch
Der Tod noch stets dein lieblichster Gedanke,
Du — seine beste Gönnerin — und jetzt

Erbebſt du vor ihm? Trauriges Geſchöpf!
S t i r b, wie du ſonſt g e l e b t, — als R ö m e r i n!
In deinem Uebermuth' biſt du's geweſen, —
Sei's jetzt im Tode, ſo bleibſt du dir gleich!
    L e p i d a (zu Saulus): Mach's kurz, Tribun! Sie ſchändet
                        mein Geſchlecht
Durch ihre niederträcht'ge Feigheit. Ende!
    M e ſ ſ a l i n a: O Lepida, du haſt kein Mutterherz!
    L e p i d a: Ich hab's, wie du ein Kindesherz gehabt,
Und möchte nicht, daß du dich ferner ſchändeſt
Durch ſolche Feigheit. — Stirb als R ö m e r i n!
             (wirft ihr einen Dolch hin):
Du biſt es im Verbrechen ſonſt geweſen,
(Wie dieſer Halbmann dir ganz recht geſagt),
Sei's jetzt im Tode, oder — F l u c h d i r! — Stirb! — —
             [Sie geht raſch ab.]
    M e ſ ſ a l i n a (den Dolch anſtarrend, dann Saulus betrachtend, für ſich):
Er iſt ſo dumm, als ehrlich! (laut zu Saulus):
                   Wahrlich, Freund,
Ich hätt' dir eine Götterzeit bereitet,
Wenn du kein Eſel wärſt, kein roher Tölpel!
    S a u l u s: Ha! Die Umarmung hätte dich vernichtet,
Wie Jupiters Umarmung Semele,
Hätt' ich mich durch die Luſt verführen laſſen,
Durch deine, oft entweihten, Reize, dich,
Unwürdig' Weib, in Liebe zu umfaſſen.
Die Schmach wär' eine unauslöſchliche
Und meiner Römerſeele unerträglich;
Das Feuer eines ew'gen Scheiterhaufens
Hätt' ſie nicht weggebrannt aus meiner Seele!
            (tritt ihr einen Schritt näher):
Du konnteſt glauben, daß ich fähig ſei,
Mich wegzuwerfen an ein ſolch' Geſchöpf,
Wie du geweſen? . . . Lieber einer Phryne
Der kleinen Tiberſtraße, dieſer Höhle
Der Laſter und der ausgetrieb'nen Scham,

Zum Schilde ihrer stillen Lüste dienen
Als ein verlachter Hahnrei, — als in dir
Die schrecklichste Verworfenheit umarmen!
Messalina: Und Herr des Reiches sein, — gilt das
dir Nichts?
Saulus: Gib mir die Herrschaft dieser Römerwelt
Und der uns nicht bekannten andern Reiche, —
Das ganze Weltall, — ich verschmähe es,
Soll ich's mit einer Messalina theilen! ....
Auf! Eile dich! Dein Buhle Silius wartet
Im Schattenreich' auf seine junge Frau!
Evodus [ungeduldig]: Du kannst auch schwatzen, Saulus?!
Wußt' ich das, .
So hätt' ich einen Andern mitgenommen.
Saulus [wirft ihm einen finsteren Blick zu]: Schweig', Sclave!
Schweige!
Messalina [verzweifelt]: Gnade, Saulus! Gnade!
Und Silius todt? Der arme, süße Jüngling!
Saulus (schleudert ihr mit dem Fuße Lepida's Dolch zu): Muth!
Ich erlaube dir, dich selbst zu tödten!
Messalina (ergreift ihn, zückt ihn auf Hals und Brust, ohne zu
stoßen): Fluch Euch, Ihr Mörder! Fluch!
Evodus: Vollende, Cajus!
Narciß erwartet mich und die Beweise!
Saulus (zu ihr): Muth, Scheusal! Muth! Du hatt'st
doch sonst genug,
Wenn's galt, der Andern Kehlen abzuschneiden!
So viele Edle hast du hingewürgt;
Zieh' hin zum Schattenreich und sage ihnen,
Dein Blut versöhnte ihre Manen — und
Sie sei'n gerächt. (Er zieht Arria's Dolch hervor, dessen Steine im Lichte
schimmern, und betrachtet ihn einen Augenblick.)
Messalina (zurückschaudernd): Ha! Dieser Dolch! Ich
kenn' ihn.
Saulus [finster]: Ist Arria's Dolch, mit dem sie sich
getödtet, —

Die größte Römerin, die je gelebt, —
Und der das edle Blut des Paetus trank!
Ich fand ihn auf dem Sterbelager Beider,
Und scharf ist er, wie des Verleumders Zunge!
D'rum ruhig! Du wirst schmerzlos enden! [tritt zu ihr.]

  Messalina [sinkt in die Knie]:   Cajus! . . . . .
Gerechte Götter!

  Saulus: Rufe sie nicht an!
Du hast sie aus der Welt vertrieben, Weib,
Die deine Thaten unbewohnbar machten.
Ruf' sie nicht an! [Durchbohrt sie. Evodus den Dolch reichend] :
     Da! Hier ist der Beweis!
Bring' ihn dem Caesar! — Sag' ihm, seine Ehre
Sei wieder einmal rein. — Er wahre sie! —   [Evodus ab.]
     [Zum Publikum :]
Es gibt kein Fatum, sagt die tolle Welt!
Doch irrt sie sich, — bei meiner armen Seele! —
Ich glaub', ich bin's, — [auf Messalina deutend] — zum wenig=
       sten für d i e —
Und als der vielen Opfer Rachegott! [ab.]

   (Der Vorhang fällt.)

———

    (Ende.)

Cromwell.

Cromwell.

Cromwell.

Cromwell.

Historisches Trauerspiel

in fünf Acten

von

Otto Welden.

———

Den Bühnen gegenüber als Manuscript gedruckt.

———

Perſonen:

Karl Stuart I., König von Großbritannien und Irland.

Oliver Cromwell, Unterhausmitglied, dann General, später Protector der drei Reiche.

Henry Ireton, deſſen Schwiegerſohn, ſpäter Unterfeldherr und Lord-Lieutenant von Irland.

Charles Fletwood, Freund Cromwell's, ſpäter Reitergeneral und Ireton's Nachfolger in Amt und Ehe.

Lambert, ein Freund Cromwell's.

Joyce, „ „ „ ſpäter Fähnrich in der Parlaments-Armee.

Hugh Peters, Kaplan in derſelben Armee.

Richard, älteſter Sohn Cromwell's.

Williamſon, ein alter Prieſter.

Sindercome, ein fanatiſcher Independent.

Crampton, Anführer königlicher Reiter.

Ein Hauptmann der königlichen Leibwache.

Der Sheriff von London.

Ein Diener Cromwell's, ſpäter Lakay.

Der ſchwediſche Geſandte.

„ holländiſche „

„ franzöſiſche „

„ ſpaniſche „

Ein Bauer.

Der Sprecher des Parlaments.

Ein Parlamentär.

Ein Soldat.

Ellen, Tochter Williamſon's.

Mrs. Brigitte Fletwood, Cromwell's älteſte Tochter; (früher Ireton's Gattin).

Parlamentsmitglieder. Offiziere. Parlamentäre. Soldaten. Volk.

Ort der Handlung: England (London, Huntingdon, das Lager, Wald), und Irland.

Zeit der Handlung: 1642 bis 1658.

(rechts, senkrecht:) Puritaner (Independenten).

Erster Act.

Erste Scene.

Huntingdon, (vor dem Hause Cromwells.)

Jreton, Fletwood und **Joyce** sitzen an einem Tische.

Bürger von Huntingdon stehen um Jene herum.

Jreton: Also, Fletwood, das ist das Beste, was Ihr uns bringen konntet, — die Halsstarrigkeit des Königs, den Trotz seiner Räthe — der Nation gegenüber, neue Tyrannei des fast zum Selbstherrscher gewordenen Stuart?!

Fletwood: Und des bischöflichen Clerus, nicht zu vergessen.

Jreton: Erzbischof Laud schreitet demnach auf dem unchristlichen Pfade des Hasses, der Feindschaft, immer voran?

Fletwood: So ist es, Freund! Wir haben Nichts zu hoffen, als Verfolgung, — wenn wir nicht fliehen können. Und dies ist schwierig.

Jreton: Wir sollen also nicht einmal Gott verehren dürfen, wie wir es wollen, es gewohnt sind?! Sollen wir die Lehren uns'rer Väter mit Füßen treten?

Fletwood: Das sollen wir; denn England hat eine Staatsreligion!... Wir müssen untergehen oder uns der Hochkirche unterwerfen, — (leiser): wenn wir etwa nicht diese stürzen können!

Jreton (zornig): O England, du einst so freies, stolzes Land! Was bist du jetzt?!

Zweite Scene.

Vorige, Williamson, auf Ellen gestützt, dazu.

Williamson: Ein Thal des Jammers und Elends!

Joyce (springt auf; zu Ireton): Da hört Ihr, was es ist! (er starrt Ellen an.)

Williamson (zu Ellen): Laß' uns hier fragen, mein Kind; ich kann nicht weiter. Die Flucht war zu rasch, zu ermüdend für einen Greis. (zu den Dreien): Wohnt hier nicht Oliver Cromwell, der Schutz und Hort vertriebener Glaubensbrüder?

Joyce (tritt vor und setzt ihm seinen Stuhl hin): Ihr habt gefunden, was Ihr sucht, Ehrwürdiger. — Dies ist sein Haus, die Heimath der Obdachlosen. — Setzt Euch, müder Greis. — Auch **I h r** vertrieben?!

Williamson (setzt sich; Ellen steht hinter ihm): Ich bin es!

Joyce: Schon wieder einmal! ... Und warum?

Williamson: Seid Ihr Puritaner?

Joyce: So gut, als Einer!

Williamson: Und Ihr fragt noch? ... Ist denn dies nicht genug, um gehaßt, verfolgt zu werden? (Die Leute stecken erregt die Köpfe zusammen.)

Joyce (zum Himmel): O Schändlichkeit! In dieser Zeit und diesen hohen Jahren, vom Schnee des Alters niedergedrückt, flüchtig—um des Glaubens willen! ... (zu Williamson): Ich will Cromwell benachrichtigen. (für sich, auf Ellen blickend): Armes Kind! (ab.)

Ireton: Ein neuer Kläger wider die Tyrannei! ... Wie soll das enden? (zum Priester:) Also fliehen mußtet Ihr — von der Schwelle, die vielleicht euer Ahne gelegt, — den heimischen Herd mit der Wildniß des Waldes vertauschend? ...

Williamson: Ich mußte es — vor den Schergen des Erzbischofs und des Königs; denn ein Leben im Walde ist immer noch besser, als das Gefängniß. ... Und sie sind mir auf den Ferfen ... Werde ich ihnen entrinnen können? ... Ich kann nicht weiter!

Ellen (beugt sich schluchzend über ihn): Muth, mein Vater! Ist nicht Gott über uns?!

Williamson: Du haft Recht, meine Tochter! (Cromwell und Joyce treten in die Thüre.) Murren wir nicht, wenn es Gottes Wille sein sollte, daß ich in die Hände unf'rer Feinde falle!

Dritte Scene.

Vorige. Cromwell und Joyce dazu.

Cromwell (tritt zu Williamson): Das follt Ihr nicht, ehrwürdiger Herr, und dies kann auch sein Wille nicht sein! ... Gott hat Euch bis hierher geleitet, ich werde Euch — mit seiner Hülfe — weiter führen, — dahin, wo die Häfcher des Königs Euch nicht finden sollen!

Williamson: O — ich weiß es, Ihr seid ein Auserwählter, Oliver; denn wie viele der Brüder habt Ihr schon gerettet!

Cromwell: Nicht doch, ehrwürdiger Herr! Was ich that, das erlaubte der Herr mir, zu thun. Ihm daher gebührt aller Dank, nicht mir, der unwürdigen Creatur, die einst ihn geflohen, wie sie eifrig jetzt ihn sucht. (Er verbeugt sich ehrfurchtsvoll vor dem Priester.)

Williamson (legt seine Hand auf Cromwell's Haupt): Du haft ihn gefunden, mein Sohn! ... Gottes Gnade walte krönend über dir, Zuflucht der Frommen, Schützer der Gerechten! (Cromwell läßt sich auf ein Knie nieder; alle entblößen ihre Häupter): Er, dessen Hand unerschöpflich ist, segne dich bis in die fernften Geschlechter! ... Und jetzt — wohin mit uns?

Cromwell (erhebt sich): Dank Euch, ehrwürdiger Vater! Ihr gebt mehr, als Ihr hier empfangen könntet. — Doch — seid ruhig; bis hierher werden sie nicht zu dringen wagen. — Ruht Euch aus und stärkt die ermatteten Lebensgeifter. Vom Andern später. — Geht hinein und seid zu Haus! (zu Joyce): Führt sie.

Williamson: Geh', meine Tochter! Ich bleibe, ein Mann, unter den Männern.

Joyce (ergreift Ellen's Hand): So kommt, edle Jungfrau, und Gott segne Euren Eingang. (Beide in's Haus.)

Cromwell (ruft nach): Joyce! Sorgt für Erfrischungen, ich bitt' Euch. — (zu Fletwood): Nun, Bruder Fletwood, was bringt Ihr Neues von London? Was geschah, seit ich hier bin? Können wir n o ch nicht gehen, wohin wir wollen, um uns ein friedliches Asyl jenseits des Meeres zu suchen?

Fletwood: Wenn der König es erlaubt, — ja! ... Es bleibt Alles beim Alten. (Joyce und ein Knecht, der Erfrischungen aufträgt und dann geht.)

Cromwell: Was?! ... Der Bewohner der Luft kann ziehen, wohin sein Instinkt ihn treibt, — sein Nest bauen, wo er will, und w i r, — wir Engländer sollten an die Scholle gefesselt sein, weil es E i n e m so gefällt?!

Joyce: Meister, ich habe nichts Andres erwartet!

Ireton: K ö n n t Ihr Andres erwarten? ... Was ist England? — Das Spielzeug dieses übermüthigen Karl Stuart! ... Oder beachtet er vielleicht die Constitution? Löst er nicht jedes Parlament auf, das sich seinen Gelüsten widersetzt?

Cromwell (für sich; brütend): Wahr! Wahr! ... England ist nur noch ein Leichnam, — seine Seele der königliche Stuart!

Fletwood: Und ist das eine Reformation der Kirche, wie er's treibt, — so lau, so flau?! ... Das abgeschmackte Alte vermischt man mit dem Neuen, um so eine Zwitter= erscheinung hervorzubringen, die nur die königliche Gewalt hebt, welche die Stellung und Einkünfte des Papstes be= ansprucht und, — durch den Zuwachs der geistlichen Macht erstarkt, — ihre politischen Rechte ausdehnt, sich der Unum= schränktheit immer mehr nähernd! ...

Cromwell (finnend): O wahr! Sehr wahr!... Und regiert er nicht seit eilf Jahren ohne Parlament, wie ein Sultan?... Wie weit sind wir vom Papstthume?!...

Williamson: Weh' uns! Noch ein Schritt, und es ist um den Glauben geschehen!

Cromwell (fährt auf): Beim Ewigen! Das soll es nicht!... Noch gibt es Herzen genug, welche treu für den Glauben ihrer Väter schlagen, wie ihre Arme es nöthigen= falls thun werden. — Können wir nicht leben, wo wir wollen, so werden wir wenigstens sterben können, wann und wie es uns gefällt. ... Karl Stuart, hüte dich, an Gott zu greifen, — und die Religion ist Gott!... Hüte dich! .... Auch die Könige sind nicht unsterblich!...

Fletwood: Ihr sollt auf Euren Sitz im Unterhause zurückkehren; es sei Wichtiges im Gange.

Cromwell: Meine Freunde kennen meine Meinung; ich werde immer, wie früher, stimmen. Sie wissen, was sie zu thun haben ... Auch liebe ich es nicht sehr, mit Worten zu streiten. Sollte ich es einst mit der Faust müssen, so werdet Ihr mich erkennen! (Er starrt vor sich hin, in Gedanken versunken).

Fletwood (schaut ihn forschend an; dann zu den Andern): Ohne Zweifel, — er ist mehr ein Mann für das Schwert, als für die Kanzel! (Die Andern nicken schweigend Beifall.)

Cromwell (für sich; laut): Ha! Was ist Das?! Welch ein Gesicht!... Erblaßtes Haupt — mit der fallenden Krone und dem Purpurstreifen um den schlanken Hals!... Was willst Du mir?! (Er schüttelt sich schaudernd und tritt einen Schritt zurück. Alle sehen erstaunt, voll Spannung auf ihn.)

Williamson (leise zu den Andern): Er hat ein Gesicht. — Stille!

Cromwell (wie vor): Bist du ein Stuart, zähneflet= schendes Gespenst?... Fort! Fort von mir!... (Er seufzt, kommt zu sich und sieht sich um): Ha! Was ist Das?! Drückt uns ein Alp auch wachend?

Williamson: Oliver, Ihr seid ein Auserwählter! Euch hat Gott unstreitig ein Gesicht gezeigt!

Cromwell (murmelnd): Und ein trauriges .. Wehe dem, dem's gilt!

Williamson: Was Gott thut, ist wohlgethan! ... Doch jetzt — wohin mit uns? (Ellen tritt mit einem Bündelchen aus der Thüre.) Komm', mein Kind!

Cromwell: Joyce! Führet den ehrwürdigen Vater nebst seiner Tochter nach den Gebirgen von Wales zu uns'ren Freunden; dort sucht die Verfolgung sie nicht. — Ihr kennt alle Wege und Stege, wie ein Fuchs die Fährten zum sicheren Baue. — Hütet Euch, sie zu verfehlen; denn jedes Haar auf diesem weißen Haupte sei Euch heilig, wie der Name Eures Vaters! ... Hört Ihr, mein Bursche?!

Joyce: Ich hab' es gehört, Meister, und das genügt ... (sieht Ellen an): Mein Herzblut für sie, wenn's nöthig ist! ...

Cromwell: Aber, junger Mensch, ich sage dir: halte scharfe Wacht!

Joyce: Schon gut! (zu Ellen, deren Bündel nehmend): Kommt, holde Jungfrau! Kommt, ehrwürdiger Vater, stützt Euch auf mich; ich kann die Bürde tragen. (zu Allen): Und nun lebt wohl!

Cromwell (zu Williamson): Auf Wiedersehen!

Williamson (breitet segnend seine Hände aus. Alle verneigen sich): Gott segne Euch, meine Kinder! (Ab mit den Seinen, sich auf Joyce stützend.)

Cromwell (zu Ireton und Fletwood): Und jetzt nach London! ... Kürzen wir uns're Ferien ab, da die Noth es gebeut. — Auf! zu uns'rer Pflicht, um dem Volke, wie dem Könige, zu zeigen, daß wir nicht umsonst gewählt wurden. — Mitbürger! Man hat mich nicht vergebens an diesen Platz gestellt. Wenn's nöthig ist, so werd' ich auf ihm sterben! ... Nur Eins noch: Seid feste Männer, wenn man Euch als solche rufen wird. Die Zeit scheint etwas Ungeheures vorzubereiten; eine Gährung geht durch's Menschengeschlecht, die es in seinem Innersten zu erschüttern

bedroht. Seien wir gerüstet, D e m entgegen zu treten! ...
Wir haben nur e i n e Wahl: zwischen dem Göttlichen und
dem Königthume. Für das Letztere jetzt sich zu schlagen,
wäre Selbstmord, — für Ersteres n i c h t sterben zu können,
ist Verrath an Gott, ist Blasphemie! (laut): Wer von Euch
wird seinen Gott verrathen?!

A l l e: Nieder mit dem Papismus! ... Es lebe England
und die reine Religion! ... Nach London! Nach London!

C r o m w e l l: So kommt denn! — Ich führe Euch zum
Siege — für Gott — oder zum Tode. Eins ist hier so
rühmlich, als das Andere. Kommt, Rächer des Heiligsten.
Das Schicksal hat Euch gerufen, — es erwartet Euch! (Ab,
von Allen gefolgt.)

(Verwandlung.)

Vierte Scene.

Eine Waldhütte, nicht weit von Huntingdon.

Williamson, Ellen, Joyce treten ein.

J o y c e: Hier ruht Euch aus, ehrwürdiger Herr, sowie
auch Ihr, theure Jungfrau. Wenn die Nacht eintritt, wollen
wir weiter zieh'n.

W i l l i a m s o n: Wohl, mein Sohn! (sie setzen sich.)

J o y c e: (für sich seufzend): O wär' ich's!

W i l l i a m s o n: So fürchtet Ihr den Tag, junger
Mann!

J o y c e: Nicht den Tag, aber Diejenigen, welche das
reine Licht zu ihren Verbrechen benutzen. — Jetzt reist
man Nachts in England sicherer, als am hellsten Tage.

W i l l i a m s o n: So merktet Ihr etwas?

J o y c e: Ich sah verdächtige Reiter in der Ferne. Wir
mögen ihnen auf diese Art ausweichen, denn ich bin a l l e i n
zur Vertheidigung und ohne Waffen.

E l l e n (mit einem Blicke nach oben): Dort oben ist unser
mächtigster Vertheidiger! ... Was ist i h m ein König, —

was — ein Königreich?!... Wenn d er nicht hilft, was könnten Menschen thun?!

J o y c e: Und dennoch soll der Mensch sich selbst rühren und i h m nicht Alles überlassen, edle Jungfrau. Gott thut nur Wunder für erhab'ne Zwecke!

W i l l i a m s o n: Sehr wahr, mein Freund! D'rum legt die Hände nicht in den Schooß, so lange ihr sie rühren könnt. Betet und arbeitet, spricht der Herr! —

J o y c e: Das wollen wir auch sofort, Ehrwürdiger, indem wir ein Feuer anzünden; denn trotz dem milden Wetter ist es doch sehr frisch in diesem altenglischen Walde. (Er schneidet Holz und macht ein Feuer im Kamin an, wobei Ellen hilft.)

W i l l i a m s o n (in die Thüre tretend): Welch' schöner Tag! Der Frühling selbst bietet ihn an der Westküste nicht prächtiger. ... Welch' göttlicher Friede in der Natur!... Möchte man nicht ein Waldvöglein sein?!... O wäre solch' ein Friede in der Menschenbrust!... Und diese herrliche Schöpfung, welche der Odem des Allmächtigen durchweht, — wie schändet die Menschheit sie!... Aber ist er nicht auch groß im Schrecklichen, Furchtbaren, Entsetzlichen, — sogar in den Schandthaten seiner Verworf'nen?... Wer darf deßwegen i h n richten, dessen Weisheit für uns schwache Erdengeschöpfe unbegreiflich ist?!... Unergründlicher! Unbegriffner! Zürne nicht dem Staubgebor'nen, wenn er in der Stunde der Heimsuchung vergessen sollte, daß auch dieses D u gewollt. — D u allein weißt ja, warum es geschieht. Dein Name sei gepriesen! (Er setzt sich an den Tisch und blickt sinnend vor sich hin.)

J o y c e: Na — endlich brennt's ja lichterloh! (Für sich): Wie in meinem Herzen! (laut): Kommt, ehrwürdiger Herr, wärmt Euch! (Er setzt einen Schemel zum Feuer, der Alte setzt sich darauf, sich mit dem Rücken an den Tisch lehnend; Ellen und Joyce stehen hinter ihm.)

W i l l i a m s o n: Ich danke Euch, meine Kinder! (Er liest in seinem Brevier.)

J o y c e (leise zu ihr): Hört Ihr, Ellen, was er sagte?

E l l e n (ebenso): Sind wir es nicht?

Joyce (seufzend): Wären wir es!

Ellen: Liebt er nicht alle Menschen wie seine Kinder?

Joyce (kopfschüttelnd): Nicht so, wie Euch, Ellen!

Ellen: Ich verstehe Euch nicht. (Der Alte entschlummert.)

Joyce: Ihr wollt es nicht! — Ellen, hört mich!

Ellen: Was wollt Ihr, Herr Joyce?

Joyce: Nennt mich nicht „Herr", nennt mich „Bruder Joyce". — Kommt in jene Ecke, damit wir diesen heiligen Schlaf nicht stören! (Er führt sie auf einen Schemel gegenüber und setzt sich daneben auf die Erde.)

Ellen: Nun, edler Führer, was wünscht Ihr, daß die arme Flüchtige für Euch thue? Soll ihr Herz heiße Gebete für Euch zum Himmel senden?

Joyce (schnell): Das könnte ich nöthigenfalls selbst, meine theure Lady. Aber Euer Herz soll etwas Anderes für mich thun, wenn's ihm möglich ist.

Ellen (ihn fragend ansehend): Was wäre das?

Joyce (kniet auf ein Knie neben sie): Für mich schlagen, wenn's noch nicht für einen Andern schlägt.

Ellen (schlägt die Augen nieder): Was verlangt Ihr, Sir?

Joyce: Ellen! Ich handle gewöhnlich ebenso schnell, als ich denke. Hört mich! ... Allerdings kennt Ihr mich erst seit heute, aber wisset, glaubet, daß ich nöthigenfalls für Euch sterben würde, Ellen! ... Vermögtet Ihr dies zu bezweifeln? (sieht sie zärtlich an.)

Ellen: Wie könnt' ich das?! Seid Ihr nicht ein Freund des Hauses, das den Verfolgten zur Heimath wird? ... Aber, Jüngling, wenn ein Mensch nur noch Eins zu verlieren hat, so soll man ihm nicht sein Ein' und Alles rauben. — Nehmt dem Auge das Licht, dem Ohre den Schall, dem Herzen die seligen Empfindungen des Göttlichen, — was bleibt ihm noch, dem armen Beraubten, das ihn an dieses Leben fesseln könnte?! ... O Joyce! (auf ihren Vater deutend): Ich bin jetzt sein Alles!

Joyce (läßt den Kopf sinken): Weh' mir! sie hat Recht!

Williamson (erwacht, ergreift sein Buch, schlägt es auf): Wo bin ich stehen geblieben oder vielmehr eingeschlafen? (liest): „Und das Weib soll Vater und Mutter lassen und ihrem Manne folgen." — (für sich): Sehr wahr! Nur oftmals hart für den Vater des Weibes! Aber was ist der Vater — einem erwachsenen Weibe? (schaut sinnend vor sich hin.)

Joyce (freudig zu ihr aufblickend): Habt Ihr's gehört, Ellen? ... Und es ist Euer Vater, der es gesagt!

Ellen (blickt zum Himmel): Und vor ihm Einer, der hoch über ihm steht! (seufzend): Ja, ja! Es ist ein großes Wort, welches hier erscholl, ein Gotteswort! ... Und dennoch möchte ich ihn nicht verlassen.

Joyce: Wird er nicht zwei Kinder haben, meine Ellen?

Ellen (sieht ihn forschend an): Wenn der Strahl Eures Auges nicht täuscht — ja, Joyce, — Ihr könntet möglicher= weise sein Glück vermehren!

Joyce: So sagt es ihm, Ellen.

Ellen: Ich?! Niemals! ... Der Mann muß wer= ben um sein Lebensglück, wenn er's in einem treuen Weibe zu finden vermag, nicht jedoch das Weib um ihn. — Sprecht selbst für Euch!

Joyce: Ihr habt recht, süße Ellen! (tritt zu ihm): Ehr= würdiger Vater! Darf der Sohn der Welt Euch nahen — mit einer Bitte, die über seine Zukunft entscheiden mag?

Williamson (sieht auf): Was könnte der ärmste der Menschen Euch gewähren, mein Sohn?

Joyce: Den Himmel, mein Vater, wenn Ihr wolltet!

Williamson: Den Himmel? — O Sohn, bin ich nicht selbst ein sündiger Mensch, der die Gnade des Himmels noch nicht verdiente?!

Joyce: Der Himmel, den ich hier beanspruche, ist erreichbar durch Eure Güte. Seht in jenes Auge — dort! (auf Ellen deutend): — Darin liegt ein niegeträumtes Para= dies, wenn Ihr erlaubt, daß mir es lächeln darf.

Williamson (starrt Ellen an, sich an den Tisch zurücklehnend): Ellen?! Wie?!

Joyce: Sagtet Ihr nicht eben selbst: Das Weib soll Vater und Mutter lassen und dem Manne ihrer Liebe folgen?

Williamson (winkt Ellen zu sich): So liebst du diesen Jüngling, Ellen?

Ellen (naht schüchtern): Ich glaube es, mein Vater!

Williamson (schmerzlich): Schon heute?... Jacob warb sieben Jahre um Rahel!...

Joyce: Mein Vater! Schuf Gott nicht die Welt in sechs Tagen und gab am siebenten das Weib dem Manne? Bedurften sie mehr, als eines Tages, um sich zu erkennen?

Williamson (seufzend): Sehr wahr, mein Sohn! Ich darf nicht verwerfen, was Gott gethan.

Joyce: Und ist die Liebe nicht Ausfluß des göttlichen Lichtes? Gießt Er sie nicht in's Menschenherz?

Williamson: So glaubt Ihr Euch für einander geschaffen?

Joyce: Ist's nicht Gott, der Euch zu uns führte?

Williamson: Gott! Gott!... Ich zweifle nicht, mein Sohn!

(Joyce nimmt Ellen an der Hand und tritt vor ihn. In diesem Augenblicke wird die Thüre aufgerissen und es stürzen vier königliche Reiter mit ihrem Anführer herein.)

Fünfte Scene.

Vorige. Crampton. Vier Reiter.

Crampton (ruft beim Hereinbrechen): Oder der Teufel! ... Ha! Da sitzen die puritanischen Schufte! ... Wir hatten die rechte Fährte! ...

Joyce (springt auf, schwingt drohend seinen Knotenstock, sich vor den Priester und Ellen stellend, die zu ihrem Vater floh): Zurück!

Crampton: Rebell gegen des König's Majestät, ergib dich!

(Joyce stürzt sich auf sie; sie kämpfen. Er schlägt zwei Reiter nieder, worauf sie ihn überwältigen und an Händen und Füßen knebeln.)

Crampton: Knebelt ihn gut, den Rundkopf! (zu Joyce): Verende hier, puritanischer Bauernlümmel, wie eine Bestie des Waldes! (zu seinen Leuten): Fort mit der Sippschaft!

Williamson (zum Himmel sehend): Deine Prüfungen, o Herr, werden zu Segnungen Denen, welche Dich erkennen. Dein Wille geschehe! (Sie werden hinausgedrängt.)

Ellen (erholt sich von ihrem Schrecken und ruft, in der Thüre sich umwendend): Joyce! O mein Joyce!... Gerechter Himmel! Laß uns wenigstens mit ihm sterben! (Sie wird hinausgezerrt. Alle ab bis auf Joyce.)

Joyce (in der Nähe des Feuers liegend, lauscht): Fanghunde des Königs! Ihr sollt Euch doch verrechnet haben!... Und der Bauer wird Euch heimzahlen, was er Euch schuldet!... Sollte ich hier verenden, den Wölfen und Füchsen preisgegeben?... Nein! Eher verbrennen! (Er wälzt sich ganz an's Feuer und sieht sein Messer, ergreift es mit einer Hand): Die Thiere! — Wollen mich verhungern lassen und vergessen das Messer! (Er setzt sich auf und zerschneidet die Bande seiner Füße; springt auf und stößt das Messer, mit der Schneide nach oben, in einen Balken): So! Jetzt ist alles Andere nur Kleinigkeit! (Er zerschneidet die Fessel seiner Hände, indem er auf der Klinge hin und her fährt, und springt in die Thüre): Dort sprengen sie hin, die Bluthunde! (Er ballt die Fäuste): Ha! Das soll Euch eines Tages theuer zu stehen kommen, wenn wir uns're Rechnungen abschließen werden, ihr hochkirchlichen Heuchler!... Aug' um Auge! Zahn um Zahn! Das sei von nun an uns're Losung... Aber Ellen?!... O Ellen!" (Er reißt das Messer heraus und stürzt fort).

(Verwandlung.)

Sechste Scene.

London. Vor dem Unterhause des Parlaments.

Cromwell, Ireton, Fletwood und andere **Parlamentsglieder. Volk.**

Cromwell: Was?! Die Remonstranz haben wir durchgesetzt, die Hochkirche fast aus dem Parlamente verdrängt und sollten sechs Parlamentsglieder als Hochverräther dafür, daß sie die Rechte der Nation vertraten, festnehmen lassen?!

Jreton: So ist es, Schwiegervater! Der König hat sie in Anklagestand versetzt und heute will er selbst sie hier festnehmen. — Aber — bei diesem Himmel des Lichts! Das darf nicht geschehen!

Cromwell: Niemals! ... Habt Ihr die Bürger darauf vorbereitet?

Jreton: Sie wissen das Nöthige.

Cromwell: Das genügt! ... Laßt ihn kommen — mit der ganzen Erinnerung seines übermüthigen Hauses! ... (zum Volke): Volk von England! Willst du den Pantoffel des Papstes in Rom küssen, oder — eine freie Nation — dich ferner selbst regieren? ... Heute muß sich's entscheiden, wer in den drei Königreichen herrschen soll, ob Willkühr des Einen, ob Gerechtigkeit und die Gesetze! ...

Das Volk: Nieder mit den Papisten! Es lebe das Parlament!

Joyce (stürzt herein, staubbedeckt, ein Schwert schwingend): „Es lebe die Freiheit! Nieder mit den Räthen des Königs! Nieder mit Laud!"

Cromwell (erstaunt): Joyce! Bursche! Woher? .. So habt ihr jenen ehrwürdigen Priester und seine Tochter nicht in Sicherheit gebracht?

Joyce: Königliche Reiter überfielen uns im Walde bei Huntingdon, — sie hatten der Flüchtigen Spur, — knebelten mich, um mich dem Verhungern oder den Wölfen zu überlassen, und führten sie davon. — Gott wollte meinen Tod noch nicht, und somit konnte ich Euch fast auf dem Fuße folgen. — In welches Gefängniß sie den Diener des Herrn schleppten, konnte ich leider nicht erfahren.

Cromwell: O Gott! Das also ist königliche Religion?! Das die Duldung, welche Englands Gesetze uns gewähren?! ... Wer das ertragen mag, der thu' es; ich kann es nicht!

Jreton: Nieder mit den Ohrenbläsern des Königs! Es lebe die Religionsfreiheit!

Das Volk: Ja, nieder mit den Anhängern des Papftes! Sie wollen uns katholisch machen! (Man hört eine Trommel und den Ruf): Platz dem Könige!

(Die Menge theilt sich schweigend. Karl I. mit Gefolge tritt ein.)

Der König (sieht sich stolz um): Wozu der Auflauf?... Garden, macht die Treppen zum Unterhause frei und verhaftet die sechs Angeklagten!... Sheriff! Tretet vor und zeigt im Unterhause den Verhaftungsbefehl! (Dieser tritt vor): Ich will doch sehen, wer heute sich der Verhaftung von Verräthern zu widersetzen wagt! (Der Sheriff und Garden wollen hinauf; man vertritt ihnen den Weg.)

Cromwell (den Hut in der Hand): England, Sire! England! Oder vielmehr: Großbritannien!... Ich bitte Ew. Majestät im Namen der Gerechtigkeit, keinen voreiligen Schritt mehr zu thun, der vielleicht nicht wieder gut zu machen wäre... Gedenket der Nation!

Der König (mißt ihn mit stolzen Blicken von Kopf bis zu Fuß): Was kümmert mich Das, Bauer?!... Wer seid Ihr, daß Ihr's wagt, dem Könige so gegenüber zu treten?

Cromwell: Nur ein einfacher Bürger und Bierbrauer von Huntingdon!...: Aber deßwegen sag' ich Euch, Sire: Hütet Euch vor der Gährung der Masse! Sie möchte sonst leicht den leichten, glänzenden Schaum, der obenauf sitzt, in die Luft treiben.... Ich kenne Das!

Der König: Geht, oder ihr werdet den sechs Andern Gesellschaft leisten!

Cromwell: Keine Gewaltstreiche, Sire! Das Volk wird sie nicht mehr dulden; denn in der That litten wir schon zu viel... Ich bitte Ew. Majestät, zu bedenken...

Der König (höhnisch): Das Volk?! Haha! Das bin ich, Rebell!... Vorwärts, meine Garden! Stürmt das Unterhaus, wenn es nöthig sein sollte.

Cromwell (springt unter die Garden und entreißt einem das Schwert): Nun, so entscheide denn das Schwert!... Volk von England! Wahre Deine Rechte, eh' es zu spät!

Das Volk: Nieder mit den Verräthern der Nation! Es lebe England! (Im Nu entsteht ein Auflauf; die Garden werden von allen Seiten zusammengedrängt und umgeben den König).

Der König: Platz dem Könige, Rebellen!

Joyce (aus dem Volkshaufen): Nicht auf dem Wege zum Grabe des Rechtes!

Das Volk: Schlagt die Söldner nieder, wenn sie sich rühren!

Jreton (aus dem Haufen): Nieder mit dem Haufe Stuart! Nieder mit den Papisten!

Der Anführer der Garden (zum Könige): Maje=stät, wollt Euch zurückziehen! Wir sind zu schwach — diesen Massen gegenüber. In einer Viertelstunde wird halb London auf den Beinen sein … Euch bleibt immer noch die Rache!

Der König (blaß, knirschend): Wohl denn: zurück! (zu dem Volke): Rebellen! Wir seh'n uns wieder! (Ab mit seinem Gefolge. Cromwell gibt dem Garden das Schwert zurück.)

Cromwell: (ihnen nachschauend): Vielleicht eher, als dir lieb ist, König Karl Stuart! … Beschwöre die bösen Geister deines Hauses nicht so leichtfertig herauf; sie könnten dich erbleichen machen!

Jreton (zu Cromwell): Aber — was jetzt?

Cromwell (lächelnd): Jetzt?! … [laut]: Jetzt werden wir Krieg haben — mit Sr. Majestät, — oder uns ruhig hängen lassen! [zum Volke]: Was zieht ihr vor, Männer von England?

Das Volk: Krieg, wenn's denn sein muß! Krieg!

Cromwell: Ihr habt recht! Zudem ist der Hanf heuer nicht gerathen; so würde dieses königliche Gelüst' uns zu theuer zu stehen kommen. [Nach einigem Nachdenken, — unter sie tretend]: Gebt mir ein Schwert und ich will Euch zeigen, was ein Mann ist! … Es lebe die Freiheit Altenglands! Nieder mit dem käuflichen Oberhause! Jetzt folgt mir! [Rasch ab mit den Seinen. Alle folgen tumultuarisch.]

(Der Vorhang fällt.)

Zweiter Act.

—

Erste Scene.

In Holmby. — Ein Zimmer in der Privatwohnung des Kapitän Crampton.

Ellen eilt herein, gefolgt von **Crampton.** Sie an der einen, er an der andern Seite.

Ellen: Also noch keine Kunde, die ein geängstetes Herz vor Verzweiflung schützen könnte? O armer Vater! Welche Schrecken mögen deine wenigen greisen Haare zu Berge treiben?! [mit vorwurfsvollem Tone]: Und d a s ist es, was Ihr verspracht, Kapitän?!... Wem soll man noch trauen, wenn Cavaliere kein Wort mehr haben?

Crampton: Ihr seid hart, Miß Williamson! Wann brach ich es?

Ellen: Seid Ihr voll Mitleids mit uns gewesen, hartes Herz?

Crampton: Habe ich Euch gegenüber nur einmal den Edelmann vergessen? ... Hört mich, Ellen!

Ellen: Was wollt Ihr von mir? Was k ö n n t e t Ihr wollen?

Crampton: M e i n Glück und das E u r e gründen! ... O vergeßt, was ich thun mußte, und gestattet mir, jenen abscheulichen Augenblick, jene, mir vom Geschicke aufgezwungene, That aus Eurem Gedächtnisse zu verwischen, — sie gut zu machen!

Ellen: Niemals wird mein Herz eine Verbindung eingehen, welche meines Vaters Segen nicht heiligt, und müßte ich allen Freuden dieser Welt entsagen!

Crampton: Bedenkt, eh' Ihr sprecht, Lady!

Ellen: Ein Vaterfluch zertrümmert Paläste! Wie sollte er m i c h n i c h t zermalmen, wenn ich dem heiligen Herzen

des Vaters Hohn spräche?!... Niemals! Niemals die
Eure, und müßte ich darob vergehen, wie die Blüthe der
Alpenrose vor dem glühenden Hauche des Samum! (für sich;
laut): O Joyce! Du frommer Held, der du mit unbedachtem
Muthe dich in den Kampf für D i e zu stürzen pflegst,
welche du liebst, — wo magst du weilen, w a s dein Herze
fühlen, seit du mich verlorst?!

C r a m p t o n (achselzuckend): Ihr weint um diesen Bauer?

E l l e n (stolz): In diesem Bauer schlägt ein edles Herz!

C r a m p t o n: Also könnt Ihr ihn nie vergessen, Ihr,
eine Lady?!... Was kann **Er** Euch bieten, der Dame
von Erziehung?

E l l e n: Ihn hat G o t t erzogen!... I h n — ver=
gessen!... So wenig, als meinen Vater, — so wenig,
als meinen Gott!... Starb er nicht vielleicht für mich?!
... Und jetzt: Wann werde ich meinen Vater wiedersehen?

C r a m p t o n: Sobald Ihr die Meine sein werdet.

E l l e n: O Himmel! Also niemals!

C r a m p t o n [kalt]: Wie Ihr wollt, Lady!... Der Pfad
zu Eurem Glücke liegt vor Euch ausgebreitet; verfehlt Ihr
ihn, so wird Dies nur Euer Herz zu verantworten haben.

E l l e n: Ein Herz, das Ihr bracht! (sie setzt sich.)

C r a m p t o n: Laßt es durch Liebe heilen.

E l l e n: Ihr seid nicht der Arzt dafür!... O Joyce!
Joyce!

C r a m p t o n: Ist es möglich, daß ein Tag hinreiche,
Euer Herz zu fesseln?

E l l e n: Ein **Tag**?!... Ein Moment! — Uns're
Seelen flammten in einander, wie die ersten Strahlen zweier
Sonnen an ihrem Schöpfungsmorgen, uns're Lippen brann=
ten nach dem Kusse der heiligen Liebe, welche Gott gebot,
— da kamt Ihr, — ein böser Geist, — und triebt uns
aus dem Paradiese, in welches wir eben traten!

C r a m p t o n: Bin ich ein Gott, dessen Wille selbst=
ständig, allmächtig ist?!... O Ellen, hört mich!

Ellen; Ihr raubtet uns den schönsten Augenblick unsres Lebens, — in ihm ein himmlisches Glück, um uns das Unglück dafür zu geben. Und das nennt Ihr „Lieben"?

Crampton: Noch immer Zweifel, wo ...

Ellen (unterbricht ihn; laut): Drei Herzen von einander reißen, welche Gott zusammengefügt hatte, — deren Pulse in einander schlugen, wie die herrlichen Accorde einer göttlichen Harmonie, — um sie der Verzweiflung zu überliefern: ... Nein! Nein! Ihr mußtet nie, was „Lieben" heißt! ... Aber schlagen, stürzen, trennen, tödten, — Das ist Sphärenmusik in den Ohren der Königlichen! ... Je müthender das gemarterte Opfer in rasendem Schmerze aufbäumt, daß der Himmel weint ob der Scheußlichkeit seiner irdischen Creaturen, — desto üppiger, wollüstiger macht der Gedanke der gesättigten Rache eure Herzen hüpfen, — hüpfen vor überschwenglicher Lust! ...

Crampton: Ellen, könnt Ihr mich mit Jenen vermengen?

Ellen: Habt Ihr ihn nicht gefesselt, getödtet? Nicht dem Gräßlichsten überliefert, dem Hungertode oder den Zähnen der Wölfe, — Ihr, selbst ein Wolf?!

Crampton: (senkt sein Haupt; zerknirscht): Weh' mir, daß es so ist! ... Verfluchte Hitze des Blutes! ... Dreimal verflucht, trotzdem er mein Feind war! ... Aber, Ellen, Gott ist groß! Vielleicht lebt der Jüngling noch! — Ich hoffe es sogar.

Ellen (zornig): Heuchler! ... Und mein Vater?! ... Stirbt er nicht gleichfalls vor Schmerz dahin, oder ist vielleicht schon in irgend einem Kerker ihm erlegen, — allein, verzweifelnd, — keine liebende Hand um sich, die ihm die fiebernde Stirne kühlen, die brennenden Lippen befeuchten, die brechenden Augen sanft zudrücken könnte, — kein Auge über ihn gebeugt, dessen heiße Thränen seinen letzten Seufzer bethauen, seinen herbsten Schmerz in einen Hauch hinüberschmelzen könnten! ... O! Ihr seid gräßlich!

Crampton: Euer Vater ist gerettet. — Ohne diesen

Streich, der ihn der Rache seiner erbittertsten Feinde entzog, würde er allerdings in einem Kerker schmachten, während er jetzt an einem sichern, angenehmen Orte weilt.

Ellen: Der schönste Theil des Himmels ist ein Kerker, wenn uns die Liebe fehlt! ... Was nützt ihm der zauberischste Ort?! ... Sein Kind ist nicht bei ihm! ... Ihr seid ein Tyrann, während Ihr den Wohlthäter spielt!

Crampton: Und bei uns wäre er verloren, trotzdem der König durch den Verrath der schuftigen Schotten ein Gefangener seines eigenen Volkes ist. — Aber — das kann die nächste Schlacht ändern, und hat er das Heft wieder in Händen, so würde dasselbe Loos euren guten Vater bedrohen, welchem ich Euch entzog. — Beruhigt Euch! (hebt die Hand zum Schwure): Bei Gott, dem Allmächtigen! Ihm geht es gut! — Also danket mir besser und erschließt Euer Herz sanfteren Gefühlen.

Ellen: Aber Joyce?! ... Der edle, muthige Joyce, den Ihr vielleicht getödtet! ... Glaubt Ihr, ich könnte selbst nur einen Todten verrathen?

Crampton: Und wenn er's nun wäre, — was Gott verhüte?!

Ellen: Der Tod löst solche Bande nicht, — er knüpft sie nur fester — für die Ewigkeit!

Crampton (zornig mit dem Fuß stampfend): Zum Henker mit diesem starrköpfigen, puritanischen Geiste!

Ellen (springt auf; feierlich): Es ist der Geist Gottes!

Crampton: So mag denn das Schicksal seinen Lauf haben ... Ihr werdet euren Vater niemals wiedersehen, — ebensowenig, als jenen knabenhaften Schwärmer!

Ellen (legt ihre Hand auf seine Schulter): Armer Mensch! Gibt es keinen Gott, keine Ewigkeit?! ... Dort werde ich sie wiedersehen — trotz allen staubgebornen Schicksalsmächten, dort werden sie ewig mein sein, — ewig, ewig ihnen gehören ich, sobald ich ihnen gefolgt sein werde. Und dann wird mich unaussprechliches Glück, unendliche Wonne umrauschen, wie jenes Strahlenmeer des Ewigen am Schöpfungs-

tage die endlich erlöſte, ſinſtre Erde überſluthete ... O ſagt
mir, Capitaine, ſind ſie Beide t o d t? Dann laßt mich ſchnell
ihnen folgen, und danken will ich Euch. — Mit Wonne
werde ich den Tod umarmen, mit heiligen Schauern ihnen
entgegen fliegen, da, wohin I h r niemals reichen werdet,
um eine Seligkeit zu zerſtören, welche I h r niemals ge=
währen könntet! (lächelnd): Alſo Gott hattet Ihr vergeſſen?
(ernſt): Um ſo mehr wird E r Eurer gedenken! — Zittert
vor ihm! ... Was ſoll eure Erdenmacht, wenn ſ e i n e
Donner rollen werden?!...

C r a m p t o n: Schwärmerin! ... Doch wird mich dieſe
Macht, in Ermangelung einer größeren, an mein Ziel führen,
— und wenn ich es mir vom Geſchicke e r t r o t z e n ſollte!
... Was kümmern mich die Donner des Himmels — bei
meinen Herzensangelegenheiten?! Beſinnt Euch oder Ihr
werdet's bereuen!

E l l e n: Hier iſt nichts mehr zu beſinnen!

C r a m p t o n: Und E u e r Vater, der ſeine Freiheit,
vielleicht ſein Leben von Euch erwartet?!

E l l e n (zurückfahrend): O Himmel! Das iſt der wundeſte,
ſchmerzlichſte Fleck meiner Seele! (zum Himmel ſchauend): Vater,
ich kann dich nicht retten; denn niemals darf ich meinen
Eid brechen! Nur ſterben kann ich noch für dich und das
will ich bald. — Vielleicht mag Dieſes dich retten; denn
vor einer doppelten Blutſchuld wird ſeine Seele zurückbeben.
(zu ihm): Capitaine, ich danke Euch! Ihr habt mir den Weg
gezeigt, den ich gehen muß. — Lebt wohl und ſagt es
meinem Vater, daß ich für ihn geſtorben ſei, weil ich nicht
hätte leben können für ihn! (ſie will fortſtürzen.)

C r a m p t o n (erhaſcht ihre Hand): Halt! Wohin und was
ſinnt Ihr, Lady?

E l l e n: So habt Ihr mich n i c h t verſtanden?

C r a m p t o n: Seid Ihr von Sinnen? ... Ich werde
Euch in Feſſeln ſchlagen, bis Ihr wieder vernünftig ſein
werdet!

(Joyce ſtürmt an der Spitze einiger ſeiner Leute herein. — Crampton
ſpringt auf die Seite.)

Zweite Scene.

Vorige. Joyce und seine Reiter.

Joyce (zu ihm): Das werdet Ihr niemals, Elender! (Er stürzt zu Ellen, welche sich ihm an die Brust wirft.)

Ellen: (zum Himmel schauend): Gerechter Himmel! Er lebt, ich hab' ihn wieder! ... Aber das hätte ich ja von dir erwarten sollen! (zu Joyce): O Joyce! Was habe ich wegen Eurer gelitten!

Joyce: Und glaubt Ihr, ich sei in Wonne zerschmolzen, theure Ellen?! ... Aber das soll der Bube büßen! ... Auf, Leute, greift ihn; er muß mit zum Lager. Da bleibt er auch seinem Herrn, dem Könige, zur Seite, den ich auf Cromwell's Befehl dahin führen muß.

Crampton (mit untergeschlagenen Armen, hämisch): Und ihr Vater?!

Ellen: O laßt ihn, Joyce! Er allein weiß, wo mein Vater ist.

Joyce: Ich werde seine Zunge lösen!

Crampton: Eher reiße ich sie mir aus dem Schlunde, als daß sie verrathen soll, was Euch nützen könnte! ... Versucht es! Und nun nehmt Eure Eroberung, wenn Ihr könnt! ... Mich will sie nicht, Euch soll sie nicht und ihren Vater kann sie nicht haben! ... Versucht es, ihn zu finden! (Er stürzt zur Seitenthüre hinaus; Joyce will nach).

Ellen (hält ihn): Laßt ihn! Es würde mein Tod sein!

Joyce: Soll er der gerechten Strafe entgehen?

Ellen (tritt zwischen ihn und die Thüre): Bedarf Gott Eures Armes?

Joyce: Und dennoch, Ellen ...

Ellen: Wollt Ihr mich tödten?

Joyce: O Ellen! Eher meine Seele vernichten, als nur den leisesten Kummer Euch bereiten. — Aber so nahe dem Ziele, sollte ich ihn nicht züchtigen?!

Ellen (mit erhobenem Zeigefinger): Und mein Vater?!

Joyce (senkt das Haupt): Ihr habt recht! ... Und doch — wird Dieser ihn Euch wiedergeben?

Ellen: Könntet Ihr es?

Joyce: Ahnt Ihr nicht, wo er weilt, damit wir ihn retten?!

Ellen: O wüßt' ich es, mein Leben gäb' ich d'rum!

Joyce: So kommt, wir werden schon ausfinden, wohin der Schuft ihn gebracht hat.

Ellen: Unmöglich, Joyce! Ohne meinen Vater kehre ich nicht zurück, und müßte ich ihn suchen vom Nord= bis zum Südpole und bis dahin, wo beide im Mittelpunkte der Erde zusammentreffen.

Joyce: O Ellen!

Ellen: Könnt Ihr Euch ein Glück denken ohne ihn?

Joyce: Doch wie, meine Ellen, ...

Ellen: Das überlaßt mir ... Habe ich aber nur die entfernteste Spur von ihm, dann werde ich Euch sagen: Joyce, kommt und rettet den Vater!

Joyce: Fürchtet Ihr diese hochkirchlichen Heuchler nicht? Wie könnt Ihr es wagen ...

Ellen: Ist Gott nicht mit uns, wenn wir ihn rufen, ihm vertrau'n?! ... Joyce, wo ist euer Glaube?!

Joyce: Ihr habt recht, wie immer, Ellen!

Ellen: Und kann man nicht sterben, wenn das Leben nicht mehr zu ertragen ist?! ... Fürchtet Nichts!

Joyce: Wohl, ich gehe, um mich für die Abreise zu rüsten, und hoffe, daß Ihr Euch bis dahin zu einem andern Entschlusse hinneigen werdet! ... Lebt einstweilen wohl, meine süße Ellen! (Er küßt sie.)

Ellen: Auf Wiedersehen, Joyce! (Er geht, in der Thüre sie mit einem letzten Blicke bedeckend.)

Joyce: Gott schützt ja seine Engel! (ab.)

Ellen: Er geht dahin, vielleicht für immer mir ver= loren und doch kaum erst wiedergefunden! ... Vater, nun zu dir! Du allein darfst jetzt nur meine Seele füllen. — Fort! Fort, ihr süßen Gedanken der Seligkeit, ihr Träume der Wonne! ... Ein Vater, wie dieser, wiegt zehn Lieb= haber auf!

Dritte Scene.

Vorige. Crampton, reisefertig, bewaffnet.

Crampton (haftig): Folgt mir, Miß Williamson, eh' es zu spät!... Hört Ihr dies Geräusch? Eben ist man dabei, den König abermals fort zu führen und zwar in die Hände der rohen Soldaten. Kommt! In zehn Minuten wär' es zu spät!

Ellen: Wohin und wozu?

Crampton: Zu Eurem Vater. Wolltet Ihr das nicht?

Ellen: Aber wohin? Sprecht!

Crampton: Zum Kukuk, besinnt Euch nicht!

Ellen: Ich muß erst wissen...

Crampton (rasch): In den Kerker Eures Vaters!

Ellen: Allmächtiger! In — den — Kerker, sagt Ihr? ... Also doch!?

Crampton: Wohl, so bleibt und laßt ihn verzweifeln! (er will gehen.)

Ellen (erfaßt seine Hand; verzweifelnd): Und mein Vater? ... Grausamer, sprecht!

Crampton: Kommt, seine Leiden zu theilen, wenn Ihr sie denn nicht lindern wollt! (er zieht sie an der Hand nach sich.)

Ellen (während dem): Seine Leiden, sagt er?... Gerechter Himmel, was mag der edle Greis erdulden!... Joyce! Joyce! Ich kann nicht anders.... Meinen Vater könnte ich nur Gott, — Dich muß ich meinem Vater opfern. Hier ist keine Wahl! —

Crampton: Vorwärts! (er zieht sie nach; Beide verschwinden durch die Seitenthüre.)

(Verwandlung.

Vierte Scene.

Cromwell's Lager. Zimmer einer Pachterswohnung.

Cromwell und **Fletwood** treten ein.

Cromwell: Fletwood, das hat hart gehalten, bis wir es dahin brachten, wo ich's haben wollte. Diese Presbyterianer sind ebenso zäh, als uns're Puritaner hartköpfig.

Doch ohne diese drei Siege bei Horncastle, Marstenmoor und Naseby, die wir erfochten, wären wir nicht so weit.

Fletwood: Das heißt: die Ihr erfochtet; denn bei Naseby unterlag schon Jreton mit dem linken Flügel und das Mitteltreffen unter dem Obergenerale, Sir Fairfax. — Ihr stelltet zur rechten Zeit die Schlacht her!

Crommell: Ihr irrt, Fletwood! Gott hat es gethan!

Fletwood: Wohl! — Aber — was soll's jetzt mit dem Könige, den diese elenden Schotten für Geld auslieferten?! (setzen sich.)

Crommell: Ja, diese Schotten sind Schufte; sonst hätten sie nicht den König verkauft! . . . . Nun, ich hoffe, Joyce bringt ihn heute in's Lager; ich sandte ihn zu diesem Zwecke mit fünfhundert Reitern aus.

Fletwood: Mann, Ihr spielt ein gewagtes Spiel!

Crommell: Könnt Ihr gewinnen — ohne Einsatz?! Was kann ich verlieren, das ich nicht freudig der Nation opferte?! . . . Haben wir den König hier, so haben wir die größte Hälfte des Parlaments in der Hand, das heißt: alle Royalisten und Presbyterianer. . . . Was können wir dann nicht durchsetzen?!

Fünfte Scene.

Vorige. **Jreton** eilt herein, gefolgt von **Lambert** und **Hugh Peters.**

Jreton (zu Beiden): Kennt Ihr schon die neuen Streiche der Presbyterianer gegen die Independenten?

Crommell: Nein! Was ist's?

Jreton: Und Ihr sitzt da so ruhig?! . . . Wir sollen uns auflösen, ohne die geringste Sicherung der Rechte für uns're Nachkommen zu haben!

Crommell (springt auf): Niemals! . . . Man versammle die Führer des Heeres . . . . Ha! Rührt Ihr Euch wieder, verkappte Papisten?! Zischt Ihr wieder, Schlangen der Finsterniß?! . . . Wir werden Euch mit Feuer und Schwert vertilgen! (leise zu Jreton): Habt Ihr sie bearbeitet?

Jreton (ebenso): Ja, Sir! Ihr könnt Alles wagen!

(Fletwood geht ab.)

Peters (düster): Sie wollen in unf're Seele greifen, um uns Gott zu rauben!... Soll das alte Spiel von Neuem beginnen?!

Cromwell: Niemals!... Bei den Gebeinen meines Vaters! Eher lasse ich mich an den Füßen aufhängen oder von einem wüthenden Esel durch London schleifen!

Lambert: Sollen unf're Söhne für ein Phantom geopfert sein?!... Cromwell — sprich!

Cromwell: Schwatzen ist Sache der Weiber. Laßt die Führer kommen und uns handeln!

Sechste Scene.

Vorige. Die Obersten und Fletwood.

Cromwell: Willkommen, Brüder, die Ihr die größten Gefahren dieses unseligen Krieges zwischen Königthum und Gott mit uns getheilt! Laßt jetzt die Kraft Eures Geistes leuchten, wie sonst die That Eurer Hand für Euch gezeugt! ...Ihr Alle hörtet vermuthlich von der versuchten Neuerung im Parlamente.

Fletwood: Vage Vermuthungen, wilde Gerüchte füllen das Lager. Doch weiß Niemand, was daran ist.

Cromwell (zu Jreton, Lambert, Peters): Freunde, sagt unsern Brüdern, was sie bedroht.

Lambert (zu den Offizieren): Ihr habt vergebens für die Rechte, die Zukunft Eurer Kinder geblutet. Dies Alles soll in sich zerfallen, wie Staub und Moder eines Grabes.

Peters (fanatisch): Der Papismus der Hochkirche schleicht wieder umher, wie der brüllende Löwe, der da sucht, wen er verschlinge! — Der reinen Religion droht neue Verfolgung; denn die Erzbischöflichen streben wieder, die Oberhand im Parlamente zu gewinnen.

Jreton: Wir, die Independenten, sollen die Waffen niederlegen und auseinander gehen, die theueren Errungenschaften unseres Schwertes dahingeben, ohne die geringste Bürgschaft für die Zukunft!

(Alle fahren auf und greifen an die Schwerter.)

Cromwell: Das ist es, Freunde, was man in London will. — Eure Schlachten, Eure glorreichen Siege, Eure Feldzüge, — dies Alles soll umsonst gewesen sein! — Ich bedaure nur die armen Krüppel, welche dieser unselige Krieg gemacht. Wer wird diese Hilflosen vor dem Loose des Bettlers oder dem Hungertode bewahren?

Die Obersten (an ihre Schwerter schlagend): Wir!

Cromwell (achselzuckend): Dann müßtet Ihr dem Parlamente trotzen.

Jreton: Der Hölle, wenn es sein muß! . . . Für die Volksrechte und Gewissensfreiheit haben wir die Waffen ergriffen, gekämpft, geblutet, — wir legen sie nicht nieder, bis diese Rechte unsern Nachkommen gesichert sind! . . . Sollten wir aus diesem Kampfe als Sklaven hervorgehen?

Cromwell: Das kann möglicherweise unser Loos sein!

Peters: Sollen wir uns an die Altäre des römischen Bischofs hetzen lassen?!

Cromwell (zu ihm): Das würde den Schluß bilden, mein lieber Kaplan. — Zuerst die Reform der Hochkirche im Sinne des Erzbischofs Laud, dann die übermäßige Kräftigung der Krone auf Kosten aller übrigen Rechte, und schließlich wär's nur ein Schritt zur Alleinherrschaft und zum Papismus! . . . Wer will es hindern? —

Jreton: Hoffentlich wir, die wir die Macht dazu haben!

Alle: Wir! Wir! . . . Sprecht, Cromwell!

Cromwell (nicht lächelnd): Wohl, ich habe einen Gedanken, einen Weg, der zum Ziele führen kann, — aber er ist ebenso verzweifelt, als sicher. — Wollt Ihr ihn beschreiten?

Jreton: Nennt ihn!

Cromwell: Es ist ein „Heerparlament", —

dem in der Stadt gegenüber gestellt! (Alle schauen sich verblüfft an.)
Wer könnte uns Rechte versagen, deren jeder andere Bürger
sich erfreut?! ... D'rum — lassen wir das Heer sofort
zur Wahl der Offiziere und Gemeinen schreiten, welche es
in die Häuser dieses Parlamentes senden will. Die Offiziere
bilden das Oberhaus, die Unteroffiziere und Gemeinen das
Unterhaus. — So können wir gesetzlich die Streiche des
Londoner Parlamentes, die nach unserem Leben zielen,
paralysiren. ... Oder hat der Soldat vielleicht nicht gleiche
Rechte mit dem andern Bürger des Landes, ist er im Par=
lamente vertreten, e r, der diese Rechte erkämpfen, mit sei=
nem Blute besiegeln mußte?! ... Wer zweifelt noch?

F r e t o n : Wer k ö n n t e zweifeln?! (zieht den Degen): Es
lebe u n s e r Parlament!

F l e t w o o d (zweifelnd): Das ist kühn, zu gewagt, ge=
fährlich!

C r o m w e l l (zu ihm): Würdet Ihr nicht Alles wagen
— für Euer Vaterland, Euer erhabenes Prinzip?! ...
Wem kann Etwas theurer sein, als dieses?! ... Und wenn
es das Leben des Königs wäre, so würde ich es nicht schonen,
träte er mir im Kampfe als Feind gegenüber! (er reißt eine
Pistole aus dem Gürtel): Seht! Ich würde i h m ebenso gut
diese Kugel durch den Kopf jagen, als jedem andern Sol=
daten! ... Wer diese Möglichkeit, diese Skrupel fürchtet,
der scheide aus der Armee; denn er ist kein g a n z e r
Kämpfer für unsere Sache... Lieber Hunderte, die wissen,
was sie wollen, als Tausende, deren Herzen schwanken, wie
ein Rohr im Sturme. — Wer gilt Euch mehr: Gott oder
König und Parlament? (er steckt die Pistole ein.)

A l l e : Gott!

C r o m w e l l : So kämpft für ihn; — denn Er hat
uns zu diesem Kampfe aufgerufen. — (er zieht sein Schwert):
Darum — lebe **unser** Parlament!

A l l e (ziehen die Degen): Hoch das Parlament!

C r o m w e l l : So geht und setzt es ein! (Alle ab; außer
Cromwell und Peters.)

Siebente Scene.

Cromwell. Hugh, der ihn scharf in's Auge faßt.

Cromwell: Das ging nach Wunsch. — Jetzt, mein lieber Kaplan, sucht die ehrwürdigen Herren unseres Glaubens auf und laßt sie von den Kanzeln herab das Volk anrufen; denn Gott ist groß im Munde seiner Diener! (er setzt sich an den Tisch an der Seite.)

Peters: Ich werde die Gläubigen aller Orten zum Kampfe für — die Religion anfeuern und meine Brüder werden mich darin unterstützen. — Seid überzeugt, daß das schwächste Werkzeug Gottes durch ihn Großes wirken kann. — (für sich): Wer ist der Gefährlichste, — e r oder der Stuart?! ... Hab' ein Auge auf ihn, Hugh! (laut): Lebt wohl! (ab.)

Cromwell: Gott mit Euch, Kaplan! [allein]: Das Heer ist gewonnen. Jetzt noch das Parlament — und Großbritannien ist für immer der Gefahr entrückt, sich den Launen eines Alleinherrschers beugen zu müssen. — Aber w i e es gewinnen? ... Durch Täuschung? [besinnt sich]: Täuschen wir es, wenn's nöthig ist! Für einen großen Zweck kann man schon einige kleine Sünden begehen, wenn die Menschheit nur dabei gewinnt. Das wird die Seele nicht verderben! ... Jetzt komme, was da will, ich bin gerüstet, und was geschehen muß, wird rasch geschehen. [Er will hinaus.]

Achte Scene.

**Cromwell. Abgeordnete des Parlaments.
Ein Diener,** der sie einführt.

Diener: Commandant! Diese Herrn vom Parlamente wünschen Euch zu sprechen; wenn Ihr zu sprechen seid. [ab.]

Cromwell: Ich heiße die Vertreter der Nation willkommen! ... Wollt Platz nehmen, meine Herrn! [Sie setzen sich.] Was verschafft mir die Ehre, edle Briten?

Der Sprecher [der Drei]: Die Noth des Landes!....
Ihr wißt, General, daß die Parteien im Parlamente sich
gegenseitig bekämpfen, das Heer unsicher ist und keine An=
stalten macht, sich aufzulösen, was zur Pacificirung des
Landes unbedingt nöthig erscheint.

Cromwell: In der That, eine traurige Situation!
... Diese anmaßende Unzufriedenheit des Heeres ist höchst
verwerflich; denn über was hat es sich zu beklagen?! —
Daß das Volk je eher, je lieber einen guten Frieden haben
will?!... Das wünschen alle gute Patrioten. Es ist schmerz=
lich, diesen Kampf der Parteien zu sehen. — Aber wie
ist dieser Friede zu erzielen?

Der Sprecher: Ihr könntet es, General!

Cromwell: Ich?! Ich schwaches Werkzeug in der
Hand der Vorsehung, — ich Wurm?!... Beweint habe
ich schon oft mit heimlichen Thränen dies große Unglück
des Landes, aber retten könnte ich letzteres nicht!

Der Sprecher: Grade Ihr! ... Habt Ihr nicht
ein gewichtiges Stück der Vorsehung in der Hand? ...
Wer hat mehr Ansehen beim Heere, als Ihr?!

Cromwell: Wäre es so, meine Herrn!... Ich fürchte,
Ihr gebt Euch Illusionen hin.... Was sollte geschehen?

Der Sprecher: Das Parlament wünscht Entwaffnung
dieser Armee, und Ihr seid gebeten, damit zu beginnen. Es
ist vielleicht ebensowohl ein Uebel, als sie unter Waffen zu
lassen, aber möglicherweise das kleinere. Welches würdet
Ihr wählen?

Cromwell: Ohnstreitig Das, welches mir als kleinstes
Uebel erscheinen wird!

Der Sprecher: Sehr gut gesagt! ... Also, wollt
Ihr diesen großen Uebeln ein Ende machen, so entwaffnet.

Cromwell: Ich werde sofort mit meinen Offizieren
darüber verhandeln; denn was könnte mir mehr am Herzen
liegen, als des Landes Rettung?! ... Unser Parlament
kann in jeder Beziehung auf mich zählen!

Der Sprecher: Edler, verkannter Mann!... Euch schrieb man just diese Wirren zu. — Wie freut uns das Gegentheil!

Cromwell (mit einem Blicke zum Himmel): O thörichte Welt! Wann wirst du einmal das Wahre vom Falschen unterscheiden lernen?! Herr, vergib ihnen; denn sie wissen nicht, was sie thun! (zu Jenen): Wohlan! Sagt den Läster=zungen, sie würden bald sehen, daß ich es wohl mit der Nation meine!... Und jetzt gradewegs zu den Truppen! Was ich thue, pflege ich rasch zu thun. (Er erhebt sich; sie folgen ihm.) Deshalb verzeiht, meine Herrn. Gott, der unser Par=lament segnen möge, geleite Euch!

Der Sprecher: Und er helfe Euch in Eurem Werke!

Cromwell: Darum bitte ich ihn auch!

Der Sprecher: So lebt wohl, edler Mitbürger! (Die Drei ab.)

Cromwell (begleitet sie bis zur Thüre, wo er sich umwendet): Heuchler! Seid versichert, daß ich das kleinste der Uebel wähle!... Wa nur Joyce bleibt?!... Sollte der Bursche ihn verfehlt haben?... O! diese eine Frage noch gelöst — und alles Andere ist nur Spiel; denn ist der König in unsern Händen, so ist das „Stadt"=Parlament eine Null. Das Heerparlament wird dann beschließen, was zu thun, und wir, seine treuesten Stützen, werden es ausführen!... (Er horcht): War das nicht Trompetenschall?! (Man hört ein Signal): Ah! Sie sind's!... Möchte Joyce nicht allein kom=men! (Er steht in höchster Spannung).

Neunte Scene.

Cromwell. Joyce eilt herein.

Joyce: Da bin ich, General!

Cromwell: Das seh' ich, Bursche. Aber — der König?! So habt Ihr ihn nicht mitgebracht?!

Joyce: Wie könnt Ihr zweifeln? Habe ich jemals einen Ritt vergebens gemacht?

Cromwell: Wo ist er?

Joyce: Eben steigt er vom Pferde. (tritt zur Thüre und öffnet.): Hier ist Se. Majestät, der König! (ab.)

Zehnte Scene.

Cromwell. Karl Stuart.

Cromwell: Willkommen, Sire, in dieser armen, bescheidenen Hütte! Da ich keine bessere zu bieten vermag, so nehme Ew. Majestät vorlieb mit Dem, was möglich ist! (Er verbeugt sich.)

Der König (nickt und betrachtet Cromwell aufmerksam): Wozu der Umzug, Sir? ... Ich befand mich wohl in Holmby! (Er setzt sich.)

Cromwell: Aber sicherer wird Ew. Majestät sich ohnstreitig hier befinden!

Der König: (achselzuckend): Was könnte mich bedrohen?! Mich, den Gesalbten des Herrn?!

Cromwell: Nicht allen Menschen ist das Erhabene heilig ... Und sodann wollten wir Ewr. Majestät und Eures Wohlergehens gänzlich sicher sein. Dies ist bei den bekannten Zuständen im Parlamente nur hier der Fall.

Der König: Euch also verdanke ich diesen unfreiwilligen Ritt?

Cromwell: Mir, ja, Sire!

Der König: Ihr habt vielleicht sehr viel gewagt!

Cromwell: Es war mein Rubicon, Sire! ... Und ich hoffe, daß Ew. Majestät bald mit diesem Ritte ausgesöhnt sein wird!

Der König (finster): Ich wünsche dies — in Eurem Interesse, wenn Ihr wirklich eine gute Absicht dabei hattet.

Cromwell: Ich sehe keinen Grund für das Gegentheil, Sire! ... Ihr seid immerhin der König, und wie sich die Verhältnisse auch gestalten mögen, so wünsche ich

Nichts so sehr, als Verständigung zwischen Krone und Volk, das heißt: Gerechtigkeit und Versöhnung für Alle.... Sollte dies Eurer Majestät zu viel erscheinen?

Der König: Ihr wißt, Cromwell, daß mir Alles zu viel sein muß, was die Rechte der Krone antastet oder gar beraubt. Ein Jeder kämpft für seine Ueberzeugung.

Cromwell: Sehr wahr, Sire! Deshalb hoffe ich auch, daß Ew. Majestät dieses in Beziehung auf un s an= erkennen wird. — Es wäre dies nur die Anerkennung einer ewigen Wahrheit, des Naturrechts, auf welchem jedes andere Recht fußt!

Der König: Das Recht der Krone geht jedem andern vor!

Cromwell: O Sire, es gibt ältere Rechte; denn war die Menschheit nicht vor dem Königthume da?

Der König: Das mag sein, kann jedoch der Krone die Rechte nicht schmälern, welche Gott ihr verliehen!

Cromwell: Gott schuf auch die Menschen und verlieh ihnen ebenso unveräußerliche Rechte! ... Sollte er damit einverstanden sein, daß man ihnen diese Rechte rauben dürfe? ... Ich sage positiv: Nein!

Der König: Streiten wir nicht um Das, worüber wir uns doch nicht verständigen werden.

Cromwell: Und doch wär's besser, wenn wir es könn= ten! ... Was wollten wir Engländer denn?! Nur uns're unsterblichen, unvertilgbaren, einfachen Menschenrechte, welche man uns zu entreißen suchte. War es nicht so weit gekommen, daß ein Bürger nicht einmal sich niederlassen konnte, wo es ihm beliebte, um eine bessere Heimstätte zu finden, als England sie bot? (der König sieht zur Erde.) Und zieht doch der Bewohner der Luft und des Waldes dahin, wo er Nahrung und Obdach findet! ... Wer schützte un s gegen die feindlichen Elemente?

Der König: Ihr wolltet auswandern, ich weiß es... Hm! Es ist wahr: als ich Euch zurückhielt, habe ich mein finsteres Geschick besiegelt. ... O hätte ich Euch und Eure Freunde ziehen lassen! ... (finster): Wohl! Ihr könnt Euch jetzt vollständige Genugthuung verschaffen!

Cromwell (lächelnd): Ich fühle nicht so adelig, um mich für Alles, was mir geschah, zu rächen! ... Wozu auch, Sire?! ... Und Euer Schicksal wird nur von Euch abhängen. ... Seid uns ein guter, ein gerechter König, und es kann Alles noch recht werden; denn was mich betrifft, so denke ich nicht daran, Euch Schlimmes zuzufügen, und Niemand will Eure Rechte schmälern. ... O warum sucht doch das schwache Menschenherz stets nur das Schlimme bei seinem Nächsten, um schließlich unter der Wucht seiner eignen bösen Einbildungen zusammen zu brechen?! ...

Der König: Ihr habt mich vernichtet, — was könntet, was würdet Ihr für mich thu'n?

Cromwell: Alles, Sire, was ich nur vermag, (hebt die Hand zum Schwure): so wahr Gott lebt! ... Aber — was soll ich für Euch thun? Sprecht, Sire!

Der König: Wohl, so bewirkt vor Allem, daß ich meine Kinder wiedersehe, deren Anblick mir nicht mehr vergönnt war, seit dieser Bürgerkrieg wüthet.

Cromwell: O das ist hart! Das ist grausam! ... Seht Ihr, Sire, daß Ihr besser thatet, hierher zu kommen? In Holmby hätte man Eurem Vaterherzen keine Rechnung getragen! (Er setzt sich und zeichnet eine Order.)

Der König: Wohl war es so! (Er senkt den Kopf.)

Cromwell (für sich): Armer Vater! (laut): Ich bin selbst Familienvater, weiß daher sehr wohl, was Ihr leiden mußtet; denn Nichts könnte mein Herz schrecklicher foltern, als der Umstand, meiner Kinder beraubt zu sein ... Wohl, Sire, noch heute sollt Ihr Eure Kinder umarmen, wenn es möglich sein wird. Ebenso verfügt über Eure Freunde; sie mögen Euch umgeben, wie früher! (zur Thüre): Joyce! (Dieser erscheint.): Hier, mein Bursche! ... Seid Ihr bereit, nochmals auszureiten?

Joyce: Zu jeder Stunde; denn wenn Ihr ruft, Meister, so meine ich immer, die Stimme Gottes zu hören! ... Was befehlt Ihr?

Cromwell: Ihr brachtet den Vater hierher, holet nunmehr auch die Kinder; — aber bringt sie sicher und heil!

Joyce: Wenn man mir sie geben wird!

Cromwell (zum Könige): Will Ew. Majestät einige Worte zur Bestätigung beifügen?

Der König (schreibt): „Sendet mir Henriette und den Kleinen!" (zu Cromwell): Die älteren Prinzen sind nicht mehr da, und ich glaube, das ist das Beste für sie!

Cromwell: Wohl ist es manchmal gut, dem Schicksale aus dem Wege zu gehen! (Er gibt Joyce das Papier. Dieser geht ab.)

Der König: Ich danke Euch, Cromwell! Ihr gebt mir hiermit mehr, als Ihr vielleicht glaubt, und niemals werde ich das vergessen! ... Denkt Ihr also, daß die Nation nicht weiter geh'n wird?

Cromwell: Nicht weiter, als bis zu ihrem Rechte!

Der König: Was könnte sie auch noch wünschen? Erzbischof Laud ist im Gefängnisse, die Hochkirche fast aus dem Parlamente verdrängt, meine Großwürdenträger gestürzt, flüchtig, der Adel vernichtet, der König gefangen! ... Wolltet Ihr noch mehr?

Cromwell (fest, doch ruhig): Freiheit! ... Unbedingte, gesicherte Freiheit, Sire! ... Beschwört uns diese und Ihr könnt morgen auf Euren Thron zurückkehren. Das Volk will nicht Euch, nicht Euren Thron, — es will nur seine Menschenrechte!

Der König: Habt Ihr sie nicht?!

Cromwell: Sichert sie uns — für immer!

Der König: Ich will mir's überlegen.

Cromwell: Ich bitte, nicht allzulange, Sire. Die Stunden des Glücks sind eilende Schwalben; einmal im

Fluge, wer kann sie zurückrufen?!... Und die Nation ist
sehr erbittert.

Der König: Wer bürgt mir für Eure Versicherungen?

Cromwell: Ich und mein Heer!... Ihr kennt
die Wucht uns'res Schwertes!

Der König! Und die andern Führer?

Cromwell (lächelnd): Die folgen ihrem Führer!

Der König: So sprecht mit ihnen und versichert sie
meiner vollständigen Gnade, wenn wir uns verständigen
werden. — Gebt Ihr uns den Frieden, Cromwell, so kann
Nichts zu hoch, zu theuer sein, das ich Euch nicht gewähren
möchte. Ich würde Euch den Titel der Grafen von Essex
und den Hosenbandorden, sowie Jreton die Statthalter=
schaft in Irland verleihen; denn Ihr hättet es reichlich ver=
dient.

Cromwell (mit der Hand abwehrend): Nicht deshalb,
Sire!

Der König: Nicht deshalb thut Ihr's, ich weiß,
sondern zum Heile des Landes, und dafür der Lohn!...
Ich sehe in der That, daß ich früher sehr schlecht berathen
war!

Cromwell: So sei's!... Was heute Euren Geist
bewegt,
Wie's die Gedanken Eurer Seele treiben,
Das wird der Grundstein Eurer Zukunft sein, —
Und Eures Hauses Steigen oder Fallen
Beschließt Ihr heut' in Eures Herzens Wallen!

(Er verbeugt sich; der König erhebt sich; Cromwell rasch ab.)

Der Vorhang fällt.

Dritter Act.

Erste Scene.

London. Cromwell's Wohnung.

Ireton und **Hugh Peters** gehen auf und ab.

Ireton: Was bedrückt Euch, Bruder Peters? Ist es ein Mühlstein, der Euch auf der Brust liegt, daß Ihr mich den Freunden entführtet?

Hugh: Es handelt sich um ihn da drinnen!

Ireton (bleibt erstaunt stehen): Und da führt Ihr mich hierher?

Hugh: Dies ist der beste Ort dafür, weil der nahe Gegenstand die Gedanken auf ihn fesselt und wir hier zugleich am sichersten darüber sprechen können.

Ireton: So entladet Euch, Geschütz der Kirche! Ihr seid voll bis zur Mündung, seh' ich.

Hugh: Was haltet Ihr von seinem Gebahren dem flüchtigen Könige gegenüber? Ich traue ihm nicht mehr um eines Farthings Werth. Wozu dies Hätscheln der Majestät?

Ireton: Deshalb wollte ich ihn heute just angehen.

Hugh: Ireton, ehrlicher Patriot, ich sage Euch: Euer Schwiegervater wandelt im Finstern! Habt ein Auge auf ihn! ... Dieses Heerparlament, — ah! welch' herrlicher Gedanke, — er verrieth mir damals gleich seine Fahne ... Ireton! Hüten wir uns, sonst wechselt man nur den Reiter, — der Esel bleibt derselbe!

Ireton: Unmöglich! (schlägt auf den Tisch): So soll mir der nächste Kelch des Herrn, der über meine Lippen geh'n wird, zum Schirlingsbecher werden, wenn ich Dies nicht verhind're!

Hugh: Ich sehe tiefer in's Menschenherz, als Ihr, ehrlicher Soldat!

Jreton: Auch murrt das Heer schon längst. Es wird heimlich aufgeregt, wie mir scheint.

Hugh: Kein Wunder! Man glaubt, daß er sich durch die Versprechungen des Stuart bestechen ließ, um uns Alle zu verrathen. — Was ist einem Menschenherzen nicht Alles zuzutrauen!... Und er ist nur ein Mensch!

Jreton: Ich werde ihn sofort zur Rede stellen! (Er will hinein stürmen.)

Hugh (ergreift ihn am Arme): Ruhig, Jreton! Ihr ver= pfuscht sonst Alles. — Ich sehe indessen, was sonst zu thun sein mag. — Gott lenke Eure Zunge! (ab.)

Zweite Scene.

Jreton. Cromwell.

Cromwell: So früh, mein Sohn?!... Was führt Euch her, die Pflicht oder die Liebe?

Jreton (kalt): Jedenfalls Eins von Beiden, wenn nicht Beide!

Cromwell: Sprecht!

Jreton: Ihr seid im Begriffe, Euch zu ruiniren!

Cromwell: Weiter! Noch verstehe ich Euch nicht.

Jreton: Ihr werdet es bald!... Eure Politik ist eine falsche!

Cromwell (erstaunt): Was sagt Ihr mir da, Jreton?! Vergeßt Ihr, mit wem Ihr sprecht?

Jreton: Laßt den König fallen oder die Zuneigung des Heeres ist dahin! Die Truppen sind empört, — sie nennen Euch offen einen Verräther, einen Judas, der für seinen Privatvortheil Gottes Sache aufgebe!... Durch= schaut Ihr des Stuart Zweideutigkeit nicht, da er uns mit dem Parlamente und diesem mit uns drohte?!

Cromwell: Soll das Alter bei der Jugend in die Lehre gehen?

Ireton: Sagte der Stuart mir nicht: „Ihr könnt nicht ohne mich bestehen, den Staat nicht ohne mich beruhigen!?" ... Solltet Ihr allein Dies nicht fassen? ... Er will durch Intriguen das Verlorne wiedergewinnen!

Cromwell (tritt vor ihn, mit über der Brust gekreuzten Armen): Wer sagt dir, Knabe, was ich will?! Kannst du in meiner Seele lesen? Kann es irgend Jemand?! Thor, geh' und thue deine Pflicht!

Ireton: Oder habt Ihr weitergehende Pläne? ... Es gibt Träume, welche sehr gefährlich sind. Hängt ihnen nicht nach! ... Tyrann ist Tyrann, ob unter dem Purpur oder der Bürgerkrone! ... Und eh' ich Dieses dulde, kehre ich das Oberste zu unterst! ... Ihr seid den Soldaten Nichts mehr, — wohl aber kennen sie ihren Kamraden Ireton ... Also hütet Euch, Commandant!

Cromwell: Diese Sprache — mir?! Vergeßt Ihr die Disciplin, Rebell?

Ireton: Sind wir es mehr, als Ihr es war't?! ... Ich bin, was Ihr seid, — meinen Degen hab' ich von der Nation, wie Ihr, — im Uebrigen seid Ihr nur mein Schwiegervater, — und in diesem Falle würde ich meinen eignen Vater nicht schonen!

Cromwell [tritt auf ihn zu, an's Schwert greifend]: Bursche, Ihr droht mir?!

Ireton: Nein, ich warne Euch nur!

Cromwell [achselzuckend]: Geht heim und laßt Euch von Eurem Weibe kalte Ueberschläge auf den Schädel machen, junger Brausekopf. Ihr habt's nöthig und sie werden Euch wohlthun! ... Ha! Wißt Ihr, [auf's Herz deutend]: was da drinnen vorgeht? ... Muß ich meine Seele Euch ent=hüllen, Knabe? ... Geht und gehorcht dem Schöpfer Eurer jetzigen Existenz, junger Thor! [zeigt ihm die Thüre.]

Ireton: Ihr seid verloren, wenn Ihr nicht umkehrt!!

Dritte Scene.

Vorige. Lambert.

Lambert: Oliver, er hat recht. . . . Fürchte das Ver=
hängniß! Das Volk murrt, wie das Heer es thut. Höre
deinen besten Freund! . . . Mann, du stehst auf einem
Pulverfasse. Wirf den Funken, der nöthig ist, dich in all=
zuhohe Regionen zu versetzen, nicht selbst hinein!

Cromwell: Auch du, Lambert?! . . . Was wollt Ihr
denn? Soll ich das Schlimmste beschließen, weil ich das
Beste nicht erzielen kann?! . . . Und was fürchtet Ihr
eigentlich? Sind wir nicht stark genug — der Ohnmacht
gegenüber? Vor den Plänen dieses gefallenen Königs zittre
ich nicht. Was könnte er uns thun? . . . Und haben
wir nicht sein Wort? . . . Sollte dem Könige sein Wort
nicht werther sein, als ein Menschenleben?!

Lambert: Hättest du ihn selbst, — das wäre bes=
ser! Ist er nicht entwischt?

Cromwell: Höchstens bis zum Canale. Die Küsten
sind unser!

Lambert: Und wenn das Meer ihn nicht zurückhielt?!

Cromwell: Wer weiß, was das Beste wäre; denn
kann man ihn nicht mit Recht hängen, so wäre es wohl das
Beste, ihn entwischen zu lassen.

Jreton: Und das sagt Ihr?!

Cromwell (stolz zu ihm): Ich, Oliver Cromwell, ja!

Vierte Scene.

Vorige. Hugh Peters eilt herein.

Hugh (zu Jreton): Habt Ihr ihn von der Nutzlosigkeit
seiner Ideen überzeugt?

Jreton: Er ist nicht zu überzeugen.

Lambert: Kirche, Heer und Volk stimmen überein,
— solltest du noch zweifeln, Oliver?

Hugh (zieht einen Brief hervor und schleudert ihn auf den Tisch):

So glaubt diesem da! (Cromwell liest ihn.) Blöder Thor, der den Tag nicht erkennen will — troß den Morgenstrahlen!

J r e t o n: Was ist's, Bruder Hugh?

H u g h (spöttisch): Ein Brief von Sr. Majestät an die Königin!

J r e t o n und L a m b e r t (fragend): Und?!...

H u g h (auf Cromwell deutend): Fragt den Vertheidiger des Thrones!

C r o m w e l l (fährt zurück): Ha!... (zu Hugh): Was spracht Ihr eben, Kaplan?

H u g h (heftig): Ihr haltet's mit dem Könige!...

C r o m w e l l: Fanatiker, du lügst in diesem Augenblicke! ...Ich t h a t es, — weil ich recht zu thun glaubte! (Er schlägt mit den Fingern der einen Hand auf den Brief): D a s ändert freilich Alles! ... Aber wie kommt Ihr zu diesen tödt= lichen Zeilen?

H u g h: Ihr habt sie, das sei Euch genug!

C r o m w e l l: Wer fing den Brief auf?

H u g h: Der Henker des Königs!

C r o m w e l l: Wie? Der Henker?

H u g h: Ist der, welcher ihn auffing, nicht sein Henker?!

C r o m w e l l: Wer?!

H u g h: Ich kenn' ihn nicht!

L a m b e r t: Und der Inhalt?!

C r o m w e l l (gibt ihm den Brief; auf und ab): Will er mein Blut trinken? ... Er soll es n i c h t! ... Das ist das Wort eines Stuart?!... Hahaha! Königliches Blut der Stuarts, — ein Bürger hätte so n i c h t gehandelt! (wirft sich in einen Sessel.)

L a m b e r t (zu Jreton): Eine wundersame Epistel! Lest!

J r e t o n (liest): Madame! Meine Flucht ist vorbereitet und ich werde sie sicher bewerkstelligen. — Erwartet mich noch in diesem Monate. — Unsere Partei wird ein größe= res Heer sammeln, als je zuvor, und dann werde ich den Schurken statt des seidenen Hosenbandes einen Hanfstrick um den Hals legen lassen. —

Küßt uns're Kinder. — Euer Gatte Karl Stuart. — (zu
Cromwell): Ich gratulire Ew. Gnaden zu dem neuen Orden,
den man — (mit dem Finger um den Hals fahrend) — um den
Hals tragen wird! ... Seid Ihr jetzt zufrieden, — oder
ist Euch die zugedachte Erhöhung noch nicht hoch genug?!
(Er wirft den Brief auf den Tisch; Cromwell springt auf.)

C r o m w e l l: Der Undankbare! Er fahre hin! ...
Gott hat sein Herz verhärtet und ihn mit Blindheit ge=
schlagen. Dieser Stuart ist so falsch und treulos, daß ihm
Niemand mehr trauen darf. Während er mit dem Parla=
mente unterhandelte, soll er mit den Schotten heimlich
einen Vertrag geschlossen haben, um das Parlament zu
stürzen und einen neuen Bürgerkrieg zu entzünden. Ich
glaubte es nicht, aber ich sehe jetzt, daß e r u n v e r s ö h n l i c h
ist. — Und wenn das Parlament die Bedrohten nicht
mehr schützen kann, so müssen sie — (an sein Schwert schlagend)
— es mit eigenen Kräften thun!

L a m b e r t: Und jetzt, mein Freund? ... Das Heer
hat schon längst Abbruch der Unterhandlungen mit dem
Könige begehrt und ihn vor Gericht zu stellen verlangt.

C r o m w e l l: Es geschehe, wie die Nation will. —
Eile in die Sitzung, Lambert, und trage darauf an, daß
Niemand mehr mit den Stuarts in Verkehr treten darf —
bei Strafe des Hochverraths, — und daß der König nebst
dem Prinzen von Wales und dem Herzoge von York sofort
vor Gericht gestellt werde, sowie man ihrer habhaft ge=
worden sein wird! ... Wenn's denn sein muß, wohl, so
fließe Blut! ... Sie haben's nicht besser gewollt! ...
(Er setzt sich wieder an den Tisch, den Kopf in die Hand gestützt.)

H u g h: Endlich! (Nimmt den Brief an sich; zu Jreton und Lambert):
Kommt! (Die Drei ab, der Pfaffe strahlend vor Freude und noch in der
Thüre rufend und den Brief in die Höhe haltend): In's Parlament
mit ihm! (ab.)

C r o m w e l l (allein): Dieser Jreton ist ein gefährlicher
Bursche! ... Aber der Gefährlichste ist dennoch dieses
lange, spindeldürre, puritanische Fragezeigen der Kirche!

... Hüten wir uns vor ihm; denn über Seite schaffen kann man ihn nicht! ...

Fünfte Scene.

Cromwell. Joyce.

Joyce: Gott zum Gruße, Commandant! Gut, daß ich Euch treffe!

Cromwell: Hast du Nachrichten, Bursche?

Joyce: Mehr, als mir lieb ist!

Cromwell: So schütte deinen Sack Neuigkeiten aus und sei kurz; — dann raubst du mir wenigstens meine Zeit nicht! — Was bringst du?

Joyce: Gutes und Schlimmes.

Cromwell: Das ist zu viel auf einmal! Eins ist überflüssig. (Er nimmt den Degen zwischen die Beine und lehnt den Kopf auf den Griff.)

Joyce: Nacht und Licht bilden erst den Tag! Wird der Tag nicht so schön durch die Nacht?

Cromwell: Also?! ... Und gib mir den Essig zuerst; der Wein schmeckt dann um so besser! ... Nun?

Joyce: Karl Stuart ist von der Küste entwischt!

Cromwell (springt auf): An den Galgen mit dem Kerl, der ihn entwischen ließ! ... Das kann England seine Zukunft kosten und uns so viel Luft, als ein Menschenleben zum Athmen nöthig hat! ... Wer ließ ihn entwischen?

Joyce: Ohnstreitig die, welche ihn einfangen sollten! ... Ich war nicht dabei, sonst wüßte ich's. Euch zu sagen.

Cromwell: Man sandte ihm doch Reiter nach!

Joyce (lachend): Es scheint, daß die königlichen Race-Pferde schneller laufen, als uns're Ackergäule! ... Das ist wunderbar, da sie doch keine Arbeit gewohnt sind!

Cromwell (unruhig auf und ab; dann): Bah! Seinem Geschicke entflieht Niemand! ... Gott hat diesen Stuart verworfen, also wird der auch nicht entwischen!

Joyce: Ganz recht, Ew. Gnaden! ... Er soll auch

schon wieder eingefangen sein, da er an der Insel Wight kein Schiff fand.

Cromwell: Bursche, warum singst du das Lied nicht beim Ende an?

Joyce: Wolltet Ihr den Wein nicht zuletzt?

Cromwell (überlegend): Ich fürchte, dein Wein taugt nur zu Salat!... Wie ist's im Ernste mit der „guten" Nachricht?

Joyce: Ich war wieder nicht dabei, sollte Euch aber dieses mittheilen!

Cromwell: Also hast du mir doch meine Zeit ge= stohlen, du Nachteule!

Joyce: Das werden die nächsten Stunden ja zeigen. Bis dahin geduldet Euch und laßt mich laufen; zum Hängen ist's immer noch Zeit genug, und ich fürchte, die Stricke werden ohnedies demnächst im Preise steigen!

Cromwell: Glaubst du wirklich, Eule, man würde an dich einen Penny=Strick hängen?!

Joyce: Nein; aber vielleicht mich an ihn!

Cromwell: Das wäre Verschwendung!

Joyce: Das meinte ich ja nur!... Also, Sir?

Cromwell: Also geh' zum Henker meinetwegen, oder bringe bessere Kunde; denn sonst fürchte ich in der That, daß die Seiler die besten Geschäfte in England machen werden — für lange Zeit!... Wir kennen das erhabene Geschlecht der Stuarts.

Joyce: So gehabt Euch wohl, Sir!... Ich will sehen, welchen guten Gedanken ich bis zum Abende auf meinem Wege finden werde.

Cromwell: Pass' nur auf, daß du in keine Wolfs= falle läufst! Die Wege in England sind heuer sehr unsicher für manche Leute.

Joyce: Sorgt nicht, Herr! Die Eulen sehen ja bei Nacht!... Und wieviel Mann soll ich mitnehmen, um Se. Majestät würdig zu empfangen, wenn sie zurückkehrt?

Cromwell: So viel du nöthig zu haben glaubst!

Joyce: So lebt wohl, Sir! (ab.)

Cromwell: Fahr' wohl!... Das ist das Beste, was ich dir wünschen kann — so oder so! (Allein): Sollte es ein Streich von Fairfax sein?! (Auf= und abgehend): Manchaster war auch so lau, so unentschieden, — trug auf zwei Schul=tern. — Fairfax! Fairfax, hüte dich!... Traut dem eng=lischen Adel!... Der Kukuk hole den verwünschten Ge=fühlstaumel, in welchem die Nation liegt!... Diesen Lords den Oberbefehl über die Heere zu lassen, — ihnen Gefühl für die Menschheit, als solche, zuzutrauen!... Wird ein (englischer) Aristokrat jemals glauben, daß er nur ein Mensch sei?!... Schwört nicht jeder dieser Bursche, daß der große Zweck der Schöpfung nur die Erhaltung des Thrones und des Adels sei?!... Dummes Volk von England! Wann wird dein blödes Auge sich dem Lichte öffnen?!... Was haben alle freie Institutionen bisher genützt?... Der englische Bär läßt sich so gut, als jeder and're, den Ring durch die Nase ziehen, wenn dieser nur vergoldet ist und mit Anstand hineinpracticirt wird, — und tanzt nach seines Bändigers Pfeife und Peitsche. Das ist ausgemacht und ich will mir's merken.... Aber, Fairfax, hüte dich! — Noch habt Ihr das Heft nicht in Händen!... Wenn der Glaube Berge versetzen kann, wa=rum sollte er über einen Thron stolpern?! Diese Schranke von Holz und Sammt zertrümmert man, und somit ist ihre Bedeutung dahin!

Joyce (eilt herein): Dieser Weg wenigstens bleibt mir erspart. — Soeben hat man den König zurückgebracht. (Cromwell springt auf.) — Halb London ist auf den Beinen!

Cromwell: Bursche, diese Nachricht ist ein Königreich werth!... Machen wir uns ebenfalls auf die Beine!

Joyce: Vielleicht sogar drei Königreiche, Sir! Ich wäre jedoch mit einer Grafschaft zufrieden! (ab.)

Cromwell: Das Haus Stuart scheint für das Schaffot bestimmt zu sein!... Treten wir niemals dem Fatum entgegen; denn dies ist die undankbarste aller Mühen!

..... O Stuart! Der Same, den du ausgestreut, geht auf, — aber ich fürchte, es waren Drachenzähne! (rasch ab.) Verwandlung.

Sechste Scene.

Wald. Eine Hütte im Hintergrunde.

Ellen, ihr **Vater,** an einem Stocke wankend, treten auf, gefolgt von einem **Bauer.**

Ellen: Hier werden wir Ruhe finden, theurer Vater; denn arme Menschen sind meist mitleidsvoller, als die Bewohner der Paläste. — Laßt Euch nieder.

Williamson (setzt sich auf eine Moosbank; zitternd): Kind, ich kann nicht mehr! Die Last meiner Jahre ist zu groß und ich fühle, daß ich erliege.

Ellen: Gerechter Gott! Was sagt Ihr da?!

Williamson: Rette dich und lasse mich hier meinen Lauf beschließen! Uns're Flucht ist soweit gelungen, — du bist jetzt wenigstens aus dem Bereiche seiner Macht, — nütze die günstige Stunde, eh' sie entflieht.

Der Bauer (für sich): Noch seid Ihr nicht entronnen!

Ellen: Niemals, Vater, und müßte ich darob zu Grunde geh'n!

Williamson: Rette dich für Joyce! Ich will es!

Ellen: Laßt mich sterben, Vater, jedoch befehlt mir dieses nicht. .... Ich bleibe, wo Ihr bleibt.

Der Bauer: Das ist auch das Beste. — Noch heute kommt Ihr in Sicherheit. Wir sind der Küste nahe und ich erwarte jede Minute meine Freunde.

Williamson: Warum sterbe ich nicht?! (zu Ellen): Ich bin der Hemmschuh deines Lebens!

Ellen: Ihr seid mein lieber, guter, herziger Vater und sonst Nichts! .... Selbst Tod und Schande treiben mich nicht von Euch! (sie herzt und küßt ihn.) Seid Ihr nicht der Inbegriff meiner seligsten Träume?.

Williamson: Und Joyce?!

Ellen: Die Gefühle der Erde kommen erst nach denen des Himmels! ... Joyce wartet, bis uns're Zeit gekommen sein wird! (Man hört eine schrille Pfeife aus dem Walde; der Bauer antwortet ebenso.)

Siebente Scene.

Vorige. **Crampton** eilt herbei, von einigen **Soldaten** begleitet.

Ellen: Himmel! Soll denn unser Leid niemals enden?! (Sie sinkt am Knie ihres Vaters nieder)

Crampton: So glaubtet Ihr schon, mir entronnen zu sein, süße, fromme Taube? ... Nein! Meine Späher sind gut und treu! ... Ich folgte Euch fast auf dem Fuße.

Williamson: Weh' uns! Gott — will — unsern — Untergang! ... Sein — Wille — gesch — (Er sinkt um und stirbt.)

Ellen (stürzt an seiner Seite auf die Kniee): Vater, mein Vater! ... Weh' mir! Seine Seele ist entflohen — zu den Räumen des Lichtes, wo es kein Erdeleid mehr gibt! (Küßt ihn und springt auf): Fluch Euch! Ihr habt ihn gemordet!

Crampton (höhnisch): Hieß ich ihn sterben?! Warum habt Ihr nicht gewartet, bis wir Alle gingen? ... Die Strapazen haben ihn aufgerieben. ... Doch um so besser! Jetzt habe ich nur noch mit Euch zu kämpfen!

Ellen: Macht Euch auf einen Kampf auf Leben und Tod gefaßt, elender Mörder!

Crampton: Ihr scherzt, Dame! — Was könntet Ihr wollen, das ich nicht will?! ... Kommt! Es ist Zeit, uns einzuschiffen, um endlich an das Ziel zu gelangen.

Ellen: Einschiffen? Wohin?

Crampton: Nach Irland!

Ellen: Ich gehe nicht!

Crampton (drohend): Wollt Ihr sterben?

Ellen: Eine Tochter Britanniens, ziehe ich den Tod der Schmach vor. — Tödtet mich!

Crampton: Ha! Ist es das?! ... Vergeßt Ihr,

daß meine Seele jahrelange Qualen litt?!... Ihr sollt sie mir büßen durch physische Leiden, da ich Eure Seele doch nicht zu menschlichem Fühlen bewegen kann. Der nagende Hunger, der brennende, verzehrende Durst sollen als para= diesische Wonnen erscheinen — d e r Qual gegenüber, welche I h r erdulden werdet! (Er faßt ihre Hand): Kommt! Meine Geduld ist zu Ende!

E l l e n (zum Himmel): Die des Himmels noch nicht, wie es scheint! (sich losreißend): Hinweg, Tiger! Ihr habt Euch dennoch verrechnet!

C r a m p t o n! Ha! Ihr erinnert mich, — das Geschäft des Tigers ist „Blut"!... Möge es denn fließen! (Er zieht einen Dolch und geht auf sie zu): So werden meine Qualen durch e i n e n Streich geendet sein!

E l l e n: Tödtet mich und macht mich damit frei! (zum (Himmel): Vater! Ich komme!

C r a m p t o n (besinnt sich, sie glühend betrachtend; für sich): O dieses Weib wird mich wahnsinnig machen!... Soll ich sie tödten?! (laut): Nein! Noch gibt's Mittel, Euch zu zähmen, wilde Taube!

E l l e n: Versucht sie nicht, — Ihr verlängert nur Euren verzehrenden Kampf!

C r a m p t o n: Kommt, wir müssen fort von hier!

E l l e n: Elender, — und dieser ehrwürdige Leichnam?! ... Soll er den Raubthieren zur Beute werden?

C r a m p t o n (zu seinen Leuten): Tragt ihn in diese Hütte und laßt jene Leute für das Weitere sorgen.... Gebt ihnen Geld! (Er gibt Einem eine Börse; der Alte wird in die Hütte getragen.) — So! Was Dies betrifft, könnt Ihr Euch be= ruhigen. — Vorwärts!

E l l e n (mit Energie): Eher in den Tod, als Euch folgen!

C r a m p t o n: Die Zeit ist die beste Rathgeberin. — Auch I h r werdet sie hören!

E l l e n: Beim Geiste meines Vaters, — niemals!

C r a m p t o n: So wollt Ihr Euch der Schmach aus= setzen, von den Händen dieser rohen Bursche beschmutzt zu

werden? ... Wollt Ihr mich zwingen, Gewalt zu brauchen?
... Seid vernünftig, Ellen, und vermeidet wenigstens Dieses.
(Energisch): Ihr müßt mir folgen und koste es einst mein
Leben! (Die Leute kommen zurück.)

Der Bauer: Capitaine! Die Leute, als sie hörten, es
sei ein Priester, versprachen, Alles zu besorgen. — Wir
können weiter ziehen.

Crampton (zu Ellen): Also kommt! (Er ergreift ihre Hand.)

Ellen: Den Zorn des Himmels habt Ihr auf Euer
Haupt herabgerufen, — er wird Euch treffen, wie er den
stolzen Pharao traf! (zur Hütte): Mein Vater! O mein Vater!
(sie will hineilen.)

Crampton (zu den Leuten): Fesselt sie!

Ellen (richtet sich stolz empor): Wagt es! ... Ich weiche
jetzt der Gewalt, Bösewicht, aber hoffet trotzdem Nichts;
denn eher würde ich der Hölle angehören wollen, als Euch!
(Sie wirft einen Kuß nach der Hütte): Vater, — auf Wiedersehen
— dort oben! (Sie eilt hinaus; Alle folgen.)

Verwandlung.

Achte Scene.
Whitehall.

Cromwell von der einen, **Lambert, Ireton, Peters**
und der **Sheriff** von der andern Seite.

Cromwell: Freunde, was bringt Ihr mir, Freud'
oder — Leid? ... Ihr seht so düster, als ob das Reich
der Nacht begonnen hätte!

Hugh: Bringen?! ... Wir wollen Etwas holen!

Cromwell: Was wäre das?

Hugh: Eure Unterschrift! — Gebt ihm die Schrift,
Sheriff!

Cromwell: Meine Unterschrift?! ... Und ihm?! ...

Der Sheriff: Es ist das Urtheil, Commandant! ...
Das Parlament, die Nation hat gesprochen und den König
als Hochverräther zum Tode verurtheilt. — Alle Namen
stehen hier — bis auf den Euren. — Und man befahl

mir Beschleunigung der Sache. — Ihr wolltet Bedenkzeit!
... Sie ist verstrichen.

Cromwell (auf und ab): Das ist ein schweres Werk,
wozu man der Sammlung seines Geistes bedarf. — O
Gott!

Hugh (finster): Besinnt Ihr Euch, wo die Nation ent=
schieden hat?

Cromwell (sich rasch umwendend, zu Hugh): Was wollt Ihr,
Priester?

Hugh (fanatisch): Seinen Kopf! Das Volk verlangt ihn.
Oder wollt Ihr lieber den Euren dafür einsetzen?

Cromwell: Ich muß allein sein, — noch hatte ich
keine ruhige Minute für mich, um mich zu sammeln, —
und man soll nicht leichten Schrittes über das Haupt eines
Mitmenschen dahin schreiten, wie über ein Bächlein des
Feldes!... Laßt mich allein, und Ihr, Sheriff, bleibt
in der Nähe! (Der Sheriff legt die Schrift auf den Tisch. Alle ab,
außer Cromwell; er geht einmal auf und ab): Es ist etwas Furcht=
bares an mich herangetreten!... (Tritt zum Tische): Ha!
Diese Schrift, — wie drückt sie auf meine Seele!... Noch
nie hat meine Hand so Inhaltschweres besiegelt.... Es
ist Tod und Leben, was ich hier bestätige!... Leben für
den Einen ist Tod für Alle! Sollte ich das zugeben?...
Darf ich es?... Hab' ich allein hier zu entscheiden? (Deutet
auf die Schrift): Da stehen die Namen aller übrigen Richter!
... Es hieße mich selbst zwecklos opfern, wenn ich diesen
Beschluß hintertreiben wollte.... Ich bin mir selbst der
Nächste, — sollte ich einem Undankbaren sterben?!...
Wenn er hätte leben wollen, so würde Niemand ihn bedroht
haben.... Das Fatum habe deshalb seinen Lauf! (Ergreift
die Feder, taucht sie ein: Wenn Einer von uns Beiden durch
Henkershand fallen soll, so will ich wenigstens nicht dieser
Eine sein!... Sterben ist Nichts, als das Vergehen des
Schnee's in der Aprilsonne, — aber zum Unglücke einer
Nation sich tödten, wäre — Blödsinn, — Narrheit!...
Bin ich reif für Bedlam, daß ich mich besinne?... Steigt

er empor, so wird Britannien sinken, der Menschheit Recht
in ihrem Blut' ertrinken!... So stirb, wie du gewollt!
(Er will unterzeichnen, bebt aber nochmals zurück): Unsel'ge Schrift!
Unglückseligeres Werk!... (Er spritzt die Feder aus): Doch
— was will ich denn?!... Soll ich zum Selbstmörder
werden?... Und meine Kinder?!... Ha! Der Tod grinzt
mir entgegen, wohin ich blicke! (Er taucht die Feder wieder ein):
Er falle denn, — Einer für Alle!... Und so mag Gott
mir gnädiglich vergeben, wie ich nur fechte für mein eignes
Leben! (Er unterzeichnet rasch, wirft die Feder zu Boden und zertritt sie):
Den Tod hast du besiegelt, — nimmermehr sollst du dem
Leben dienen und dem Glücke! (Er schellt): Es ist gescheh'n!
Wenn Gott es nicht gewollt, er hätt' ihn nicht in uns're
Hand gegeben!... Ohnstreitig will er nur der Menschheit
Recht durch eines Erdengottes Fall bewähren! (Der Sheriff
tritt ein. Cromwell übergibt ihm die Schrift mit abgewandtem Gesichte):
Nehmt hin!

Der Sheriff (blickt hinein): Und jetzt noch Eins: Der
König wünscht eine letzte Unterredung mit Euch.

Cromwell [tritt erstaunt zurück]: Mit mir?!... Was
könnt' es nützen, da Ihr dieses Papier in Händen habt?!
... Warum sagtet Ihr das erst jetzt?

Der Sheriff: So lautet meine Order. Ich habe
zu gehorchen!

Cromwell: Jetzt, wo ich seinen Tod besiegelt?!...
Nein! Soll ich es grade sein, der ihm den Schein von
Hoffnung raubt, dem Ertrinkenden die schmale Planke, an
die er sich klammern möchte, vor den Augen wegreißt?!...,
Unmöglich! —

Der Sheriff: Er bat sehr darum. Solltet Ihr
den Wunsch eines Sterbenden nicht erfüllen dürfen?

Cromwell [auf und ab]: Was nutzt es ihm?!... Wo
ist er?

Der Sheriff: In dem Salon, den er früher be=
wohnte, — zehn Schritte von hier. — Soll ich ihn hierher=
führen, oder wollt Ihr ihn aufsuchen?

Cromwell [geht rasch auf die Thüre zu, kehrt jedoch um]: Nein! Bringt ihn mir! [Jener ab.]

Cromwell [allein]: Was kann der Uebermüthige wollen? Hat er seinem Geschicke noch nicht genug getrotzt?! ... Die Hoffnung, die er vielleicht hier suchen mag, wird er nicht finden!

Neunte Scene.

Voriger. Karl Stuart von **Wachen** umgeben. Beide stehen einander gegenüber, sich mit den Augen messend.]

Cromwell [zur Wache]: Erwartet uns im Gange! [Die Wachen ab. Zum Könige]: Wohl, Sir, habt Ihr noch einen Wunsch, so sprecht! Doch werde ich ihn wahrscheinlich nicht erfüllen können. —

Der König: Meinen Wunsch könnt Ihr gewähren; denn Unmögliches verlange ich nicht, wie die Sachen einmal stehen, und ich frage nur, wie Ihr es wagen könnt, das zu beschließen?

Cromwell: So kennt Ihr das Loos, das Euch bedroht?

Der König: Ich kenn' es! Doch glaub' ich nicht, daß man es auszuführen wagen wird!

Cromwell: Was das betrifft, so täuscht Euch nicht, Sir; denn Ihr wißt ja, daß das Recht bei der Macht ist.— War das nicht stets Euer Prinzip?

Der König: Ihr wagt das nicht! ... Was hätte ich auch gethan, das solch' Bluturtheil rechtfertigen könnte?!

Cromwell: Fragt die Geschichte Englands, — sie wird Euch Antwort geben! ... Was Ihr gethan?! ... Wer könnte dies Alles aufzählen?! ... Nur Eins will ich Euch in's Gedächtniß zurückrufen: Ihr habt die Majestät Gottes verhöhnt, indem Ihr die erhabensten Institutionen der Menschheit mit Füßen tratet und die Geschöpfe selbst wie Lumpen behandelt habt, die man im Straßenkehrichte vermodern läßt! ... Das Parlament ...

Der König (achselzuckend): Was ist das Parlament?!

Cromwell: Eine Null, — weniger als eine Null,
— wir wissen es, und Ihr habt es dazu gemacht, —
habt uns in dieser Beziehung eine gute Lehre gegeben, und
wir sind, wie Ihr seht, aufmerksame Schüler gewesen!

Der König: Nur zu aufmerksame! Doch das ist ein
ganz anderer Fall. ... Und glaubt Ihr wirklich, Ihr,
der die Monarchie gestürzt und England mit Blut über=
schwemmt hat, Ihr könntet ungestraft in den Himmel hin=
aufgreifen und das durch Jahrtausende Geheiligte, Erhabene
in den Staub herabziehen?

Cromwell: Ich glaub' es, Sir!

Der König: Ihr brütet den Wurm selbst aus, der
Eure Schöpfung zernagen wird; denn wer keine Achtung
vor dem seit Urzeiten Bestandenen hat, wird dessen Werk
auf Bestand rechnen können?!

Cromwell: Sir, Ihr sagt uns da nur, was Ihr
selbst gethan! ... Was jedoch unser Werk betrifft, so wird
es bestehen, so lange wir leben, — uns're Nachkommen
hingegen mögen für sich selbst sorgen. Man kann die Welt
nicht für alle Zeiten durch Gesetze und Gebräuche binden.
Jede Generation hat ihre eignen Bedürfnisse, die sie be=
friedigen mag, wie's ihr beliebt!

Der König: Die Eurigen scheinen „Blut" zu heißen!
... Aber hütet Euch vor Eurem eignen Geiste!

Cromwell: Wir beben nicht vor Dem zurück, was
Gott gebot.

Der König: Oder der Teufel! (höhnisch): Doch frohlockt
nicht zu früh! Ihr werdet in England keinen Henker finden,
der sein Beil in das Blut des Gesalbten zu tauchen wagte,
— der von London ist schon für Euch verloren, — und
so werdet Ihr mit Schimpf und Schande vor der Welt
bestehen!

Cromwell: Man fand ihn für Maria Stuart!

Der König: Schändlich genug, daß man ihn fand!
...: Aber das war eine gesetzliche Macht!

Cromwell: Macht ist Gesetz!

Hugh (eilt herein und reicht Cromwell ein Blatt und Feder; zum Könige): Und Ihr irrt Euch, Sir, — er ist gefunden! (zu Cromwell): Unterzeichnet diesen Befehl, daß der Henker mas= kirt sein Geschäft verrichten soll, und er wird zur rechten Zeit erscheinen! (für sich): Und müßt' ich selbst es thun! (Cromwell hat unterzeichnet und gibt das Blatt zurück.) (Hugh): Das Werkzeug könnte sonst später für den Arm büßen müssen! (Ab, mit einem wüthenden Blicke auf den König.)

Der König: Wer ist dieser Bursche?

Cromwell: Einer uns'rer Priester, ein mächtiger Fanatiker, der die Seelen in seiner Gewalt hat. — Ihr seht, Sir, daß Ihr Nichts zu hoffen habt! ... So seid ein Mann, um wenigstens als solcher die Achtung der Welt mit in's Grab zu nehmen, die Ihr als König nicht zu gewinnen wußtet!

Der König: Des Raths bedarf ich nicht!

Cromwell: Hättet Ihr früher meinen Rath befolgt, so würde ich Euch heute keinen geben müssen!

Der König (zum Himmel sehend): Die Bosheit siegt, die Tugend liegt darnieder!

Cromwell: Von Bosheit spricht oft nur der Böse gern! ... Ihr — die erliegende Tugend?! ... Ihr scherzt, Sir!

Der König (stolz): Mit Euch, Rebell?! ... Ich wüßte nicht!

Cromwell (auffahrend): Rebell?! ... Ich bin es wenig= stens nicht gegen Gott und Menschheit!

Der König: Gegen Beide, weil Ihr es gegen den seid, den Gott der Menschheit vorgesetzt hat. — Die Welt= geschichte wird Euch richten und brandmarken!

Cromwell: Euch hat sie gerichtet und kein Gott wird es ändern! ... Dr'um fahret wohl und erntet die Saat, die Euer Uebermuth auswarf! (Er tritt in die Thüre und winkt den Soldaten; diese treten ein): Ein bereuender Sünder könnte mein Mitleid erregen, — den Uebermuth eines ohnmächtig

Drohenden kann ich nur verachten! ... So geht denn,
Sir, in Eure Haft zurück. ... Mit der Welt seid Ihr
fertig, — seht nun, wie Ihr mit Gott zurecht kommen
werdet! (verbeugt sich und winkt, ihn abzuführen.)

Der König (mit erhobener Hand): Ich erwarte Euch
dort oben vor dem höchsten Richter! (ab.)

Cromwell (während Jener geht): Ich werde erscheinen,
sobald er mich rufen wird, und vor seinem Gerichte nicht
erzittern! ... Was ich gethan, mit meiner Seele zahl' ich's!
(Er will durch die andere Thüre hinaus. — Richard stößt in der Thüre auf
ihn. — Er tritt wieder ein.)

Zehnte Scene.
Cromwell. Richard Cromwell.

Cromwell: Du — hier? Wie seltsam! ... Also ist
dir einmal das pastorale Landleben verleidet, mein zarter,
sentimentaler Junge?

Richard: Mein Vater! Nicht meinetwegen und nicht,
um die rauschenden Vergnügungen einer ungewohnten
Sphäre zu genießen, bin ich hier.

Cromwell: Was ist's? Sei kurz; denn jede Minute,
mir geraubt, stiehlst du dem Lande! — Also?!

Richard: Das Schreckliche, wovon alle Welt spricht,
— o Vater, ist es wahr?!

Cromwell: Meinst du König Karl Stuart?

Richard: Nur, um für ihn zu bitten, eilte ich hierher,
wenn Eures Kindes Bitte zum Vaterherzen dringt!

Cromwell: Zu spät, mein Sohn! ... Schon ist
das Urtheil in den Händen des Sheriff's. — Wenn Gott
ihn nicht rettet, so ist Karl Stuart verloren! ... Doch
was geht das dich an, Bursche?

Richard (zurückwankend): O Himmel! Welch' ein Unglück!
Die Nation ist wahnsinnig! ... Und doch könntet Ihr
vielleicht sein Geschick wenden, ihn wenigstens vor dem
Schrecklichsten bewahren! ... Vater! Vater! Laßt mich
nicht vergebens flehen! (Bedeckt sein Gesicht mit den Händen.)

Cromwell: Soll ich dem Schicksale in den Rächer=
arm fallen?!... Thörichter Knabe, was verlangst du?
... Und wenn ich könnte, so würde ich die schreckliche Ver=
antwortung nicht auf mich nehmen, England in ein Blut=
bad zu stürzen; denn siegte der König, so würde es in
England bald nicht mehr genug Holz für Blutgerüste oder
Galgen und nicht Hanf genug für Stricke geben!

Richard: Aber es ist der König! (stürzt ihm zu Füßen):
Vater! Ich kniete bis jetzt nur vor Gott! Erhöret die
Stimme Eures Kindes!... Rettet den König! —

Cromwell (beide Hände auf den Degengriff gelegt): Steh'
auf, Weichling!... Gewöhne dich, ein Mann zu sein!
(für sich, aber laut, mit einem verächtlichen Blicke auf ihn herabsehend): Hat
mir ein Kukuk sein miserables Ei in mein Adler=Nest gelegt?!

Richard: O mein Vater! Nehmt diese gräßliche Last
von meinem zermalmten Herzen!... Wendet das Schreck=
liche ab.... Es ist königliches Blut, welches fließen
wird! (Er beugt sein Haupt in die Hände.)

Cromwell: Thor, — Du!... Haben die Völker
Großbritanniens nicht hundertmal für ihre Könige geblutet?!
... Er stirbt! — (Rasch und stolz ab.)

Richard (springt auf): Verloren!... Alles und Alle
verloren! — (Er stürzt hinaus.) —

Der Vorhang fällt.

Vierter Act.

Erste Scene.

Drogheda (oder Treba), ein Kastell in Irland. Eine Halle.

E l l e n (sitzt an einem Fenster, ein Buch in der Hand, welche in den Schooß gesunken): Wann wird mein Befreier kommen?!... Jahre sind schon mit dem Strome meiner Thränen dahin= geflossen!... Wie ein Vogel in seinem Käfige sitze ich hier.... Aber was ist ein hingeweintes Jahrhundert gegen die Seligkeit des Wiedersehens?!... Himmlisches Entzücken! Dieser eine M o m e n t läßt die ganze Vergangen= heit in Nichts zerrinnen, sie nur wie ein matter, ferner Nebelstreif erscheinen, in welchem unsere Thränen um die Geliebten als ein glänzendes Perlenband schimmern!... Erdenschmerz, was wirst du im Augenblicke des Wieder= findens sein?!... Der erste Kuß schmelzt dich für immer hinweg, wie die Sonne den Thautropfen im Kelche der Blume, wie der allmächtige Odem des Ewigen ein Blatt vom Baume weht, das nicht mehr sein soll!....

Zweite Scene.

Vorige. Crampton, in voller Bewaffnung, dazu.

C r a m p t o n: Schon wieder in Thränen?! (spöttisch): Hütet Euch, Ellen! Euer schönes Antlitz wird durch diese Salzbäche Furchen bekommen, wie ein aufgeweichtes Thon= feld!

E l l e n: Das Lächeln ist für die Glücklichen, — die Elenden dürfen nur in Thränen schwelgen! Wessen Schuld ist es?

C r a m p t o n: Fragt Euer starres Herz!... Ellen!

Laßt endlich einmal dieses Zerfleischen Eures Selbst's und gebt Euch vernünftigen Trieben hin. — Liebe ich Euch nicht mehr, als irgend Etwas in der Welt, — mehr, als mich selbst sogar?!

Ellen: Ihr beweist es mir so herrlich!

Crampton: Was soll ich thun, um Euch zu über= zeugen? Sagt es! Nur Trennung von Treba verlangt nicht!

Ellen: Ihr versprecht es mir?

Crampton: Ich schwör' es Euch!

Ellen (rasch): So befreit mich von Eurem Anblicke, Sir!

Crampton (zurückweichend; finster): Ellen! Im Herzen ist eine Falte, worin Rachsucht und Unmenschlichkeit schlum= mern. Hütet Euch, diese Furien zu beschwören!

Ellen: Können sie tödtlich werden, diese Furien?

Crampton: Zweifelt nicht; denn Ihr spanntet diese Saiten zu sehr an!

Ellen: So laßt sie hervorbrechen, diese tödtlichen Ele= mente, — laßt ihre schwarzen Wogen mich verschlingen, und segnen will ich Euch! ... Vergeßt Ihr, daß nach dem Tode die Ruhe kommt?!

Crampton: Die Ruhe des Grabes, ja!

Ellen: Wenn das Herz nicht mehr schlägt, dann leidet es nicht mehr.

Crampton: Ihr denkt also stets nur an Euch?!

Ellen: Nein, an ihn! ... Armer Joyce! (Sie schaut träumerisch zum Fenster hinaus zum Himmel.)

Crampton (mit einer Geberde der Wuth, den Griff seines Degens umkrallend und den Boden stampfend): Nennt diesen Namen nicht mehr! ... Wehe dem Verfluchten, sollte sein Geschick ihn nochmals in's Bereich meiner Klinge bringen!

Ellen (lächelnd): Was könntet Ihr ihm thun, das er nicht mit Zinsen heimgeben würde?! ... Mit ihm ist Gott und Cromwell! ... Nehmt Euch in Acht!

Crampton: Mit mir diese starken Mauern! ... Laßt sie kommen! ·.. Das Castell ist fest, und Tausende müßte er opfern, wenn er es nehmen wollte!

Ellen: Was fragt Gott nach Tausenden?! Hat er nicht ganze Völker seinen erhabenen Zwecken geopfert?! Aber auf Eure Seele werden diese Tausende fallen, die Ihr zwecklos unter die Füße eines zermalmenden Verhängnisses schleudert; denn wohl wißt Ihr, das Ihr dieser Macht nicht zu widerstehen vermögt!

Crampton: Versuchen wir es immerhin!

Ellen: Hofft nicht! England konnte es nicht und Ihr vermögtet's?!

Crampton (hämisch): Dann können wir uns immer noch unter den Trümmern dieser Feste begraben! Solltet Ihr diesen Tod nicht schön finden?

Ellen: Treda wird ein herrliches Mausoleum sein; denn ich werde zuvor ihren Sieg schauen! Glaubt Ihr nicht, daß es süß sei, einem geliebten Wesen zu sterben?... Meine Seele wird immer um ihn sein, wie seine Gedanken bei mir!

Crampton: Den Tod diesen Königsmördern!

Ellen: Wie unedel Ihr wieder seid, Capitain!... Sie sind es nicht!... Ist Volksstimme nicht Gottes Stimme?! ... Was lästert Ihr Gott?! (Man hört Trompetenton.)

Crampton: Ha! Ein Parlamentärsignal!... Was haben sie so Wichtiges drüben im Lager?!

Ellen (springt auf): Ah! Das bedeutet Befreiung!

Crampton: Oder — Tod!

Ellen: O das ist ja dasselbe, Sir!

Ein Soldat: Ein Parlamentär, Commandant!

Crampton: Führt ihn herein und jeder Mann sei auf seinem Posten! (Der Soldat ab.)

Ellen (freudig): Endlich! Endlich!

Crampton (drohend): Triumphirt nicht zu früh, puritanische Schwärmerin!

Dritte Scene.

Vorige. **Der Parlamentär** wird eingeführt und die Binde ihm abgenommen.

Crampton: Wer sendet Euch und was wollt Ihr?

Der Parlamentär: Oliver Cromwell, der Obergeneral der irländischen Armee, sendet mich und befiehlt Euch im Namen des britischen Volkes, dies Castell sofort zu übergeben, damit kein unnöthiges Blut vergossen werde, — widrigenfalls er die ganze Besatzung über die Klinge springen lassen wird.

Crampton (spöttisch): Wenn er sie haben wird! ... Ist das Alles?!

Der Parlamentär: Ja, Sir!

Crampton: Sehr bescheiden, in der That! ... Und das wagst du, elender Kerl, mir abzuverlangen? (Er schlägt zornig an seinen Degen.)

Der Parlamentär: Ein Soldat hat zu gehorchen, Sir!

Crampton (überlegend): Bursche, du hast recht! ... Wohl! Sage deinem schuftigen Generale, ich würde ihn in einer Braupfanne ersäufen, wenn ich ihn jemals in meine Gewalt bekäme, — aber Treda überliefern — niemals! ... Er nehme es! ... Und jetzt: marsch, Rundkopf, (er weist ihm die Thüre) und versuche meine Seele nie mehr mit so niedrigem Antrage; — ich könnte **mich** sonst versucht fühlen, deinen schuftigen Hals mit einem Penny-Stricke zu verkuppeln, — und diese Vermählung würde dir eine schlechte Viertelstunde bereiten, ehe der Kitzel deines puritanischen Paradieses dich entzücken könnte! ... Fort mit ihm!

(Der Parlamentär, unterdessen verbunden, wird abgeführt.)

Vierte Scene.

Vorige, ohne den Parlamentär und Bedeckung.

Crampton: Was diese Rundköpfe übermüthig sind! ... Glaubt Ihr, uns're Seelen seien Häringsseelen, uns're

Haut elendes Schafsfell und unf're Sehnen — Stroh=
halme?! Versucht sie! —

Ellen (ist an ein Fenster getreten): Wie stolz ihre Fahnen
im Winde flattern! ... Edle Flagge! Mögtest du stets
siegreich wehen!

Crampton (sie zornig ansehend): In den Staub mit die=
sen Zeichen der Rebellion! (für sich): O warum kann ich dies
Weib nicht tödten?! ... Es wäre Alles vorüber — frei=
lich auch die Hoffnung! (seufzend): Und hoffen kann ich nur,
so lange sie lebt! (Ein Kanonenschuß ertönt in der Ferne.)

Ein Soldat: Der Feind naht! (ab.)

Crampton: Er wird mich an meinem Platze finden!
(zu Ellen): Ellen, steigt während des Kampfes in die Ge=
wölbe hinab ...

Ellen: Wozu, Sir? Ich bleibe hier!

Crampton: Und die Kugeln, die hier einschlagen
werden?! ...

Ellen: Fürchtet Ihr sie, Capitaine?

Crampton: Tod und Hölle, was denkt Ihr, Weib?!

Ellen: Wohl, ich fürchte sie gleichfalls nicht und die
Wände sind stark. (Man hört Getöse.)

Crampton: Wie Ihr wollt! (zieht sein Schwert): Wohlan
denn, Rebellen, ich erwarte Euch, und verflucht sei die
Memme, die zuerst „Pardon" schreit! (Er stürzt hinaus. — Schießen,
Getöie.)

Ellen (allein, auf die Kniee fallend): Schütze die edlen Herzen,
Herr der Welten! ... Es fällt ja kein Sperling vom
Dache — ohne deinen Willen, — und kein Haar vom
Haupte deiner Creatur! ... Sollten deine Diener weniger
sein in deinen Augen?! ... Nein! Nein! Deine Huld, die
bis jetzt sie schützte, wird sie zum Ziele führen, um durch
sie deinen Namen zu verherrlichen! (sie springt auf.)

Ein Soldat (läuft über die Bühne): Rettet Euch, Lady!
Der Feind dringt schon ein! [ab.]

Ellen: Dein Feind ist nicht der meinige! ... O
Freiheit, süßeste Wonne, lächelst du mir, oder steht eine
neue Täuschung mir bevor?!

Cromwell. 4

Crampton (stürmt herein, — mit gesenkt gehaltenem Degen): Das ist Verrath!... Schon habe ich den Feind im Rücken und doch ist dort noch kein Thor erbrochen!... Ha! Die Rundköpfe müssen Freunde unter der Besatzung haben, oder diese besteht aus Nachtmützen!... Tod den Verräthern! (Er will zur andern Seite hinausstürzen.)

Ellen: Jericho's Mauern fielen gleichfalls vor dem Herrn!

Crampton: Ha! Ihr da, — frohlockt nicht; denn Ihr werdet ihren Sieg nicht schauen! (Kampfgetöse außen. — Er stürzt sich auf sie): Wenn doch Alles verloren ist, so sollt Ihr es mit uns sein! (Er will sie durchbohren; sie schlägt das Schwert zur Seite und springt zurück.)

Ellen: Elender! Ein Weib kannst du tödten, — den Männern weichst du aus!

Crampton (stürzt abermals auf sie zu): Stirb, überspannte Schwärmerin! (Er will sie durchbohren.)

Fünfte Scene.

Vorige. Joyce stürzt herein und zwischen sie; einige Soldaten folgen.

Joyce: Feigling, halt' ein! Soll ein Weib der Erstling deines Schwertes sein?!

Crampton (stürzt sich auf ihn): Verruchter, hab' ich dich endlich?! (Sie fechten.)

Ellen (an die Wand gelehnt): O Himmel! Er ist's!
(Joyce schlägt den Capitain über den Kopf.)

Crampton (sinkt, indem er ruft): Verflucht! (Joyce will ihn durchbohren.)

Ellen (fällt ihm in den Arm): Er liegt, — das ist genug! Haltet ein!... Achtung vor dem Sterbenden, auch wenn's ein Feind wäre!...

Joyce: Und doch ist mir's, als müßt' ich ihm noch Eins versetzen!

Ellen: Laßt ihn, Joyce!

Joyce: Raubte er nicht mein Glück?!

Ellen: Habt Ihr es nicht wieder?! ... O Joyce, mein Joyce! (stürzt in seine Arme, welche sie umschließen): Endlich frei! ...

Joyce: Meine Ellen! So lebt Ihr noch?! Gott sei gelobt! ... Ich hatte Euch fast aufgegeben!

Cromwell (mit Andern dazu): Das Nest ist unser! ... (Stützt sich auf sein Schwert und betrachtet die Beiden): Das ist ein Bund, durch Blut gefeit. ... Wenn der nicht hält, so fällt die Erde auseinander! (Ellen und Joyce treten auseinander und zur Seite.)

Ellen (für sich): Blut wird Blut fordern. Weh' mir!

Cromwell (zu Ireton, der mit gezogenem Degen eintritt): Laßt Alle über die Klinge springen, wie ich es ihnen versprochen!

Crampton (erhebt mühsam den Kopf): Das ist nicht — soldatisch! ... Pfui, ihr Rundköpfe! (sinkt zurück.)

Cromwell: Thor! Sollte ich monatelang vor diesen Nestern liegen, wie der Fuchs vor einem Mausloche?! ... Besser so! — Ein Tropfen zur rechten Zeit vergossen, ver= hütet Ströme unschuldigen Blutes! (zu Ireton): Thut, wie ich gesagt. Das wird die andern Nester unterwerfen! ... Und jetzt schafft mir die Todten und Verwundeten aus dem Wege! (Er setzt sich auf der einen Seite an einen Tisch. Crampton wird hinausgetragen.)

Ireton: Ihr sollt befriedigt werden, General! (ab.)

Joyce (auf der andern Seite, Hand in Hand mit Ellen flehend): Und Euer Vater, Ellen?

Ellen (nach oben deutend): Dort! ... Schon längst! (sie senkt ihren Kopf in die Hände.)

Joyce: Also bei Gott! ... Tröstet Euch; denn Eurer harrt ein Wiederseh'n! ... Ruhig, meine Ellen!

Ellen: Es war mein Vater!

Joyce: Hab' ich ihn nicht **mit verloren**?!

Ellen: Wohl habt Ihr einen Vater in ihm verloren! ... Und welchen Vater!

Joyce: Ist er nicht besser daran, als wir?!

Ellen (gibt ihm die Hand): Ihr habt recht, Joyce! Laßt uns ihm folgen!

Joyce! Noch nicht, Ellen! ... Er wird uns rufen, wenn es Zeit wird sein! ... Kommt! (Er führt sie an der Hand zu Cromwell und kniet mit ihr vor ihm nieder): Herr! Endlich habe ich die oft Verlorene, die so heiß Beweinte, wiedergefunden! ... Ihr ehrwürdiger Vater ist todt, — so gebt Ihr uns Euren Segen an seiner Statt, wenn Ihr glaubt, so viel für mich thun zu können!

Cromwell: Wohl, treuer Joyce! Du hast es um mich verdient. (Er legt die Hände auf ihre Häupter): „Gott, der Herr, dessen Hände immer gefüllt sind, dessen Gnadenborn unerschöpflich ist, wie die Meere der Erde, überschütte Euch mit dem Füllhorne seiner göttlichen Liebe und verleihe Euch die Weisheit Salomo's und der Königin von Saba! ..." Und nun, Joyce, — da Ihr es nach so langem Warten wahrscheinlich eilig habt, Euer hohes Gut zu sichern, eilt mit der Schnelligkeit des Hirsches zu einem uns'rer Kapläne, um Euch den bindenden Segen von Priesters Hand spenden zu lassen. ... Gott sei mit Euch, Kinder! (Beide erheben sich während dem, verbeugen sich und gehen Hand in Hand ab.)

Sechste Scene.
Cromwell. Jreton.

Jreton: General! Eure Befehle sind vollzogen, — die Todten vor die Burg gebracht, die Ueberlebenden, wie es ihnen verheißen war, gehängt! ... Und jetzt?!

Cromwell: Jetzt — warten wir die Unterwerfung der anderen Raubnester ab. — Das Beispiel wird fruchten, hoff' ich; denn ich möchte es nicht gerne zum zweiten Male in Anwendung bringen!

Jreton: Ich zweifle nicht daran; denn ich ließ drei Bursche zu Pferde entwischen, um den andern Burgen das Loos Treda's zu verkünden. — Sie rissen aus, wie gehetzte Hirsche.

Cromwell: Auch gut! ... Lange wird's nicht dauern; denn Treda war der festeste Platz der Insel.

Jreton: Sicher! Und die nahgelegenen Nester sahen

seinen Fall. Sie werden sich beeilen, dem Loose Treba's zu entwischen!

Ein Offizier: General! Drei Parlamentäre der nächsten Forts bitten um Gehör.

Cromwell: Laßt die Bursche eintreten! (Der Offizier ab.) (Zu Ireton): Ihr seht, mein Mittel wirkt!

Siebente Scene.

Vorige. Drei Offiziere (treten ein und verbeugen sich tief.)

Cromwell: Was bringt Ihr mir?

Einer der Drei: Unterwerfung, Sir!

Cromwell (steht auf; stirnrunzelnd): Ihr kommt sehr spät; denn ließ ich nicht schon vorgestern sie fordern?! So wagtet Ihr, der britischen Nation zu trotzen? Wißt Ihr auch, was Eurer harren dürfte, wenn ich dies ahnden wollte, wie ich's könnte?! (Er stützt sich auf sein Schwert.)

Einer der Drei: Um Vergebung, General! Wir waren schon auf dem Wege hierher, als wir das Schicksal Treba's sich erfüllen sahen.

Cromwell: Und Ihr wolltet aus einem Hinterhalte in der Nähe zuerst sehen, ob es widerstehen könnte, um Euch danach zu richten?!

Einer der Drei: Nein, Sir! ... Und die Commandanten der übrigen Forts berathschlagen wegen der Bedingungen der Uebergabe, konnten sich jedoch noch nicht einigen.

Cromwell: Bedingungen?!... Die gibt es hier nicht! Die Burgen sind zu übergeben, die Besatzungen zu entwaffnen, und ich will nachsichtig sein und sie auseinander gehen lassen; — das ist Alles, was sie erwarten können! — Wer mehr beansprucht, der riskirt seinen Kopf oder Hals! ... D'rum — kein Wort weiter über diese Sache! ... Ihr wißt jetzt meine Meinung; Jedermann richte sich danach! —

Einer der Drei: Die Thore unf'rer Forts find zu Eurem Empfange geöffnet, General! (Sie verbeugen fich.)

Cromwell (zu Jreton): Jreton! Beſorgt von jetzt an dieſe Geſchäfte unter den bekannten Bedingungen. — Was Ihr beſchließt, das mag beſchloſſen ſein! (zu den Offizieren): Wegen des Weitern haltet Euch (auf Jreton deutend) — an meinen Unterfeldherrn und Statthalter dieſes Königreich's. In ſeine Hände leg' ich hiermit Jrland's Loos! (Jreton und die Offiziere verbeugen fich und gehen ab.) —

Cromwell (allein): Ein ſchönes Ziel iſt errungen, — mit ihm ein Auge entfernt, welches dräuend über meinen Schritten hing... Jreton! Du biſt unſchädlich gemacht; denn jetzt iſt deine brütende Seele auf einen Pfad geleitet, welchen ſie wandeln muß, wenn ſie nicht in ihr altes Nichts zurückfallen will. Und dazu iſt ſie zu ſtolz.... Befriedigt den Ehrgeiz der Jugend mit Würden, und ſie wird Euch nicht gefährlich ſein; denn die Macht hört auf, uns bedrohlich zu erſcheinen, ſobald wir ſelbſt ſie theilen. — Bietet eine Krone dem wüthendſten Republikaner und er wird Cäſar den Retter der Menſchheit nennen! — Brecht des Sclaven Ketten, gebt ihm Gewalt, — und er wird ein Tyrann werden, der Seinesgleichen nicht mehr verdammt! ... Das edle „Selbſt" regiert die Welt!... Arme Menſch= heit, du biſt zu beklagen, wenn du bei ſolchen Umſtänden in keine menſchliche Hand fällſt!... Wohl! Wenn du denn beherrſcht ſein mußt, ſo kann ich dieſe Laſt ſo gut, als ein Anderer, auf meine Schultern nehmen. — Ich würde dich wenigſtens ſo glücklich zu machen ſuchen, als es einer Menſchen= hand möglich iſt!... Auf! Dem erhabenen Ziele entgegen! ... Jetzt noch Schottland und wir haben es erreicht!... Britanniens Wohl hängt auf der Spitze meines Schwertes. ... Laſſen wir es nicht roſtig werden, ſondern das Eiſen ſchmieden, ſo lange es glüht; denn kaltes Eiſen hämmert ſich ſchlecht! (raſch ab.)

(Verwandlung.)

Achte Scene.

London. Unterhaus. Ein Vorzimmer des Sitzungssaales.

Peters und mehrere **Parlamentsglieder.**

Hugh: Also glaubt Ihr, meine Freunde, daß die Belohnung seiner Thaten, wie Ihr sie ihm gewähret, das Ziel seiner Wünsche, seines Ehrgeizes, seines Strebens sei?

Ein Parlamentsglied: Was sollte er sonst wünschen, als die Achtungsbezeigung der Nation und diese reichen Dotationen an Land, das Höchste, was in einem freien Staate gegeben werden kann?!

Hugh: Wie kurzsichtig Ihr seid! Irland hat er unterjocht, Schottland liegt zu seinen Füßen, — England weiß, daß es ihm dies Alles verdankt, — und Ihr hofft, er werde dabei stehen bleiben, sie nur vereinigt zu haben?... Ihr kennt diesen verschlossenen Kopf schlecht! — Das Heerparlament war der erste Schritt seiner brütenden Seele. — Wer weiß, wo er anhalten wird?!

Das Parlamentsglied: Was fürchtet Ihr, Kaplan?

Hugh: Ich sage Euch, er wird die Paradiesäpfel nicht für Andere gebrochen haben, dessen seid gewiß!... Hat er nicht zweimal das Parlament gesprengt?!... Er wird auch Eurer nicht schonen, wenn Ihr seinen Weg kreuzen werdet.... Der Caesarismus steht vor der Thüre und damit der Fall uns'rer Kirche; denn will er an der Spitze der Nation bleiben, so muß er es mit der Hochkirche halten, da sie die Hälfte der Nation und die Royalisten beherrscht. — Diese Nothwendigkeit zieht nun den Sturz uns'rer Secte nach sich, weil erstere ihn zwingt, uns'rer Hauptfeindin einen Theil der ihr entrissenen Gewalt wieder einzuräumen. — Der Papismus wird den Schluß bilden!

Das Parlamentsglied: Was können wir thun? Mit ihm ist der Teufel!

Hugh: Wohl ist es so, und es ist gut, wenn Ihr diese Ansicht im Parlamente verbreitet. — Auch ich theile sie!... Es gibt nur ein Mittel, ihn unschädlich zu machen: Tragt auf Theilung seiner Armee oder gänzliche Entfernung seiner Person an.

Das Parlamentsglied: Wieso aber?

Hugh: Ein neuer Krieg gibt den Vorwand. — Laßt durch seine Truppen die Flotte bemannen und sein fügsames Werkzeug ist seiner Hand entwunden!

Das Parlamentsglied: So sei es! Benutzen wir die erste Gelegenheit!

Hugh: Thut das, oder er wächst der Nation über den Kopf und tritt sie mit Füßen. — Wir müssen einen zuver=läßigeren Mann an der Spitze haben. — Hütet Euch vor Cromwell, wie vor dem Teufel! (Sie treten an die Seite.)

Neunte Scene.

Vorige. Lambert und der Kriegsrath dazu.

Lambert (am Arme Fletwood's eintretend): Ja, meine Herrn, die Zeit ist da, welche eine definitive Entscheidung verlangt, um dem Retter der drei Reiche eine bestimmte Stellung zu geben, auf daß wir endlich wissen, in wessen Händen das Wohl des Landes ruhe. Eher ist an die Begründung des sichern Friedens und des Glückes der Nation nicht zu denken. Diese ewigen Wirren reiben uns auf. Also ent=scheidet Euch!

Fletwood: Wir entschieden uns für Euren Vorschlag, da wir in der That nichts Geeigneteres zu finden vermochten. — Laßt es ihn wissen.

Hugh (zu den Dreien; leise): Was Die wohl wieder aus=hecken mögen!... Etwas Gutes sicher nicht.; die Säbel sind dabei!

Lambert: Er ist benachrichtigt und wir erwarten ihn hier. — (Man hört Trommeln.) — Der General!

Zehnte Scene.

Vorige. Cromwell, gefolgt von einigen seiner Offiziere und Andern, tritt ein. — Alle verbeugen sich.

C r o m w e l l : Gott Euch zum Gruße, edle Vertreter der Nation! Was wünscht Großbritannien, daß Ihr mich hier= her berufen?... Durch die „krönende Gnade" des Himmels siegreich über die Feinde des Landes, stelle ich mich demselben zur fernern Verfügung!

H u g h (leise zu den Dreien): Hört! Hört! Durch die „krö= nende Gnade"!... Der Teufel borgt das Gewand der Engel!

L a m b e r t : Die Nation wünscht durch diese ihre Ver= treter die unendlichen Verdienste, welche Ihr um sie habt, würdiger zu belohnen, als es bis jetzt geschah.

C r o m w e l l : Meinen schönsten Lohn werde ich immer in der Liebe der Nation und ihrer Anerkennung des Wenigen finden, was der Herr mir zu vollbringen erlaubte. Was könnte mein Herz noch wünschen?!

L a m b e r t : Die Verhältnisse gebieten uns, mehr zu thun. Eine feste Hand ist nöthig, um das Steuer des großen Staats= schiffes mit unbesiegbarer Kraft zu führen, damit es glücklich in den Hafen der langersehnten Ruhe einlaufe und dort für immer beilege, — und die Eurige ist dazu ansersehen. Wer könnte das Errungene besser erhalten, als Ihr, dessen Helden= muth das Unwahrscheinliche vollbrachte?!... Deshalb be= schloß der hohe Kriegsrath, Euch, Oliver Cromwell, Ober= general der britischen Armeen, als höchste Magistratsperson in den drei Reichen anzuerkennen — mit dem Titel eines „L o r d P r o t e c t o r s " der drei Reiche, sowie dem Prädicate „Hoheit", — vorausgesetzt, daß Ihr als solcher die neu= entworf'ne Verfassung in Ehren zu halten beschwören werdet!

C r o m w e l l : Das Vertrauen der Nation ist groß, aber dennoch nicht größer, als meine Liebe zu i h r ! — Zweifle deshalb Niemand, daß ich niemals Etwas unternehmen würde, was diese Verfassung im Geringsten verletzte!...

Meine Herrn! Ihr bürdet ein Ungeheures meinen Schultern
auf und fast sollt' ich zweifeln, daß ich ihm gewachsen; denn
die That hinkt oft dem Willen nach. — Doch hoffe ich auf
fernern Schutz und die Erleuchtung dessen, der mich so glor=
reich bis hierher geführt; und somit nehme ich diese ehrende,
erhab'ne Würde an, die mir das Land durch E u r e Hände
bietet.... Und wie's auch England ferner mag ergeh'n, ich
werd' ihm kühn und treu zur Seite steh'n! (Er nimmt seinen
Hut ab und schwingt grüßend den Degen.)

L a m b e r t : Lang lebe der Lord Protector von Groß=
britannien und Irland!

A l l e (entblößen ihre Häupter, die Degen schwingend): Er lebe!...
Und Gott sei mit ihm!

H u g h (zu den Dreien): Die Blödsinnigen! Wie sie ihre
Ketten schmieden!... Sie sind trunken!

L a m b e r t : Und jetzt sei dem Volke sofort diese Wahl
verkündet, damit es die neue Ordnung der Dinge nicht von
unberuf'nen Zungen erfahre... Auf, meine Herrn! In die
Sitzung des Parlaments!! (Alle ab, sich vor Cromwell verbeugend,
außer Hugh Peters.)

Eilfte Scene.

Cromwell. Hugh Peters. Beide betrachten sich eine Weile schweigend.

C r o m w e l l : Der Wille der Nation scheint nicht mit
Euren Wünschen übereinzustimmen, Kaplan.

H u g h : Bruder Cromwell, offen gestanden, nicht ganz!

C r o m w e l l : Darf ich mich erdreisten, nach dem Grunde
zu fragen?

H u g h : Je höher ein Menschenherz gestellt ist, desto
leichter verhärtet es. — Wenn man der Sonne nahe steht,
sieht man die Erde nicht mehr und vergißt, daß sie uns're
Mutter ist. — Seid Ihr mehr, als ein Mensch?!

C r o m w e l l : Eben, weil ich ein Mensch bin, verstehe
ich Euch nicht, ehrwürdiger Bruder Hugh!... Also erklärt
Euch deutlich!

Hugh: Vom „Lord Protector" zum Tyrannen ist nur
ein Sprung. — Solltet Ihr vor ihm zurückbeben, nach=
dem Ihr über so manche Schranke gesetzt?!... Man glaubt
dies nicht und fürchtet Alles; denn allzu verlockend ist, was
vor Euch liegt!

Cromwell: Was sagt Ihr da, finst'rer Eiferer?!

Hugh: Ihr seid nur ein Mensch und Menschen sind
schwach!... Ich war schon nach der Schlacht bei Worcester,
wo Ihr den jungen Karl Stuart vernichtet habt, geneigt,
zu glauben, daß Ihr versuchen würdet, nach der Krone zu
streben. — Der Anfang ist viel versprechend.... Aber scheut
die Schlange, — eben, weil sie unter Blumen liegt!!!...
Die Kirche, Eure Mutter, ...

Cromwell (tritt auf ihn zu; rasch): Das dachtet Ihr von
mir?! Ich — König?!... Ich?!

Hugh: Herr, nach jener Schlacht mußten wir es!...
Großbritannien und Irland lagen zu Euren Füßen!

Cromwell (sinnend; dann zu ihm, ihn fest ansehend):
Du weckst in mir den schlummernden Gedanken,
Der niemals noch vor meine Seele trat.
Viel besser wär's, du hätt'st ihn schlafen lassen;
Denn ist der Sturm erwacht, wer mag ihn zügeln,
Ihn zu der Rückkehr in sein Bette zwingen?!...
Gedanken sind oft wilde Sturmeswellen,
Die unser Selbst in ihrer Fluth begraben.
D'rum schweige, Priester; rufe nicht die Geister
Der Hölle wach in einer Menschenbrust!
Hat sie nicht schon genug an Dem zu tragen,
Was irdisches Geschick ihr aufgebürdet?!
Das Loos Britanniens liegt — ein Alp — auf mir,
Der mir das Herze schier erdrücken will
Und meine Nerven bis in's Mark erschüttert!
D'rum fort mit dir, Zelot!... Was du vermagst
Zu denken, — ich vermag es nicht zu thun!
Hinweg mit dir! (Zeigt mit der Hand nach der Thüre.)

Hugh: Dank Euch, daß wir uns getäuscht!... Und

zürnet nicht; denn sollte uns die Religion nicht näher stehen,
als selbst der beste Freund?!

Cromwell: Wer schützte sie bis jetzt?! Wer sonst, als ich?!
Erwartet Ihr von mir den Fall derselben? ...
Ihr Priester seid es, die sie untergraben —
Durch eine Selbstsucht, maßlos, wie des Raum's
Unendlichkeit, so daß Ihr Nichts mehr denkt,
Als Eures eig'nen materiellen Vortheils! ...
Ihr werdet immer Die zu Grunde richten,
Die Ihr zu stützen vorgebt, und zu spät
Wird die verrath'ne Menschheit es erkennen!

Hugh: Ihr irret, Sir!

Cromwell (schnell): Ich habe schon genug!
Geht und berichtet Euren guten Freunden,
Daß ich die meinen **kenne** und mich wohl
Auch noch zu schützen weiß vor ihren — Herzen.
Im Uebrigen — wird Gott ja selbst entscheiden! —

Hugh: Ich hoffe es, Lord Protector! Ist es sein Werk,
so wird es bestehen, ist es des Teufels Werk, so wird's ver=
gehen! (Rasch ab.)

Cromwell (verächtlich): Erbärmlicher Ascete, du willst
also Krieg bis zum Messer?! ... Wohl! Du sollst ihn
haben, trotz deinem ganzen Anhange, — und stände die
Hölle mir gegenüber! ... Wir wollen sehen, wer seine Haut
zu Markte tragen wird, — ich oder du!! (Er will hinauseilen.)

Zwölfte Scene.

Voriger. Lambert und einige **Offiziere** des Kriegsraths eilen herein.

Cromwell: Was gibt's, meine Herrn, daß Eure Beine
in solcher Hast die Luft peitschen, als wären es Windmühlen=
flügel?

Lambert: Erstens kam soeben die Nachricht von Jreton's
Tod' an.

Cromwell: Jreton todt?! ... Nun, er paßte ohn=
streitig nicht in diese absurde Welt! ... Sodann?

Lambert: Zweitens debattiren die Presbyterianer, Republikaner und Royalisten die Rechtmäßigkeit Eurer Machtstellung, Lord Protector. — Gebt der Stimme des Kriegsraths Nachdruck, sonst wird sie leerer Schall gewesen sein!

Crommell: Ha! Hugh Peters, das ist Euer Werk! Aber Ihr sollt Euch dennoch verrechnet haben! (zu den Officieren): Sind Truppen in der Nähe, so laßt dreihundert Mann antreten!

Fletwood: Das Doppelte, wenn's nöthig ist! (ab.)

Crommell: Ich muß Etwas thun, wogegen Herz und Geist sich sträuben; — aber die Pflicht gegen den Staat, und die der Selbsterhaltung gebieten es und Hochverrath ist's, wenn ich es unterlasse! — Deshalb — fort mit dem Schwanken! Nur ein Schiff, welches kühn, rasch und gewaltig die Wogen, die sich ihm entgegenthürmen, durchschneidet, wird sie überwältigen. (Es tritt eine Masse Soldaten ein.) Vorwärts, meine Herrn! Wir müssen sehen, wer Recht haben soll, Gott oder der Teufel! ... Oeffnet die Flügelthüren! (Die Soldaten reißen die Thüre auf. Man sieht den Rest des Parlaments in Sitzung. Alle Parlamentsglieder springen auf.) —

Crommell (zum Parlamente): Ist das der Friede, von dem Eure Lippen wieder und wieder überfließen, Ihr Heuchler?! ... Befolgt Ihr so die Lehren Eures Meisters, der da sagte: Liebet einander!?! ... Weil Ihr seht, daß die drei Reiche — durch ihre Vereinigung — dem Wohlstande, dem Glücke, einer Größe und Macht nach Außen, wie sie nie zuvor geahnt, entgegen eilen, ruft Ihr Haß und Zwiespalt im Volke hervor, nur, damit unser Werk nicht gelinge!? ... Und dazu, hofft Ihr, werde der Himmel schweigen?! ... (zornig): Thoren! Was lehnt Ihr Euch gegen das Schicksal auf?! ... Nun, — Großbritanniens Schicksal bin ich! ... Und so frage ich Euch: Was thut Ihr da?!

Ein Parlamentsglied: Wir suchen Gott, den Herrn!

Crommell: So müßt Ihr anderswohin gehen; denn meines Wissens ist er seit langen Jahren nicht hier gewesen!

(zu den Soldaten): Kameraden! Räumt diese ehrwürdigen Hallen; denn d i e s e Bursche da haben die Gerechtigkeit mit Füßen getreten und gegen Gott gewüthet, indem sie ihr elendes Selbst an seine Stelle setzen wollten ... Fort mit ihnen!

(Die Soldaten sind während dem eingedrungen und treiben das Parlament auseinander; die Parlamentsglieder entfliehen nach allen Seiten. — Sowie der Saal leer ist, schließt Cromwell die Thüre und steckt den Schlüssel in die Tasche.) —

(Cromwell): So! ... Die Regierung von Großbritannien steckt jetzt in m e i n e r Tasche! — Wer hier eintreten will, hat sich bei mir, als dem Portier, zu melden! ... Gute Nacht, meine Herrn! ... Auf Wiederseh'n in Whitehall! ...

(Er nimmt seinen Säbel unter den Arm und geht rasch ab, gefolgt von Lambert und einigen Offizieren und salutirt von Allen.)

Der Vorhang fällt.

Fünfter Act.

—

Erste Scene.

London. Das königliche Schloß (Whitehall.)

Die Gesandten von **Frankreich** und **Spanien** auf der einen Seite, — **Die Gesandten** von **Schweden** und **Holland** auf der anderen, auf= und abgehend.

D e r G e s a n d t e S p a n i e n s (zu dem Franzosen): Wie mögen uns're Sachen stehen? Ist er in guter Stimmung?

D e r F r a n z o s e (zum Spanier): Mein edler Don, — nach Allem, was ich sah, scheint uns kein holder Empfang bevorzustehen. (Auf den Schweden und Holländer deutend): Die Herrn da d r ü b e n fahren jetzt auf der Straße des Glücks!

D e r S p a n i e r: Wieso? ... Ihr erschreckt mich!

D e r F r a n z o s e: Se. Hoheit, der Herr Lord=Protector, hat uns're Botschaften noch keines Blickes gewürdigt, wie mir der Herr Staatssekretär versicherte. — Das sieht schlimm aus!

Der Spanier (halblaut, mit einem Blicke zum Himmel): O stolzes, heiliges Spanien, in dessen Grenzen die Sonne nie untergeht, — welche Demüthigungen sollst du noch erdulden?! (zum Franzosen): Die Welt ist umgedreht!

Der Franzose (lächelnd): Ja, — und sie dreht sich noch alle Tage, wie man behauptet!

Der Spanier: Aber was kann Seine Hoheit noch wollen?!... Mein erhabener, allerchristlichster Monarch gewährte, was der Herr Lord-Protector wünschte!

Der Franzose: Ihr werdet ja hören, was das Herz Sr. Hoheit verhärtete!... Geduldet Euch, Don! Wir müssen's auch! (auf und ab.)

Der Holländer (zum Schweden): So habt Ihr unbegrenzte Vollmacht, dies Bündniß mit Großbritannien abzuschließen?

Der Schwede: Ja, Mynheer. Der König wünscht sogar Beschleunigung dieser Sache.

Der Holländer: Wohl! Wir finden den Boden trefflich für uns're Wünsche vorbereitet. — Der Protector scheint alle protestantischen Mächte in einem großen Bunde vereinigen zu wollen. — Er soll wüthend über die spanische Inquisition und besonders über die savoyischen Verfolgungen der Waldenser sein. — Hoffen wir Alles! (Auf und ab.)

Der Franzose (zum Spanier): Da hört Ihr es!...Ihr könnt Euch gratuliren, wenn Ihr mit heiler Haut davon kommt!

Der Spanier (seufzend zum Himmel blickend): Ich habe ein trauriges Amt!

(Die Vorhänge theilen sich; ein Lakay ruft): „Seine Hoheit, der Herr Lord-Protector! (ab.)

Zweite Scene.

Vorige. — Cromwell tritt ein. — **Schweden** und **Holland** verbeugen sich ehrerbietig, doch gemessen, **Frankreich** und **Spanien** tief, letzteres mit steifster Grandezza.

Cromwell: Gottes Frieden mit Euch, meine Herrn, wenn Ihr um des Friedens willen gekommen seid! Was

habt Ihr mir im Namen Eurer hohen Regierungen mit=
zutheilen? (Er begrüßt Schweden und Holland noch besonders.)

Schweden: Ich brachte den von Sr. Majestät unter=
zeichneten Vertrag über das Bündniß zwischen Großbri=
tannien und Schweden. Sollte er Ew. Hoheit Beifall haben,
so steht der Ausführung Nichts mehr im Wege. (Verbeugt sich.)

Holland: Ich hatte die Ehre, den Friedensvertrag
der Generalstaaten mit Großbritannien einzureichen.

Cromwell: Sehr gut, Mynheer! Dieser Krieg ist
beendet. ... Ich war stets gegen ihn! (Verbeugt sich.)

Frankreich (mit einer tiefen Verbeugung): Se. glorreiche
Majestät, der hochmächtige Gebieter Frankreich's, hatte die
Gnade, mich wegen der Fortdauer der zwischen Sr. Maje=
stät Regierung und Ew. Hoheit bestehenden friedlichen Be=
ziehungen als außerordentlichen Botschafter an Ew. Hoheit
zu senden! (Verbeugt sich tief.)

Cromwell (zu ihm): König Ludwig ist allerdings ein
gewaltiger Herrscher! Wir sehen es daran, wie er seine
armen, protestantischen, Unterthanen behandelt! ... Das
Kostbarste eines Staates, dessen Bürger, treibt er in die
Fremde, seine Provinzen entvölkernd! ... Doch — das
ist seine Sache! — Aber hier handelt es sich um Gott
und Menschheit! (stolz): Ich frage Euch deshalb: Will
Frankreich es auf einen Krieg mit uns ankommen lassen?
... Wohl! Großbritannien ist jede Minute schlagfertig!

Spanien (für sich: seufzend): Wir haben's erfahren!

Frankreich: Meine Sendung bedeutet „Friede"!
Der Herr Cardinal (von Mazarin) hat die Befehle in Be=
ziehung auf die Hugenotten zurückgenommen. Niemand be=
lästigt Letztere mehr.

Cromwell (finster): Und die Waldenser in Savoyen?
Sind sie immer noch Martyrer ihres reinen Glaubens?

Frankreich: Der Herr Herzog von Savoyen ward, —
dem Wunsche Ew. Hoheit gemäß, — von uns mit Krieg
bedroht, und so stellte er die Verfolgung jener Unglücklichen

ein ... Die sich hierauf beziehenden Noten habe ich dem Herrn Staatssecretaire Ew. Hoheit übersendet.

Crommell: Dann bin ich mit Euch zufrieden, Sir! Möge es so bleiben! (Frankreich verbeugt sich tief.)

Spanien: Mein erhabener, allerchristlichster Monarch ...

Crommell (wendet sich zu Schweden): Ich werde den Contract mit Sr. Majestät sofort unterzeichnen! (Der Gesandte verbeugt sich tief.)

Spanien: Se. katholische Majestät ...

Cromwell (zu Holland): Ebenso den Friedensvertrag mit den hochmögenden Generalstaaten! (Er und Holland verbeugen sich tief.) (Der Spanier schaut sich erstaunt, verblüfft um; Cromwell wendet sich zu ihm.)

Spanien: Se. allerchristlichste, katholische Majestät geruht, die Bedingungen Ew. Hoheit anzunehmen, und meint, daß die beiden Silberflotten, welche Euer Admiral Blake uns wegnahm, den Schaden Englands vollkommen zu ersetzen vermögen. (Er verbeugt sich sehr tief.)

Cromwell (finster): Alles Silber Spaniens und der beiden Indien kann das kostbare Blut nicht aufwiegen, welches diese Feindseligkeit Spaniens uns kostete; denn es ist **englisches Blut**! ... Nein, edler Don, — mit Spanien bin ich **nicht** zufrieden! ... Diese Inquisitionswuth ist eine Schmach für das ganze Jahrhundert und das Menschengeschlecht, welches bis jetzt sie zu dulden vermochte ... Aber **ich** werde diese Schandthaten nicht mehr dulden! ... Madrid mag erzittern, wie der Papst in seinem Vatican es that! ... Uns're Segel sind die Flügel des Adlers, dem **kein Ziel** zu fern ist ... Spanien hüte sich vor seinen Klauen! (Wendet sich ab; dann zu Frankreich und Spanien): Ich werde Eure Missionen in Betracht ziehen, meine Herrn, sobald mir die Zeit dafür bleiben wird. (zu Spanien): Und Eurem „allerchristlichsten" Herrn bringt den guten Rath, seine Unterthanen zu schonen; denn wird er sie alle getödtet oder vertrieben haben, so wird er auf dem stolzesten Throne Europa's Hungers sterben! (Verbeugt sich gegen Alle; Alle ab nach einer Verbeugung.)

Cromwell (allein): Wahnsinnig-wüthendes Spanien!

Du sollst mir büßen für diese Greuel, welche die Menschheit unter das Thier hinabdrücken!... Bin ich nicht berufen, um den schändlichsten, blutigsten aller Verfolgungen, — denen der Religion, — ein Ende zu machen?!... Wohl! Ich will mein Schwert nicht an den Nagel hängen, bis die ganze Menschheit durch die reine Religion der Liebe vereinigt und ihrer erhabenen Bestimmung entgegengeführt sein wird, — und müßte ich das Opfer dafür sein!... Sich für die Menschheit opfern, ist „am Kreuze des Erlösers sterben"!... (Er will hinaus.)

Dritte Scene.

Voriger. Lambert und andere **Abgeordnete des Parlaments.** — Er tritt zurück.

Lambert: Ew. Hoheit möge dies unerwartete Erscheinen der Wichtigkeit unsrer Sendung in Anrechnung bringen! (Alle verbeugen sich.)

Cromwell: Meine Herrn! Nichts ist mir selbst wichtiger, als das Wohl der Nation. — Laßt mich ihren Willen vernehmen!

Lambert: Die Nation verlangt Sicherheit für die Zukunft, welche ohne ein bleibendes Oberhaupt nicht zu hoffen ist. — Ihre Neigung ist für eine beschränkte königliche Gewalt, die sie jedoch nicht dem von Gott verlassenen Geschlechte der Stuarts, sondern dem Manne zu übertragen wünscht, dessen Unternehmungen Gott gesegnet hat. — Es kommt dem Volke mehr auf die Form der Regierung, als auf das Erbrecht der höchsten Obrigkeit an. — Die Erbfolgen wechseln oft zum Wohle der Völker; das Beispiel des Herzogs von Braganza möge auch Ew. Hoheit nachahmen und die Krone aus den Händen der britischen Nation empfangen! (Er verbeugt sich.)

Cromwell (richtet sich stolz auf): Meine Herrn! Was Großbritannien durch Euch mir bietet, — es ist zu bedeutend, zu hocherhaben, als daß ich es ohne Bedenken an-

nehmen sollte, so lockend auch und schmeichelhaft es ist!...
Wie könnte ich in einem Augenblicke entscheiden, wo es sich
um das Wohl oder Wehe von Nationen handelt?!... Die
Verantwortung, welche Ihr auf meine Brust zu wälzen im
Begriffe steht, ist zu furchtbar, als daß man sie leicht hin=
nehmen könnte, wie man eine Blume vom Stocke der Ge=
legenheit pflückt. — Deshalb lasse man mir Zeit zur Selbst=
prüfung — und reiflicher Erwägung des Für und Wider!...
Je größer das Amt, um so schwerer die Pflicht!... D'rum
— Gott mit Euch!... Sein Licht wird mich erleuchten, um
das Rechte zu erkennen. Was e r mir eingibt, möge zur
That werden! (Er verbeugt sich; Alle thun dasselbe und geh'n ab.) —

Cromwell (allein, steht einen Augenblick erschüttert):
So wär' ich denn am Ziele, wenn ich's wollte!...
Und sollt' ich Das nicht wollen, was ich könnte?!...
Erhabener Gedanke, wie ein Gott
Das Glück der Menschheit in der Hand zu wägen!
Du bist zu lockend, um dich n i c h t zu denken!...
Dich sendet Gott mir wohl, als eine Prüfung
Des Herzens, — wenn der Teufel etwa nicht,
Durch Erdentand die Seele zu berauschen,
Um sie von ihrem Urquell abzuzieh'n! [überlegend]:
D'rum schaue wohl, daß du das Rechte triffst!
Ein einz'ger Mißgriff in das Rad des Schicksals
Kann dich zermalmen, England's Joch erneu'n; —
Ein einz'ger Mißton diese Harmonie
Der schönen Schöpfung meiner Hand zerreißen....
— Gott oder Teufel — das ist jetzt die Losung! —
                    [Kleine Pause.]
O schwerer Kampf, wo Erd' und Himmel ringen,
Ein Menschenherz zu sich heran zu zieh'n!... [auf und ab]:
Warum besinn' ich mich?!... Bist du ein Kind?!
Kannst du dem eig'nen Herzen nicht vertrau'n?!
Ha! Kann ich Das?!... Kenn' ich mich selbst?...
                    Wer bin ich?...
Nein! Nein! Ich kenn' mich nicht!... Wer kennt sich selbst?

Kein Menſch!… D'rum traue Niemand!… Und ſo muß ich
Mir ſelbſt zuerſt mißtrau'n! [Steht in Nachdenken verloren.]

Vierte Scene.

Voriger. Fletwood und **Mrs. Fletwood** eilen herein.

Cromwell: Es bedarf eines großen Anlaſſes, wie
mir ſcheint, wenn ich einmal meiner Kinder froh werden
ſoll.… Doch ſeid mir auch ſo willkommen!

Mrs. Fletwood: Was ſollten die Kinder Ew. Hoheit
hier?! Im Allgewaltigen haben wir den Vater verloren!

Cromwell: Und das ſagt mir meine Tochter?!

Mrs. Fletwood: Das ſagt jedes Glied der Familie,
beſonders, wenn Ihr Das thun werdet oder ſchon gethan
habt, was wir Alle verabſcheuen!… Wir würden Euch
als König nicht länger die Ehre und Achtung des Familien=
hauptes bezeigen können. Die Schranken, die Ihr zwiſchen
uns aufthürmen wollt, werden unüberſteiglich ſein!

Cromwell: Und wenn Gott es nun ſo wollte, würde
es nicht recht ſein, dem Rufe der Nation zu folgen?

Fletwood: Als der Stuart fiel, — wäre es kein Un=
recht von Euch geweſen, dieſen Sturz zu verhindern?…
Was damals Unrecht war, kann jetzt nicht Recht ſein!…
Oder glaubt Ihr, wir hätten den König nur geſtürzt, um
Euch Platz zu machen?!

Cromwell [ſtolz]: Wer könnte mich hindern, den Willen
des Parlaments zu erfüllen, wenn ich es wollte?!

Fletwood: Hütet Euch, Lord Protector, nach Dem
zu greifen, was die Nation ſich mit dem Blute ihrer Söhne
erkauft hat!… Die Republikaner und die Royaliſten werden
gemeinſame Sache machen und Eure erbittertſten Feinde
ſein, — die einen wegen der geſtohlenen Freiheit, die andern
wegen des geraubten Diadems, das ſie Euch nie zugeſtehen
werden, und das Heer wird ſich ihnen anſchließen. — Sein
Murren droht ſchon längſt in Thaten auszubrechen. —

Cromwell [lächelnd]: Sollte man nicht glauben, Jreton
zu hören!? -

Fletwood [lebhaft]: Freton ist todt, aber sein Geist lebt in mir! ... Ich trat nicht nur sein irdisches Erbe an ... Also hütet Euch, Lord Protector!

Cromwell: Bursche, mäßige deine Sprache; denn auf keinen Fall würdest **du** mich bestimmen! ... Wer sagt dir, Mensch, **daß** ich schon entschieden und wie ich ent=schieden?! ... **Mir nicht** diese Sprache; ich bin nicht gewohnt, sie zu hören!

Mrs. Fletwood: Es ist die Sprache des Patrioten, die Sprache jedes ehrlichen Puritaners! ... Die Alleinge=walt, diese Fülle von Macht, in der Hand eines Einzigen ruhen zu sehen, wäre mir unerträglich, und wenn dieser Eine mein Vater wäre! ... Hütet Euch vor dem Geiste Freton's, der uns're Soldaten noch jetzt beseelt! ... Und nun lebt wohl, Sir! Aber vergeßt nicht, daß Ihr für die Krone Eure Kinder gänzlich verlieren werdet!

Fletwood: Und daß ein gestohlener Thron dem Empor=kömmlinge (oder Usurpator) oft zum Schaffotte wird!
(Er gibt ihr den Arm; Beide rasch ab.)

Cromwell (allein): Thörichte Menschen! Dies würde mich nicht abhalten können; denn wenn man Großes voll=bracht, kann man einen außergewöhnlichen Tod schon in den Kauf nehmen. ... Aber Fletwood hat recht! Die Re=publikaner und die Soldaten, denen man einen König stets so gräulich schilderte, würden mir nicht mehr ergeben sein, sondern den Tyrannen in mir verfluchen. Das kann nicht sein! Für was ich selbst geschwärmt, — ich darf es jetzt nicht selbst mit Füßen treten! ... Ich habe das Höchste auf Erden erreicht, sollte ich nicht nach dem Göttlichen greifen? ... Nun, kann es etwas Göttlicheres geben, als ein Dia=dem auszuschlagen und ein braver Bürger unter Bürgern zu sein?! ... O Timoleon! Du warst unstreitig der edelste und größte der Menschen! ... D'rum — fort mit der Krone! ... Lockendes Symbol der Herrschaft und der — Herrschsucht, — deine Tochter heißt Knechtschaft! ... Fort mit dir! ... Britannien sei frei — für immer! (Er geht rasch ab.)

Fünfte Scene.

Hugh Peters. Sindercome. Später **Crampton,** (als Soldat der Leibwache.)

Hugh (tritt durch eine Seitenthüre ein, Sindercome am Arme mit sich führend; sich umschauend): Das Feld ist rein, — wir kamen zur glücklichen Stunde! Er schwelgt unstreitig jetzt auf üppigen Polstern in den Hochmuthsträumen voll Glanz und Majestät, die er über den zertretenen Gesetzen Großbritanniens aufzurichten gedenkt!

Sindercome: Aber täuscht Ihr Euch nicht, Bruder Hugh? ... Das wäre ein bedauernswerther Irrthum; denn Todte ruft man nicht mehr in's Leben zurück! ... Und Fletwood soll gesagt haben, daß der Protector nicht daran denken könne, das Anerbieten dieses schuftigen Parlaments anzunehmen!

Hugh: Thor! Du glaubst Das? ... Und wenn er es jetzt auch zum Scheine zurückweist, weil er sich noch nicht sicher genug glaubt, — beweist es dir, daß er auch das nächste Mal den Antrag dieses servilen Parlaments ablehnen wird? ... Vergißt du, daß Augustus diese Comödie dreimal wiederholte, bis er ihrer müde ward und schließlich das Römerreich in die Tasche steckte?! ... Und ist diese Alleinherrschaft des Protectors nicht ebenso empörend für uns Patrioten, als jene der Stuarts?! Wie lange wird es noch dauern, so werden wir da wieder angelangt sein, wo wir 1643 anfingen!

Sindercome: Unmöglich, Kaplan! Sollten wir umsonst geblutet haben?!

Hugh: Ihr werdet es! ... Wer könnte es hindern?! ... Er muß mit den Royalisten und Hochkirchlichen Hand in Hand gehen, wenn er sich halten will. Und das wird er! ... Dann gute Nacht, Religion der Väter!

Sindercome (finster): Niemals! ..... Ehe Dieses geschehen könnte, würde ich mein eigenes Kind tödten!

Hugh: Hat er nicht Schlimmeres gethan, indem er England, seine Mutter, in den Staub trat und die Reli-

gion, das heißt: Gott, verleugnete?! ... Wie lange werden
wir noch beten dürfen, wie die Väter es uns gelehrt?!

Sindercome: Still! Es ist genug!

Hugh: Hat er nicht Karl Stuart entwischen lassen
wollen, weil der ihn zum Grafen machen wollte?! Was
zweifelt Ihr noch, Bruder Sindercome?!

Sindercome [fanatisch]: Schweigt, — er stirbt! ...
Aber wo treff' ich ihn sicher?

Hugh: Hier ist die beste Gelegenheit; denn ist es gethan, so könnt Ihr durch die, Euch jetzt bekannten, Gänge
entfliehen und Euch in eines uns'rer Häuser retten, bis die
Angelegenheit geordnet sein wird! ... Wo könntet Ihr ihn
sicherer stellen?

Sindercome: Und wenn er nicht allein wäre?! ...
Er ist ein guter Fechter!

Hugh: Ich habe Euch für diesen Fall einen Kam'-
raden geworben, der ebenso begeistert für die gerechte Sache
und in der Leibgarde des Tyrannen ist. [Er geht an eine Seiten-
thüre]: In diesem Corridore hat er die Wache. [Oeffnet]:
Kommt, Freund! [Crampton, als Soldat gekleidet, mit falschem Barte,
tritt ein.]

Hugh [zu Beiden]: Ist dies Geschäft abgethan, so zieht
Euch durch diesen Corridor zurück; er wird am wenigsten
benutzt. ... Doch fehlt Ihr Euren Feind, — die Gelegenheit kehrt nicht wieder!

Crampton: Sorgt nicht! Auf diese Stunde habe ich
Jahre lang gewartet, — und somit ist mein Arm doppelt
sicher!

Hugh: Verbergt Euch in diesem Corridore, um den
rechten Moment zu erwarten. [rasch ab zur Seite.]

Sindercome [zu Crampton]: So habt Ihr auch eine alte
Rechnung mit ihm?

Crampton: Eine sehr alte, — von Treda her, —
und heute wird Zahltag sein! [Seinen Degen umkrallend; für sich]
Endlich wird mein Herz seine Ruhe wieder gewinnen. ...
Es ist Zeit! [laut]: Kommt! [Beide ab, Hugh folgend.]

Sechste Scene.

Cromwell, eine Brochüre in der Hand, eilt haſtig herein. — **Joyce** folgt ihm.

Cromwell: Das iſt zuviel, Joyce, und Ihr kountet zu keiner gelegeneren Stunde zurückkommen!... O dieſe Fanatiker! (die Brochüre in die Höhe haltend): Sogar den Mord predigen ſie hier!... Alſo mein Tod iſt ihr Ziel?!

Joyce: Ihr ſeid wenigſtens hierdurch gewarnt, Hoheit!

Cromwell: Wo fandet Ihr dieſe aufreizende, fana=tiſche Schrift?

Joyce: Sie wurde unter dem Volke vertheilt und mir, als Unbekannten, in die Hand gedrückt.

Cromwell (ſinnend; dann): Da ſeht Ihr, Joyce, was es nützt, der Menſchheit zu dienen!... Denkt, wie ein Gott, — ſie wird Euch zum Teufel ſtempeln, wenn ſie dem Fluge Eurer Ideen nicht zu folgen vermag.... Das iſt zu viel! (wirft ſich in einen Stuhl.)

Joyce (ſteht vor ihm, der Thüre, wodurch Jene verſchwanden, den Rücken zukehrend): Verachtet ſie!.... Was könnten ſie Euch wollen?!

Cromwell: Undank verwundet ſchlimmer, als Eiſen!... Ihr begreift das nicht.... Die Verleumdung ſchleicht im Finſtern daher, wie die Natter ungeahnt im Graſe ſich ſchlängelt!... Den Feind nur, welchen ich ſe h e, fürchte ich nicht.... Aber ich will Euch zertreten, heuchelndes Ge=zücht, und ſollte ich zu den Proſcriptionen des Sulla greifen müſſen, um die Nation von dieſen verrätheriſchen, ſelbſt=ſüchtigen Creaturen zu befreien!

Siebente Scene.

Vorige. Sindercome ſtürmt mit gezogenem Degen herein und ſtürzt auf Cromwell zu; **Crampton** folgt ihm, bleibt aber plötzlich ſtehen.

Sindercome: Das wirſt du nicht, Verräther an Gott und Menſchheit! [Joyce erfaßt ihn, als Jener an ihm vorbeiſtürzt, am Arme, ſchleudert ihn zurück und zieht ſeinen Degen; Cromwell ſpringt zugleich auf und reißt den Degen heraus.]

Crampton [für sich]: Der Protector! ... Tod und Teufel, — ich suchte einen Andern! ... Verdammter Pfaffe!

Cromwell: Schurken, was wollt Ihr?!

Crampton [erkennt Joyce]: Ha! Der ist mein Ziel!

(Er fällt Joyce an; sie fechten. — Sindercome fällt Cromwell wieder an; sie fechten. — Cromwell schlägt ihm den Degen aus der Hand.)

Sindercome (retirirt hinter einen Tisch und ruft): Helft, Kam'rad! Er hat mich entwaffnet!

Crampton: Helft Euch selbst! Ich habe genug mit meinem Theile zu thun! (Sein Hut und Bart entfällt ihm): Was kümmert mich euer Protector?! ... Der ist mein Mann!

(Joyce steht entsetzt.) —

Cromwell (geht auf Sindercome los): Elender Fanatiker, ergib dich! ... Ha! Sindercome! ... Schurke! Deinen ehemaligen Kriegsgefährten willst du morden?! (Er stürzt sich auf ihn; dieser flieht durch die Mittelthüre, — Cromwell stürzt hinter ihm her.)

Joyce (zu Crampton): Seid Ihr sein Geist, so sucht Euren Körper zu Treda! (zieht sich fechtend zurück.)

Crampton (stützt sich auf sein Schwert): Dummheit! .... Geister führen keine Stahlklingen und schlagen keine Quarten! ... Euer Hieb war damals nicht wuchtig genug, um diesen englischen Schädel zu spalten, und so feierte ich die Auferstehung meines Fleisches. ... Vorwärts, edler Rundkopf! Ich habe lange genug auf diese Gelegenheit gewartet! (setzt sich in Fechtposition.)

Joyce (stürzt sich auf ihn): Wenn du drei Leben hast, so athme ferner das holde Licht! ... Doch ich glaub' es nicht!

(Er durchbohrt Crampton, sowie dieser ihn; sie stürzen.)

Achte Scene.

Vorige. Ellen eilt herein.

Ellen: Mord! schreien sie durch das Haus! .. Was geht hier vor?! ... Herr des Himmels! Joyce in seinem Blute! (sie sinkt neben ihm auf die Knie.)

Joyce (erhebt sich mühsam auf einen Arm): O hätte ich in Treda meinem Impulse nachgegeben!... Sein Leben war Tod für mich!... Aber — er hat genug! (Er sinkt zurück.)

Ellen (zu Crampton): Elender! So lohnt Ihr mir, daß sein Schwert Euch damals geschont?!

Crampton: Ich hatte — Anspruch — an's Glück, — dem ich — ein Leben — opferte, — so gut, — als er!... Jetzt hab' ich, — was ich — gewollt! (Er stirbt.)

Ellen [zu Joyce]: Weh' mir! Ich habe dich getödtet, mein Joyce! [sie beugt ihr Haupt in ihre Hände.]

Joyce: O Ellen! — Wie süß ist mein Tod!... Warst du doch — der Preis, — um den ich — ihn leide! — Leb' wohl! — [nach dem Himmel deutend]: Dort! [Er stirbt.]

Ellen [hat seine Hand gefaßt]: Er ist dahin!... Schließ ab, mein Herz, mit dem Leben dieser Welt!.... Dein Glück war ebenso kurz, als überschwenglich süß!.. Droben ein Gott und ein Wiedersehn!... O Joyce, mein Joyce! Laß' mich nicht zu lange warten, bis du mich zu dir rufst in jene lichten Räume, wo das Erdeleid nur ein flüchtiger Traum voll verworrener Bilder sein wird, — ein Hauch, welchen ein einziger Strahl jenes flammenden Lichtes göttlicher Liebe in Nichts zerfließen läßt, wie den Duft der sterbenden Blume! (Aufstehend, mit gefalteten Händen und einem Blicke nach oben): Ihr vereinten, einzigen Geliebten, laßt Eure Ellen nicht zu lange warten; denn diese Erde ist die Fremde des Menschen, — unsre Heimath droben bei Euch!

Neunte Scene.

Vorige. Cromwell (mit Pistolen und Dolch in dem Gürtel, das Schwert in der Hand), eilt mit einigen **Garden** herein.

Cromwell: Und Joyce?!.... Unmöglich! (tritt zu Joyce; stutzt und starrt ihn an): So erlagst du, treue Seele, dem elenden, Jahre lang genährten, Hasse?!... O Joyce! Ist es dein Fatum, welches dich einforderte, oder ein elender, nichtiger Zufall?

Ellen: Gott, Sir!... Es gibt keinen Zufall!... Gott ist überall, — auch in dem Wüthen der Teufel! (Langsam ab.)

Cromwell: Ihr habt recht, Ellen!... Er sendet uns den Tod, um in's Leben einzugehen.... Und je schwärzer er ist, desto lichter das Auferstehn! (zu den Leuten): Bringt diese Beiden fort und haltet alle Thüren des Schlosses wohl besetzt. — (Die Todten werden herausgebracht. Er, allein): Dahin ist es gekommen?!... Schon treten die Thaten der Finsterlinge an's Licht!... Die Schlange schleicht nicht mehr im Verborg'nen umher.... Wehe Dem, der ihr ungerüstet entgegentritt!... **Ich** — werde gerüstet sein!... Hütet Euch, Creaturen der Nacht!... Appellirt Ihr an den Mord, so werde ich Euch den Henker senden!... So lange der Löwe seine Mähne noch schüttelt, ist er nicht besiegt! (Rasch ab zur Seite.)

Zehnte Scene.

Richard Cromwell eilt herein; **ein Lakay** folgt ihm.

Richard: Wo ist mein Vater?... Ich bin hier unbekannt!

Der Lakay: Se. Hoheit war heute allzusehr in Anspruch genommen, als daß man wagen dürfte, sie zu stören.

Richard: Wie, mein Freund, — mein Vater befiehlt mir, hierher zu kommen, und ich sollte ihn nicht sehen dürfen?!

Der Lakay: Ich will Euch wenigstens melden, Herr Cromwell. [ab.]

Richard [allein]: O hätte er mich in meiner glücklichen Einsamkeit gelassen, wo das Leben sanft dahin floß, wie ein Bächlein durch die blühenden Wiesen eines stillen, friedlichen Thales.... Was kann er von mir wollen, was **ich** ihm sein?!... Ich hasse und — fürchte diesen erborgten Glanz, diese angemaßte Größe!... Sie sind Früchte einer Blutsaat, und des Himmels Strafe wird sie verfolgen; ich bin dessen gewiß! [Er lehnt sich in ein Fenster, schwermüthig zum Himmel blickend.] —

Eilfte Scene.

Voriger. — Cromwell, bis an die Zähne bewaffnet, dazu, von **Soldaten** gefolgt.

Cromwell [zu diesen]: Haltet gute Wache, Kam'raden! Laßt Niemand in's Schloß, der die Losung nicht hat; — Verdächtige ergreifet sofort und sperrt sie ein. Die Zeit ist voll Unheils! [Er sieht Richard]: Ha! Ein Mensch hier!?... Nehmt ihn fest! [Zieht seinen Degen.]

Der Offizier: Es ist Ew. Hoheit Sohn!

Richard (nähert sich): Mein Vater!...

Cromwell: Ah! Du, Richard!?... Sei willkommen! (Er steckt den Degen ein): Ich erkannte dich nicht sogleich!... (Er umarmt ihn; dann zu den Andern): Es ist gut! Ich danke Euch, meine Freunde!... Also — wachet und betet; die Versuchung ist stets nahe! (Offizier und Soldaten, sich verbeugend, ab.)

Richard (der sich bisher erstaunt umsah): Ew. Hoheit ist nicht glücklich, wie mir scheint.... Wehe, wenn meine Ahnungen mehr als Spiele des Blutes wären!

Cromwell: Vor Allem, Junge, bin ich für dich Nichts, als dein Vater!... Also weg mit diesem Titel!... Ich beschied dich hierher, damit du dich endlich an das Leben dieser höheren Kreise gewöhnest, und ich — (traurig) — wenigstens ein Glied der Familie um mich habe!

Richard (leise; seufzend): In Huntingdon war es doch schöner, mein Vater!

Cromwell (für sich): Wohl mag es so sein! (laut): Lassen wir das! (Er legt seine Hand auf Richards Kopf): Knabe, werde ein Mann, — es ist Zeit, — damit ich wenigstens Ein Wesen habe, auf das ich mich in meinen Hoffnungen stütze, an das meine ermattende Seele sich klammern kann! (Er setzt sich und ladet Richard zum Sitzen ein. Dieser setzt sich.)

Richard: So seid Ihr nicht glücklich, mein Vater?

Cromwell (schmerzlich-lächelnd): Ich bin Lord Protector von Großbritannien und Irland; was will ich mehr? ...: Doch, — welche Neuigkeiten bringst du mir vom Lande?

Richard (zögernd): Mein Vater, — sollte Dies nicht Zeit haben — bis später?!

Cromwell: Du zögerst?... Was hast du?... Sprich!

Richard: So habt Ihr noch keine Nachricht?

Cromwell: Von was?

Richard: Von meiner Schwester Elisabeth Claypole!

Cromwell (springt auf): Was ist's mit meinem Lieblinge?

Richard: Werdet Ihr es hören können?!... Ihr seid schon erregt!

Cromwell: Müssen wir nicht tragen, was Gott schickt?! Sprich!

Richard: Elisabeth — erlag diesen verzehrenden Fiebern!

Cromwell (fährt zurück; dann): Auch Das noch!... Elisabeth! (für sich): Das liebste meiner Kinder!... (Er bricht sichtlich zusammen; dann laut): Warum sollte ich allein verschont werden?!... (Einmal auf und ab; dann, den Hut abnehmend und aufschauend): Es wird Herbst — auch in meiner Seele! ... Die Natur steht da ihres Schmuckes beraubt, nackt, entblättert... Ist es anders mit mir?!... (Kleine Pause, worin er vor sich hinstarrt, dann): Dieser traurige Glanz ist eine Rüstung des Mittelalters, die wie ein Mühlstein auf die Brust drückt, so daß unser Herz nicht mehr froh zu schlagen vermag!... O Huntingdon! Wäre ich dein glücklicher Bürger geblieben!... Stuart! Stuart! Warum hast du mich heraufbeschworen?!

Richard: Beruhigt Euch, Vater! Es war Gottes Wille!...

Cromwell (rasch): Wohl, Richard! Du mußt sie mir jetzt Alle ersetzen.... Bist du nicht Alles, was mir bleibt? ... Deinen Bruder Heinrich, Irlands Statthalter seit Fletwood's Abdankung, kann ich nicht hier sehen, — Fletwood meidet mich, — was hätte ich noch?!

Richard: Mein Vater! Würde es nicht besser sein, Euch in den Kreis Eurer Familie zurückzuziehen? ... Auch ich möchte nicht immer in diesem Gewühle der Welt...

Cromwell (rasch): So willst du nicht hier bleiben?!

Richard (schüchtern): Ich kam, die Befehle Ew. Hoheit...

Cromwell (schnell): Du kamst also nur, weil ich dich rief, nicht im Drange deines Herzens?! (Zum Himmel): Ihr Ueberirdischen! Es wird immer mehr Nacht um mich!... Ich habe keine Kinder mehr! (Birgt sein Gesicht in den Händen.)

Richard: Mein Vater, — Ihr mißversteht mich!... Ich...

Cromwell (aufblickend): Still! Hörtest du nicht heftige Tritte? (lauschend, für sich): Nirgends mehr Sicherheit, nirgends Ruhe — für mich! (springt auf): Ha! Ihr sollt wenigstens kein leichtes Spiel mit mir haben! (Er zieht seinen Degen und stürmt hinaus.)

Richard (springt bestürzt auf): Das ist doch seltsam!... Weh' uns! Er scheint krank zu sein! (Folgt ihm rasch.)

Zwölfte Scene.

Der Lakay (schaut sich um): Niemand hier?... Das ist ein sonderbares Haus! Man weiß nie, wo man den Herrn desselben finden kann, da er bald dieses, bald jenes Zimmer bewohnt!... Wo werde ich ihm jetzt diese Herrn vom Parlamente melden?... Suchen wir! (Ab zur Seite.)

Dreizehnte Scene.

Cromwell (eilt herein): Dieses Fieber verzehrt mich!... Nirgends mehr Ruhe, — nirgends Rast, — keinen Schlaf, der die Seele vergessen ließe, daß sie in einem Erdenkloße gefangen sitzt!... Nirgends und niemals sicher vor den Dolchen der Verschwörer oder dem Gifte der Fanatiker!... Ist das Menschenglück?!... [Er lacht heiser]: Hier hat der treue Joyce geblutet!... Und Elisabeth todt?!... Es wird Nacht in der Seele! (Er wirft sich in einen Sessel.)

Der Lakay (von der entgegengesetzten Seite): Einige Herrn vom Parlamente, die Ew. Hoheit noch nicht vorgestellt wurden, bitten, empfangen zu werden!

Cromwell: Es sind Menschen, — ich will sie nicht sehen! (Der Lakay ab.): Weg mit dem Menschengesichte! Es trägt den Stempel der falschen Münze der Hölle; denn der Himmel gibt solche Gepräge n i ch t aus!... Ich mag sie nicht mehr sehen!... Wozu auch Menschen auf der Erde!?... Wäre sie von Affen bevölkert, sie würde friedlicher sein!... Affen?!... Nein! Nein! Diese Ironie auf den Menschen, — oder ist der Mensch vielleicht nur die Folie des Affen? — sie ist dem Menschen noch zu ähnlich; es würde mit v i e r Händen, statt mit z w e i e n, gestohlen und gewürgt werden!...

Der Lakay: Sie bitten dringend um Audienz, — auch der Kaplan Hugh Peters.

Cromwell (heftig): Fort mit dir!... Ich will Niemand heute sehen, — hörst du?! (Der Lakay ab; er erhebt sich): Ich bin in den Jahren, die für einen robusten Körper, wie dieser war, kein Alter zu nennen sind, und wanke durch's Leben, — nicht mehr ich, sondern nur noch der Schatten dieses Ich's! (Er sieht seinen Schatten an der Wand, bebt zurück und reißt seinen Degen heraus): Und Das ist nicht m e i n Schatten, sondern der Schatten eines Schattens! (Gegen den Schatten): Ha! Bist du m e i n Schatten oder ich der deinige?!... Das ist zweifel= haft!... O Schatten eines Schattens! Elendes, wesen= loses Wesen, — von einem Nichts an die Wand geworfen!.. (Mit dem Degen auf seinen Schatten deutend): D a s ist das Ende eines Erdengottes!... (Er setzt sich erschöpft in einen Armstuhl und klopft; der Lakay erscheint.): Meinen Trank! Ich fühle mich sehr an= gegriffen! (Lakay ab.): Volksgunst, was bist du?!... Bär= lappensamen, den sie im Theater zum Blitzen gebrauchen!... **Ein Funke** e n t f l a m m t i h n, — **der Hauch eines Lüftchens** z e r s t r e u t i h n i n a l l e W i n d e!... Zum Teufel mit der Volksgunst!... Ließ sie nicht selbst die Götter im Stiche?!... (Der Lakay stellt ein Glas warmen Wein's auf den Tisch und geht leise ab.): Ich fange an, zu glauben, daß ich umsonst gelebt, — für ein Phantom geschwärmt habe; denn w e r kann mich — in meinem Werke — ersetzen?!... O Richard! Warum bist du solch ein Schwächling!?...

Das schönste Reich Europa's hätte ich ihm hinterlassen und er ist zu feig, das Erbe anzutreten!... Alles sinkt in Nichts dahin mit mir!... Weh' mir, wenn es so ist!... Wofür wurden dann die wenigen Edlen geopfert, welche dieser Bürgerkrieg mit den rohen Massen verschlang?!... Altenglisches Herz, brich, — aber verzweifle nicht erst!... Und doch — habe ich nicht recht gehandelt?!... Habe ich nicht das Rechte gewollt, also Gott gesucht?!... Wer kann sagen: „Nein!"?

Vierzehnte Scene.

Cromwell. Hugh Peters (tritt leise herein.)

Hugh: Ich!... Oder hast du vielleicht nicht alle Parteien, selbst deine besten Freunde, getäuscht, wie zum Beispiele Lambert, den du pensionirtest, um ihn bei Seite zu schaffen?!... Ist das Freiheit, was wir (Engländer) haben?!... Wenn wir uns einem Tyrannen beugen sollten, so hätten wir besser gethan, den frühern zu behalten, der doch wenigstens den Schein von Recht, nämlich die „historische" Berechtigung zur Gewalt besaß!... Und das hatten wir wohlfeiler, das heißt: ohne diese National-Schuld!... Aber du, was thatest du?... Du versprachst Licht und brachtest Nacht!... Elender Egoist, verzweifle; denn, — daß du's wissest, — alle Parteien verfluchen dich, selbst die Puritaner!... Dahin hast du es gebracht!

Cromwell: So dankt mir Großbritannien für die Größe nach Innen und Außen, die ich ihm verschafft?!

[Er senkt das Haupt auf die Brust. In diesem Momente wirft Peters hinter seinem Rücken ein weißes Pulver in's Glas.

Hugh: Für wen machtest du es groß?... Für dich! ... Soll die Nation sich dafür bedanken, daß du sie verschlingst, und schreien: „Laß' uns dir wohl bekommen"!?

Cromwell [fährt auf]: Das mir, Pfaffe?!... Doch — du hattest keine Achtung vor dem gesalbten Haupte des König's, wie könntest du sie vor dem Alter haben?!

Hugh: Nein, ich hatte keine vor ihm, sonst hätte ich es ihm nicht abgeschlagen! ... Trinkt, Lord Protector, damit Ihr Kraft habt, mich ganz zu hören!

Cromwell [trinkt unwillkürlich; entsetzt]: Du, — sein Henker?!

Hugh: Sagte ich es damals nicht, als wir seinen Brief auffingen?! (Cromwell sinkt in seinen Stuhl zurück.) (Hugh): Verhöhnte er nicht die Majestät Gottes in Allem, was er mit Füßen trat?!

Cromwell (für sich; laut): So muß ich sterben, wie Caesar, durchbohrt von den Stichen derer, welche mich lieben sollten! ... O das ist furchtbar, Peters!

Hugh: Stirb, Protector, stirb! Heute kannst du es noch in deinem Glanze; wer weiß, was morgen dich bedroht?!

Cromwell (seufzend)! O wahr! Wahr! ... Meine Glaubensbrüder, meine Freunde, — meine Kinder sogar, — verlassen mich! ... Wehe! ... Das Volk, das ich groß gemacht, es flucht mir! Das ist — zu viel! ... Zu ... viel! —— (Er birgt sein Haupt in den Händen und sinkt plötzlich zurück.) —

Hugh (beugt sich über ihn, nimmt dessen Hände weg und befühlt des Protectors Stirne): Kalt! Eisigkalt! ... Der Engel des Todes ist über ihm! (Mit der Hand eine entsprechende, abwehrende Bewegung machend): Vorbei, Todesengel! Vorbei! (Sich hoch aufrichtend): Er war ein Gemeinschaden für den Puritanismus und mußte beseitigt werden. .. Es war Teufelswerk! ... (Von ihm tretend): Der Tyrann ist todt! ..... Es lebe Großbritannien! ... Es lebe der König! (ab.)

Der Vorhang fällt.

Ende.